灵海

黑镜 I 危机

钟云 著

辽宁人民出版社

目录

CONTENTS

序 幕

1964年3月27日，星期五，耶稣受难日。

安琪和乔治从拉斯维加斯出发，驱车百里远离繁华城市，抵达内华达州南部林肯郡的一个机密区域。一道竖立的铁丝网向远方延伸，仿佛干枯的长蛇蜿蜒围住这片寂静的荒野，随处可见“禁止进入”“禁止拍照”“已被授权使用致命武器”之类的警示标志。

“乔治，这就是你说的‘梦境’？”安琪搭手远眺这片渺无人烟之地。

这里就像《原野铁汉》① 的片头画面，随着苍凉的音乐，一辆皮卡车在狂野中独自驶向远方，闯入没有任何法律约束的杀戮之地……这地方看起来很酷，但显然不适合度假、浪漫。这个十七岁的女孩儿不禁失望抱怨：“还真像个荒诞的噩梦。看上去，还以为你带我来到了火星。乔治，我们爱的距离真够遥远，跨越了时空。”

“51区。‘梦境’是它的昵称。”乔治指着铁丝网后荒野的中心地域，“还有人称它为‘天堂牧场’，或者‘盒子’。女孩儿喜欢‘梦境’，而我喜欢最后一个。坦诚说，我从小迷恋一切神秘之物，但世上越是神秘的东西往往被隐藏得越严密。‘盒子’暗喻海盗的藏宝箱，需要人们历经艰辛去探寻发掘，甚至不惜以生命和灵魂为代价开启。瞧，在我们眼前这个无人荒漠的地下两百英尺的深处，埋藏着骇人秘密。”

“什么秘密？”

①《原野铁汉》英文原名为*Hud*，是1962年上映的一部美国电影。该片讲述了在美国的德克萨斯州，上了年纪的农场主和他的儿子赫德两代人的价值观和道德观分歧的故事，展现了美国具有反抗精神的现代青年的观念和生活状况。

“天外来客。宇宙中不只有我们人类，还藏着各种奇特的智慧生命。”乔治为彰显神秘刻意压低声音，“这是外界绝少人知道的秘密，连白宫都被隐瞒了。1947 年，在罗斯威尔事件中坠毁的外星飞行器被藏匿在 51 区，那是一种质地异常轻柔的金属，无法切割。在飞行器里还发现了一个活的生物，像个矮瘦的小孩儿，绿色的，但有个大脑袋。现在地下深处的某个实验室里在秘密研究开发外星高科技。”

“噢，上帝。希望主能原谅你孩童般的幼稚。”安琪说，“乔治，什么时候你才能成熟起来，毕业前，还是直到穿上礼服和我走进教堂的那天？”

“宝贝，我会的，但你今晚得和我在这里露营。”

“真庆幸，你还有理智。我以为你要冲破铁丝网闯入军事禁区，钻到地下寻找那种体内会发镭射光的外星人。”

“哔波、哔波，今晚发光穿透你的人是我……噢！宝贝，别想逃……”乔治追上去抱住安琪。两人嬉闹着深情拥吻。

露营帐篷扎在山崖上，黄昏降临。

天光迅速黯淡下来，阴影笼罩荒野，唯见远方的马夫山脉顶峰残留一条金灿灿的余晖。在黝黑大地的衬托下，天幕晶莹剔透如琥珀，隐隐浮现星光。

“亲爱的！谢谢你搭帐篷、煮咖啡……还有，带我来‘梦境’。”安琪喝着热咖啡，仰望天穹不禁感叹，“夜空好美啊！星光描绘了梦幻中的美景，荒野的宁静让人心灵纯净。”

“51 区的飞行跑道长 7093 米，是世界上最长的。旁边有机库、储存仓库。”乔治放下高倍望远镜，揉了揉因长时间瞭望导致酸痛的眼睛，“那些底座巨大的长方形物体，顶部漆成白色，我猜是空中管制天线。”

“你看见大脑袋的小绿人，还有外星飞行器了吗？”安琪微笑着打趣问。

“只见到一架起飞的 U–2 侦察机。”乔治有些沮丧。他眺望了一小时，其间看到机场灯光突然亮起来，一架飞机滑出停机棚。当飞机起落架的轮子刚刚离开跑道地面，灯光立刻熄灭，51 区空军基地重新陷入死寂之中。

荒凉黑暗的世界。乔治警惕起来，从背包里取出一把柯尔特左轮手枪。

“你还带了家伙？”安琪有些吃惊。

“我们可是在野外。‘如果有陌生人闯进你的地盘，那就开枪。’我爸说的。”乔治熟练地推开手枪的转轮，填弹进弹仓做好射击准备，“他是个老兵，是在马多克斯号驱逐舰服役的雷达员。离家前，我爸给我的忠告就是，男人，不仅要给真心喜欢的女孩快乐，更要给她安全感。”

安琪的脸颊荡起迷人的笑，她放下咖啡杯伸手勾住乔治的脖子。旷野上，天幕深邃如梦境，两人在清亮的星空下缠绵。

“你感觉到了吗？”安琪的动作突然停住。

“噢！快了，来吧宝贝。”

“不，别动……地面好像在震颤。”

安琪伸手到地上，立刻感到一阵阵无形的冲击波掠过地表，手指微微麻痹。若有若无的，她还听到远处传来奇怪的声响，声源似乎来自51区地域。

“核爆实验？”乔治随即察觉地上的沙砾在移动，身体也随着轻微颤抖起来。他迟疑猜测说，“51区附近是内华达地下核试验场，他们可能在……”

“看，那是什么？”安琪抬手指向夜空。

“噢……天啊！”乔治惊呼。

一缕缕缎带般绚丽的光线浮在广袤的天幕上，轻盈缥缈，仿佛仙境精灵在静谧的黑夜中振动彩翅，如梦如幻，震撼心灵。

乔治迷醉般仰望着，蓦然间他感到大脑震颤，一种从未有过的异常感受窜入他的意识深处，紧紧压迫着他。强烈的晕眩袭来，他忽然失去了对身体的控制，手掌不由自主地抓住左轮枪，对准安琪。

“啊！”安琪惊恐尖叫。

乔治的面孔扭曲，眼瞳倒映出帐篷灯的一点光亮。他解除击锤挡块保险，手指颤动扣下扳机，“哒”，撞针发出微响，但没射出子弹。他很快再次扣动扳机，转轮转过哑弹，补上另外一颗子弹。“砰！”枪声震响旷野，枪口窜出火光割裂安琪的叫声。

“砰、砰、砰！”左轮枪逐发射击，枪弹深深透入女孩柔软的身体。

乔治呆滞片刻后调转枪口，扣动扳机，将最后一颗子弹射进自己的嘴里。在仰面倒下的一瞬间，他恍惚看到星空疯狂旋转，黑夜中流泻的光彩吞噬过来。

意识的余晖闪现……那是极光。

第 1 章 生命摇篮

中国，2004 年。

一只蝴蝶振翅而飞，在夕阳下飞往抚仙湖北岸的帽天山。蝴蝶飞过发掘出古生物化石的土褐色页岩面，翩翩飞舞在磷矿厂的上空。那些开采出来的磷矿石被一处处露天堆放，仿佛在山峦绿树间割裂出来的一道道伤疤。

“最后一次警告！停止暴力抗拒执法，立刻撤出矿洞。”

扩音器震响，对着矿洞发出严厉警告：“采了磷矿，毁了化石，破坏自然生态，遗祸子孙万代。这是国家政策决不容许的。郭云山，你不要对抗，勒令你立即无条件撤出矿洞。”

这是采矿禁令期限的最后一天，酷热的下午。磷矿联合执法队的人持械严阵以待，重重围住云山矿业的这个矿洞。拆矿队的总指挥荣坤死死盯着矿洞口，他脸色铁青，犹如在与潜伏黑暗中的野兽对峙。

帽天山蕴藏着世界级的古生物化石群，磷矿开采严重破坏了化石岩层。荣坤系县国土资源局的副局长，带队查封保护区周边的全部磷矿开采企业。工作进行得一直很顺利，直到最后这一处矿厂。矿主郭云山带着全家老小退守矿洞，用卡车、推土机、柴油桶、铁锹、碎石锤和一切能用上的工具堵住洞口，顽固地抗拒执法。比起其他矿厂的一击即溃，这个矿洞就像咬死在断骨上的钢钉。

“头儿！咋办？”拆矿队的副队长放下扩音器，看向荣坤。

斜阳耀眼，人都仿佛被腾腾热气催眠了，现场凝结着暴风雨来临前那种令人窒息的死寂。荣坤感到血压骤升，血液从心脏涌到大脑左后方，引发阵阵刺痛。主宰别人命运带来的兴奋感被失控的局面消磨殆尽，忍耐到了极限，荣坤抬手往前一挥。

无论郭云山这颗“钉子”有多硬，剖肉剔骨都要撬出来。

副队长一口气喝下半瓶水，将瓶子砸在推土机滚烫的铁壳上，随即带领拆矿队冲上去，清除堵在矿洞口的障碍物。

矿洞内，郭云山在石壁上钻凿出一个炮眼，慢速运转凿岩机，停钻后关风关水，在炮眼内放入炸药，连接导爆管、启爆针、爆破母线和击发器。完成后，他把起爆器交给侄子郭小双进行充电检查。

他抬眼环视矿洞。矿洞里有郭云山年迈的父母，八十六岁的祖母，七个本家亲戚帮工，还有他的儿子。临近晚饭时分，大家在临时搭建的炉灶上忙碌着做饭，郭云山的目光落在儿子小海的身上。这孩子个头瘦小，脖子细长，显得脑袋偏大，他正低头看着作业本发呆，似乎遇到了天大的难题，在那儿冥思苦想。儿子懂事得早，但从去年孩儿娘病逝后表现出让人担忧的孤僻。郭云山心想，等眼前这事过了，假期里该带这小子出门疯玩儿一趟。

“叔，狗皮子动手了。”郭小双听到洞口处传来响动，出声提醒。

郭云山收回目光，大步走出矿洞。他对冲过来的拆矿队喊道：“洞里埋了炸药，谁敢进来就启爆。”

十多个执法队员猛地收住脚步，面面相觑。谁也想不到郭云山竟然如此不择手段地拼命护矿。大家都心知肚明，这样的拖延毫无意义，抗拒越大付出的代价就越重。这家伙疯了！

“炸个屁，你吓唬谁啊？”副队长厉声说，“有路不走自作孽，我就不信，你敢炸死你爹妈、你奶奶？”

郭云山目光如锥刺向荣坤：“贪赃枉法，只手遮天，作孽的是这个赃官，老子今天就拼了。”

荣坤避开郭云山的视线命令：“抓住他，拿电棍打倒。”

“轰隆”一声震响，矿洞附近的机械维修车间发生爆炸。几片变形的彩钢瓦被掀翻落地。众人失声惊叫，料不到郭云山竟敢动真格的。副队长的手掌一哆嗦，扩音器摔在了地上。

“这是警告。”郭云山语气平淡，但神色决绝，让人不容置疑，“小双，拿着起爆器，听我发话。谁再往前踏进我的地盘半步，结局就是同归于尽。”

荣坤震惊失色，为防万一，他急忙摆手示意副队长带人往后撤。

听到沉闷的爆炸声传来，小海抬头看向郭小双，见堂兄摆弄着起爆器，忙叫："哥！危险！"小海的眼瞳流露出恐惧。

"别怕，炸药放得少，咱们在安全距离伤不到的。"郭小双光着粗壮的膀子，不以为然地说，"最多炸飞几块石头，吓唬吓唬外面那些狗东西。没事的，你只管做作业。"

"噢！"小海把注意力放在作业本上，但对堂兄拿着起爆器的大手畏惧不减，以致有些走神。忽然间他莫名心慌，脊背发冷，仿佛一股凉风吹过闷热的矿洞。小海下意识转头看，只见一团光晕掠过山腹那边的矿道，一闪而过。刹那间黑沉沉的矿道深处浮现出什么东西，就像无数的怪虫浮在半空中，又仿佛荡漾在水里，拖曳出一丝丝流光，还发出噝啦的细微声响，像是在撕一沓试卷的声音。这些怪异虫子密密麻麻地汇聚，浪潮般突然汹涌地扑向他。

落日近山，光线迅速黯淡。

荣坤惊魂甫定，转念闪过一丝狂喜。聚众抗拒拆矿，最多是行政拘留和罚款，但使用爆炸物威胁对抗执法，那可是刑事重罪。事态严重升级，郭云山这次不死也要扒层皮，怨不得谁。但事情摊在他手上，还得先尝试沟通解决。荣坤压住喜色，挺着肚腩走上前说："郭老板，我跟你递个话，单独地。"

"停！"郭云山盯着荣坤。

"郭老板，你想干吗？非要把事情闹大？"荣坤应声停步。

郭云山不吭声，斜瞅着他。

荣坤的怒火腾地烧起来，头越发疼痛。如果手上有枪，他绝对毫不犹豫地拔出来，朝这双令他无比厌恶的眼睛开火。不管什么事，只要郭云山掺和，立刻变得一团糟，让他不如意。原本可以好说好散，揣着停矿补偿费散伙，让他也好交差，却非要把事闹大，这不是自个儿找死吗？荣坤压住火头，用最温和的语气说："凡事不要做绝了，我们谈个条件，如果这事到此为止，封矿补偿费数额还可以商量，我尽力去协调……"

郭云山充耳不闻，目光越过荣坤，落在附近的推土机上。

十一年前，郭云山购买了一台卡特 D7 推土机，开始在磷矿厂承包土石剥离工程。让他惊喜的是，这台二手推土机的质量相当好，耐用、力大、干活儿有劲儿，用了六年才维修，为他创造了丰厚的利润。后来，他又买了一台卡特 320C 挖掘机，成为他闯荡磷矿市场的开采"金刚"。事业飞速发展，他从帮别人干活儿到经营磷矿开采，团队不断壮大，致富之路越走越宽。

郭云山今年三十六岁。老人常说男怕三六九岁关，人很容易栽在这个坎儿上，天灾无常，人祸难避。他这个从贫穷小渔村走出来的创业英雄、云山矿业的老板、省优秀企业家、县纳税大户，如今的路似乎走到了尽头。

“郭老板，”荣坤游说，“拿了钱，哪里不能安身？像你这样的人才，省城才是你畅游的大江大海，何必憋屈在这个小县城？我知道你一直埋汰我，但没关系，我能理解，人啊，谁不为自个儿着想？拿了钱，我们一拍两散，谁也不用看谁的脸色。就这样吧，一百六十万，足够你偿还贷款了，这是最后的底线，你愿意就点个头。说实话，我也熬不住了，上周医院检查，我的高血压还是下不来，这人啊，活着累，指不定哪天身体就突然垮了，争来闹去没意思，不如多陪陪家人，健康平安才最重要。”荣坤说得口干舌燥，但见郭云山神情飘忽，他皱眉喊了声，“老哥，你回句话，到底成不成？”

“通知县委县政府领导来谈话，要不就叫殡仪馆的人来收尸。”郭云山从远处收回目光，转身走进矿洞。

荣坤站了片刻，猛地抄起警棍砸碎推土机驾驶室的玻璃。“上报县委办公室，发生紧急情况。”不管郭云山闹多凶，他奉陪到底。于公于私，两人已势如水火，多年来这种情况从未有丝毫改变。

郭家村这一代同辈人中熬出两个大人物，一个为官，仕途锦绣；一个经商，富甲一方。按村里的族谱记载，荣坤和郭云山算是瓜藤亲，见面应该称表兄弟。但实际上，自从多年前郭云山从省城开着锃亮的桑塔纳轿车带着媳妇、放着鞭炮回村那天，时任村长的荣坤心里就起了怨。一山难容二虎，他在村里领头人的权威不断受到郭云山的冲击。郭云山出手阔绰，出资修祠堂、修筑乡间公路、开矿厂……郭云山做的每一桩事都让他堵心。

“富不露财，这是古训。”进山执法的前晚，荣坤把玩着青花瓷碗喝茶，对屋里的婆娘说闲话，“早先，我们村也是有个姓郭的蛮汉，去缅甸跑马帮发了横财，骑着高头大马雄赳赳地回村，一路响当当放着火铳，盖新房、讨小老婆，劲头十足。嘿，没过几年实行土改运动，他头一个被斗死、被分光财产。我家分得一张八仙桌和这套茶碗。这古话道理简单，做人啊，太过招摇必招天谴。这不，他的报应来了。”

县领导高度重视这个危安事件，紧急启动三级应急响应，联络政法、武警、消防和120急救中心等部门赶赴帽天山矿区。

帽天山化石群是寒武纪古生物圣地，是一座宏伟璀璨的生物考古科研的金字塔。早在19世纪，达尔文在其著名的《物种起源》一书中曾预言：今后如果有人对进化论提出挑战，那很可能是因为寒武纪古生物的发现。

1984年7月，科考人员在抚仙湖北岸的帽天山发现了距今五点三亿年前的寒武纪古生物化石群，轰动了国际科学界。这些化石群再现了地球海洋中最古老的动物原貌“生命大爆发”发生的真实过程，对地球早期生命演化的研究具有非常重要的价值。1991年，美国《纽约时报》以头版头条附精美图片介绍了中国帽天山动物化石群的发现，并指出：“中国帽天山动物化石群的发现，是本世纪最惊人的科学发现之一。”1992年2月，帽天山化石群入选联合国教科文组织《全球地质足迹预选名录》，2001年，被命名为“国家地质公园”。

有化石就有矿。在帽天山，化石和磷矿是一对孪生姊妹。

上世纪80年代，省地质矿产局对帽天山分布的磷矿带进行勘查，探明矿区C级以上的储量达二点三亿吨。经过二十多年来的建厂采矿，磷化工逐步成为县里的支柱产业，到2003年，磷化工年产值达十多亿元，占县财政总收入的三成以上。但化石在磷矿的上层，采矿必然影响化石，会对化石群保护区的景观、生态、地貌造成难以估量的破坏。

国家地质公园的核心保护区，在海拔2026米处，从中心区向南、向北各延伸四公里，南部为实验区，北部为缓冲区。保护面积共十八平方公里，向地下延伸五十米。这些年，大规模采矿已经触及化石保护缓冲地带，逼近核心保护区，几块“界碑”边缘被挖得残缺不全。在近百米深的山腹里，挖掘机和推土机轰鸣，分上中下三个层面掘进，几十辆载重大卡车往来穿梭。在化石群发现点的南面，仅一沟之隔的山脊被挖出约两个足球场大的深坑。山体遭到开膛破肚，满目疮痍，帽天山的化石资源遭到严重破坏，这让第一个发现化石群的侯先光教授痛心疾首。

这是人与自然尖锐对立的矛盾——采了磷矿，毁了化石。

获取资源经济利益，还是保护自然生态环境？历任县领导都不得不承受巨大的决策压力。在矛盾面前拉锯式地犹豫了二十年后，最终采取果断措施，全面关停帽天山周边的磷矿。

疯狂的磷矿开采成为了历史，犹如一曲澎湃的交响乐戛然而止，只有郭云山这个不和谐的音符还在颤动尾音，让人揪心。

一束阳光斜入矿洞，蝴蝶逐光翩翩起舞。

小海抬手揉了揉酸胀的眼窝。异象消失，他的视线恢复了正常，但噩梦般可怕的场景烙印在他的脑海，让他不知所措。异象中飘浮着无数怪虫，忽地扑过来一条巨大的长虫，躯体狰狞扭曲，密集的长触角伸向他，如渔网缠过来，一种黏稠冰凉的感觉让他窒息。触角近乎透明，以极快的速度膨胀、变形，充满整个空间后突然爆裂，令人毛骨悚然，不知道这意味着什么。小海承受着恐惧和不安，隐约预感到将要发生一件可怕的事。

热腾腾的饭菜端上来，大家围拢一起吃饭。郭母悉心地喂食患老年痴呆的郭父。郭云山扒了几口饭放下碗，见儿子神情恍惚，就问："还在想作业？"

"有篇作文，我不会写。"小海想跟父亲说他见到的怪东西，但他犹豫着不知该怎么描述那个像噩梦般的场景。

"啥作文？"

"前些天，总理讲了话，老师要我们写篇感想。"

"为啥写不出来？你平时挺利索的，今天半晌没动笔。"郭云山皱眉问。

小海抿嘴不吭声。

郭云山说："9月5号，国务院总理做出重要批示，'保护帽天山化石群，保护世界化石宝库，保护这个极具科学价值的自然遗产'，对不对？"

小海扭着头，用脚尖磨蹭着地上的一颗小石子。

郭云山暗叹口气说："有矿不能开采，有水不能污染。保护自然生态是对的，我们要为将来创造一个良好的环境。"

"但，干吗要抢我们的地盘？"小海望过来，清澈的眼眸中带着困惑。

"是我们抢了它们的地盘。"郭云山浮起笑容。这犟小子闷声不出气，心里却什么都明白。他搂过儿子，温声说，"五亿年前，这里还没有大山，是一片寂静的海洋。忽然间海里有了生命的萌动，出现了许多种稀奇古怪的生物，它们是世界上所有动物的祖先，包括人类。科学家称之为物种大爆炸。生物诞生、活动的声音大概是地球上最美妙的声音。循着这个声音，我们有可能探知到生命从哪里来，到哪里去。"

"那时候的人生活在海里？"小海好奇地问。

"那时还没出现人，是祖先。"郭云山抬脚跺了跺地面，"这片海里充满生灵，是所有动物的起源之地，我们现在坐的地方，是地球生命的摇篮。"

"我看过化石图片，它们一点都不像人。"小海质疑。

“形态虽然不像，但地球上的生物都有共同性。海里的古生物，很多都是些软乎乎的小东西，软弱微小，没有消化系统和神经系统，遇到强大的生物就被吞吃；要不就缩到壳里，就像胆小怕事的普通人。还有少数食肉类捕食者，比如体长超过两米的奇虾，它们有牙齿，嘴大贪吃，攻击力很强，就像……”

“就像外面拿喇叭喊话的叔叔。”小海说，“他是个吃人的大海怪。”

郭云山笑着伸手挠挠儿子的头，“海里的怪东西多了，还有一种叫作怪诞虫。这是英国科学家莫瑞斯命名的，它又叫墨斯卡灵类幻觉怪兽。”

“墨斯卡……幻觉，是什么？”小海不理解这个生僻的词语。

“郭云山，你出来。宁副县长到了，亲自和你谈话。”洞外传来喇叭声。

郭云山微微一怔，他从公文包里抽出一个文件袋，拉了小海说：“走，我们一起出去，你还没见过这个宁阿姨。”

郭小双赶紧放下碗，嘴里还嚼着块回锅肉，抄起起爆器做好准备。突然间一股触电感让郭小双的手发麻。郭小双甩了甩手，没在意，摸出一支烟叼在嘴里准备点上。忽地，他的手掌自动张开，五根手指不受控制似的抖起来。“怪哩！”他瞪着古怪抽搐的手掌，仿佛这只手不是他的，而是它自个儿活了。而后，一种莫名的异常感受陡然掠过意识，控制住他。

宁茹是从中央下来基层挂职的副县长，她主管文教和宣传工作，负责帽天山世界自然遗产的申报工作。她还没正式上任，怀孕在家待产，听到消息后心急如焚地赶来。她家路程近，赶在其他领导前到达现场。

“宁副县长，您怎么来了？”荣坤暗暗震惊，看了眼宁茹高隆的腹部。他很快镇定下来做出担忧的神情，“这里乱麻麻的，您要注意身体啊。”

“没事。情况紧急，我先和郭云山谈谈。”

“小心他狗急跳墙，要不还是等葛书记带人来了再说？”荣坤劝道。

“救急如救火，我认识郭云山，但愿能尽快做通他的工作，早点儿解除危机。”宁茹微微皱眉。她和郭云山是老校友，她初中进校那年，郭云山读高二，是学生会主席，也是为数不多让她仰慕推崇的学长。为此，她差点儿追随郭云山报考中国科技大学，但最后阴差阳错，她读了中国传媒大学的新闻采编专业。毕业后到新华社国际部科技室工作，而后任新华社驻伦敦分社记者，她的身影活跃在国际新闻采编一线。

两人多年未联系，想不到再见面却是在这种窘迫的情况下。郭云山走出矿洞，凝视宁茹片刻后吩咐儿子：“快叫宁阿姨。”

“林阿姨。”小海打量眼前这个面容亲切、挺着大肚子的孕妇。

“不是林，是上面宝盖头，下面一个‘丁’字的宁。”宁茹柔声说。

“噢，宁。”

“你多大了？上几年级？”

“八岁过两个月，三年级，我读书早。”小海眨了眨漆黑的眼睛，犹豫一下又说，“我叫郭海，偏旁三点水，右边一个‘每’字的海。”

宁茹和郭云山相视一笑。现场紧张的气氛稍缓。

“你回来二十多天了吧？一直没见着，只听说你在休产假。”郭云山的目光落在宁茹撑圆的腹部上，眉头紧蹙问，“看样子快生了，预产期是哪天？”

“还有两周。我算是大龄产妇，医生建议我窝在家养胎。”

“那你还来？有个什么闪失，我罪过大了。顾政委呢？他怎么没陪你过来？”郭云山问。

“老顾他有任务去了省里，后天回家。小姑子开车送我过来的，临产前走走多做运动也还好。唉！”宁茹感叹，“老同学，你为什么这样做？这不像是我认识的那个闻名全校的风云人物，更不像稳重睿智的高工企业家的作为。我读过你在SCI上发表的论文，很有学术价值，在采矿工程技术领域影响不小。我还打算上班后准备材料，树立你为咱们县的科技人才典范，可这……”

“不用多说了。”郭云山打断宁茹的话，“情况特殊，我也没辙。我有两个要求，首先，关于停矿补偿的事宜，请县领导秉持公正解决后续安置问题；其次……”他瞥眼荣坤，扬了扬手中拿的文件袋，“我举报荣坤贪污受贿、玩忽职守。”

“胡说，你血口喷人。”荣坤听了脸色大变。

郭云山上前把文件袋递给宁茹说：“这是我整理的详细材料，荣坤利用职务之便，上下勾结，多次收受蒋玉保、张春全和梁国成等十多个矿老板的贿赂，采矿贪钱，封矿也贪钱，肮脏透顶。请你将这份材料转交纪委，我愿意配合调查。”

“他这是借机报复、污蔑，宁县长，您千万别听他乱说。”荣坤矢口否认。但他色厉内荏，声音颤抖，冒出一脑门儿汗。

“是不是诬告，组织会调查清楚。只要行得正，坐得直，不怕影子歪。”宁茹把文件袋收进挎包。

话音才落，荣坤脚一软斜靠在推土机上，像个病危的人，只剩喘气的份儿。他终于明白郭云山的意图，闹这么大的动静，只为引起领导的重视。他千算万算却算漏了宁茹这个变数，完了，完了，后脑剧痛，眼前阵阵发黑，荣坤心知这份材料像一根导火索能引爆整个炸药库那样，让他再也捂不住私底下的事。

宁茹问：“有证据，举报可以走正常程序，你为什么非要这样做？”

郭云山苦笑着摇头说：“如果不是迫不得已，谁愿意啊？你才来，还不了解情况有多复杂难办。别以为我失心疯，想自寻绝路。”

宁茹立刻说：“好，无论阻力有多大，我可以保证一定将材料递交给上级领导。你能不能先拆了炸药？”

“谢谢宁副县长，我随你去自首接受处理。如果没有荣坤这种人阳奉阴违，肆意敛财阻挠，帽天山矿区早就该封停，现在也该结束了。我还做了份合理规划磷矿业的建议书，附在文件袋里。”郭云山讲完这番话，随即对矿洞大喊，“小双，关掉起爆器。”

宁茹长舒一口气，流露出赞许的神情。她伸出手说：“这结局不错，很高兴再次见到你，学长。”正义或许会迟到，但从不会缺席。郭云山握住宁茹手的一瞬间，欣慰之余却又心情复杂，百感交集。

小海露出个带酒窝的笑，但蓦然间一种不祥的巨大吞噬感传来。矿洞口，怪异的触手扭曲蔓延开来，像无数藤条纠缠在山体上快速生长，无边无际。

“爸！”小海失声呼叫，声音充斥惊恐。他拉紧父亲的手，脑海中闪过强光、爆炸、碎石、血肉模糊的惨烈画面。

“怎么了？”郭云山微笑着看了眼儿子。

“轰！”就在这时亮光一闪，矿洞突然发出震响，碎石噼啪横飞。

爆炸冲击洞口附近的人，瞬间大家被腾空而起的烟雾尘土笼罩。郭云山晃了晃，回头惊见矿洞支撑面坍塌，土石骤如雨下。“啊……”他大吼着推开小海后猛冲进矿洞。爆炸威力大得超乎寻常，他不能眼看着矿洞里的家人有危险。

“爸，爸！”小海摔在地上，很快一骨碌爬起来追着父亲跑过去，惊恐的叫声带着哭音。

“快回来……”宁茹见情形危险，跑过去想拉住小海，但她拖着大肚子行动不便，只见瘦小的身影没入矿洞尘雾中。

拆矿队有几人反应过来，立刻赶去救援。“噼里啪啦”一阵闷响，发生了山体滑坡。他们骇然收住脚步，眼睁睁看着宁茹的背影消失。山体土石像被无形的大手扒拉往下塌，密集的石块迅速将矿洞掩埋。

“快跑，塌方了……”大家撒腿往外狂奔。

盘山路上，以县领导为首的车队正赶来，警笛响彻山谷。落日坠入西边山头，在山谷间拖出大片浓重的阴影。

山腹矿洞里一片漆黑，一团微光幽幽闪现。

宁茹手拿点亮屏幕的手机，头发凌乱，脸颊上的血迹在微光下色泽晦暗，一滴滴顺着下巴落下。灰尘、血腥味刺鼻，矿洞内的空气混浊而燥热，四周响动着窸窸窣窣的沙石滑落声，让她胸闷欲呕。

她强忍疼痛和惊恐，一手托着沉重的腹部，一手举起手机查看。

朦胧光亮中，小海那瘦小的身躯搭在她腿上软绵绵的，耷拉的脑袋湿漉漉的。她查看小海的伤势，右腿骨折，头顶、前额和左脸颊上血肉模糊。在她抱住小海之前，大小石块又接连砸下来击中这孩子的头部，矿洞随后坍塌，光线迅速消失，洞内陷入黑暗。

“小海，小海……咳咳……”宁茹用力呼唤导致她吸入灰尘而引发一阵咳嗽，紧接着腹部胎动感强烈。她手摸小海的颈动脉，惊喜地发觉还有一点微弱的搏动。这孩子还活着。她咳嗽着呼喊：“有人吗？郭云山，云山，咳，你在哪里？”

声音空洞沉闷。一束晃动刺眼的光忽地闪亮在不远处，灰尘如海底密集的微生物一样在光束中浮沉。郭云山从尘土里踉跄爬起来，开启一顶矿工帽上的矿灯。他木然不语，持灯扫过已大部分坍塌的矿洞。就像漆黑影厅里放映机发出的光，在灰扑扑的光芒照亮下，矿洞内显出惨烈的画面：狰狞的土堆、乱石，石缝中闪现一两条人的肢体。

“娘……”郭云山炸裂般呼喊。他扣上矿工帽，双手疯狂扒拉石块。

矿灯光柱晃动。强烈的晕眩感袭来，宁茹一度失去意识，直到被一阵悲怆可怕的声音惊醒。她恍惚看到郭云山的身影在激烈发抖，双手血淋淋的，怀抱着一截软软的躯体，发狂叫喊。那不像是人类能发出的声音，倒像是荒野上垂死的野兽在嘶号。

片刻后，嘶叫只剩窒息般的咝咝出气声。声音蓦然停住，郭云山猛地扭头瞪着矿洞深处，他从地上抄起一柄铁锤快速冲过去。

宁茹惊急，郭云山看似崩溃癫狂，竟然不顾她和小海。她向郭云山发出呼救，但声音微弱得连她自己都听不清。没过多久，远去的矿灯光亮渐弱，最后一点光线消失。

黑暗压下来，重重笼罩着矿洞。

宁茹积蓄气力，挪开小海，忍痛趴在地上伸手一处处地摸索，手指被尖锐的石块割破。她终于在地上摸到一顶矿工帽，摸索着点亮矿灯。举灯环视一圈，矿洞坍塌得已不成形，入口处严丝合缝，沙石灰土还在不断地从顶壁上倾泻下来，在沉闷的寂静中“沙沙”声响令人悚然。看上去还要塌方，所在之处极不安全，手机没任何信号，只显示着触目惊心的时间。胎动感更强烈了，腹部传来让她害怕的阵阵闷疼，恶心呕吐感愈发强烈。她急忙戴上矿工帽，吃力地抱起小海，一瘸一拐地挪向通往山腹的矿道。她唯一能做的就是保住性命，带着小海找个安全的地方躲避，等待矿洞外的人来救援。宁茹心头揪紧，担心在这样的绝境中会引发早产，她不敢想后果，只希望救援人员早点到来，但不知矿洞的坍塌面积有多大，疏通要多长时间，她，关键是腹中的胎儿，还有小海，还能支撑多久。

“哗啦！”地面轰然震动。她身后的矿洞又塌了一处，沙土如雨下，矿道内支撑面不断在崩裂，山体发出可怕的沉闷声响。

宁茹用尽全力抱着小海往矿道里走。她浑身剧痛，肚子越来越沉重难受，肢体渐渐麻木，全凭意志在机械地走动着。最终她支持不住，背靠洞壁坐下，短暂昏迷了一会儿。

矿灯照耀。小海的右腿和头上血流不停，眼窝血肿黏糊，这孩子的左眼球破裂，伤势十分严重，必须紧急包扎止血。宁茹强迫自己镇定下来，拉开挎包翻找一切能用的东西：文件袋、瓶装纯净水、纸巾、手帕、眼药水、风油精、护垫、棉签……她取下钥匙串上的指甲刀，剪开衣布，撕成一条条，再把厚实的文件袋卷在小海的断腿处充当夹板，用布条牢牢固定、捆住。她随后处理小海头上的伤，拿棉签清除伤口中的碎石，用纯净水混合眼药水冲洗伤口防止感染，再用护垫覆上，最后用布条缠绕他的头部。

宁茹也被石块击中，幸亏颅骨没破损。让她最揪心的是胎儿，肚子没了动静，不知胎儿的情况如何。在这番激烈的折腾后，谁知下一刻会不会出事。

“爸，妈妈……”小海失去血色的嘴唇忽然开阖，发出微弱的声音。

“别怕，阿姨在呢。”宁茹伸手搂住小海。失血让这孩子像寒雨中的小猫一样发抖。渐渐地，小海在她怀里平静下来。感受着温热的怀抱，钻心的疼似乎徘徊在遥远的地方，让他不再那么难受。他声音微弱但清晰地问：“宁阿姨，我爸爸呢？”

“你爸也在，别担心，他就在矿道里头。”

“爸爸……”小海呼叫，胸腹激烈起伏。

没有应答，只有矿洞深处传来空洞的回声。“我们被困在洞里，你爸去找出路。你别用力说话，好好休息会儿。”宁茹柔声哄着他。

“嗯。”小海含糊应声，过了会儿他瘦弱的手臂无力地垂下去。

“小海，小海，你感觉怎么样，疼不疼？”宁茹惊急呼喊。包扎在小海头上的布条已经殷红，脉搏微弱，她担心这孩子快撑不住了，“你不要睡着，没事的，小海，快醒醒！”

“我醒着呢，宁阿姨。”小海忽然低沉说。

“那就好，跟阿姨说说话。”这孩子的眼球破裂，不知道承受着多大的痛苦，但他却没呼痛。宁茹为之心疼。

“什么叫墨……卡灵怪兽？”小海喃喃问。

宁茹听了惊讶一怔，转念反应过来说：“小海，你说的是怪诞虫吧？它的别称叫墨斯卡灵类怪兽。你怎么想起这个东西？”

小海说：“爸爸跟我说的，没说完，你就来了。阿姨，为什么叫墨斯卡灵？好古怪。”

“墨斯卡灵是一种南美洲植物的汁液，人不小心吃了以后会产生幻觉，好像睡着了做梦看到各种稀奇古怪的东西。”宁茹熟知古生物化石资料，解释说，“怪诞虫的样子很奇异，它用身体上的刺行走，用触手游泳，就像在梦幻中才能见到的怪物，所以啊，科学家就叫它墨斯卡灵类怪兽。”

“阿姨，你的声音真好听，还有呢？”小海的嘴角微动，似乎笑了。

宁茹揪心难受。她清晰地感到小海的体温在下降，软软的指尖发凉。

“怪诞虫没有大脑袋，头和尾巴十分相似，它就像巨大的毛毛虫，长长的一条。到现在，大家都猜不到它到底哪头朝前、哪头向后，它是个谜。”宁茹用轻松的语调说着，只盼小海能一直听她说下去，“二十年前的一天，一个叫侯先光的古生物学家，在帽天山考古，手拿一把小手铲在岩壁前挖掘。

傍晚的时候，侯教授准备收拾工具回家，忽然发现一块化石保存很好，古生物的样子栩栩如生……”

忽然，小海的右半边脸怪异扭曲，面部神经像不受控制似的抽搐。这情景很吓人，宁茹失声呼喊：“你怎么啦？小海、小海……”怪异的表情消失，小海缩紧身体，喃喃说：“我看到了怪诞虫。它的尖刺、触手好可怕，一条条扭着……”

“什么？”宁茹握紧小海的手，感觉到他的脉搏陡然增强，心脏明显在加速跳动。小海颤声说：“它在水里，水里还有好多鱼。不是鱼，是很多怪虫，它们是活的，在水里游，好亮……”这孩子在胡言乱语，像回光返照。宁茹焦急万分却又束手无策。突然她生出一种莫名的感觉，仿佛某种无形的东西从矿道深处传递过来，一阵阵冲击着她。

“嗡……”耳膜震动，好似冷风掠过大脑神经，冲击感明显。

宁茹转头，矿灯光束扫过冷硬的洞壁，矿道深处传来微弱但迫人心魂的声响。伴随着一股回旋的气流，“嗡嗡”震响越来越大，很快变得清晰可闻，振动着矿道内的空气和岩层。她下意识地把手放在地面上，立刻感到整条矿道都在震动，就像受伤的人体剧痛颤抖。一种特殊频率的震感从她的指尖传递到心底，让她战栗，蓦然不安。

凝听片刻，她分辨出来，这是机械在矿道深处制造出来的震感，像是一列飞驰的火车车轮隆隆碾压铁轨冲击地面，更像庞大的机器在挖掘山腹。宁茹想到郭云山，难道他在矿道深处开动了挖掘机？

“爸爸，我爸爸在那儿，亮光那儿。”小海突然喊出声，挣扎着抬起手指向矿道深处。但这孩子的头上包扎着一层层布条，双眼蒙住，不可能看见任何东西。宁茹安抚着小海，但他突然挣扎得很厉害，“爸爸，我要去找爸爸。”他不停地呼唤，声嘶力竭。

宁茹无奈说：“你别动了，阿姨这就带你过去找爸爸。”她费力地抱起小海走向矿道深处，一步步艰难前行。

挖掘山腹土石的震荡声越来越刺耳，但他们似乎一直走不到矿道尽头。她浑身虚脱，血和汗流淌在一起，心脏不堪重负地狂跳，腹部再次剧痛起来。忽然间矿道里的震响消失，变得寂静，可怕的寂静。

她蓦然听到自己的急喘声，心脏怦怦跳动，天旋地转的她恍然失去了意识。

第 2 章　光之隧道

蓦地，前方亮起一点光。

这点光渐渐扩散成光晕，柔和清亮，驱走矿道深处的黑暗。

光晕慢慢扩大，通明却不刺眼，扩散的速度怪异地缓慢。宁茹适应了光线强度的变化，不知不觉中，柔光似潮水般无声无息地弥漫在她的周围。

矿洞内的一切东西都沉浸在光芒之中，纤毫毕见。清晰异常反而失去质感。光线拉伸了空间。宁茹感觉她不像走在矿道里，而像荡漾在明亮的水中。她看不到任何光源点，四面八方都是无处不在的柔亮白光，光线穿透山石，无限延长。

她发现光线透过她的手，掌纹深浅的差异几乎不可见，光芒像是融合在她的皮肤肌理中。这不是人造光源产生的现象，她从没有置身过这种环境下，感觉不真实。一段时间内她失去了正常反应，下意识地闭上眼睛，就在眼皮合上的一瞬间却发觉光线仍然存在。

睁眼，闭眼，快速睁眼，闭眼，睁大眼睛，紧闭眼皮……她震惊地重复了很多次类似相机快门开阖的眨眼动作，但眼前却没有任何变化，光线仿佛透过眼皮投射在她的视网膜上成像，或直接成为信号通过视神经传递到了脑部。人眼这种完美进化的器官失去了它的作用，她透过眼皮可以看见物体，看见恍惚存在的矿洞。宁茹丧失正常的视觉，不由得伸手去触摸洞壁，瞬间，指尖皮肤传来触感。压力、摩擦和温度的存在让她感觉真实，证明光芒不是她的幻觉。

“小海，你看见了吗？光亮。”她失神发问，接近无意识地自言自语。

“好亮啊！”小海应声回答。他用一种近乎梦魇的声音说：“宁阿姨，我看见你了，清清楚楚的。阿姨你受伤了，脸上好多血。”

宁茹摸了摸脸颊，摸到半凝固的黏稠的血，结成块状的头发。她的理智动摇，这是什么异象？这怪异发光现象完全超出她的认知范围。“好多的鱼虾，好漂亮啊！”小海在她的怀里转动脑袋，像是隔着蒙眼的布条在四处“观看”什么东西。

“你说什么？”

“太多了，到处都是。它们发着美丽的光，好像虾子、毛虫、海绵、树叶、水藻、花瓣……阿姨你看，它们好漂亮。”

“哪里？”宁茹睁大眼睛，矿道明亮异常，但她看不到小海形容的东西，矿道内空荡荡的。“在那儿，那儿……”小海突然抬手指着，大叫，“怪诞虫，它来了，游过来了。”宁茹顺着他手指的方向看过去，但仍然没见到任何东西，更没有什么怪诞虫。

她在异常的光芒中无阻碍地远远望出去，蓦然间，她看到了矿道尽头的采矿工作面。在那里，有一台装载车和一台挖掘机，旁边站立着一个人影。

那人影恍惚变形，像沉浮在水波中。眼前的场景十分古怪，一种莫名紧张的压迫感向她袭来。“爸，爸……”小海连声发出呼喊，声音突然变得惊恐，“爸，不要……”他仿佛看到什么让他恐惧的场景。

宁茹不由得走过去，意识恍惚的她不知道怎么走过的这一段距离。

郭云山！她看见郭云山木然站立着，目光僵直，浑身染血，脸上、手臂上全都是血迹，他的手指肿胀，手掌中紧握一柄铁锤。

“你没事吧？”宁茹嗅到一种诡异的气息，才松弛的神经顿时又绷紧起来，迟疑地问，“云山，你怎么了？”

郭云山没回答，身体一动不动，像进入石化状态，他没什么表情，甚至宁茹的出现都没让他的眼睛转动一下。他握紧铁锤，眼睛直勾勾盯着那台布满尘土的挖掘机。宁茹顺着他的目光看过去，见到一个男人倒在挖掘机上。挖掘机的驾驶室玻璃碎裂了，这人的身躯从驾驶室探出来耷拉在边上，脊椎古怪弯曲，臂膀粗壮，皮肤黝黑，头颅血肉模糊。这人颅骨破裂，就像遭到什么东西撞击，头脸烂得失去原有的形状。空气中弥漫着尘土悬浮物。挖掘机的外壳上黏附着喷溅状的血肉碎片。铲斗卸在一旁，挖掘机的机械臂上装着振动裂土器，裂土器的尖钩像蟹钳一样勾进石壁，剥离了部分坚硬的盖板石，碎石散落着堆了一地。这人是谁？为什么操作挖掘机？他怎么死的？

“你杀了他？”宁茹的目光落在郭云山手提的铁锤上，惊骇失声。

碎石锤的金属锤面上黏附着带血的皮毛。

郭云山木然不语。她眼前的这汉子好像不再是郭云山。宁茹不由自主地战栗，生出想逃离的念头。突然，带血的铁锤动了动。郭云山慢慢转过头，动作机械僵硬，目光定定地看着她。他布满污血的脸上忽然浮现出一个笑容。

“云山。”宁茹被他扭曲的笑吓住。

“他说……”郭云山发出干涩的声音，“他不知道，为什么要按下启爆键，不知道怎么来到这里。”声音顿然尖厉，他狰狞大喊，“他是猪狗东西啊？什么都不知道，吃屎蒙了心。”

“你冷静点儿，冷静，你先放下铁锤。”宁茹劝说。她感到郭云山的癫狂，但在这种失常的状况下她自己都没法保持镇静。

郭云山的笑越发尖刻扭曲。“小海……”他看向宁茹抱着的孩子。

小海没有应答，深陷昏迷。

“他死了？”

“没，他还活着，只是受了伤。”宁茹说。

“他没动，他死了是不是？你骗我。”

“真的没有，小海只是头部受重伤，昏过去了。”

“把他抱过来，他是我儿子。”郭云山的声调尖锐刺耳，“过来，来我这里。”宁茹紧紧抱着孩子往后退。“你怕什么？”郭云山狰狞问。

石锤拖在地上发出悚人的摩擦声，一堆碎石窣窣坍塌。

“没！”

“你怕我？”

“不怕，不是的。”宁茹惊恐摇头，转身绕到挖掘机另一侧。她不敢看郭云山，那不是人的表情。

“你为什么要躲着我，躲我那么多年？为什么骗我？你们都在骗我。”

挖掘机遮挡在前。宁茹看不见郭云山，只听到他愤怒的声音传来。宁茹感到他处于精神失控的边缘，“云山，你冷静下来听我的，别难过……”

“为什么？”

“砰！”随着“为什么”问出口，郭云山蓦然挥起铁锤，重重砸在挖掘机的履带上，发出刺耳的金属撞击声，震动矿道里闷灼的空气。

“砰砰砰砰……”一声又一声令人毛骨悚然的震响。

郭云山疯狂地挥锤猛砸挖掘机，仿佛要在机器上硬生生砸出一个答案，给爆裂喷发的情绪找一个宣泄口。

宁茹的耳膜嗡嗡闷痛。她不由得蹲下，缩身躲在卸在地上的铲斗边，心头掠过阵阵战栗。

锤砸声猛地停住。她抬起头，赫然见郭云山站在她面前，双眼死死盯住她。血迹在他脸上扭曲，形成一种末日绝望抽象画般的凌乱状态。他目光呆滞，发出变形的笑，“我爱小海，爱所有的人，我一心对你们好，你知道的，对不对？”

宁茹透不过气，她点点头。

“为什么要背叛我？”

“没有。”

“没有？”郭云山举起铁锤。

宁茹一阵痉挛。她浑身发软无法躲避，甚至无力呼叫。

“爸……”小海忽然发出微弱的喊声。

郭云山的手臂应声停住。

矿道内的光亮陡然增强。一条怪物窜出洞壁，从石层深处游过来，游动在茫茫波动的光芒中。怪物的身躯十分庞大，如巨蛇蜿蜒游弋，占满了空间。它通体光亮，肢节细微处纤毫可见，长长的尖刺移动至宁茹的眼前，近在咫尺，触手可及。长条形的躯体呈现出一种无法形容的扭转运动轨迹，它浮在光线中时近时远，时隐时现，毫无阻碍地扫过矿洞的石壁。

是怪诞虫，无比庞大的墨斯卡灵类幻觉怪兽。它从山腹深处游来，身躯远远比化石的形态庞大，仿佛一条毛虫化成了巨龙，十分逼真，活灵活现，遍体尖刺和灵动怪异的触手近乎半透明。宁茹震撼失神，下意识地想伸手去触摸，但惊惧让她的手臂僵住。

各种各样的怪异生物随之出现，密密麻麻、无穷无尽，浮游围绕在怪诞虫的身旁。都是从没见过的生物，不，应该是没见过它们活生生的状态。宁茹恍然明白过来，它们都是寒武纪古生物，有纳罗虫、海口虫、火把虫、马蹄虫、奇虾……它们和化石形态迥然不同，又似乎一样。它们鲜活游动，融在光芒之中，色泽鲜亮斑斓，犹如小海之前形容的，有些像水母、海虾、蠕虫、海绵、松针、圆盘，有些像水藻、花瓣、海带。无数的寒武纪古生物通体泛光，大大小小充斥整个空间，光怪陆离，悠然在四周沉沉浮浮。一幅完整而古老的海洋生态群落景象，一片恍如充满生灵的光之海洋。

不知过了多久，古生物在一瞬间全都消失了，就像它们的出现那样突然，矿道内只剩空荡荡的光芒。

铁锤落地。郭云山仿佛清醒过来，蹲到宁茹面前问："你怎么样？还好吧？"他声音颤抖，但看起来至少变得正常许多。

宁茹颤抖着，没法回答。

"别怕，我回过神了。刚才吓坏你了吧？对不起！"郭云山向宁茹伸出手，"把小海给我。"他把小海接过来抱在怀里察看。

这孩子昏沉沉无知觉，呼吸微弱。

"你刚才怎么了？"宁茹发抖说。

"我不知道怎么回事，意识模糊，整个人好像蒙了，不受大脑控制。这里很古怪，一切都变得不受控制，很不正常，不符合常理，不知该怎么解释这种现象。"郭云山的表情痛苦。矿洞里依然充满柔和的光线，茫茫通明，但找不到任何的发光源，这种超自然状态已非人能解释得清楚。

"怎么办？"宁茹从郭云山的眼神中感受到和她一样的惊疑。

"真糟糕！希望这小子撑得住。"郭云山摇摇头。

他检查小海的头伤，摸了摸孩子腿上捆扎的文件袋，"想不到举报材料还有这样的作用。你感觉胎儿还好吧？"

"不知道，好像有些不妙。"宁茹手摸胀鼓鼓的腹部，才从惊魂一刻缓和过来，头脑混乱，她没法做出正确判断。奇怪的是，她似乎不太难受。仿佛注射了一剂麻醉药，她失去痛感，神志模糊，就像陷入一个荒诞的梦境。她感到自己被浸泡在水浪中轻轻晃荡，有着强烈的失真感。

"他是谁？"宁茹看向那具可怕的尸体。

郭云山沉默着。宁茹不知道他在想什么，但隐约猜到情况。"你刚才遭遇到什么，怎么跑到这里？"

"郭小双，是我亲侄子，也是我矿厂的帮手，很能干，才二十三岁……"郭云山举起血迹斑斑的手，指了指挖掘机，颤抖说，"出事前，我在矿洞口凿了炮眼，放了少量炸药，爆炸威力不大，只为吓唬拆矿队。小双拿着起爆器，奇怪，我明明说了叫他关掉，为什么他还要起爆？难道他听错了？还是我说错了？"他神情困惑而痛楚。

"你没说错。"宁茹说，"我在你身旁，清楚地听到了你的话。我想他也不可能听错，肯定是别的原因。后来呢？”

“在塌方处，我发现小双的身影，他往矿道里面跑，我就跟着他一路追过来。我当时很愤怒，抑制不住怒火，失去理智。我跑到这里的时候光线突然亮了，很亮，不符合常理的一片光芒，我看见……”郭云山的手抖起来，抖得很厉害，他不得不握成拳。“我记得，我过来见到小双，发现他驾驶挖掘机在疯狂掘进，脸上带着，带着……”他沉重喘息，眼神惊恐，“一种古怪的笑，他疯狂得像个怪物。”

宁茹能体会这种感受。前一刻，郭云山同样也是变了，不受理智控制，差点锤杀了她。

“我很害怕，很愤怒。小双启动爆炸装置，一手制造了惨剧。做出这种疯狂的事，他竟然还在笑。我锤烂驾驶室，关停发动机，我质问他，但他却什么都不知道。小双说，不明白情况是怎么发生的，他被鬼迷了。我很愤怒，他不停哀求我，我没控制住，就、就……我杀他那会儿，他是清醒的，他害怕极了。”郭云山声音哽住，说不下去了。

宁茹握住郭云山颤抖不停的手。这是她唯一能给他的安慰，不用再说多余的话。过了会儿她环视四周问：“你觉得，这光线怎么来的？”

“像是一个幻觉，但又很真实。”郭云山和宁茹并排坐在一起，背靠铲斗。他茫然四顾，从地上抓起一把尘土碎石，让它们从手掌中慢慢漏下。“光源不明，但却无处不在，一种在我们理解以外的现象。难以想象，是什么能量才会产生这种光芒？我所知的科学无法解释，无法解释……”他困惑沮丧地重复了几遍“无法解释”。忽然又说，“这里好像隐藏着什么古怪的东西，影响人的意识，让人失控。”

“所以，你在失控的状态下杀了他，唉。”宁茹叹息。

“我要为犯下的罪负责，不管是什么理由。尽管当时我失去理智，但还有记忆。”郭云山沉痛说。

“你看见古生物了吗？这些异常也许跟它们有关。”宁茹问。

“什么古生物？”郭云山反问。

“你没看见？”

郭云山摇头。宁茹说：“我看见各种门类的寒武纪古生物出现在视野内，活生生的，它们浮游在半空中，不像是实体，仿佛全是影像，那种让人感觉很真实的影像。”

“不是实体？”

“它们穿过矿洞，能穿透一切物体似的。你既然没见到，可能是我的幻觉，一种意识产物。”宁茹回想着，那条怪诞虫能穿越洞壁，绝不是物理上真实存在的东西，就像墨斯卡灵让人产生的幻觉。但她转念又想到，小海也看见了，准确说，应该是小海感应到这些生物。很古怪，除非小海和她产生的幻觉具有共性，但这太不可思议。难道真有什么东西能影响人的意识？

郭云山问：“你见到的古生物，是什么样的化石种类？”

“很真实，具有细微的质感。”宁茹说，“我看过大量的化石图片资料，包括电脑模拟还原动画。但我敢说，我刚才见到的幻象远比任何一个还原图真实，有着超乎想象的细节，我甚至看到了怪诞虫的口腔，是一种类似章鱼吸盘的软体组织，半透明、粉红色，蠕动变形，好像由鞭毛和黏稠的体液构成。如果是幻觉，我不知道我怎么幻想出来的。”

郭云山说：“人的意识很复杂，没见过的东西，不代表想象不出来。”

宁茹问：“那这种光线又是怎么来的？它能穿透我的眼皮，直接让我见到物体。”

“矿洞里可能有特异的磁场，某种能量，或是什么光电效应，或者某种灵体。”郭云山说到“灵体”，摇头苦笑，“我乱猜的。到底是什么现象先不管，但这种来源不明的光芒给我们造成了不同的幻觉。让你看见了活的古生物，控制我的意识，让我发狂。它还控制了郭小双，让他莫名其妙地失常，起爆炸药，炸塌了矿洞，他那时应该是身不由己。”

“但它有什么目的？”

“控制小双开动机器挖矿？”郭云山的目光下意识地投向挖掘机造成的石层断面及地上碎裂的石块。他伸手拿起身旁地上的一块石头，用衣袖擦拭石面上的尘土。“什么东西？”郭云山的举动吸引宁茹看过去，忽然发现他手中拿着的这块灰褐色的石头，表面上嵌着动物软肢纹路，刻影清晰地呈现了虫子的整个形态。“化石？”她失声说。

郭云山分辨着说：“完整的纳罗虫化石。”

“这是长尾纳罗虫。”宁茹根据看过的资料做出更准确的判断。

石块厚五六厘米，潮湿，纳罗虫栩栩如生，仿佛虫子漂浮在水里。

宁茹和郭云山惊诧地盯着这块石头。这个磷矿洞的深处竟然有化石层？

郭云山放下小海，又拿起身旁的另一块石头，还是一块化石，是个抚仙湖虫，形态也非常完整。他再拿起一块，依然是化石，只不过这次他拿到的是一块生物残肢。一片片石头呈现一个个生物的斑纹。

郭云山跳起来，冲到挖掘机前的石壁，猛地翻动。“化石，全都是古生物化石，它们埋在石板里……”他的声音压制不住莫名的恐慌。这块盖板石是几亿年前形成的，横截面上埋着众多的古生物化石，渗水严重。挖掘机的裂土器钩子毁了大半个石层，许多化石已经被破坏得残缺不全，就像一个古生物的墓坑。

郭云山手摸石块粗粝的表面，心神激荡，石层深处似有一块“磁铁”牢牢吸住他的意识。里面是什么东西？活的生命体被困在石头里挣扎？异类生物凝固成超越时间的形态？他涌起怪异的念头，想要掘开这层石板。这念头强烈得让他不由自主地扒拉石头，手上动作越来越大。

“云山？”宁茹看到他的异常动作，紧张地喊了声。

“里面有条通道。”

“不可能的。”宁茹差点失口说出你是不是疯了，这个矿洞直通山肚子，石壁中怎么可能出现通道。郭云山迟疑说：“我明白，但我，我感觉，觉得前面有一条通道，在五六米深的位置，就在这块石板后面。”他说着语气变得坚决，语速加快，“我确定，小双也感觉到了，他要挖开石头。”

“别冲动，别管它了，你用手也挖不开石层。”宁茹劝说。

“我没事。救援队不可能很快疏通矿洞，慢则需要一两天的时间，最快也要到明天中午。”郭云山看似神志清醒，对形势做出冷静的判断。他转身将郭小双的尸体从挖掘机上抱下来，要将尸体扔进装载车的车斗，但停顿一下，将尸体藏在一堆矿石后。

尸体的一条胳膊露在石堆外，手臂粗壮，皮肤黝黑凝血。很快地，这只手也被他拉到石堆后。“你带小海让开，我要挖了。”郭云山钻进挖掘机的驾驶室，启动发动机。他的行为举止看起来都很正常，甚至冷静得过分，但不知为何却透着一股邪气。

挖掘机的机械臂摆动。液压马达带动振动箱内的偏心齿轮，发出强烈激振，振动速度很快攀升到每分钟 2400 转，裂土器在激振器的作用下冲击盖板石，斗齿的尖钩高速破碎石板。轰鸣震响传来，宁茹的心为之战栗。她没法做任何阻止，只能看着郭云山操作挖掘机不停地挖掘。碎裂出一大堆石块后，他卸掉裂土器，操作老练地换上铲斗，将地上的石块铲进装载车，然后又换成裂土器，接着往石壁深处挖掘。

挖掘机工作了一阵终于停下，矿洞内寂静如墓地。

一条通道出现了。郭云山爬上石堆顶，瞪着通道，看到一片白茫茫的柔光。矿洞的光线和通道的光融汇在一起，远远地看出去，通道一直延伸到大山的山腹深处，仿佛无穷无尽，最远处只见白光。通道的直径约三米，没有磷矿石。这条通道的上半部成不规则的筒形，下半部覆盖潮湿的泥土。空气流畅，没让人感到不适。土质疏松带着一点儿腐败的黏着物，类似风化的淤泥。看起来不像是地下天然溶洞形成的通道，倒像是一条人工挖掘出来的通道。“有人挖了这条通道，但又重新填埋，用泥土塞得满满的，时间久了，土壤自然往下沉降，露出大半条通道。”郭云山捻了捻泥土，凭经验判断。通道里的土质掺杂沙砾，绝对不属于山体，仔细观察还能发现贝壳碎片。泥土属于泥沙混合物，像是采自湖畔。

这条通道通往哪里？谁挖开又运输泥沙来填埋？是否从抚仙湖岸边采土运到这里填上？这些都不得而知。

“我去探探路。但愿能从这条通道逃生，天晓得，也许就去到了湖边。”郭云山试探着进入通道，不紧不慢地沿着通道移动。

“我跟你去，等等我。”宁茹焦急起来，想要爬上石堆，但湿滑的石堆让她不由得迟疑起来。她摸了摸大肚子，找寻着落脚处往上攀。

一条白茫茫的光之隧道，光线清亮柔和。通道内一点儿也不显得压抑，泥土路平坦，郭云山行走起来很顺畅。

两边的石壁不同寻常。他分辨石质，发现是板岩和高岭石，还有少量的玄武石。从石头表面风化的程度来估计，这条通道开挖的时间很久，应该不少于上百年，他犹豫了下，很快将时间往上估计到几千年，甚至更久远。高岭石是一种含水的铝硅酸盐矿物，风化和沉积为黏土，需要的时间不是一般的漫长。难道这条通道有上万年了？他摩挲着石头表面，震惊不已，见鬼了！难不成这是一大群原始人手拿石斧开凿出来的通道？还有，这三种不搭调的石头怎么会混在一起？离奇古怪极了。这里是帽天山含磷量最高的矿洞，但这条通道却没有任何磷矿石的踪影。

郭云山沿着通道往前走。那种磁石般的、来自心灵深处的吸引力诱使他不停地走，前方弥漫光亮，遥远得仿佛走不到尽头。过了会儿，他恍惚起来，意识涣散，不知前后左右，甚至感觉不到重力的方位，好像走在地上，又像是倒立着走。强烈的漂浮失重感。他想保持清醒，但做不到，似乎进入沉睡状态，大脑一片混沌。

通道扭曲起来，牛胃反刍般蠕动。他像一捆被吞噬的干草，成为反刍物。陡然间一震，郭云山如被冷水侵袭似的猛地清醒过来，他见通道前方出现变化，不对，这不是通道，是……他打量四周，发觉是矿道。

这是他的地盘，他身处熟悉的矿道。前方是采矿工作面，可见挖掘机和装载车。高高的石堆上方露出一条通道，那是他挖掘出来的。

石堆后是郭小双的尸体。

郭云山呆立片刻，想不到他一直往前走，却走回到了原地。

这里没见宁茹和小海的人影。他反应过来，手忙脚乱地爬上石堆，看到宁茹坐在通道另一边，背对着他，面向通道深处。她的样子很疲惫，看情形她进入通道走了一段，但最终停下。“怎么回事？我昏了头？”他陷入震惊困惑中，拼命回忆之前走过通道的情景，但一无所获，心里空落落的，根本捞不到半点头绪。“我在不知不觉中梦游？”他摇摇头又想，“也许在哪段有个岔道，弯曲迂回，我走岔了进入矿道。”

他做出个决定，没往前去找宁茹，而是爬下石堆，重新折返回矿道。他坚信自己的感觉没错，出现这种异常情况，只有一种可能性：这是一条回形通道。岔道就像一枚回形针，往前深入但却把他引到了起始点。

这次他从矿道走，有两种结果：一是到矿洞入口塌方处，但假如这是回形结构，他就会回到那条怪异的通道上。郭云山隐约不安，预感到是后者——没有两种结果，只会到达那条通道。

经过石堆，他瞥见石堆后露出的那一条手臂，皮肤黝黑。

他飞快地将这条手臂拉到石堆后，头也不回地冲进矿道。

直直向前，没转弯。

郭云山全力奔跑，发疯一样跑，或者，他要赶在发疯前搞清楚这是怎么回事。他是理智的，他不相信清醒状态下还出现狗屁的幻觉。脚步声空荡回响。光芒充斥空间，无处不在。白茫茫光亮刺激着他的神经。恍惚间，他猛地收住脚，看清楚四周后，他踉跄扑倒在地上。

手掌摸索到湿漉漉的泥土，带着腐败气息。石壁是生冷的高岭石，石头表面有些风化。

沿着矿道狂跑一阵儿的结果符合该死的预感，他没去到矿洞塌方处，不知不觉中他重新跑回这条通道。这还真是回形结构，但不存在弯曲的岔道，他一直往前，没感觉到转过弯，但他却从一个点跃至另一个点，一个空间方向相反的点。郭云山嘴里咒骂着，他无畏于这种怪异现象，但十分痛恨自己的愚弱。他愤怒，竟然记不得怎么从矿道转换到通道。

没停留多久，他不甘心地从地上蹿起来，转身往后走。这次他没再跑动，但也走得不慢，一路瞪大眼睛。“绝不丧失意识。”他死死盯着通道的石壁上的一片石头。他要清醒地知道，这个石壁怎么变成了矿道？他的脸几乎贴到石壁上，手掌一路摸着粗粝的板石。“稀里哗啦……”松脆的板石被他扒拉下来，散落在地。

他在制造“面包屑”线索。童话故事里，后母带着汉赛尔和格莱特穿过森林，想遗弃他们。汉赛尔知道后母的恶毒计划，就在他们沿途走过的地方偷偷撒下面包屑，以此做标记识别，找寻回家的路。

他的手指麻木，感觉不到疼，意识也渐渐麻木。清醒时，他惊觉自己身处矿道挖掘面，那台挖掘机立在他眼前。“啊！”他绝望闷哼，他依然记不得怎么来到这里的。记忆像被从中撕去几页的小说，丢失了关键情节。他输给了幻觉。

窸窸窣窣的响动赫然传来。

他转头看去，见一条手臂耷拉在地上，手指弯曲颤动，抠着碎石缝隙往前爬动。这条手臂活过来似的要从石堆后爬出来。手臂粗壮黝黑，中指的指甲壳脱落，指头翘着，仿佛在嘲讽他。郭云山蓦然失去理智，转身找到铁锤，冲到石堆后面，猛地抡起锤，砸了一下又一下……疯狂的场景。

他扔下粘血带皮毛的铁锤，将地上一条失去形状的手臂踢到石堆后，返身回矿道，一步步往前走，查看着地上。很快地，他走到了通道，当他冷静下来时，发现地上并没有散落的板石碎片——“面包屑”消失了。这是意料之中的事，不是吗？他笑了笑。童话里，当太阳升起来，汉赛尔在地上却怎么也找不到一点儿面包屑。它们都被树林里和田野上飞来飞去的鸟儿一点点地啄食干净。他和妹妹彻底迷路了。

这条通道不仅像一枚回形针，还具有反常的死循环时空特性，让蛇吃自己的尾巴，最后变成一条单曲面的莫比乌斯环。或者……真实的幻觉？他搓了搓手，感觉手上的血好像还热乎着呢。

空间循环，时间也在循环，这里也许是一个时空扭曲的地域。

他想到某种“科学性”的假设，让他抛去一些挫折感。这次他没再重复往返，而是不停地往前走。最后他看见了宁茹，还有小海。小海脸色苍白，一动不动地躺在地上。

宁茹从昏睡中惊醒，抬头问：“你怎么折回来了，这条道不通？”

“一条死胡同。”郭云山平淡地说，“前面除了石头还是石头，没办法，我总不能把挖掘机开进通道接着往前挖吧。”

“没事的，有这条道也好，不管怎么来的，至少多了个休息处，空气也足够。”宁茹露出虚弱的微笑，“我们只需担心食物和水。”

“是啊。如果救援队来得快一些，我们什么都不用担心。”郭云山安慰着宁茹，也欺骗着自己。他不确定，救援人员能否找到这里。如果按照正常的事态发展，肯定能挖掘通畅，救援人员利索地将他们救出去送进医院，往后生活如常。但万一遇到什么哥本哈根解释，爱因斯坦引力场方程，薛定谔的猫……诸如此类的狗屁理论，就彻底完蛋了。他预感不妙，那些只存在于理论上的该死的关于时空的科学设想，似乎不幸被他亲身体验了。

也许，这种现象是个神学问题，或者哲学问题。郭云山认为，哲学至少让人心里更舒服点，它具有一种无须解释的玄奥空灵感。他失神想，他也许到了另外一个世界。很早以前的哲人就知道了。

公元前 5 世纪，德谟克利特提出“无数世界”的概念。他预言：原子在虚空中任意移动着，急剧、凌乱、随机地运动，彼此碰撞，碰在一起时，彼此勾结起来，这样就形成了世界及其中的事物。我们的眼前漂浮着无数个世界。

公元前 4 世纪，伊壁鸠鲁表述了世界多元性的思想：存在无限多个世界，它们有的像我们的世界，有的不像我们的世界。

公元前 1 世纪，卢克莱修指出：在我们这个“可见的世界”之外还存在着“其他的世界”，居住着其他的人类和生物种族。

“这些老家伙都疯了。他们都像我一样是个疯子，疯子。他们不知道量子理论、超弦理论，却胆大妄为地预言世界，何为世界的真相……”郭云山想，这个世界本身就是疯狂的，最早的人类竟然知道了宇宙的本质，难道他们也进入过这条该死的通道？

量子物理学家做过一个实验：将头发丝宽度的微型“划桨”放到一个真空罐中，随后拨动“划桨”，会同时出现振动和静止两种量子状态。科学家认为，这意味着物体同时存在两种状态，或者说存在两个宇宙。“可笑，我死了？还是活着？”郭云山看过这篇实验报道，当时觉得不以为然，但现在他深刻体会到“振动又静止”的量子态带给他的可怕冲击。

“这样也好，很好！”他想，“我可能曲解了科学理论，但至少给出了一种所谓合理的解释，我遇到的一切变得不那么重要，而理所当然。如果有人发现这里，也许会进一步完善限定时空弯曲和拓扑结构，检验第一层平行宇宙理论，然后，更精确地检验第二层平行宇宙的理论。狗屁！我要困死在这鬼地方了。”他转念忍不住咒骂起来。照眼前这个情形，没人再能找到他们。鸟儿吃了面包屑，以振动和静止的姿态飞走，毫不留情。他绝望地抱住头。

“怎么了？”宁茹发现郭云山不对劲。

“我去找找，挖掘机上好像有瓶水。”郭云山突然离开。他回到矿道，挖掘机的驾驶室里果然放着一瓶矿泉水，他拧开瓶盖，大口喝水。水的质感真实，他能感知到水的温热接近口腔温度，无数个水分子争先恐后地涌进他的体内，通过胃壁毛细血管融入血液、淋巴液、脑脊髓液，携带脂肪和蛋白质的悬浮微粒，在他体内细胞之间流动不息……这是真实的，这个世界真实存在。他狂乱地想。

窸窸窣窣的声响，石堆后爬出一条黝黑的手臂。

手臂比他上次看到的稍微爬远了些，约有一拃长的距离。手掌的中指老实地贴着地面，指甲盖完好。他盯了会儿，熟悉地找到那柄铁锤，去到石堆那里，一脚踩住挣扎的手臂。这次他没恐惧，反而还带着莫名的兴奋感。生活枯燥平淡，人需要幻觉，他想。他一下下挥锤闷砸，很快完事。他没擦拭溅在身上的血，头也不回地离开。

他又终止了一个不该存在的振动状态。

“喝点儿水。唉，都怪我，弄得只剩下了一口。”郭云山递水瓶给宁茹。他的表情复杂，看似从一场可怕的事故中恢复过来，眼神冷静像块冰。寒流悄然在冰层下暗涌，他的意识接近麻木。

“我不渴……我感觉，我的羊水破了。”宁茹神情茫然。

郭云山凑近她看了看，“没，你挺好的。感觉不对劲？”

“很糟，羊水淌出来，流了很多……宫缩阵痛。不知道什么时候开始的，肚子紧绷绷难受，我感觉痛了会儿，后来不痛了，现在又开始发痛。”宁茹手捧腹部，目光涣散，喃喃说，“我要生了。”

郭云山拉过宁茹冰冷的手焐在掌心，宽慰她：“别担心，只是个幻觉。我看了，你没有出现临产迹象，好好的。”

“啊，血！”宁茹睁大眼睛。

“这不是你的血，是我手上的，你别怕。你是不是感到有些失控？镇定，保持理智就能清醒过来。”

“好，我保持清醒。”

“我扶你起来，看仔细了，你就知道是你的感觉出现了偏差。”

宁茹吃力地低头看清楚，果然没见到身下有什么异常。但温热的液体流动感强烈传来，湿了她的腿，宫口扩张，疼痛如刀锯般撕裂她的身体。湿淋淋的知觉、痛觉真实，但她眼前的情景也很真实，到底谁真谁假？她伸手往下摸索。“幻觉，幻觉，假的。”她没摸到液体，松口气，极力保持清醒。但胎儿入盆的感觉越来越明显。她惊恐地抓紧郭云山的手掌，“云山，我怕。”

“别乱想。喝口水。”郭云山递过水瓶。

“我不想喝。”

“喝下去，你会好起来的。”他的声音忽然有些朦胧，语音不稳定，扭曲变调。宁茹摇摇头。“把它喝了。”声音嗡嗡刺耳。宁茹看见郭云山的脸上浮着笑容。她惊恐地接过瓶子，突然猛烈抽搐起来，吐光了胃里的东西，几乎吐出苦胆汁，满嘴苦涩。清醒过来一些后那种临产的感觉渐渐消退。她喝了口水，再看郭云山，也觉得他正常了。

“别怕，有我。”郭云山扶住她发抖的肩，给她依靠。

“古怪的幻觉，让人有种做梦的感觉，在这个梦境般的幻觉中，我居然遇到了你。”宁茹平静下来，微弱地笑着说，“你是我的梦对不对？告诉我。”

“也是我的梦。”郭云山叹口气，“但对于我来说却是个噩梦，怎么都醒不过来。”宁茹仰望着他说，“没那么糟糕吧？学长，你好像不太情愿见到我。”

“没有。”

“没有什么？说实话，到现在谁也没必要再藏着掖着了吧？就像你板着脸叫我宁副县长，我对你很有意见。男人有时候也很小心眼儿。”

“我的意思是，我想见到你，但不是在这种情况下。”郭云山不太愿意说这话。但她说的对，到现在这种境地，曾经让人在乎的东西已变得无所谓。

“我明白，明白的，只是要你亲口承认。”再见面，只要一个眼神交流，什么都不用解释就明白了。宁茹坦然地拉过郭云山的手，搭在她高隆的腹部上，“你感觉到了吗？萌芽的情感就像没降生的胎儿，让人憧憬，万分期待，这种感觉永远是最美好的。当真正生活在一起了，他淘气、叛逆、闹情绪，或许会让人失望。”

“好吧，我听你的，我不该太执拗计较从前。”

“你终于肯承认了，你就是在跟我较劲。你刚才疯魔那会儿，怎么说的？你怪我骗你，背叛你。别说你记不得这句话。”宁茹笑起来，笑容柔美。

郭云山含糊应了声。

宁茹问：“我们之间有那么严重吗？你要用到欺骗和背叛这两个词？”他不吭声。宁茹接着说，“如果要计较，也应该是我吧。当年一个羞怯的高二女生，主动给你每周写信，你却两月才回一封信，为什么？”

郭云山叹气说：“我参加学生会主席竞选，抽不开时间。大三比较忙，各种校内活动……好吧，我承认，开始我对你不太留心，但后来不同了。”

“后来，你怎么改变的？”

“你的来信太多，摞起来足够燃起一堆篝火。你的信甚至赶走了我当时的女友。”

宁茹追问：“后来呢？那件事……你怎么不想见我？这么多年了我一直不明白，是什么让你突然改变了念头？”那年，她头一次独自出远门，乘坐绿皮火车去那座陌生的城市，去到有着“科技英才的摇篮”之称的中科大，她身穿一条漂亮的新裙子，忐忑不安地在校门口伫立徘徊，目光紧紧追寻着每一个从校园里出来的人，期盼见到他，但她失望了，一次次地失望，他的身影自始至终没出现。

郭云山反问：“你为什么没来？”

“我就在校门口等你，在跟你约定的地方。”宁茹注视着他的眼睛，“从中午等到天黑，那天我哪儿都没去，等到晚上，没了班车，我一个人走过很多街道，屯溪路、大钟楼、鼓楼桥，最后走到胜利广场。饿极了，我就在广场边的小店吃了碗滚烫的牛肉粉丝，味道很好，但我没吃完。后来我就在火车站候车厅坐了一夜，第二天买票回去了。”回到家，她差点儿被父母骂死，而那条新裙子被她收进衣橱最里头，再也没穿过。

郭云山瞪着眼睛，半晌才问：“哪天？”

“4月2号，我想我在信里写得很清楚，你不会是忘记了吧？”

“天啊！不是4月1号！愚人节的那天？”

“不是。那时我还不知道什么愚人节，你认为我在愚弄你？”

“不是的，不是的！”郭云山用力摇头，“我知道你不会，但我们错过了，时间错了，不知道怎么错的？天啊，那天我也是等了你好久，很失望。你在信上说要来，我很激动，我一直在校门口等你，等到了天黑，孤零零的，像个让人嘲笑的傻瓜。那时学校里刚好流行整人的洋节，我以为……噢，糟糕透了，那封信我还留着，可以作证，我发誓，我看到的时间是四月一号，天啊，不知道我们怎么错过了一天的时间。”

“难道我写错了？记忆和书写出现了偏差？”宁茹的目光复杂，“我是认真的，你应该体会到的，我的心。”

郭云山抬手捶打自己的头，痛苦地说：“我肯定看花了眼。我是个笨蛋，自以为是的蠢货，都怪我。”

“我相信你，唉！其实，那天我应该去学校里找你，而不是选择转身离开。该死的自尊心。”宁茹黯然叹口气，“你一定很难受，以为被我戏弄了。那时我们太年轻，太幼稚，我们居然赌气这么久，多好的时光都过了。”

郭云山抱着头，久久不说话，任凭懊悔内疚如潮水般淹没他。

该死的错误，就这样错过了她。在近六分之一世纪的时间里他只能远远关注着她，再也没能和她走在一起。有几年似乎淡忘了，但更多的时刻又想起来，痛得不可自拔……怎么会这样？假如没发生那个莫名其妙的错过，他和她现在会是什么样？

但世事不讲假如，两人也只能这样了。

“我……”郭云山抬头看过来，嘴唇抖动不停。

“不用说出来，我明白的。”宁茹忍着泪说，“我还是刚才那句话，云山，这种感觉永远是最美好的。可能它让人痛苦难受，但也很美好。”

郭云山没再出声，他握住宁茹的手，指尖的颤动传至他的心灵深处。

“其实最让我难过的不是现在，而是听到你结婚消息的那天。”宁茹抿了抿嘴，“那时国家首次组建了维和部队，参加柬埔寨的维和行动。我随军采访，一路跟着蓝盔部队从燕山脚下的训练基地出发，去南海登舰，最后抵达柬埔寨的西哈努克港。上船那会儿，我打电话回来知道的消息，后来的航程中，我吐得一塌糊涂，眼泪、口水流的……没人知道，我不是因为晕船。我，我那是彻底伤心了。”

“那次你认识了顾政委？”郭云山闷声问。

宁茹点头，“他那时是个年轻的少校、军事观察员，负责后勤和对外发言。他对我要求很严，甚至接近苛刻，但实际上他人很好。在柬埔寨通向泰国边境的六号公路上，磅同省的斯镇附近，他救了我一命。”

“你受伤了？”

“就差一点儿。营地遭到武装人员的偷袭，他们摸到工地上埋地雷，我碰巧成了绑架对象，他冒死追来救下我。”

“顾政委一副老成持重的样子，想不到年轻时也彪悍。”郭云山摇摇头，“唉，你最终嫁给了军人，这样也好。这几年，我在县城偶尔遇到他，我们都很少说话，和他隔了一层。”

“老顾外冷内热，对人也好。”宁茹说，“他对你的评价很高。前些天，我们还合计着，等小孩儿满月，请你来做客。这些年我漂泊在外，很少回来，这趟来挂职，我们怎么着都该见个面好好聊聊。唉，物是人非事事休，如今我们也没有什么可计较的了。”

郭云山沉默不语。

“云山，你怎么认识你妻子的？听说她是个大美人。”宁茹问。

郭云山淡淡说：“嗯，漂亮得不食人间烟火，表面张力很强，但脑袋就一包水。她是个模特。毕业后有段时间我迷上摄影，就在圈子里认识了她。”

“怎么这样评价她啊？”

“没什么，她是我喜欢的类型，我指外貌身材，她个子高挑，脾气也好，只要满足她的购物欲和所谓的安全感。她也没抱怨跟我来小县城。”

“你找了个安慰？你这样说，不会让我开心的，只会更心痛。”

“实话实说，生活本来就是这样。”郭云山叹口气，“她年纪轻轻就病逝，但说实在的，我没有想象中的那么难过，对我造成的影响远不如小海。她如果在天有灵，一定觉得不公平。”

“往后别这样了，你听我的。”宁茹看过来，目光柔和，“你很优秀，该追求让自己感到踏实的生活。”

郭云山问：“说实话，在你心里，我和顾政委相比怎么样？我知道，他爱你，但你呢？”

“不一样的……”

“什么不一样？”

宁茹说：“你和他给我的感受不同。在你面前，我一直都很要强，但在他身边，我可以放弃所有的坚强。”

“明白了，我愧疚不及。”郭云山叹息。

“别多想，事情都过去了，不如想想以后。脱困以后，如果我们还能脱困，你打算怎么办？”

“你指哪方面的事？”郭云山问。

“别想歪，我可是要做母亲的人了。”宁茹浮起微笑，“我问的是，你准备做什么？换个行业，还是研究采矿工程？”

郭云山苦笑说：“我不想搞科研，其他都行。喔，等你生了娃，我要做干爹。”

宁茹动了动嘴唇，却没发出声音。忽然她软软地靠过来，脸色惨白，双眼慢慢垂低。“怎么啦？”郭云山惊骇地扶住她，“你醒醒，别吓我……”

没有回答声。怎么都想不到，在说话间她忽然就昏迷了。他探手到宁茹的鼻下，感到她气息微弱，脉搏也若有若无。她的生命仿佛一滴水落在沙漠里快速消失。郭云山来不及多想，立刻将宁茹放下平躺，为她进行胸外心脏按压抢救。心音和大动脉不规则颤动了几下，宁茹最后发出一丝微弱的声音，像是在说“女孩儿”。心搏骤停。

郭云山贴耳听不到她的心室颤动，眼睁睁看着她的瞳孔渐渐扩散。

她死了？！惘然失神。不知过了多久，郭云山从意识迷乱中清醒过来，打个寒战，一刹那，他竟然找不到躺在地上的宁茹。

这条通道的地上没了宁茹的身影，她无端消失了。郭云山惊悚转头环视，发觉小海也不见了踪影。这孩子本来躺在附近，应该在的，就在他身旁不远处，但地上什么都没有。他感到脑神经剧痛，晕眩阵阵袭来，他再次瞪眼查看，但情况依然是这样，通道里什么都没有，只剩他一人。

“幻觉，这是幻觉……”他不相信自己的眼睛，不相信这个诡异的场景。他双手到处摸索，但什么都没找到，只摸到一地的腐败泥土。他跳起来疯狂地跑，拼命寻找，失去方向地在通道里狂奔。这次他没进入矿道，一直在这条通道中，失去了其他的场景，包括通道出入口和四周的石壁。他眼前只剩下白茫茫的光亮，只有他一人。没有空间，没有时间。

静止，不知多久。郭云山感到光芒变化，慢慢地，在他眼前变化出湖水。

水浪一波波涌上岸，冲刷着沙滩。沙粒细腻闪光，折射着晨曦。远处，朝阳照耀过来，光芒灵动，一缕缕洒落在湖面上。这是个奇异的天地。他发觉自己走在沙滩上，脚底传来松软沙子的触感，他闻到微凉的水汽，看到了往昔记忆中熟悉的场景：前方的芦苇丛边上漂浮着一角衣布。

一个身穿黑地彩线刺绣衣裙的少女浮在浅水中，身子随着水波的推动轻轻荡漾。她很美，尽管皮肤苍白，但五官完美无瑕。她赤足，一截洁白的小腿散发柔和的光，有着纤瘦脚趾的足部仿佛一朵睡莲。她从黑沉沉的水底浮上来，绽放在湖面上。

少女昏迷不醒，腹部隆起，她怀有身孕。

郭云山从湖水中把她抱上岸，紧紧抱着她。在这个美好的记忆场景中，他忘记了一切，直到听见一个声音恍惚传来，“爸，她是谁？”这是小海的声音。

随着声音的传来，周围的场景清晰显现，犹如水墨画被一双无形的手描绘成工笔画：湖岸、湖水、远山、天空、村庄、柳树、桑树、石板路……抚仙湖岸边的郭家村凭空构建起来。

郭云山抱着少女，在这个奇异的场景中，他猝然面对儿子。

“妈妈死了，被你害死的。因为她？”小海的目光落在少女身上。

郭云山说不出话，茫然摇头，他不停地摇头。

“我知道的……”小海忽然走过来，愤怒挥手打少女，“你把她藏在屋里，不让人发现，你和她在一起，不要妈妈了……”

郭云山躲避着，脚步踉跄。

突然间，小海感知到了什么，他蓦然露出惊恐的表情，大叫：“她，她是……”巨大的惊恐远远超过小海的承受力，他不知所措，忽然转身狂跑。他的脚步颤动，天地随之震动起来。湖水涌动，湖岸溃决，树木枝条折断，山体崩裂，天空变色，村庄房屋倒塌……场景中的一切东西都在快速坍塌。

“小海，你听我说……”郭云山大吼。声音被狂风吹走消散。

小海突然消失。光线蓦然黯淡，这个世界沉寂下来，万物腐朽、恒定。

第 3 章　血色黎明

黎明前最黑暗的一刻，暗无天光，山野静默。

帽天山的盘山公路上晃动着一辆汽车的光束。从夜空俯瞰，这点光就像跳跃在万籁俱寂的森林里的一只萤火虫，空灵飘浮，时隐时现，最后穿越到银河深处变幻为一颗孤冷的星球。荣坤手握方向盘，死死盯着灯光之外的黝黑深处，思维游离地想象着这个荒谬的画面。他得想点东西，否则意识将凝固。在从县城摸黑赶来的这一路上，他压抑的神经几乎冻结。

“头儿，快到了。”拆矿队的副队长邓中华坐在荣坤旁边，通过车窗看见远处矿厂亮着的灯火。纯粹废话，掩饰不住的惊慌。荣坤听得心生厌恶，思维从萤火虫上收回来，沉声问：“你害怕了？”

邓中华努着嘴，闷头不吭气。

事故救援工作正在紧急进行中，县领导现场指挥抢险，安排四个掘进队轮流作业。按目前挖掘的进度，估计明天中午就能疏通矿道。

矿洞里还有人活着。两小时前，钻机的钻头穿透堵塞的土石，深入到矿道内，钻杆发出敲击声。现场人员听到钻杆敲打声，拉回钻杆，发现钻头上系着破布。这是条手帕，紧紧缠在钻杆上，磨损后还剩部分残片。宁茹的丈夫顾天云从省城赶到救援现场，辨认出这是宁茹的随身之物。其他人的情况不明，但至少证明宁茹还活着，她被困在矿道约四十米深的位置。

钻孔打出了一条生命探测通道后，救援队欢呼着干劲十足地投入全部救援力量彻夜挖掘。

荣坤原以为随着矿洞坍塌出现转机，这种幻想很快被一条女人的手帕击碎。他不是自由的萤火虫，而是见不得光的吸血鬼，天亮后就要被拖到太阳下暴晒，片片血肉溃烂，燃烧至灰飞烟灭。天意不可测，难道他注定逃不过这一劫？他不认命。世间从来没有鬼神，人命只掌握在人手里。他克制怒意，语气平静地说："小邓，这事完了，你也该挪挪窝了，换个环境重新开始。"

"嗯！"邓中华嘟囔一声。

"局里准备搞个公司，主营监测监理项目。你愿意，我就向上头推荐你去做总经理。"荣坤点到为止说，"经理保留事业编制，是独立法人，有财权和人事调动权。"

邓中华是矿产资源管理科的科长，如果能调任过去，那是个肥差。当然，付出的代价也大。他闷声说："老大，我明白你的好意，但这次要我做的是……故意杀人的罪了。"

"这世上，人人都想吃肉，但总得有人干杀猪的活儿。"荣坤语气平淡地说，"祸事来了咱不怕，一起扛下，摆平。"

"明白。"邓中华的脸上浮现异样神色。

越野车悄然驶进矿区，轮胎碾压碎石噼啪作响，悚然心惊。

荣坤关了车灯，摸黑开车前行。上方一层是灯火雪亮的救援现场，挖掘施工声嘈杂。借着朦胧的光线，昏暗的山石狰狞如怪兽。他神经绷紧，几乎屏着呼吸，到达目的地才暗暗松了口气。车子停在隐蔽处，他和邓中华从车后备厢里抬出一个沉重的长木箱子。

两人吃力抬着木箱摸进一条被查封了的矿道。如果这里突然塌陷，绝对能造成上层山体的坍塌。支撑面当然不会无缘无故地倒塌，除非人为破坏。两人手抬的木箱里装满烈性炸药，被安放在矿道某处支撑薄弱点，爆炸后足够制造出一场规模不小的事故。荣坤点亮一只大号特制手电筒照亮矿道，光束以外，漆黑深处潜伏着不可捉摸的未知。当他决定豁出去干时，并没有想象中的恐慌，"一将功成万骨枯"，这话是他的铠甲。他不在乎更多的人被埋在塌陷的土石下方，只要他能活，活好，活得风光，别人死了关他屁事。

深入矿道约三十米处。洞外的声音已不可闻，寂静得只能听到两人的急喘声、脚步声。

荣坤感到太阳穴鼓动，后脑处炸裂似的剧痛。他咬牙忍着，一鼓作气抬着木箱去到踩过点的最佳爆破位置。掀开木箱，他手持电筒照亮，邓中华快速组装炸药。邓中华退役前做过工兵，事前还专门练习几遍，他十分稳当，双手麻利地连接定时器。荣坤眯眼盯着，暗暗吃惊。看起来，这家伙并没有之前表现出来的慌乱，临场镇定，是个做大事的人。

邓中华设置好定时器。“什么声音？”他突然转身看向矿道深处。

“啥？”荣坤一凛，拿电筒扫过去。

“那儿。”邓中华抬手指了一下。

荣坤心头发紧，往前深入去查探。灯光晃动，矿道深处灰蒙蒙的没什么异常。他迟疑着贴耳在洞壁上，隐约听到上方传来开凿石头的震动。蓦然间，他感到身后有东西袭来，下意识地避让。“咔！”一块石头砸中他的左肩位置，剧痛混合肩胛骨碎裂的声音传来。他被砸倒在地，抬头见邓中华咧着嘴，手举一块脸盆大的石头，打量着他的脑袋位置。

“别！”荣坤呼喊，弓腰蹬腿，如挣扎在渔网上的虾。想不到邓中华竟然在他背后下黑手，惊骇让他忘记疼痛，“为什么？给我个明白。”他转念很快，缩身不再动弹，诱使邓中华说话以拖延时间。

“人人都想吃肉，但总得有人干杀猪的活儿。呸！人人都想脱身，但也总得有人做替死鬼。”邓中华举起石头，似笑非地笑说，“谁搞的破坏？谁制造爆炸让救援队死伤多人？查到底应该是这样的结果，老大你摸黑来爆炸，不小心连自己也炸死在洞里，嘿，一个罪大恶极的蠢蛋。”

“他指示你……灭我的口？”荣坤眼前发黑，声音迟钝痛苦。

“哟！不笨嘛。多谢老大这些年来关照我，见鬼去吧。”邓中华手臂一动，准备抛石。突然间荣坤手握电筒的光束朝他晃过来，电光闪动，触到他的脚，电流瞬间刺入肌肉神经。“啊！”邓中华被重击狂叫，翻倒在地上抽搐。他手举的石头砸在自己的胸腹上，肋骨断裂。

荣坤手持带有电击功能的手电筒，持续捅在邓中华身上，直至耗光全部电量。“敢跟老子玩阴的，这下让你爽了，电你贼娘……”荣坤狰狞咒骂，扔下电筒去抬石头。他的左手麻木使不上力，就用右手抄起地上一块巴掌大的石块猛砸邓中华的脑门儿，一下下，直到石头裂开。他又找来另一块石头，吭哧吭哧，砸到他认为足够烂的程度为止。

“见鬼、见鬼、见鬼去吧……呸！替死鬼！”荣坤的肩胛骨断了，半个身子撕裂般剧痛，肩背上血流不停，但他莫名亢奋。他感到膀胱发胀，拉开裤子拉链，撒了泡尿，浇在脚下那颗头颅上。

荣坤忍着火烧火燎的痛，摸出矿道，跌跌撞撞钻进车驶离现场。

肩背浸血染了半身，他被迫改变原定计划，没去救援指挥部做“不在案发现场”的假象，而是直接开车回县城。他盘算，先去郭家村找卫生院的表侄，整治了伤，然后再冷静考虑是选择外逃，还是选择去要挟虞一彬。几乎没犹疑，他就决定了走什么路。只有怯懦的人才选择逃避，他从来不是这号人。他就不信，虞一彬那狗东西敢亲自动手杀他灭口，要死大家一起死；想活，还要乌纱帽，就得找人保住他这口气。越野车冲出岔路口，转进盘山路。

“砰！”突然撞上一辆货车，越野车猛然打了个转横在路边，溅洒一地碎玻璃，前保险杠扭曲变形。

这是救援队的后勤运输车，三辆货车运送补给品上山。货车的驾驶员老杨突见越野车窜出来，根本来不及反应。幸亏在爬坡，车速不快。老杨慌忙下车去查看，见越野车上坐了一人，耷拉着头，身上血衣刺目。

“荣副局长……”老杨认出荣坤，顿时吓蒙了。

救援临时指挥部。

“荣坤撞车？”葛书记听到车祸报告，惊讶问，“他什么时候来的，怎么突然又急着走了？”

副县长虞一彬说：“可能才到，他又有急事要回城。”

虞一彬神色凝重，问后勤负责人：“他伤得重不重？”

“派车送去急救了。他浑身是血，不晓得伤有多严重。”后勤队长疑惑说，“怪事了，车祸不算厉害，他却伤了肩膀，也不知道怎么撞到的。哎，他突然闯出来，车灯也不开，货车司机没提防。”

葛书记嗅出一丝反常，警惕起来。

纪委已经把荣坤列为重点调查对象，正收集其渎职证据，准备近期找他谈话。这人突然而至，又反常离开，有什么企图？葛书记思虑片刻，当即决定派人四处去巡察，并下令通知暂停救援工作，全部人员撤离现场，休整半小时。

这个判断正确的决定挽救了现场的救援队员。就在大伙儿撤出矿洞不久，随着一声悚然的沉闷爆炸声，已经挖通的矿道发生大塌方，撑子面塌了，掩埋住整个矿洞，上、下两层的山体全部坍塌。

顾天云焦急询问着退下来的救援队员挖掘近况，听到爆炸声后他猛地抬头，眼睁睁看着大量土石迅猛如潮地滚落下来。妻子被重重隔绝在了山腹深处。他的心随之沉落。

天明时分。

荣坤的老婆开车送儿子上学，快到校门口时她接到医院打来的电话。听了两句话，脸色陡然煞白，她慌乱调转车头赶往县医院。

“妈，去哪儿？我要迟到了。”儿子小天问。

荣坤老婆没吭声，嘴唇哆嗦。丈夫出事了，出事了……这念头紧紧压迫着她。赶到医院，停住车，她突然见医生护士纷纷跑出来，惊叫“救命！”值班保安抄起警棍往里去查看。

她被吓住，抱着儿子在车上不敢动。过了会儿忽见保安急匆匆退出来，手上的血一路溅落，大喊：“报警，快报警，他疯了，乱砍人。”随后，她就见到了丈夫。他浑身血污，手持一柄消防斧，闷头冲到街上追着人乱劈乱砍。

“啊……”惨叫声传来。街上的人群炸窝，狂呼乱喊声震响。

她呆了片刻，下车追过去。“妈！”小天推开车门跟着妈妈跑出去，站在街头茫然四望，眼见纷乱涌动的人影，他感到害怕。

阳光明晃晃照耀街道。荣坤挥斧砍倒一人，劈柴般连接几斧头砍下去，那人一截手臂断裂。“见鬼、见鬼、见鬼……”他形如疯魔，口中咒念，“杀猪、杀猪……怪虫、猪脑虫……”

刑警赶到现场，鸣枪警告无效，果断朝荣坤开了两枪，一枪打在他的大腿上，一枪击中腹部。

四散逃开的群众见凶徒被制服后横躺街头，纷纷围拢上来看。血腥味刺激人心，人潮汹涌，警察拦都拦不住。

“他是荣坤，荣副局长啊。”有人认出来惊叫。

“呸！挨雷劈的，砍了三个人啊。”

“喏，那女的是他老婆，疯狗东西，他连自己的老婆也砍……”

寂静无声，警灯红光闪烁，地上的血殷红刺眼。这是夹在人群中的小天感受到的记忆场景。他的手攥紧校服，侧脸瞅着，爸爸横在血泊中，愣着眼，腿似乎还在抽搐，妈妈倒在一旁，头颅上扎了一柄斧头。

黎明凶杀案的第六天，经过艰难地挖掘，塌方的矿道终于疏通。

过了这么长的时间，几乎没人相信矿道里还有幸存者，除了顾天云。他日夜坚守在现场，坚信妻子还活着，腹中的胎儿也安好。他在疏通后的第一时间进入矿道，不顾救援队的劝阻。

矿道前三十多米这段塌方严重，支撑面随时还有可能再次坍塌。

但没有意外，宁茹已死亡。

法医事后出具鉴定报告，宁茹主要死于产后失血过多，细菌感染、虚弱和饥饿也是致命原因。她半躺着，头搭着洞壁，遍体浮肿，皮肤上已显现暗紫色的尸斑。她胸前敞开，手臂僵硬地搂着小海。身边放着一个用她的衣服包裹着的婴儿，婴儿露出小脸蛋，浮肿的双眼紧闭。

顾天云往后退开几步，让医生进行现场检查。

其实不用详细查看，生死一目了然。顾天云被迫往后靠住洞壁，只有这样才能让他不至于倒下。一切场景在他眼前模糊晃动，人声也恍惚远离，妻子那可怕的样子也在远离。他恍然看到一张鲜活的恬静笑脸，那是多年前，他第一次见到宁茹的情景。她从整装待发的蓝盔维和部队的队列中走来，犹若飞翔在蓝海上的海鸥，目光相遇，她微笑着，整个世界都明亮了。

一切在恍惚远去，她的笑容消失，世界漆黑。顾天云推开扶着他的警卫员，“我没事……去拿条毯子，给她。”

“哇！”突然传来婴儿啼哭声。

医生惊叫：“还活着……她还活着，是个女娃，顾政委……”

女婴处于产后昏睡期，两三天内不食，只排泄体内胎粪。这时她被医生的检查惊醒，发出清脆的啼哭声。她的眼睛睁开一条缝，在灯光下，黑漆漆的眼眸转动。顾天云紧紧注视着女儿，说不出话来，手臂不受控制地颤抖不停。

“这小孩儿也活着，快，送急救……”另外一名医生发觉小海尚存微弱的心跳，急声惊呼。小海的脸上血迹斑斑，颅骨共有三处地方开放性损伤，身体僵直，各项生理数值降到危险红线以下。医生清创后，取出他左眼球溃烂的部分。初步估计，他非常危险，随时可能死亡，或者成为植物人。

县医院没法治疗，小海立刻被送往省城医院。

小海的意识还残存少许。

仿佛电影胶片被剪辑，他有一段意识空白，而后恍然看到明亮的灯光。他躺在担架上，有人将他的裤子剪开，露出肿胀的右腿进行处理；他被抬进车厢，救护车疾驰在盘旋的公路上，夜幕星空璀璨；他被推下车，通过一条灯光雪亮的通道进入手术室。各种嘈杂声朦胧回荡，有人说："呼吸停了，快，准备插管……"手术台旁人影晃动，各种器械——刀子、钳子、镊子……金属表面泛光。

麻醉注射并未消除他残留的意识，他的感觉反而更加清晰，甚至出现了身体触感。昏昏然，小海感觉到一根尖锐的物体捅进他的喉咙，顺着脖子钻进他体内直到胸腔，发出呼哧呼哧的声响。

身体冰冷，绝望感袭来，浓重可怕。他恐惧至极，感觉就像暑假的那天，他从船上跳进湖水，眼看着木船被小伙伴儿划走，他怎么都追不上，游水累到虚脱，浑身冰冷沉重，如同湖底有巨大的吸力将他拖下去。戴口罩的人脸在他的意识中恍惚闪动，手术刀，输液点滴，乱麻麻的连线，跳动的仪器屏幕，刀锋割裂身体的感觉。他右腿上的肉被割开，切除筋膜，镊子夹出一块块碎骨，针线穿过皮肉，这些闪动的画面真实又变形。

"腿骨伤得很严重，肌肉溃烂，准备进行截肢手术。"他听到医生说。他听懂了，惊恐想喊叫：别割我的腿。但他发不出任何的声音。他看见一个女医生注视仪器，"血压掉了，快输血。"

浑身剧痛，说不出来的无法承受的痛，远远超过记忆中他的手指被自行车链条夹住的疼痛。他拼命挣扎，想要昏迷过去，死了也行，但他的意识偏偏清醒着，强迫他感知着这一切。

痛苦的过程十分漫长，持续很久。手术全程约十六个小时。小海失去了左眼，但他的右腿最终保住了。

主刀医生在清创检查后做了个大胆的决定，先采取保守治疗再观察。六根钢钉穿过一套固定支架钉在他的断骨上，把小腿胫骨固定死。这套装置给小海造成手术后最大的痛苦——每天拆卸钢钉进行清创消毒，都让他犹如掉进油锅，备受煎炸；或像被铁锤击打全身，差点儿敲碎他的意识。

但他最终熬过来了。他没死于感染、心肺衰竭、败血症等至少十多种——随便哪一种都能让他致命的因素。他活了下来，熬过被困矿洞的那些天，经受住几次手术并发症的死亡威胁。

二十天后，医生为小海装入义眼，以防止摘除眼球的左眼窝出现凹陷。

十月底，小海首次下床挪动了几步，疼得他差点儿昏过去，但他咬牙忍住了。

吴主任医师惊叹这是个奇迹，这孩子能活下来，简直是让人难以置信的生理学奇迹。这小孩儿太强了，不仅有超常的身体承受能力，意志力也十分坚韧，从没见他哭泣过，甚至没听他叫过疼。但他绝少开口说话，似乎丧失了语言表达能力。医院方面派来一位心理医师专门为小海进行辅导，试图为他消除灾难带来的心理阴影。心理辅导基本成功。在第三次谈话过程中，小海终于愿意交谈，但不跟医生说他在矿洞里的遭遇，那是他最恐惧的一段记忆。

他的话记录进报告，送达县领导参阅。

做完最后一次病情检查，小海被送到县医院做康复性治疗。

这天早晨，葛书记一行四人来病房探望小海，顾天云随行。

“小海，感觉还好吗？还疼不疼？”葛书记亲切地问。

在探望过程中，小海没怎么说话，只点头，或者偶尔简单回答一下。他没问父亲的情况。他知道爸爸死了。很奇特的感觉，让他难以理解。当这些叔叔进入病房后，小海逐渐明白真实的情况，从而验证了他的感觉。就像一台电视机接收到不稳定的电波信号，他从这些人身上感受到了各种场景，尽管画面闪动，一幅幅场景飘浮变形，但在他大脑中拼凑起来，他能大体明白父亲最后的情况。

郭云山倒在矿道尽头一条挖掘出来的通道里，死于身体缺水。

郭小双死于头部受铁锤重击，锤把上有郭云山的指纹，据刑警、法医和痕迹专家现场侦查，最终认定郭云山锤杀了郭小双。初步推测，郭云山可能认为郭小双导致了这次爆炸事故，进而对其痛下杀手。但郭云山为什么开动挖掘机挖出一条通道，却不得而知。

在通道内还意外发现了古生物化石层，县里已经通知科考人员前来清理。

宁茹的死有些蹊跷。

小海怎么都回忆不起来宁茹临死前的场景，也想不起来她死后的情景，他从这些人身上也感知不到关于宁茹的画面。有种让他恐惧的念头阻止他去探寻，过了好一会儿他才克制住害怕，问：“宁阿姨怎么死的？”他下意识地看了眼顾天云，模糊感知到这个叔叔跟宁茹有关联。顾天云身穿军服，神色冷峻，进病房后一直没有说话，让他莫名有些惧怕。

顾天云捕捉到小海这个不同寻常的眼神。这孩子尚好的右眼透出超乎年龄的成熟，但看他时闪过一丝慌乱，并很快收回目光，仿佛在躲避什么。

县委办公室的李秘书和蔼地说："小海，你宁阿姨保护了你。她虽然不在了，但你也别太难过，她永远活在你心里。"李秘书坐到病床边，轻柔地握着小海的手，给这孩子安心抚慰。

小海仿佛没听到李秘书的话，看着她问："宁阿姨怎么死的？"

李秘书一怔，感到这孩子的目光异常。她忽然发晕，失神恍惚了下，"宁副县长产后大出血，在矿洞里没法止住，法医鉴定她在救援队进入约六十小时前死亡，生前头部有外伤，胸前右……"她发出梦呓般的声音。

"小李。"葛书记出声喝止，及时打断李秘书的话。

病房里的人都感觉到一种说不清的怪异，不知李秘书怎么突然会对一个孩子说起这些事。"啊！"李秘书像突然醒悟过来，神色惊慌地抬手捂住嘴。

"宁阿姨……她胸前怎么了？"小海瞪大的右眼流露出惊惧。

病房内一阵静寂。过了会儿，顾天云说："小海，她用初乳喂你，让你活了下来。"听到这话，小海遍体发抖，泪水从右眼窝急涌出来。很多泪水，这是他脱险后第一次痛哭，伤心欲绝。任凭李秘书怎么安慰，都止不住他痛心彻骨的悲伤。

"顾政委，要不我们改天再来？"葛书记对顾天云说，"他还是个孩子，不宜承受这种心理压力，让护士多照顾他，回头再说。"

顾天云走到病床前握住小海的手，平静地说："小海，我认识你爸爸，宁茹是我的妻子，他们死了，我也很难过，但这是人生必须要承受的痛苦。你今年八岁，该懂事了，记住，你要好好活着，珍惜来之不易的生活，才能让他们感到欣慰，走了也放心……小海，你能听懂我的话，是吧？"

小海缩着瘦小的身子，显得略大的脑袋低下去，泪水滴落浸湿被褥。但大家看得出来，他听到顾天云的话以后明显好转许多，抖得没之前那么厉害了。"我姓顾，你叫我顾叔叔。"顾天云接着说，"我想，你如果愿意，以后你就到我家来。你没有了爸爸、爷爷、奶奶和亲人，但别怕，让叔叔来照顾你，行不行？"

片刻后小海轻微点头。顾天云叹口气，对葛书记说："那就定了，我去办理收养手续。这孩子跟她……也算是有缘，我不能不管。"

葛书记沉吟说："好，以后劳累你了。你工作那么忙，负担不小。"

顾天云说："一个也是养，两个更好带大。再说了，我家里是小妹在主事，有她在，我也轻松些。"

"顾叔叔。"小海忽然抬起头问，"我以后要叫你爸爸？"

顾天云一怔，摇头说："不用，你有爸爸，他永远活在你心里。"小海眼神闪烁，露出之前那种莫名惊恐的样子。顾天云不知这话哪里让孩子害怕，可能在担忧将来吧，他宽慰说，"告诉你个好消息，你宁阿姨生了个女孩儿，你以后有个小妹妹了。"

"我知道。妹妹叫灵儿，她很好看。"

"灵儿？"顾天云听了吃惊。

小海说："宁阿姨生了，抱着小妹妹，对我说，'小海，她是个小女生，好漂亮，眼睛眨巴眨巴，水灵灵的，阿姨想叫她灵儿，好听吗？灵儿、灵儿……'阿姨不停叫着妹妹，我觉得，她很开心，喜欢叫妹妹灵儿。"

顾天云眼窝泛红，魁梧的身躯晃了晃，用力点头，"好，就叫她灵儿。让她跟妈妈一个姓，取名宁灵。"

"宁灵。"小海念了遍名字，含泪笑说，"宁灵听起来好像上课的铃声，叮铃铃……"

"你宁阿姨怎么生的小孩？"李秘书问起当时的情况。

小海迟钝一下，陷入回忆，过了会儿说："我晕乎乎的，宁阿姨摇醒我，她说肚子疼得厉害，要生了，让我帮她。"

"你当时怎么做？"

"宁阿姨要我举着灯，照亮她。我的眼睛……看不见。"小海低下头，绞着手指，"我看不见她生小孩儿，后来听到很多声音，宁阿姨不停地呼气，很难受，过了好一阵子，没声音了，我害怕，叫她，她也不答应……"他停住，看似在极力回想当时的情景。

大家有些紧张，虽然都知道最后的结果，但此时亲耳听到小海讲述亲身经历，感觉完全不同。可以想象，在当时那种极端环境下，宁茹承受的巨大临产痛苦。对于女人来说，这是个生死大关。在地球生命进化出哺乳动物后，母性都是用自身的血液和生命在繁衍后代。

"后来，我忽然听到宁阿姨叫起来，一下下不停地叫，很可怕的声音，就像有人要杀她。我闻到难闻的气味，好腥，吓到我了。阿姨叫了会儿，声音小了，她拉我的手，叫我抱住小妹妹的头，别让她摔着。小妹妹好滑手，热乎乎的，湿答答的，有点儿软……”小海摇摇头，似乎想不起来后面的事，只说，“宁阿姨让我抱着妹妹，咬断……带子，我摸到一根软软的带子，她叫我用牙齿咬断。”

“脐带。”顾天云说。

“喔，她说是脐带。我咬断了，我抱着小妹妹，她身上很多血，我把小妹妹递给了宁阿姨。”

“后来呢？”

小海又迷茫起来，摇头说：“我不知道了，我和宁阿姨说了会儿话，头很疼，往后我记不得了，真的。”

大家松了口气。深知小海自身受伤也很重，估计在宁茹生产结束后就很快昏迷过去，对以后的事一无所知，直到获救。按时间推算，宁茹处理好新生儿后耗尽了全部精力，处于濒死状态，在极度虚弱的情况下不知不觉地死去。她最后应该没受太大的痛苦。

李秘书问：“小海，你爸爸当时在哪里？”

小海浑身一颤，摇头说：“我不知道。我听宁阿姨说，矿洞塌了，我们困在洞里，我爸去找出路。”

“你一直没见到你爸爸？”李秘书说完，觉得“见到”这个词语不妥，小海的头上缠绕着布条当然看不见东西，她又补充说，“他没陪在你身边，发生了什么事？”

小海连连摇头，呼吸急促起来。

“好了，让孩子休息。”李秘书还要再问什么，葛书记抬手止住她，转而对小海笑说，“我们走了，你好好养伤，多吃点儿东西。过些天出院了，顾叔叔来接你，以后好好上学，你落下了很多功课，要努力。”

“谢谢叔叔，再见。”小海松口气，抬手挥了挥。

一行人走出病房，来到走廊。葛书记批评李秘书：“你今天怎么了？对一个孩子说这些事，合适吗？”

“对不起，我忽然有些失控了，不知道……”李秘书仓皇无措。

“算了，算了。今后，你抽空多来看看他。”葛书记大步往前走。

虞一彬忽然想起什么似的说：“啊，我录音的手机忘了拿。葛书记，顾政委，你们先走，我回去一趟。”他返身去病房。

护士摇低了病床，让小海平躺下，收拾完桌上的茶水杯就出门了。

小海单独住一间病房，环境幽静温馨。他愣神想着心事，忽然见之前来过的一个叔叔进房，拿了手机，走到他身旁。这个叔叔的脸上带着一种特别的笑，一股恐惧感蓦然袭来，尽管这个叔叔面带微笑，但小海预感到将要有不好的事发生。他紧张地瞪着右眼，透不过气来，小手抓紧床单，手心冒汗。

虞一彬看病房里没有其他人，走近病床俯下身，压低声音在小海的耳边说："小海，你知不知道？你吃完了你宁阿姨的奶，最后还吃掉了她的一坨肉，全部吃进肚子里。你没饿死，要感激她，永远记住她。"

小海僵硬住，喉咙干呕般嗬嗬发响。

"你好好养伤吃胖点儿，等长大以后啊，就什么都明白了。"虞一彬伸手捏了捏小海布满疤痕的脸，笑着走了。

小海脑袋嗡嗡疼痛，胸闷得如溺水般难受，他吐出几口食物残渣。

矿洞坍塌那一刻可怕的画面凌乱闪回。各种场景全都在意识中逐一闪现。是的，他知道！每个场景他都知道，深深隐藏在意识深处。小海不敢说，是害怕别人知道真相，他是个坏小孩儿，是个怪物。他被这个叔叔发现了，他再也不能隐瞒，警察要来抓他，他是个坏蛋，害死了人，要坐牢。小海激烈发抖，惊恐地张嘴却无法呼喊。

病房里静悄悄的，空气闷热，空调似乎坏了，嘶嘶响着，却不制冷。

汗水一片片冒出来，小海感觉遍体灼烧，仿佛置身火炉，浑身每一处都钻心灼痛。他睁大独眼直愣愣瞪着空气。空气中好像浮动无数密密麻麻的狰狞小虫，刺针般钻进他的身体，钻进皮肤深处。无形的火焰炙烤着他，燃烧，燃烧……一种无法压制的愤怒压迫着他，越来越沉重，越来越疯狂，让他无处躲藏。

"啊……"小海激烈挣扎，想要摆脱头脑中狂乱的臆想，他翻滚着从病床滚落摔到地板上。所有感觉猛地消失，他的大脑一片空白。

虞一彬疾步走在走廊上，心头充盈快意。事情终于解决，画上了圆满的句号。刑警从荣坤身上追查到爆炸案的线索，推测荣坤炸死了同伙邓中华，检察院认定两人渎职贪污。死人不能开口，一切线索到此为止，结局堪称完美。最妙的是那份惹麻烦的举报材料绑在小海的断腿上，恰好被熟知的医生拆除并妥当销毁了，材料内容不为外人所知。痛快，痛快！值得喝一杯庆祝。虞一彬压制欣喜，心里盘算着：应该抽空去一趟省城，压抑太久，他需要狂野之欢，手持鞭子用那种最暴力的方式宣泄情绪。忽地，意识一滞，他感到灼烧般的麻痹感掠过神经。

一种从未有过的异感如火星燎原般窜入他的脑海深处。

虞一彬的脚步陡然停止，双腿僵住，呆立在原地。身体失去控制，仿佛梦魇压身似的。他挣扎着要醒过来，但脑中那种异感越来越强烈，压迫吞噬着他，让他不能动弹。见鬼了！虞一彬在心底惊恐大喊。视野内波动的火海激流沿着走廊轰然冲过来，将他湮没。

“咔咔！”玻璃脆响。走廊尽头的玻璃窗开了半扇，住院部大楼外闷热的风掠过，徐徐吹动窗子，磕碰窗框发出声响。

“小海！”护士走进病房，见病床上空无一人，惊讶四处寻找。

李秘书在电梯前等了会儿不见虞一彬过来，她就到走廊处张望，看到走廊上孤零零的背影正一步步往前走，举手投足的动作呆滞。李秘书喊了声：“虞副县长，电梯在这边。”虞一彬没应答，仍然往前走，一直走到走廊尽头。他动作有些机械但连贯地推开窗子，爬上窗台，突然纵身往外跳下去。

“啊……”李秘书目睹这一幕，惊声尖叫。

风吹来，卷起一片树叶飞舞在半空中。窗子“啪”地合上。

葛书记在住院部楼下送别顾天云，挥手说：“慢走，有空来我办公室坐坐，别的没有，好茶少不了……”突然“嘭”一声闷响如同击打沙袋。顾天云转身见虞一彬躺在地上，脑袋以不可思议的角度扭转过来，睁着眼，空洞地望着他。

护士在病房里寻找了一圈儿，感觉有点儿响动，便低头往病床下看。

小海缩身在床底，双手抱腿蜷成团，浑身汗淋淋像一只落水的黑蚂蚁。他发抖，表情惊恐，左眼窝的义眼如镜子折射一点儿微光。

重大的转折通常源于某种突发的不可控的事件，但微不可测。一个事件初产生时往往很平常，一些超出常规范畴的蛛丝马迹让人难以察觉，以致被人忽略。

“吱呀！”铁门打开。

检察长卢敏进入精神病疾控中心的专用会见室。虞一彬出院后转来这里接受监控治疗，经过精神病专家的前期诊治，可以与他进行基本的谈话沟通。

（以下为书记员刘芳的全程谈话记录）

卢：虞一彬，你认不认识我？

虞：认识。

卢：最近一次，你见到我是什么时候？

虞：三个月前，在一次纪检工作会议上。

卢：看来你恢复得不错，我们开始。你递交的书面材料，我们看过了，对于你的问题，专案组将进行详细地审查，这个过程需要一段时间，希望你积极配合，争取宽大处理。

虞：感谢上级给我自首的机会，我一定坦白交代，深刻认识。

卢：今天先不谈你职务犯罪的案子。我过来是想了解一下你在自述书中提到的一件事，跳楼自杀事件前的异常，对吧？你是这样写的。

虞：是的，很异常，希望能引起组织的高度重视。这事超出了常规，是它控制了我，它让我跳楼，当时，我身不由己……

卢：别急，喝口水，平静一下。

（休息约一分钟）

虞：我被人控制了，可能不是人，像是鬼魂，但不是封建迷信的那种鬼附身、鬼迷心窍，我只是举个例子说明，感觉有些类似。我想，也有可能是外星人的神秘力量，或者什么不明的邪恶生物。它们来了，潜伏在我们旁边，难以察觉，不为人所知，但在关键时刻，就突然冒出来控制人，侵袭、控制大脑，使人做出一些不由自主的事。这将造成社会不稳定，干扰危害我们的人类社会、国家体制。对了，也可能是境外敌对势力发明了某种新型武器，超声波、能量、射线之类的东西，看不见，但能远距离干扰人的思维。我是这样忧虑的，请组织对这个事件给予高度重视，深入调查，别让他们得逞，他们肯定还有重大的阴谋诡计，还有后续行动，妄图破坏我们国家的稳定。

卢：稍等！在这里我打断你一下。特别说明，你放心，我们会进行调查。现在，我先问你几个问题。你如实回答。

虞：好。

卢：你只要说与问题相关的事，其他的不用多解释，别急着进行猜测。

虞：好。

卢：第一个问题。你被控制的时候，能不能听到李秘书叫你的声音？

虞：能。但我不能答应她，开不了口，就像梦魇，意识是清晰的，我很理智，但身体不受控制。

卢：你确定在清醒状态？

虞：确定。可能当时有一点儿迷糊，但不重要，总之我还有感觉。

卢：你大小便失禁了。

虞：是吗？但这不重要，我明白自己被它控制了，做出不由我大脑指挥的动作。那种感觉很明显，我被控制了，很可怕。

卢：你能走路，还爬上一米多高的窗台。

虞：是啊，但这些动作是失控的，不由我做主。我拼命收脚，但收不住，手也不受控制，全身都不受控制。

卢：什么感觉？你怎么被控制的？谈谈具体感受。

虞：我，很突然，脑袋里进什么东西了，灼热的一团，不是一团，感觉就像走进桑拿的干蒸房，拉开门，那种火烫的温度一下就扑上来，进入大脑，抓住我的意识，然后有点儿凉，不是，但也不是热，很清晰的，一种东西进入我的头，感觉明显。我的情绪激烈波动，说不出的心理感受。我挣扎起来，不是身体挣扎，它进到我的大脑里的时候我的身体就不会动了，我是说，我的意识在挣扎，我想摆脱这种控制，但没用，很快地，估计三四秒钟吧，我就被它完全控制了，可能时间很短，我记不清了。然后我感觉到身体又动起来，但不是我想动的，是它指挥着我动，往前走，然后打开窗子跳下去。撞到地上摔蒙了，我不知道后来还发生了什么，醒过来就在医院手术室，那种东西也不见了，再也没出现过，到现在。我向组织保证，我说的一切都是真的，我没有病，没精神问题，我被控制了，一种不明的东西，我愿意戴罪立功，为国家出力，让我出去，找出这种东西，揪出敌对势力，请给我……

（暂停七分钟，医师对虞进行检查，注射药剂）

卢：你现在感觉怎么样？还能不能继续？

虞：好了，我好了。我没失态，别再打针了。求求你们，别把我当神经病，我很清醒，我有意识。

卢：如果你稳得住情绪，我们再谈下去，否则你还是先休息一段时间。

虞：我不要休息，我不想睡觉，睡觉就糟糕了，它立刻就会出现。等等，检察长，请叫那女的别记录这句话，这是我的个人情绪感受，不是真实的，我知道，我没发疯。

卢：好，我们只谈事实，我不是心理医生，如果你有什么心理问题，他们会帮助你。

虞：明白，我不说这些胡话了，你问吧。

卢：从你回病房拿了手机出来到失控的过程中遇到过什么人？

虞：没有。就听到李秘书叫我，但我回不了头，我没见到她的人影。

卢：没见到周围出现什么异常？

虞：别的没有，就感到有股风，走廊窗子咔咔响，窗子开大了，有什么东西从外面进来，风吹落行道树的叶子，楼上有个病人咳嗽，很激烈的咳嗽声。走廊上有点儿热，又有点儿凉，然后我就感到那种无形的东西来了，控制了我。

卢：那些天你压力大不大？有没有想过向纪委自首？

虞：有压力，想过自首，但还没想好怎么向组织忏悔交代。检察长，我声明，不是因为压力我才出现的异常失控，这个我很清楚，完全是两码事，你们要客观评价，用唯物主义的哲学区别对待，防止产生错误判断，让敌人钻了空子，造成更大的不可估量的破坏。

卢：请保持冷静，我们会进行相关分析，你只要阐述事情的……

（这句话未说完）

虞：你骗我，你骗不了我的。我做工作那么多年，你有什么想法，我都一清二楚。什么调查？完全敷衍我。什么叫客观？就是不以主观思想为判断进行的客观分析。你们不相信我，是吧？以为我说谎？你不是专业人员，换人，叫专家来谈，把专业领域的科学家、安全专家全都叫来，我有重大事件向国家汇报，万分危急。我们再也不安全了，有敌人潜伏，要害死所有人，新型武器，恐怖的，比核武厉害，你懂个屁。

卢：冷静，你再这样，我们的谈话就结束了。

虞：滚，滚蛋吧，（省略几句脏话）你们自以为是，完蛋了，不相信我的话，就要完蛋了，等死吧，你们都会被它控制的，它来了，很快就来，进入你们的大脑，所有人的大脑，怪虫啃噬脑浆，很多虫子，密密麻麻，让你们全都死，不受控制的，就像我，像荣坤，你知道荣坤怎么发疯的？他砍人前给我打电话，他说看见怪虫，爬虫，猪脑虫，要吃人脑，邪恶的，发光的。他要劈开人头，捣毁怪虫，杀光它们……（以下省略，听不清楚）

卢：请医生接手，结束。刘芳，停止记录。

书记员刘芳停住笔。她的手指一阵颤抖，看着发狂的虞一彬，无端有些惊恐。那人五官扭曲，口水淋漓，乱喊乱叫："猪脑虫，猪脑虫，鬼，鬼……"

刘芳走出疾控中心依然有些发蒙，耳边仿佛还回荡虞一彬那种非人的嘶吼声："它们来了，吃脑子怪虫，到处是，看不见，它们来了，来了……"尽管属于工作保密范围，但到晚上，刘芳还是忍不住向丈夫说了虞一彬发疯的事，心有余悸地说："他表演得可真像啊，比疯子还像疯子。我都觉得他真疯了。"

刘芳丈夫说："人为了保命，什么破事干不出来？别说装疯卖傻，只怕他能当着你们面拉屎，并吃下去。"

刘芳摇头说："唉，真看不出来，虞一彬当官那会儿严肃端正，一本正经的，工作积极主动，对人也客气，文质彬彬的，想不到装起疯来也卖力。"

刘芳丈夫不以为然地说："人啊！都自私，为了保命，啥阴暗丑事干不出来？我琢磨着他真要自杀啊，咋不多上几层楼？楼高七层，他从三楼往下跳，狗屁喽，顶多摔个骨折。老婆娘进发廊——完全装模作样，狗东西。"

虞一彬的事传遍县城，群众议论纷纷，都不相信他疯了，认为这赃官装疯卖傻就为逃避法律制裁。有部分人认为虞一彬遭报应，被鬼迷了心窍。民愤极大。专案调查组面临很大的压力，加班加点查证。一个月后，根据医生提供的鉴定书，法院对虞一彬进行初审宣判，渎职、贪污和滥用职权等数案并处，判处虞一彬有期徒刑十三年，并追缴非法所得三百二十万元。

虞一彬沉默寡言，没当庭提出上诉要求，庭审结束后他拒绝见律师，不久后他在疾控中心自杀身亡。

他利用医生的疏忽偷拿了一支碳素笔，用笔尖在脖子上扎个洞，然后取出笔芯，将笔杆弄成空心管，戳进动脉血管，最终放血致死。法医进入现场调查，见到满地半凝固的血和死者用手指在血地上写的字：脑虫，小……虽然字迹被死者临死前产生的肌肉缺血性痉挛的动作弄模糊，但依稀分辨得出来。"小"字后面的字没写完，才起了头，只有扭曲的一点痕迹。也许，虞一彬临死前想要写个"心"字。

抚仙湖，潜水深度突破三十米。

顾天云贴着湖底缓缓潜行，湖水仿佛母体黏稠透亮的羊水紧紧包围他，有种熟悉而强烈的回归感。

一个黑影耸立在他眼前。

那是一块覆满青苔的巨大石碑，倾斜在湖底坍塌的古城废墟中沉睡不语，清澈湖水像一层神秘的面纱掩盖着这片古文明遗迹。石碑在湖底静默注视着他，没有碑刻文字的表述，但一种莫名的神灵力量传递过来，让他震撼。

石碑之后的幽蓝湖水深处，宁茹的身影渐渐浮现出来，在水中轻轻荡漾。她的婚纱白裙长摆徐徐展开，摇曳波动在古城废墟的深水之中，恍如一朵皎洁的睡莲，盛开在他的世界。

古城怎么坍塌的，何时陷落在湖水下，这里曾经繁衍生息着怎样的古人，是否埋葬着无名建筑者的尸骸？顾天云隔着潜水手套拭去石碑上的青苔淤泥，试图寻找时光存在的痕迹。以前他做过同样的动作，那时宁茹还活着，她和他潜到这湖水深处，以石碑为证誓婚。

往昔恍惚重现。

湖水下古城废墟的幽暗身影神圣不可侵犯。宁茹那长长的裙裾在坍塌的石阶后一闪而过，仿佛一枚消失在水流中的细小贝壳。顾天云追寻着爱人，穿过坍塌大半的门廊，踩水往前游动。光线蓦暗，唯有几道粼粼光束透过废墟的石块间隙照射过来，湖光微动，他在水底的感觉仿佛飘在半空中的云端。

幽暗深处涌出无数的人影，熙熙攘攘走在古城的石阶，走上通往祭祀塔的朝圣之路。

宁茹的声音荡漾在他耳畔。她说：在远古时期，人们总是把祭祀场所作为社会活动的中心，视它为精神寄托，神灵的归宿地。人们从四面八方赶来聚会于此，举行盛大的祭祀活动，祭奠神灵，祈求风调雨顺、五谷丰收，灵魂不泯不灭。古人相信灵魂永生，生前所有的一切在另一个世界里也同样拥有。他们死后追寻祖先那不灭的灵魂的所在地，让自己的灵魂也得到永生。

聆听着她轻柔的话语，顾天云想象着，大祭塔在他脑海中构建起来，清晰而鲜活。

湖底深处的这座曾经气象宏伟的建筑物通体散发出古人类文明的光芒，蕴含着无数未知的精神珍宝。他沿着石阶往上浮潜，寻找爱人的足迹。转过石阶，在祭塔的幽暗处，宁茹浮在水中静谧地等着他，宛如洛神踏波飘然，圣洁恬静。

顾天云关闭潜水灯，小心翼翼地向她游去，生怕惊醒这个美梦。

这一刻，美丽的她在深水下的神圣之地，穿一袭圣洁的婚纱，眼眸灼灼，溢满爱意，等着他为她戴上婚戒。

湖水蓦然振荡，越来越强烈。这个美好的场景即将破碎。顾天云快速游动，想要赶在宁茹消失前拉住她，哪怕是只碰到她的指尖或一缕长发。水波激荡，光影忽明忽暗，她的容颜在水中晃动。深水下失去光线，他看不清前方，越来越浓重的黑暗将他包围，像要把他拖拽到无尽的深渊。宁茹就在咫尺之间，但他的手臂沉重，用尽力气都难以再游动一下。每次都是这样，在他快要拉住她的最后一刻，他失去了所有的力量。

再也不能牵她的手，再也不能拥抱她。顾天云绝望了。

仿佛看进顾天云的灵魂，她在心灵深处与他告别：我知道，你无时无刻不在想我，希望再见到我，但不能了……天云，你好好生活，照顾女儿，等她长大，告诉她，妈妈想她……

他拼尽全力游动，试图抓到点儿什么。

“爱你……”宁茹消失，彻底消失了。

顾天云激烈挣扎起来，没法协调自己的动作。呼吸器脱落，加压氧气大量泄露，猛烈蹿出一连串气泡。最后一刻，他只能扯掉负重铅块浮上水面。

阳光刺眼。

他浮在湖面上咳嗽，吐出呛入肺管的水，脱下潜水手套抹了把脸，但泪水仍然模糊了他的视线。昨日再也无法重现，一切归于尘埃。他仰头漂浮在水面上，直到烈日晒干脸庞，心底沧桑如水下那块覆满青苔的残石。

良久。他拉出哨子吹动，发出一长一短尖锐的哨音。一艘橡皮艇从远至近划过来。

于鹏猫腰坐在艇上，手握碳素钢划桨的手臂肌肉疙瘩凸起。于鹏是他的潜水长，标准的铁爷们儿，有着十七年的潜水经历。橡皮艇靠近。于鹏接过顾天云递来的氧气瓶，皱眉说：“我被湖管局的人截了。那帮家伙咬定我们超出潜水作业区域，查了许可证又叨念了一通湖管规定。听得爷心烦气躁。”

“你没揍人吧？”顾天云除去潜水装备，扒着被太阳晒得滚烫的橡皮艇边缘翻上艇，平躺下来，只觉浑身酸麻无力。为保护水下古城遗址，这片湖域被定为禁止潜水区域，他这次违反了湖管局的规定。

“今天钓了条大青鱼，心情好，爷懒得抽人。”于鹏叼上一支烟，“再呱嘈，看老子不扒了他们的狗皮，打他娘的脸上像考古发掘现场。”

“我们撤了。”顾天云勉强笑说，“今天我小囡满百日请客，你下午来喝酒，图个热闹。”

橡皮艇跳跃在湖面上，飞驰驶向湖岸。

“爱你，永别了！”顾天云闭上眼默念。皮艇晃荡，让他仿佛身处茫茫大海摇篮中的梦境，水清透绿，他恍然见宁茹在幽暗的湖底守望他远离的目光，洁白裙摆摇曳在她身后，宛如一朵夜色中的莲花。

下午，县医院病房。

顾天云递给小海一根手杖，“走两步试试，你能行的。”

“谢谢顾叔叔！”小海接过这根轻便的收缩式金属杆手杖，尝试拄着它往前走了几步。他身子有些歪歪斜斜，一瘸一拐的样子。

顾天云点头说：“很好，像我手下的士兵。郭海同志，你可以出发去打仗了。”

小海局促说：“我不敢打仗。有同学笑话我是瘸子，我就拿棍子打他们。”

顾天云说：“打人可不是件好事，但有人敢笑话你，叔叔不反对你揍他们，别打太重就行。走吧！小家伙，我们回家。你自己走，叔叔不背你。”

“咋会鼓励孩子打架？”顾天云的妹子顾芳埋怨，伸手去抱小海。

“阿姨，我能行。”小海挣脱顾芳的手，努力地一瘸一拐往前走。

“这孩子挺犟，”顾芳看着小海瘦小的身子，对顾天云说，“脾气性格看起来还有点儿像你，政委同志。”

“像他爸……”顾天云恍惚有些走神，“郭云山也是个犟脾气，让宁茹推崇的有血性的男人，虎父无犬子，这小家伙有他爸的样。”

上车。小海打量着穿军装的司机，好奇地问：“叔叔，你是鱼雷部队的？”

“你爸跟你说的？”顾天云皱了皱眉。他所属的研究所在抚仙湖畔的试验场是国家一级保密单位，小孩子不该多问。

“嗯。”小海的神色有些慌张。

这孩子自尊心有点儿强，语气稍微重一点儿，立刻就敏感起来。顾天云放缓语气说：“你想不想做潜水员，长大以后？”

“我不能游泳。”

“为什么？你可是从小就在湖边长大的。”

“我爸不让我游泳，不准我下水。”小海怯声说，神色有些怪异，“去年暑假我被淹死了，后来我爸就不让我下水。”

“淹死了，你这不好好的吗？”顾芳忍不住纠正说，“是溺水了吧？你爸担心你，所以才不让你游泳。”

小海没说话，但神色分明不认同顾芳的话，尽管他没有出声反驳。

顾芳有些不快。这小孩儿看起来有点儿心机太重，骨子里的性格并不像表现出来的那种温顺有礼貌。不知道他在想些什么，就像大人一样慎言，这不是孩子应该有的个性。虽然不喜欢，顾芳也没多计较，又说：“游水也不是一件坏事啊！我儿子比你大三岁半，算是你的大哥哥，他以后就想当潜水员，我从来不反对他游泳，注意安全就是。往后你想游了，可以跟他一起去下水，他会划船，带你去捉鱼。”

“我不游泳。”小海低声说，“我听爸爸的话。”

这孩子真犟，顾芳无奈地笑了笑。

顾天云说：“小海，我们收拾了间房子，什么都弄好了，你可以单独住，你怕不怕一个人住？”

“不怕，谢谢叔叔。”

“没事不要老说谢谢！我们是一家人。”

“嗯。”小海的表情有些低落，忽然说，“叔叔，我想……”他迟疑着。

“你想做什么？直接说出来，男人不要扭扭捏捏，大方点儿。”

“我想回家去看看。”小海有些紧张，“我的家。”

顾天云沉默一会儿说：“你家的房子抵押给了银行，包括家里的东西。”

“什么是抵押？我家不在了吗？”

“房子还在，但不是你家了，你爸欠银行的钱，所以房子用来抵债了。”

小海抿了抿嘴。顾天云说：“别难过，更不要哭，你现在有了新家，以后会好起来的。”

小海低声说：“我不难过，我想回家看看。”

“嘿，这孩子。”顾芳对顾天云说，“你跟他讲这么多话，他一句都听不进去，这不是犟了，是死牛脾气。”

“小李，先去郭家村。”顾天云吩咐司机，然后对顾芳说，“他只是想回去看一眼。这孩子比我们想象的要成熟，别以为他什么都不懂。是不是小海？你能明白我的意思。”最后一句话他是对小海说的。小海点点头。顾天云说，“叔叔不喜欢骗人，也不哄小孩儿，遇到什么事会跟你直接说。可能有些事让你难受，但你也得接受，因为谁也改变不了事实，做人不能活在谎话里，要抬头往前看，明白了吗？”

“我爸也这样教我。”小海说。

“那敢情好。”顾天云微微一笑，“我们有了沟通的基础，以后啊，遇到什么事你直接跟叔叔说，不撒谎，也不用不敢说，叔叔当你是个大人，我们就这样约定了。”

小海点头笑了笑。顾芳感觉他是出于礼貌的笑。

汽车到郭家村，停在一栋气派的三层楼房前。

虽然坐落在小渔村，但这房子很洋气，仿欧式风格，前后有花园。只看这房子，感觉好像来到了英国的乡下。这栋房子是郭云山设计建造的，也是小海最熟悉的地方，这才是他的家，虽然大人都死了。

门上贴着法院的封条。

小海站在门前瞅了会儿，忽然他走到院墙一处爬上墙头。

“你干吗？”顾芳叫起来，“小海快下来，不要进去。”

小海仿佛没听见，一瘸一拐，但动作熟练地爬上了墙，翻身跳进院子。

“你看看，你看看，他一点儿都不听大人的话。”顾芳不由得抱怨。

顾天云没有回话，径直走过去，也从院墙上翻过去。顾芳哭笑不得地说：“大哥，你完全是纵容孩子，还说不哄他？”

小海站在院子里抬头望着楼上。“看什么呢？叔叔陪你上去，没事的。”顾天云过来拉了他的手。小海突然说：“楼上有个人……是我表叔。”

“你表叔？”顾天云有些惊讶。他没看到任何人，也没听到什么声音。小海挣脱他的手，走到窗台前，从花盆下掏出一把钥匙打开门。顾天云立刻跟上去。

楼房装修高档，简洁而有品位，房间里空荡荡，没有任何家具，估计已经被人搬走。小海没有停留，直接往三楼走去。顾天云发现这孩子的脸色不对劲，隐含着怒气，手杖敲击地面哒哒作响。

三楼走廊里头的一间房子，房门大开。里面有个人在整理东西，手不停歇地收拾一些书籍装进大纸箱。那人身旁已捆扎好了两个箱子，装满了书。

“表叔！”小海盯着那人说，“这些是我爸爸的书。”

那人猛吃一惊，抬头看见小海，尴尬笑说：“哦，小海啊！表叔来收拾一下，你出院了啊！”

“怎么回事？”顾天云沉声问。他看情形也明白了些。这是间书房，没了书架书桌，只剩下满地乱堆放的书。这人应该是郭云山的远亲，来趁火打劫，不仅搬走屋里值钱的东西，连剩下的书籍杂志都要拿去变卖。

“哦哦……没啥……我走了。”那表亲看见顾天云身穿军装，有些害怕，说话不利索，低头溜边往外走，一溜烟跑下楼不见踪影。

小海走进房间，弯腰一本一本地收拾书。

顾天云帮着把书收进箱子，整整有四箱书。他说：“小海你要带走？”小海应了声。

“好，我们抬回去。知识是无价之宝，你这趟收获不小。”收拾书籍的过程中，顾天云发现，郭云山的藏书丰富，种类繁多，简直就是一座知识宝库，比高档家私值得拥有。唉，这算是郭云山唯一留给儿子的纪念物。

汽车后备厢塞满书箱子，开出郭家村，到附近的尖山脚下转进船舶重工研究所的家属大院。

顾天云家里宾客众多，一派喜气洋洋。

宁灵满百日，按风俗请来亲戚朋友吃饭，热闹热闹。自从宁茹走后，屋里头一次有了喜庆的气氛。宁灵一双眼眸黑溜溜，精灵秀气，好奇地看着众客人，不认生。一百天来她长胖不少，小脸蛋粉嘟嘟的。她握着可爱的小拳头，手腕像白嫩嫩的莲藕。大家都忍不住抢着抱她，逗她笑，想看她脸上的酒窝。

“像她妈妈，以后也是个大美人。”顾天云的继父顾明说，“瞧她的眼睛，滴出水了，像是早晨湖水最清的时候。”顾老是县一中的语文教师，退休闲在家养花遛鸟作画，老来最喜这个女娃，整天瞧她不够。

有客人说：“老李，你家赶紧跟顾老师说好，定个娃娃亲，省得以后被人抢了。”

另一人摇头说：“我家的娃土里土气的，高攀不上啊。”

顾芳的婆婆搂紧宁灵，乐呵呵说：“我家囡囡不嫁人，舍不得。”

顾芳的公公笑说：“天下哪有闺女不嫁人的？当真是个宝喽。”大家哈哈笑起来，其乐融融。

顾天云、顾芳和小海下车跨进院门。

“嗨！”一个孩子突然蹦跶出来，冲到小海面前。他脸蛋子黑油油，眼珠黑白分明地瞪着小海，大咧咧问，“你就是小海？”

小海点头，打量这个比他高出一头的大孩子。真壮实，就像晒谷场上的石碾子。“我叫耿卫。”壮小子不客气地抓住他的手，“我是你哥，叫我耿哥。”

“耿哥！”小海老老实实叫了声，“我叫郭海。”

“什么郭海，你还小，只能叫你小海。小海、小海，听起来才像我的跟班儿。”耿卫握住他的手，用力捏紧，想看到他疼出眼泪的样子。

小海吃痛，不停地吸气；但他倔强，不肯出声求饶。

顾芳呵斥耿卫：“臭小子，你干吗？快松手，你把他捏疼了。”

“知道了，妈，我逗他玩呢。”耿卫松开郭海的手，忽然张开粗黑的臂膀，对他来了个熊抱，笑嘻嘻说，“他能忍痛哦，我喜欢，硬朗点儿才够格做我的跟班儿。我最讨厌㞞蛋。”

顾天云说：“小海是你弟弟，可不是什么跟班儿，等过些年他长高长壮了，你不一定打得过他。”

耿卫说：“大舅，我从来不欺负自家人。我只对付外面的坏蛋，开着飞机去打怪兽。”

“整天想着打仗，是个当兵的料。”顾天云拉起小海，“走，我带你去看看妹妹。”

小海跟着顾天云进屋，激动起来，他很想知道小妹妹长成什么样子。她一定像宁阿姨……不对劲，小海收住脚步，莫名紧张起来，一种陌生的意识蓦然掠过他的脑海，从来没有过的特异感触。这种感觉虽然微弱，但足以让他惊恐不安。右眼酸楚，他感到胀鼓鼓的疼痛。

“怎么了？”顾天云见小海站着不动。

小海脸上神情古怪，右眼流露出恐惧之意。他的手指不由自主地松开，“啪！”手杖跌在地上。

屋内。

“呀！囡囡咋不笑了？”婆婆怀抱宁灵，突然见女娃变了脸。原本灵动的眼眸变得有些呆滞，她像被什么鬼东西惊吓到，扭着稚嫩的脖子，好像要转头看什么。

“哇……”宁灵突然大哭起来，小手不停地摆动挣扎。

第 4 章 秘密任务

三年后。

抚仙湖西岸的郭家村，午后阳光炽烈。

“耿哥，他们来了。”郭海从马桑树的枝丫上一骨碌翻起身，机警地望着河滩边上的村道。这棵高大的老桑树盘踞在郭家村的村头几十年了，枝壮叶茂，正是挂果时节，一树的桑果乌黑熟透。

“哪儿呢？我咋没看到？”耿卫拨开遮在眼前的桑树叶眺望。

河滩那边有个老汉在沙地上晒渔网，一条柴狗懒洋洋溜达在河堤上，没别的人。耿卫偏头咬了颗垂在嘴边的马桑果。他吃得肚胀圆滚，果浆染黑了嘴巴，舌尖泛出鱼苦胆的腥气。

“除了田鸡眼，还有四个人。”郭海的话音刚落，村头就出现了五个穿校服的学生，嘻哈笑闹着走过来，领头的正是荣天远。这狗崽子的爹是荣坤，正是那个害他家人的老疯狗。郭海每次见到这狗崽子就恨得咬牙。

“呀，你的独眼儿真厉害，一看一个准儿，就像瞄枪打靶那样。”耿卫捶打郭海一拳。郭海讪讪发笑。只有耿卫说他是独眼龙，他不计较，反而还觉得亲切。

“烂田鸡眼，这趟来的跟班儿还挺多。我们不正面对敌，先躲起来，打他个伏击。”耿卫弓腰，顺着树枝爬向枝叶浓密处。郭海跟在后面，手杖别在腰带上，攀到粗树干后藏身。耿卫前些天就瞅准了，荣天远每天都来摘马桑，可以在这里布点，打这田鸡眼一个埋伏。“兵者，诡道也。”布下陷阱搞定敌人，打他个措手不及，是兵法常用之道。耿卫熟读兵书，最喜欢以荣天远为假想敌做实战。

“天哥，明儿带我们去看电影咯。”一个身形粗壮的学生对荣天远讨好笑着说，“《霍元甲》，听说打得可凶了，霍元甲拳脚凶悍，撂倒一堆日本人。”

“没文化！是‘huò 元甲’，不是‘huì 元甲’。”另外一个学生纠正，撇撇嘴，对荣天远说，“天哥，小牛上了高中还是个憨包，以后不带他玩儿了，丢脸。”

“我爸也是念‘huì 元甲’。”小牛不服气地说。

“你爸也是个憨包。”几人大笑。

“我……”小牛愤懑捏紧拳头，却又无可奈何地松开。除了他们几人，学校里没人跟他玩儿。

“大憨包养小憨包，一家憨包，牛肉包。”

“是牛屎包……”五人一路笑闹，来到马桑树下，蹬了鞋子，吐口水在手心上，准备爬树上去摘桑果。忽然间，淅淅沥沥的水滴洒落下来。

“下雨，下雨了啊！”小牛兴奋地接了雨水往脸上抹。暑气热死狗，难得老天下点雨凉快。“呸！”荣天远几人可不憨，闻到了尿腥气，触电般一纵跳开。他们抬头往桑树上看。

“哈哈哈……”耿卫和郭海站在枝丫上，拎了裤头儿，摇摆着屁股，畅快淋漓。两人喝过一肚子水，足足憋了半晌，等的就是这么搞一下。

“是瞎眼狗，还有老土埂。”荣天远手指桑树，咬牙切齿地骂，“上啊，揪他们下来，打了丢进粪坑。”他前天上茅房，耿卫抱了块大石头砸进坑，溅他满身臭水，让他气晕了头。他首先冲过去蹿上树大叫：“抓住他们，每人给一百块钱。”四个跟班儿一听来了劲，嗷嗷叫着，也爬上树。贼不上房顶，这两个家伙敢爬到树上，就是自找死路，看他们还往哪里跑。

耿卫笑嘻嘻看着几人蹿上来围堵，一点儿也不害怕，扭头对郭海说：“快，拉泡大屁屁下去。”郭海摇头表示没有存货。“失败啊！”耿卫遗憾地说，“再等一会儿，我就有桑果味儿的了，让他们尝个鲜。”

说话间五人手脚麻利地先后追近，快摸到他们脚下，传来吭哧吭哧喘气声。十只小灯泡一样的眼珠贼亮凶狠。

耿卫吹声响亮的口哨，猫腰和郭海顺着横枝往一边走。走到枝条细处，枝条上绑着两根毛竹的尖梢。他们一人抱一根毛竹，解开绳子跳下去。“呜哇……”两人大叫，手拉毛竹尖梢坠落。大毛竹被他们的身体重量拉弯到极限，一直坠到地面近处，两人才松手。“唰”，弯曲的毛竹往上弹起来，把树上的桑果打落一地。

荣天远几个人爬在高高的树上，怔怔地看着他们神兵天降般落在地上。

耿卫笑骂："荣天远，田鸡眼，蛤蟆肚，烂雀吧……你爸狗贪官，疯子杀人犯，你个狗崽子，屎粪蛋，尽管放马过来，小爷我赏你一嘴巴。"

"不准说我爸。"荣天远瞪眼怒吼，咬牙切齿一溜下树拼命。

"你疯爹是个害人鬼，害别人，砍你妈，千人砍，万人骂，呸！"耿卫捡了几块土疙瘩连环扔过去，拉起郭海撒腿就跑。荣天远带着跟班儿狂追，一路跑一路捡了石头噼啪打过去。耿卫机灵躲避着，飞石还击。郭海一瘸一拐跑不快，心急起来，耿卫拖着他往前跌跌撞撞跑。

两人跑到河滩上，绕过一片沙地。

"扑通、扑通……"荣天远和小牛追在最前面，突然脚底一空，沙地陷落下去，两人顿时摔了个七荤八素。这片沙子地被耿卫和郭海挖了个坑，铺上一块塑料布，再撒上沙子，做成个陷马坑。小牛崴了脚，抱腿哎哟喊疼。

"找屎吧你，屎壳郎。"耿卫大笑。

沙坑底部铺了新鲜牛粪。荣天远踩了一脚的粪，臭气冲天。后来几人乱哄哄扯手拉脚拽起荣天远，他一骨碌爬起来继续追，顺河滩一路追到大河堤。耿卫和郭海的背影消失在草丛中。五人纷纷翻上河堤，闷头冲下坡地。

"扑哧、扑哧、扑哧……"荣天远几人猛地一头栽倒，车轱辘般往坡下翻滚，摔个昏天地暗。

耿卫在草坡上设下"绊马索"——用几蓬长草编成草辫子，盘结在草丛里成为一道埋伏。他们追得急，不慎中招，滚到坡地沼泽里，满身稀泥，哎哟呼痛不止。耿卫从草丛中冒出，抄起备好的一堆煤球，手臂抡圆了朝泥沼里的人劈头盖脸地砸过去，打得几人嗷嗷叫，抱头鼠窜满地爬。

郭海拿了弹弓，瞄准荣天远弹射，几粒石子击中脑壳梆梆响。

一堆人耐不住攻击，溃败逃窜。荣天远头上起包，皮破血流，疼得泪水直流，只听到耿卫的骂声传来："田鸡眼，狗崽子，老子代表人民枪毙你……"

这一战打得痛快，赢得酣畅淋漓，"哈哈哈……"耿卫和郭海击掌大笑。两人抖抖满身土渣子，抄河水洗了脸，胜利班师回家，一路高唱《打靶歌》：

豪情壮志震山河

子弹是战士的铁拳头

钢枪是战士的粗胳膊
阶级仇压枪膛
民族恨喷怒火
瞄得准来打得狠
一枪消灭一个侵略者……

船舶重工研究所大院。

顾天云以军人特有的敏锐嗅到这次任务不同往常。来找他的两个便衣，乘坐一部挂省军区车牌的越野车。但他们没穿军服，也没向他出示相关证件。一个便衣拨通研究所上级领导的电话，递给他加密手机接听。

“你跟他们出发，一切服从命令，必须完成任务。”

领导的话语平静，却又透着非同寻常，“你家里的事，所里会派公务员专门过来帮忙，你别太牵挂，祝好！”挂了电话，便衣说：“请尽快收拾东西，我们等你十分钟。”话语温和礼貌，但命令不容他置疑。顾天云看了眼这部停在家属大院的加长越野车，车窗深黑看不透里面，但有一种被人从车内窥视的感觉。

“不穿军装，也不要带任何跟你原身份有关的东西，就拿点儿随身常用物品。”便衣继续下达命令式的交代，“这次外出任务暂时没有明确的期限，地点、内容保密，对外统一说到外地接受封闭训练，其间不能回家。大概就这些了，顾政委，请你立刻做准备。”

“明白。”顾天云没有提出疑问。军令如山，作为军人服从命令是天职。他转身快步回屋，心底涌出一种说不清的劲头。在和平时期接到这种“摊上大事”的任务，代表着上级高度信任，才对他委以重任。身为军人，养兵千日，用兵一时，他需要的就是利剑出鞘的一刻。当然，这并不能掩盖住浓重的舍家离别之情。

“小芳，我走后家里老老小小就靠你了。”顾天云收拾生活用品，随身带上妻子和女儿的照片，对顾芳说，“灵儿和你贴心，我外出也没什么可牵挂的。”

顾芳皱眉说：“大哥，瞧你说的是反话吧，天下哪有谁能代替父母在孩子身边的。你这次是什么训练任务？”

“不知道。”

“要去哪里？”

“也不知道，不能说。”

“哎！那你到了新的地方，给家来电话报个平安，这总行吧？”

“这可能也不行。”军人的职责和对家的依恋牵挂交织在一起，沉沉压在顾天云心头，“今后……家里让你操心了。”顾芳听得心里不是滋味，“我没啥，只是孩子还小，她会想爸的。不能见面，电话也不准打一个，好歹你给她递个话也好啊！”

顾天云无言以对，默然走到床边凝望安然午睡的女儿。她睡得可真香，不知道父亲就要离开她出远门。

“跟她说两句话。”顾芳伸手去抱宁灵。

“别，让她睡。”顾天云拦住顾芳，硬着心肠说，“她醒了，我就走不了。哎，缠着我的滋味更难受。”女儿的睫毛微微颤动，像两把小雨伞挂在粉嫩的脸蛋上。“爸爸，举高高，我要骑大马……”女儿甜腻的声音在脑海中荡漾，他心都化了。

顾芳叮嘱：“这会儿不抱女儿没啥，你得记住了，完成任务早点回家。”

顾天云点头，又看了看女儿，最终转身大步走出家门。

一阵嘻哈笑闹声传来。

郭海和耿卫冲进大院，衣服脏兮兮，头发乱糟糟，就像才钻出炮火连天的战壕。顾天云暗喜，两个小家伙回来得还真及时，在他临走前还能见个面。

“列队，立正！”他沉脸发出命令。

耿卫和郭海见顾天云脸色严峻，都是吐了吐舌头，立刻老实站好。

“报数。”

“一！”耿卫并腿站直了，发出嘹亮的声音。

“二！”郭海拄着手杖，挺胸抬头。

顾天云巡视过去。这学期小海的个头儿蹿得快，差不多快到耿卫的上耳位置，就是身子有些瘦，挑食，肉类吃得太少。耿卫却是粗壮滚圆，浑身力气使不完似的，野气十足，有股桀骜不驯的劲头。他沉声说：“郭海一等兵，耿卫一等兵，立刻接受命令。我有外出任务，期间，你们在家必须尽到士兵的责任，服从家长的话，别到处乱跑，不许旷课，不许再打架，违反者关禁闭。”

“大舅，是别人打我们，我们才还手的。”耿卫不服气地嘟囔。他对顾天云的出差习以为常，心下忍不住偷偷高兴，终于可以大胆去撒野，耍个痛快了。他还不知道顾天云这次的任务意味着什么。

顾天云瞪眼耿卫，目光落在郭海身上却温和了许多，“小海，少贪玩儿，多看点儿书。你爸的那些书放在床底下落灰了，你都没打开过，抽空整理放到书架，做完作业一本本看。”

“好的。”郭海迟疑地问，“叔叔要去哪里？去多久？”

“别多问，心里知道就行。”顾天云放缓语气说，“你不要和别人计较，他们笑话你脸上的伤疤，你就当没听见，做好自个儿的事就成。”

“嗯。”郭海点头，右眼眨巴一下。

“稍息。再见！”顾天云对两个小家伙行了个标准的军礼，挥挥手，大踏步走到越野车前，拉开车门上车。

“大舅去执行秘密任务呢！”耿卫嬉笑说，“瞧那军牌，特种编号。啧啧，这车拉风，我猜准是防弹的。”

郭海目送越野车驶出大院，心头泛起不舍之情。突然一种异样感受传来，车上有个女人透过后车窗看了看他。

“灵海”，一个特殊的词语陡然从他的意识中冒出来，他立刻捕捉到隐隐的恐惧不安，恍然间他感知到各种纷乱闪动的陌生场景：深远幽明的隧道，大型机械设备，许多不同样子的人，地底洞穴……“砰！”枪声震响，头颅溅血……越野车渐渐走远，这些怪异场景的画面在他脑中变得模糊起来，云层遮住夜空，他再也感知不到什么。

灵海在地底下？顾叔叔去那干吗？郭海不禁打个寒战。

越野车的隔音板升起来。

后车厢形成独立封闭的空间，几乎隔绝了车外的声音。

顾天云除了感到车体在前行，听不到发动机运转的声响。驾驶室坐了两个便衣，后车厢里还有另外两人，一个体型彪悍的男人，身穿黑色体恤，浑身肌肉突起。他凭经验判断这个壮汉是一名经常参加行动的警卫，军衔绝对不低；另外是一位女士，看她成熟稳重的眼神像三十多岁，但模样文雅，更像二十五六岁的文职人员。“打开他的包，检查。”女士吩咐警卫。

警卫手持金属物探测器搜查他，从头到脚，包括鞋底，还把他的行李包彻底翻个遍，检查了每一件东西：钢笔、笔记本、药瓶、便携餐盒、洗漱用品等。警卫拧开牙膏闻了闻，又尝了一颗胃药，这道检查程序还真严格。

“取下手表，身上的钥匙、手机、钱夹、皮带扣，所有的金属物。”女士拿出一个密封盒说，“放进去，由我们保管，离开以后再还给你。”

顾天云有些不自在。以他的级别，绝少有人这样生硬地对待他。但他心里疑惑重重，忽略了这点不快。离开后归还随身物品意味着他将要去的地方是个高级别的保密点。

“没有发现跟踪器、窃听设备。”警卫搜查结束。

“你好，我叫苏馥。馥郁芳香的馥。”女士没和顾天云握手，只简单说了她的姓名，声音平淡，“我是你的安全小组负责人，从现在开始，你必须服从我传达的一切纪律安排。”

“哪些纪律？”顾天云问。安全小组？不知要他执行什么任务，竟然配备一个小组的人负责他的安全。

苏馥说：“做事的范围，谈话内容范围，都不允许超出有关限定。这个限定由我负责下达并监督执行。”

顾天云疑惑地想，她说到“监督”，看来安全组的主要任务不仅是保护他的安全，他还属于受严格监控的对象。

透过防弹单向玻璃车窗，可见车外快速倒退的公路行道树，几辆警用摩托不远不近地行驶在旁。警戒级别很高，在这个偏僻的县城非比寻常，如同几年前国家领导人秘密来访研究所的那次。他问：“我们去哪里？”

“稍等，很快就到。”苏馥翻了翻盒子里的物品，把他妻女的两张照片递给他，“这你可以随身带着。”顾天云有些惊讶地收了照片。

他以为要去的地方很远，停车后把他推上飞机，或塞进潜水艇，但想不到要去的秘密点居然很近。

半个多小时后，越野车转上帽天山国家地质公园的盘山公路。

翻过山梁，透过车窗可见山体上的矿厂痕迹。三年过去了，这里悄然发生了改变，移栽成活的树木掩盖了大部分原本外露的土石层，静悄悄的，没了往昔轰鸣的挖矿机械和来往穿梭的运输车辆，这片古生物化石保护区终于恢复了宁静。

一群林鸟飞过天际，化为无声的小黑点远去。

顾天云眉头紧蹙，宁茹的身影在思海深处浮现出来，他不得不强迫着自己不把影像清晰化。三年了，他首次回到这里，似乎感觉到大山深处依然残留着妻子的灵魂，那些逝去但刻骨铭心的影像，让他不由得战栗。

在看见化石博物馆的圆顶一角时，越野车转向另一条公路，驶向左侧方的山坳。这是条新修的柏油路，路基厚实，可承载重型车辆，但少有车辆出入。车行大概四分钟，前方出现一道门禁岗亭。他们停车接受检查。

“古生物科研基地”，顾天云注意到门牌。

围墙上竖立着几块宣传牌，画面类似通俗的“寒武纪主题公园”那样，利用声光电、气雾等科技手段，演绎地球寒武纪生物大爆发的奇迹，展示5.3亿年前海洋生物的真实面貌……看上去像个普通的科研单位。但他根据岗亭设置和内里巡逻的军人推测，招牌只是对外表露的形式，实质上这里是个隐秘基地。

想不到三年的时间，竟会在这里建起军事级的秘密单位。

往里深入，环境幽静，主干道两边的树木间偶尔见到建筑物，墙体严实，外墙涂料层特殊，隐约可见圆弧形天线在车窗外一闪而过。他知道这是一种全覆盖式的地对空、地对地的战术雷达天线。

越野车一直开到最里面。顾天云下车望去，见前方山壁上有个隧道工事，比火车隧道略大，设有特别的防冲击式的内置岗亭、电子门禁、防爆护栏，洞口巡行数名荷枪实弹的特种兵。苏馥出示证件接受检查。

隧道入口处的检查设备齐全而先进。顾天云需要站到一架类似监控仪器的设备前接受扫描探测，核对身份，采集全身图像、血液、指纹和眼球虹膜信息。折腾一番，最后让他穿上一套专用服装，蓝色特种衣料，类似没有配备面罩和防尘罩的夹克式军工防尘服。

“请把左手伸进去。”检查员示意他把手伸进一个仪器的环形孔。

“咔”一声金属轻响，手腕震动。顾天云缩回手，见手腕上扣了个金属环，有表带宽，银色的金属，轻薄，表面光滑，刻着一段类似游标卡尺的刻度，还有一行小字：灵海－B1122。

进入隧道，他们换乘电瓶车深入山腹。

车时速约四十公里，顾天云明显感觉到一直在下坡。隧道四壁浇筑了高强度的混凝土，做过多层防水处理，每隔一段距离设有安全岗亭，配备高分贝的报警器，隧道上除了顶灯和通风管道、飞机引擎般的风机，还装有一排纵深进去的监控摄像头。每个摄像头间隔二十米，顾天云一路默数，到停车时以此判断他深入隧道约一千五百米。

前方出现一个“进入灵海工程”的警示牌，此外没有任何标示。

山腹深处安静，与世隔绝。

“顾天云同志，请坐！”

苏馥示意顾天云坐在一把折叠椅上，“你在灵海工程的边缘区域，以下由我和你做一次谈话考核，以决定你今后的岗位。”

她也在椅子上坐下，拆开密封的文件袋。

顾天云见对面还空了一排椅子，共有五把，呈扇形展开，距离他约有三米远。这个距离对于交谈远了点儿，好像审讯疑犯的架势。这个封闭的房间呈环形桶状。除了这几把折叠椅，没有任何办公陈设；墙壁光滑，一览无余，几乎看不清进来时那道门的门缝儿；天花板高约四米，内嵌吸顶灯、摄像头和警报器。房间干净简洁到极致，就像一个被警犬舌头舔得锃亮的罐头盒。

他处在“罐头盒”底部的圆点位置。

“你在系统工程三司多年，敬业爱岗，经验丰富，符合这一批的入选条件。经过组织审核，信任你的能力和忠诚，批准你参与灵海工程。”苏馥打开文件袋后却没从里面拿出文件，转而介绍站在他身旁的警卫，“刘戈，他和我在科工委的安全保密局工作，负责你的工作安全。”

“你好。”顾天云打招呼。刘戈点头回应，身体挺直得像标枪。

进入这里后两人似乎对他友善了些。“欢迎你的加入。”苏馥的语气没了初见时的冰冷，柔和而平稳地说，“灵海是高级别的保密工程，由科工委张之良副主任负责。”远在西南边陲的小县城竟然出现了这样重大的工程，顾天云不禁暗暗吃惊，亦觉得有幸入选为国家效力，这是职责所在，也是至高荣耀。

“根据你的能力，适合做多种岗位工作，建议你可以选择工程指挥、机械维护、总调度，还有工程观察员。”苏馥注视着他，停顿了一下，她的眼神微有不易察觉的变化，“观察员比其他岗位危险，属高危岗位。”

顾天云一怔。很少听说工程还需要配备专门的观察员。在通常情况下，只有政治和军事任务才需要观察员出席有关会议和参与军事行动。不知这是个什么样的工程，观察员的涉危程度竟然这么高。

“你可以根据自身的情况和承受力，不选择担任观察员。”

“我愿意接受组织下达的任命。”顾天云尽管疑惑，但立刻回答。他能觉察出这个“高危”岗位需要他。

“我要向你说明一个特殊情况，灵海工程启动以来，先后有六位观察员同志牺牲在岗位上，我加入后，经历过两位同志的不幸。请你慎重考虑。”

“我是第七任？”

“是的，而且很有可能不是最后一任。”

“明白，请指示。”

“你可以再考虑一下。”

“不用了。”顾天云脑中闪过女儿清澈水灵的眼眸，“我服从命令，听从组织的指挥，严守纪律，忠于职守，不怕牺牲。”尽管没有立正、右手握拳上举宣誓，但对肩负的职责和使命，他立刻做出坚决履行的郑重承诺。

苏馥投以钦佩的目光，递给他一份文件，“作为观察员，你的职责是全程观测灵海工程，向组织汇报情况，及提供个人意见。”顾天云浏览了下文件。资料没注明灵海工程的情况，只写了观察员的职责范围、日常工作安排、安全和保密等事项。

“这个需要你签字。”苏馥又递来一叠文件和一支笔。

一份文件表示自愿放弃国家宪法赋予他的权利，还有一份文件写明了发生意外的抚恤条款。如果在工程建设事业中因公牺牲，国家将授予烈士称号，给予家属丰厚的抚恤待遇……这相当于签下“生死状”，一个极危险的任务。

顾天云翻到最后一页签名处，提笔落名。

苏馥收好文件，立正对他敬礼。

突然余光中人影晃动，顾天云感到脖子遭到手臂的大力扼制，有人硬折他的颈骨。疼痛窒息感袭来的一瞬间，他反应迅捷，双腿撑地带动椅子往后翻倒，借势扭身发力挣脱手臂，随即抬起手肘反击过去。

刘戈往旁边避开。

“停，这是测试。你的反应迅速有力。”苏馥摆手。

顾天云揉着酸痛的脖子重新坐下，看了眼刘戈，估摸这名警卫的攻击力不弱，对他的测试还留有很大的余力。

“能参加首次维和部队行动的人，军中百里挑一，确实有一定的防御能力。”苏馥说，“你记住，在以后的每时每刻都要保持最高警惕，以防止各种突然袭击对你造成伤害。”

“什么袭击？”顾天云想不到在这个高等级防御的基地还会遭到袭击，他还以为，是某种危险的工作造成的人员牺牲。

苏馥说：“各种不可预料的突发情况。袭击可能来自你身边的同事，任何人，包括保护你的警卫，比如刘戈，我，都有可能成为袭击者，甚至来自你的自我伤害。”

“什么？”顾天云一时没理解她这话的意思。

苏馥说：“灵海工程启动至今，已经牺牲了六十多人，当中大部分人是被身边的人袭击致死，十二人疑似自杀，现场的痕迹符合自杀条件，但缺少自杀的主观动机。包括袭击者，也难查出有明显的攻击主观意图。我们开始怀疑是敌对势力所为，恐怖分子、某极端组织等，但经过缜密调查，基本排除了上述可能。可能是由异常环境因素导致的非正常现象。”

“异常环境因素？”

“灵海工程的区域特殊，对人的意识和行为会造成难以抗拒的影响。”苏馥没怎么特殊解释，直接给出个含糊其词的结论，接着说，“我简述权限范围内的信息，请你注意听。发现这个区域的异常，是在三年前的一次矿洞爆炸塌方事故以后……”

顾天云一凛。事故现场画面闪过，宁茹的容颜随之浮现出来。他立刻收摄心神，专注听苏馥讲述。

“矿洞深处发现了大量的古生物化石，在考古人员进入现场清理发掘两个月后，有个叫柏映泉的古生物教授无意中察觉，每次进入化石现场以后再出来，时间都产生了延迟。柏教授戴有一块高精度的石英表，月差一直保持在六七秒以内，但自从出入化石现场，每天的时间误差长达几分钟，这引起了他的注意。柏教授用更精准的计时器，做了几次时间比对测试实验，排除矿洞磁场影响和各种干扰的可能性，他发觉这里与外界存在反常的时间差，就在自然科学论坛发了一篇文章寻求解答。”

苏馥稍作停顿，留有让顾天云消化信息的时间，片刻后接着说：“美方关注到这篇文章，随后，阿拉莫斯科学实验室通过有合作关系的中科大研究组推荐，前来做了检测，认为该区域属于一个时间膨胀效应的异空间。目前，我们在进行的工程就是土石挖掘，将异空间范围内的区域清理出来，以备下一步进行相关科研实验。”

这段话信息量相当大。

时间膨胀？异空间？顾天云听了有些摸不着头脑。

“‘灵海’是发现者柏教授命名的，与工程无关。柏教授认为化石群区域在五亿年前是充满古生物生灵的海洋，所以他在文章里称这里为‘灵海’。工程启动时就沿用了‘灵海’作为区域机密代号。”苏馥对刘戈做手势，“我们下去。”

刘戈用联络器呼叫：“编码 B1122 请求进入。通知张副主任一行过来。”

环形房间轻微一晃，往下沉落。

顾天云感到失重，这“罐头盒”居然就是一部电梯。灵海工程处于隧道的下方，电梯间平稳下降了二十多秒后还不停，他不禁暗暗惊诧，以启动那一刻造成的失重感来判断，电梯的运行速度不低，不知电梯井有多深，这地下的工程量令人咋舌。

电梯终于落底，但没开门。苏馥说：“请在这里稍等，张副主任会来见你，还有战略研究部、国际合作司、国家隧道集团以及灵海工程部的领导。他们来这里开个短会，你有什么问题，可以在会上交流一下。”

“国际合作司的领导怎么也来了？”顾天云看向那五把空着的椅子。

苏馥说：“灵海是多国合作工程，主要使用 TBM（大型隧道掘进机）。大部分技工是国家隧道集团、科工委系统工程的人，部分专家来自俄罗斯，还有美国的电气技师和地质学家，瑞士联邦铁路公司的工程师，传动与控制部分由德国维滕工厂的技术专家负责。”

情况有些出乎意料，顾天云谨慎地问：“遇袭者也有外国专家？”

“有六人遇害。包括英国、俄罗斯和两位美国的工程观察……”

苏馥正说着，突然间警报声响起。

一级警报。

从远到近，尖锐的警报声从不同的方位传来，清晰刺耳。室内警报红灯闪烁。苏馥快速按下墙上隐蔽的特定安全门锁，立刻和刘戈做出警戒动作。但两人的防卫方式反常，快步拉开距离，一左一右，分别站在电梯间两端，背贴墙而立，面对面，隔空盯着对方，神色异常紧张。

顾天云赫然站起身。

“别动！坐下。”苏馥厉声命令，“双手放椅子背后，抬头看我，看我的眼睛。”

顾天云惊诧着坐下，他唯有依照苏馥的指令，把双手背在身后，抬头怔怔看着她的双眼。苏馥和刘戈的举动不像在保护他，而像是在警惕防御什么，两人甚至相互敌视，紧紧盯着对方的眼睛。

苏馥不时快速瞥过来，就像在探测他可有异常反应。

谁也不说话，静默保持着这种怪异的警戒状态。

气氛紧张，惊心动魄的警报声持续响着。顾天云瞪眼注视着苏馥，不一会儿他感到眼球酸楚发胀，不由得眨了眨眼，余光溜了下两旁。就这么个微小的眼神动作，却立刻让苏馥变得更紧张，苏馥盯住他，声音急促问：“你感觉怎么样？”

“没事。”顾天云回应。

“别乱动，看我。”苏馥再次警示他。

顾天云绷紧神经，极力克制着想要查看两旁的念头，感觉仿佛有个东西在悄然迫近他。以苏馥和刘戈的情形来看，给他的感觉就是电梯间内似乎潜伏着某种无形之物，随时可能发动袭击，让两人如临大敌。但他却什么都没发现，室内简洁依然，如锃亮的罐头盒，充斥警示灯闪烁的红光。

“……袭击可能来自你身边的同事，任何人，包括保护你的警卫……异常环境因素……灵海工程的区域十分特殊，对人的意识和行为会造成不可估量的影响。”苏馥的话闪过脑海，顾天云悚然心惊，瞬间体会到这种异常情况带来的特殊压迫。

神经绷紧到极致，汗滴滴冒出，意识渐渐有些恍惚了。

近乎窒息地等待了近二十分钟，警报声终于停了。

苏馥和刘戈长呼一口气，稍微放松下来，抹了抹额头上的汗。过了会儿，两人收到从联络器传来的指令。他们使用无线耳麦，顾天云听不到指令内容，只见苏馥的神情越来越凝重。

“突发危急情况，五位领导在途中遇袭。”她的眼眸黯然，沉痛地说，“张副主任身受重伤，其他几位领导当场……不幸遇难。先后几分钟，还有多名工程师遇害，这是一次非常严重的袭击事件。”

顾天云心头猛然揪紧。

“我们接到紧急集合命令，要去执行安检任务。请你原地等候通知。”

苏馥启动隐蔽按键打开门和刘戈走出去，沿着一条明亮的通道匆匆离开。门外的通道上每隔一段距离就站立着警卫。

门徐徐关闭。

电梯间内只剩下顾天云，在这地下深处，他与世隔绝了。

想不到才下来就遇到大事故，还没摸清灵海工程的一鳞半爪，他就被困住。袭击事故怎么发生的？具体情况如何？如果以后遇到类似的袭击该怎么应对？什么是时间膨胀的异空间？一连串疑问悬在心头，顾天云坐不住了，站起身在室内一圈圈踱步，以走动的方式来减缓焦虑不安的情绪。

心急如焚的等待，感觉每一秒每一分的时间被无限拉长。他不知道准确的时间，但过了应该不少于两个小时，门忽然滑开，一名警卫进入，给他拿来一份盒餐和一瓶水。

“有什么指示？”他急切问。

“请你等待。”警卫转身离开，关门。

塑胶瓶装的纯净水没有外包装。纸质餐盒里是个夹肉和生菜的面包，常温的，就像放置了一段时间的汉堡，吃起来没什么滋味。他没有饥饿感，慢慢吃完汉堡，喝了水，焦急情绪渐渐缓和下来。身为受过严格训练的军人，他调整心态，沉静下来耐心等待。发生大事故，估计外面的情形一团糟，要处理很多应急事务。按通常程序，只有等处理完毕确认安全，才会对他下达新的指示。急也没用，反倒造成心浮气躁。

这是个非常任务，需要过硬的心理素质去面对。他放松绷紧的神经推测灵海工程位于发生矿难事故点附近，位置大概在山腹下方五六百米深处。地面上应该是外围防御、能源、工程机械和后勤等附属基地，根据进入的地势方位判断，这里按管理和工程建设分类，应该还有多条不同的出入隧道，也许附近还建有短途火车运输轨道，各种附属辅助设施，否则很难在短时间内建成地下工程。保密工作做得实在太严密了，他在系统内外都没听到过丝毫关于这个灵海基地的风声。

他手上的金属环可能是个身份识别环，除表面的高精刻度编码，估计还有内置芯片。

灵海尽管是个时间膨胀的异空间，但应该属于科研范畴，多国专家齐聚这里进行国际合作性的工程，意味着应该不存在国家矛盾，这印证了苏馥所说的袭击事故排除敌对势力的因素。但能获准进入灵海工程的人绝对经过严格选拔和审查，背景应该没问题，怎么会突然袭击他人？难道这个异空间真能影响人的意识，让人失控？什么性质？磁场因素？还是什么能量导致……一连串的疑问又冒出来。但他没再心急，归纳整理这些疑问并记在心上只待以后解惑。

枯燥等待的时间流逝极慢。

生物时钟过了六七个小时，警卫开门进来给顾天云送食物，还拿来便携式马桶，塑料制的室内专用便盆、纸巾、折叠式躺椅等物，并收拾走餐盒和空瓶子。这趟来的警卫换了个人，依然没有任何指示。

顾天云见到这些生活用品，心知他要久等了。

内置灯光恒定持续亮着，估计外面的天已黑透。他拉开躺椅和衣躺下，静静地，腾空脑袋进入睡眠状态。睡梦中，他依稀见到宁茹，但不太确定，只感觉妻子的身影恍惚，一闪而逝，消失在意识的黑暗深处。

“起床”后，他按照日常生活习惯进行身体锻炼。空间条件局限，他就绕着电梯间的环形内壁慢跑，做了几组俯卧撑和仰卧起坐，打了一套军体拳。

大约每间隔六七个小时，警卫进来一趟，送餐，清洁垃圾。

程序机械地重复着，一整天就这样过去。

第二天依然没什么动静，他重复着吃睡、锻炼、沉思……第三天，时间仿佛静止，从起点回到原地的循环。他摸到脸上冒出来的胡茬子，这才感觉到时间的变化。第四天，他出现精神恍惚的状态。有段时间他大脑空白，茫然不知想了些什么事，原本极慢的时间，似乎忽然变快，感觉警卫进来送餐的间隔缩短。警卫递给他食物离开，依然没说一句话。

“嗨！”顾天云眼睁睁望着警卫出门，关门。

第五天、第六天、第七天……他渐渐适应了待在这个幽闭的空间。以前特训，经历过几次禁闭训练对他的心理调整起到了促进作用。他发觉生物钟居然没有紊乱，反而越来越精准，他甚至能判断出警卫进入的间隔时间为六小时三十分，他提前一分钟就能预测到门打开。生理上基本适应，但隔世孤独的心理感受依然强烈。每天睡前，他习惯看着妻子和女儿的照片，回想一些生活中的细碎往事。在这时，他不由得感激苏馥让他随身带着照片。

第十一天，终于解脱。

门开前，他敏锐无比地捕捉到苏馥和刘戈的脚步声。

“辛苦你了。”苏馥见顾天云尽管胡子拉碴，但神色镇定如常，她敬礼说，“上级下达了新的命令，请跟我们走吧。”

出门前，顾天云回头看了眼那五把空椅子，默然致敬。为了灵海工程，许多尚未谋面的人付出生命代价，他禁闭十一天完全不算什么。

沿通道去到另外一条通道，乘坐升降梯下到一处宽阔的中转站，再转乘轨道车，行驶约七八分钟后下车步行，最后走到一条更宽敞的弧形通道。

一眼望去，通道两旁每隔一段距离可见房门。一排排延伸出去，到弧线的尽头，不知这里有多少个房间。门上标有门牌号，以 A 字母开头的四位数字。墙壁厚实具有隔音效果，通道地上铺设防滑防静电地毯。顾天云走了会儿，发觉这条通道是圆环形结构，他见到的弧形只是外圆的其中一段。

“用手环开门。”苏馥停在一个房门前。

顾天云见门上的标号是 B1122，应该就是他的代号，在其他 A 字母开头的房门中显得类别不同。门上有探测区，他伸手靠近，绿灯闪亮，门锁打开。

酒店格局式的房间。

室内约二十平方米，床铺、沙发、书桌、内置衣柜等式样简洁，还带有独立的沐浴间。他的行李包已被拿到房间里，放在行李架上。房间对面的墙上有一道门，一扇大窗户。窗玻璃经过磨砂处理，透光，但不可见窗外的景物。光线明亮柔和，很像自然光，让他有些恍然，以为推开那道门即可见到阳光。难道房间是位于地面上的建筑？虽然有些疑惑，但他凭方位感判断，这里应该还是处在很深的地下。

“你休整下，我等你。”苏馥在沙发上坐下。刘戈离开房间关上门。

顾天云从行李包里取了干净衣物，进沐浴间换洗。闷了这些天，他感觉自己就像一块发霉的面包。沐浴间简洁紧凑，热水充裕，他洗过澡，对镜剃须，收拾好后出来。

苏馥用电热水壶烧水泡茶，为他倒了杯热茶，示意他坐下。

这个房间与禁闭的电梯间相比，舒适如天堂。顾天云注意到苏馥轻松了些，没了之前那种如临大敌的警惕神态。她说：“你以后就住这里，生活上有什么需要可以提出来，一般的生活日用品都行，但不提供烟、酒。”

顾天云点头，心头压力稍缓。

“没事了，你有什么疑惑的，可以发问。”见他欲言又止的神色，苏馥罕见地露出一抹微笑。

“事故情况怎么样？张副主任的伤势如何？”顾天云想到特大袭击事故。

“张副主任脱离了生命危险，目前在治疗康复中。那天共有十三人遇袭，重伤两人，其他人不幸遇难。这次事故不同以往，规模大，范围广，不仅波及总指挥和总工，还造成了普通技工的牺牲。”苏馥正容说，“据以往的调查统计，工程上各环节的技工受袭击的人数，要低于高工和总指挥。以此推测，受袭击的可能性和对灵海工程所知的情况成正比，这也是观察员涉危最高的原因。观察员全程参与观测各个环节，是最了解工程的人之一。但这次非同寻常，袭击范围显然扩大了，超出我们的预估。”

“袭击者是谁？”

“同样都是参与灵海工程的人员。他们突然失控，徒手或使用工具，对受害者发起残忍的自杀式袭击。”

“还是因为异常环境影响？”

“基本是这样。据推测，他们的大脑意识受到某种强烈干扰。调查报告非常复杂，简单说就像正常播放的电视频道，突然受到外来信号介入，播放内容就变了，他们失去理智，疯狂攻击他人。”

“共有多少人受影响？”

“七十八人，包括六名警卫。他们的职责本该和我一样。”苏馥的眼眸闪了一下，隐含痛楚。

竟有这么多人受影响，集体失心疯。顾天云震惊问：“除了异常环境，是否还有其他可能？病毒、神经毒气之类的生化武器？”

“调查已排除包括但不限于生化武器、超声波、电磁波、基因诱发、放射性元素、高能粒子束等攻击手段的可能。已知能破坏人的大脑神经，或让人精神失常的所有可能途径都调查筛选过了，没找到可匹配的任何同类案例。我们这里集聚了世界顶尖的学者和军事专家。”苏馥抬手示意在灵海工程的范围内，“袭击事件有特定的选择性。以我们目前掌握的科技手段分析，对大脑造成破坏伤害的方式很多，但控制人的思维，俗称控脑，还只有理论，没实现可操作化，因此基本排除了人为因素。”

控脑袭击还有特定的选择性？

顾天云觉得这事更加反常。如果这地下区域有什么东西影响人的意识，比如某种特殊磁场导致人发疯，那还可以理解，但如果对人有选择性地进行控制，有特定攻击目的，那只能说这鬼东西还有定向思维。

苏馥说："你要沉住气，这是一场极危险的战斗，我们甚至不知道对手是谁，不可测的危机四伏，我们唯一能做的就是如履薄冰，提高警惕。"

顾天云心想，当年他在柬埔寨布满地雷的六号公路上穿行时，这位女士只怕还在军事学院上课。但他还是慎重地牢记在心，不敢有丝毫大意。

"我还继续担任观察员职位？"

"是的，但地点和方式有改变。"苏馥说，"工程掘进暂停。为了避免发生更大规模的人员生命安全事故，上级做出停工决定，撤离所有工程人员，封闭地下施工现场。在没找到解决方案之前，不再复工。灵海 B 区已经全面封停，这里是灵海 A 区，我们现在所处的位置是一个科研基地，以后你的身份是科学观察员，有权进入任何一个实验室进行观察、了解和查询。"

"科学观察员？"顾天云有些惊讶地问，"但我不是科研人员啊？"

"我们有专业的学者进行相关工作。你记住，你和他们不同，就是以非科研人员的身份进行观察，随时待命，执行特殊任务。"

顾天云转念领会了组织的安排，"这里做些什么研究？安全性如何？"

"灵海科研基地相对安全，至今还没发生过袭击事件。A 区又称为'白域'，是灵海工程最先建设投入使用的研究区域，频频出事故的 B 区挖掘工程属于'暗域'。可能存在某种超对称的区域特性。"

"超对称？"

"类似不同自旋粒子的转换，玻色子变成费米子，或费米子变成玻色子的对称……我不能解释更多了，我和你一样也是非科研人员。"

"看来我得重拾物理课本。否则不懂科学的科学观察员，不太科学。"

"在科学方面遇到问题，你可以请教中科大研究组的潘教授，他负责和你对接，进行科学交流……我们走吧。"苏馥站起身。

"去哪里？"顾天云还有许多疑惑，迫切想了解更多的情况。

"先去吃饭。"苏馥伸出手说，"把你的家庭温馨照给我。"

顾天云诧异地拿出随身照片递过去。苏馥从包里取出两个木质相框拆开，把两张照片装进框，放在桌上摆好。她偏头打量了下，把相框调整到最佳的视觉位置。相框摆在他的视线可及范围内，想看的时候抬眼就能看到。

妻子和女儿凝固在相片上的笑，为他点亮了封闭的房间。

"请从这边走。你有个老友预约要和你共进晚餐。"苏馥推开靠窗那边的房门。

“谁？”顾天云跟过去，想不到在这地下深处还有他认识的人。

自然光漫射过来，让他习惯了灯光的眼睛有些不适应。

他恍惚一下迈出门，顿时看到一个梦境般存在的超大空间。一座宏大的古罗马斗兽场，这是他对灵海基地的第一直观印象。当然，只是外形和神韵相似，它其实是一座现代化的圆环形结构建筑物。走出房间后，他身处无数个蜂巢格子状的高层当中的一个阳台。阳台下是圆环形的露台，内部中空，越过直径两百多米的超大空间才是圆环建筑的对面。往下一圈圈的环形楼层，纵深达十多层。

这座中空圆环形的建筑物竟然还是位于地下。他仰望弧形的穹隆顶，大跨度，无立柱结构，中央一个巨大圆盘状的顶灯，散发出如阳光般的耀眼光芒。光线流泻，整个空间通彻清晰，具体而坚实。

“灵海科研基地占地面积约三万平方米，挖出的土石方相当于两座胡夫金字塔。”苏馥说，“这里会集了世界一流的科学家，共有三十六个国家的近两千人参与。有来自欧洲原子能研究机构，中科院高能物理研究所，中科大、复旦、清华、北大、中山大学的实验室，上海、合肥物理研究所，美国洛斯阿拉莫斯国家实验室，费米实验室、贝尔实验室、慕尼黑实验室等的科学研究组，还包括系统工程二司的原子能专家。目前共有一百二十五个实验小组，全球最优秀的研究人员云集在这里——在这个由我国主持的科研基地。”

一座壮观宏伟的科学殿堂。顾天云为之震撼，不由得停步凝望。

“我们下去吧。”苏馥回头看他，露出早料到他会出现这种震惊神态的笑容。她从开放式的阳台拾阶往下，向环形露台走去。

第 5 章 安全困境

露台宽约五米，放着盆栽花卉植物，鲜花在枝叶间点点绽放，靠露台外栏一圈间隔摆放着桌椅，仿佛空中花园似的休闲咖啡吧。苏馥手指前方，“美方观察员，他曾经和你参加过柬埔寨维和行动。”

“哈喽！顾。”一个美国人拉开椅子站起来，冲顾天云挥手。

“安德森中校！”顾天云立刻认出他来，不禁微笑。十多年没见，这位中校先生依然是满脸络腮胡，嘴叼烟斗，一副桀骜不羁的派头。

多年前发生了一件令世人瞩目的新闻：联合国秘书长致电我国，请求派出军队前往柬埔寨维和。

这是我国首次参加联合国维持和平部队的行动。选拔条件严格，要具备娴熟驾驶各类车辆、流利使用英语、掌握现代化通信工具等技能。顾天云与从各大军区、各兵种挑选出来的军中雄鹰云集燕山基地，通过严酷的体能训练、野外生存能力等数十个科目的考核，组成一支精锐之师参与维和行动。

他们全部身穿迷彩服，换上蓝贝雷帽、蓝围巾、蓝佩章的“蓝三环”，右臂是联合国维和部队佩章，左臂是印着“CHINA-P-R”和五星红旗的佩章。他们登上郑和号舰驶离南海，聚集在满目疮痍的西哈努克港，与来自美、俄、英、法等多国的维和部队一起，共同听从联合国驻柬最高临时权力机构的指挥，抢修柬国内因战火而遭受严重破坏的运输大动脉，肩负神圣的维和使命。

吃大苦、流热汗、顶烈日、淋暴雨，冒着数不清的地雷危险，时刻面临火箭弹袭击，历经十七个月艰苦时光的考验，在危机四伏的异国他乡，顾天云和安德森结下了深厚的“战友”情谊，那是一种难以言说的微妙且牢靠的信任。

“哈！别来无恙。”

顾天云和安德森用力拥抱，拍打对方的肩膀，相视而笑。十分奇妙！想不到时隔多年两人竟重逢在地下深处，肩负同样的使命。

“感觉怎么样？”安德森懒洋洋靠着露台围栏，咬着烟斗。

“壮观，真壮观！”顾天云眺望灵海科研基地。除了这个简短的形容词，没有什么多余的语言能准确表达出他心中的震撼。来到近处，如临深渊。从这个凌空的高处俯瞰下去，更加让他深刻感受到这座地下建筑的宏大。

楼层数不多，但每一层都极高阔，空间感强烈。

犹如一座坚实的三峡大坝凭空出现在面前。钢筋水泥的人造物庞大到一种程度后，竟然也会出现让人震撼的宏伟感，如同仰望巍峨雄峰，给人强烈的视觉和心灵冲击。

“你看到的有十四层，看不到的‘地下’还有三层。”安德森取下烟斗指点，嘟囔着说，“最下面是研究实验区域，往上是会议、办公区……差不多到中部的位置是餐饮、健身、文体活动区，再往上就是住宿区，一直到我们这里。科研工作和生活一体化，全都齐了。嘿！闷在这里，挺方便的。”

安德森来自德州，后移居迈阿密，带有浓重鼻音的南方口音，凡是元音都拖得老长，还没停顿。听他说话有些吃力，就像和患重感冒的人聊天。

仿佛时光倒流，重现往昔熟悉的场景，顾天云有些恍惚。

安德森的语调总像是在抱怨，这种感受从第一次见面就给他留下深刻的印象，听这位中校拖长的鼻音嘟囔，抱怨柬埔寨狗屎的闷热天气，恶劣环境，地雷，讨厌的蚊虫，见鬼的战争……直到此刻，听安德森说出上述正儿八经的话，也同样好似在抱怨。前面的话都可以忽略，重点是末尾的“闷在这里”，没加上“该死的”作为前缀算是客气了。

就像海盗被困沙漠，非科研人员闷在科学殿堂，绝对是世上最枯燥乏味的事。顾天云问：“你来了多久？”

“嗯……”安德森发出表示各种心情的沉闷鼻音，“坐下聊，没什么好看的，除了进来的第一天。”但顾天云忍不住又多看了片刻。地下空间给他造成的震撼让他还有些回不过神。身处这种宏伟之地，人已然渺小。尽管这是由人建造出来的，但却因此心生敬畏。

这座建筑往下中空“地面”的面积，目测估计不会少于三十亩，由花草灌木及林区布置成一个休闲式的中央公园，林间有弯曲的小路，漫步跑道，

“露天”咖啡吧，篮球、网球、羽毛球等几块球场，还有一片小型高尔夫草地，一个带有洁白的人工沙滩的浅蓝色游泳池……其间可见一点点微小的人影，扫眼看去有上百人，但分布在这么大一块园地上，丝毫不显得挤，十分空旷幽静。估计大部分科学家忙碌在实验室，如果近两千人一起涌出来活动，可能才会有些热闹。一堆密密麻麻的来自世界各国的科学家，不同肤色，说着不同的语言，那场面不可想象……

“嗨！”安德森不满地敲打桌面。

“中校先生，抱歉失礼了。”顾天云收回目光，坐在桌子对面。

“我可不是中校了。我现在的级别说出来要吓死你。”安德森咧嘴笑。

“升了啊，中将，上将？”

“这是保密范围。”安德森咬着烟斗，浮现古怪的神色，“来到这里的人不分级别，我们就是你们的同志，嗯哈！”

“好吧！你怎么来的？来多久了？”

“这也是保密范围。根据签署的合作协议规定，我不能回答你的这些问题。你瞧，我身旁这位小男孩儿的脸色。”安德森露出狡黠的眼光，努努嘴，示意顾天云注意他旁边站着的年轻警卫，小伙子站姿标准，一脸军校受训的严肃刻板。安德森的目光落在苏馥身上，“相比之下，你身边的这位美丽女士让人心情愉快。”

“承蒙夸奖。”苏馥微笑。

“啊哈……笑容迷人，声音甜美如夜莺。不得不承认，你们往前走的脚步真快，而我们却退步了。”安德森叹说，瞥眼身旁不苟言笑的警卫，“就因为女权保护主义？”

苏馥莞尔一笑，听出安德森话语中的美式幽默，尤其当见到那个警卫露出痛苦的神色时，更觉有意思。

“顾，你懂的。科学家没有边界，但我们有。”

安德森恢复一本正经，严肃说：“我和你都要服从各自的规定。”

“明白。”顾天云点头。同为观察员，他们有权进入任何一处实验室进行观察，获取科学范畴的资料，但却无权探知对方的情况。

“但是……去他见鬼的规定。你知道的，我从来对各种狗屎规定不屑一顾。”安德森收起严肃，大笑起来，一脸的满不在乎，“我和你坦白说了。

三个月前，NSA 的人把我从迈阿密海滩弄走，扔在一个封闭的鬼地方，强行洗脑培训了一周，然后把我塞进一架 C5 运输机，像牲口一样和百吨物资越过太平洋，闷了十多个小时，来到这里—— 一百多公里以外的秘密机场。我才走下飞机就听到警告‘请不要擅自离开规定路线，否则将遭到不做警示的枪击’。上帝啊！”

顾天云听了不禁一笑。

“然后，我很快被塞进密闭的越野车，夹在一队长货柜载重车之间，一路闻着狗屎的柴油废气，夜里，除了灯光，黑漆漆的四周什么都看不清，最后就来到了这里，闷了九周，差点患上精神分裂症后抑郁症。”

“安德森先生……”警卫提醒。

“知道，知道。”安德森摆摆手，挥动烟斗，“你可以把我这些不恰当的话记录在案，呈交报告。但孩子，你要明白，能按规定处理我的人可不多。”

警卫闭嘴不说话了。

“嗨，小男孩儿，上过战场吗？”安德森问，“受过伤、流过血吗？穿越过热带丛林，到处是拇指粗的蚂蟥，遍地五美元一颗地雷的战场？你没有从冒烟的直升机上往下跳，被一群武装人员手持冲锋枪指着脑门儿，立刻要就地枪决见鬼的经历吧？”

“对不起，安德森先生。我不该对您表示不敬。”警卫行礼。

“不！孩子，战争是残酷的，而不是作为夸耀的资本。我的话只是向你表明，我和对面这位军人有着非同一般的经历生死的友情，足以跨越国界和所有的规定。”

安德森咬着烟斗，注目顾天云。

“我曾经和顾，这位少校同志，还有来自其他国家的军事观察员一起在柬埔寨执行任务，乘直升机前往安隆汶视察。那是个地处柬北的特殊地带，属于拉那烈、洪森、英萨利的三方交界处。直升机快到目的地时，被游击队的子弹击中了油箱，噢，上帝保佑，真是万幸，飞机使用的是特种燃料，没起火爆炸，好像尾巴上插了支箭的斑鸠，一头栽到田野里。那些痛恨霸权主义的家伙，挥舞冲锋枪吼里呱啦地叫着围上来，把我们按在甘蔗地里准备枪决……当时，他就在我身边，用他的勇敢、睿智，加上外交家般的辞令，游说对方放下了武器。呃，我欠他一个人情，就这样。”

警卫又行了个礼，投来钦佩的目光。

“不谈这些了，我们还没到写回忆录的年纪，眼下，先考虑吃饭的问题。”顾天云感觉背脊似乎还在隐隐作痛。当时他被一个凶悍的家伙用刺刀捅了后背，伤口离脊椎骨不到半寸。

“哈！不错，填肚子要紧。今天是个特殊的日子，我请你吃牛排，从大洋对岸空运过来的，味道好过那些快餐似的垃圾食品。”

“你怎么不装烟丝？”顾天云注意到安德森叼着烟斗，却不见冒烟。

“见鬼了，这里不允许抽烟喝酒。”安德森露出好似目睹爱人被枪杀的痛苦表情。

“那你还要烟斗？”

“呃！一种心理安慰，就像断奶期的婴儿得找个东西含着以免流口水。”

“真让人难受，但至少有利于身体健康。”

“去他的健康，我就爱抽烟、喝威士忌，躺在沙滩上晒太阳瞅着比基尼女郎……噢，说到酒，有个惊喜。”安德森吩咐警卫，“请把我的私货拿来。

不一会儿，七成熟的牛排上桌，还有一瓶老达尔莫尔烈酒。

陈旧的木箱子，深琥珀色的水晶瓶，散发着岁月光泽。

安德森拎出酒瓶，“非常美妙！老达尔莫尔是有史以来最好的威士忌，我的先祖苏格兰人创造的最佳赠品，但仅此一瓶。顾，你要知道，这种违禁品比枪支还难带进来。”

“安德森先生，你用了什么方法？”苏馥警惕问。

“不，不！抱歉，这是美国人的秘密，打死我都不会说的，你们尽管去调查。”安德森惬意笑着，为顾天云倒上酒。“感情深，一口闷！”安德森举起酒杯，吐出一句标准的中文。在工程兵大队营地蹭饭多次，最让安德森记忆犹新的除了飘香的饭菜，还有五粮液的滋味，以及这句广为流传的劝酒令。他曾经赞不绝口：“你们的酒有劲道，军人更犀利！”

“一口闷！”顾天云举杯一饮而尽。

酒，热辣浓烈。时光如歌似火，无情淬炼世间沧桑往事，却又诗意若烟。

“我似乎闻到了违禁品的气味。”

一个人忽然冒失闯来，不客气地拉开椅子坐下。来人身形精悍，鼻梁挺直，大鼻头，灰蓝的眼睛敏锐如鹰隼，目光不经意间冷漠地扫过顾天云，透着洞悉人心的力量。

“谢尔盖·雷日科夫，俄罗斯科学观察员。”苏馥介绍。

通过礼节性地握手，顾天云感到谢尔盖的手掌皮肤粗粝干燥，手掌食指和虎口上有层坚硬的老茧，明显是枪支磨砺造成的茧。

谢尔盖看向安德森，两片薄嘴唇浮起冷峻的笑，敲敲桌子，“朋友，能否给我来一杯？无论付出什么代价。”

“雷日科夫同志，我们还不能算是朋友。”安德森耸耸肩，为谢尔盖倒上一杯酒，“当然，除了在这里。你运气好。”

“我们也不是同志，即使在这里。除了下棋、喝酒时。”谢尔盖说。

“很好，你这句针锋相对的话富有理性和智慧，和你的国际象棋水平相当。”安德森抬起酒杯，“干杯！致敬我们难得的相聚，以及国家荣耀。”

三人碰杯而饮。

顾天云的目光掠过安德森和谢尔盖，觉察这事的微妙。

他们三人各坐餐桌一方，合作与对抗、坦诚与抵触、掌控与妥协等融合在这座宏大肃穆的科学殿堂。他还嗅到某种异常，在轻松的笑谈间涌动着不安的暗流，安德森和谢尔盖镇定的神色掩饰不住一种反常的焦虑。

“接下来，我敬你。”

安德森对顾天云说：“神奇的东方，从古至今，你们创造了很多不可思议的奇迹，在人类史上有着不可替代的卓越地位。”

“老朋友，Soft soap！”顾天云微笑。

Soft soap 是美国人的习惯用语，指“过分的恭维”，奉承话和肥皂水一样滑溜。美国以往有不少挨家挨户上门走访的推销员，最擅长说好听的奉承话，让人飘飘然买一堆无用的物品。

谢尔盖显然知道这个俗语的意思，嘴角浮起不屑的笑。

“哈，我可不向你推销什么，真心赞叹。”安德森比画着烟斗，“你们具有强大的组织能力，高效、更狠、更快。瞧这里，只有你们才能在这么短的时间建成如此浩大的工程。换了我们，项目议案也许还在两院之间来回扯皮，总统先生疲于奔命。”

谢尔盖说：“请收起这套陈腔滥调。特殊时期，还不忘讥讽集权形态。”

“嗨，我可没这个意思。”安德森笑说，“我的讽刺从来都很直接，比如，抨击白宫官僚主义蔓延，比如，灵海工程发生事故，你们最先撤走专家，釜底抽薪，你们也不是头一次这样干了。”

顾天云摆手，“有些话题最好不要在餐桌上谈论，不利于健康。”

“好吧，外交家先生，我赞同你的观点。”安德森说，“我收回之前的话，针对俄方的行为，只作为个人意见保留。”

“我们都是科学观察员，是不是该讨论点科学？”顾天云说。

“啊哈！”安德森大笑起来，似乎听到什么有趣的笑话，“顾，作为过来人的忠告，我奉劝你一句，千万别执迷见鬼的科学。有精力，不如加入我们的象棋活动，或者来一场篮球赛。这样你在这里会过得稍好一点。”

“为什么？”

“你没来之前，这里共有十二个所谓的科学观察员，法国、英国、意大利、日本、印度、澳大利亚……除了我，还有这位雷日科夫同志，他是个高智商的家伙，当然，这不是讽刺。除了我和他，观察员们都陷入科学泥沼，焦头烂额快要疯了。我不希望见到你也这样。”

“什么原因？”

“你对现代科学了解多深？”安德森问。

“一张白纸。”顾天云摊手。

“那就不要自找没趣往纸上乱画了，除非你想尝试精神分裂的滋味。”安德森手指露台外，“一千七百多个科学家在忙活，你就别介入了，只要耐心观察他们的疯狂就行。”

“好，我收下你的忠告……”顾天云问，“他们在研究什么？”

“你没受过培训？”

“没，我直接过来的。”

安德森眉头一扬，与谢尔盖不约而同地对视一眼，神色有些怪。

“怎么了？”顾天云问。

“这是东方幽默？”安德森露出不可置信的表情。

顾天云摇头说：“我只知道这里出现异常现象——时间膨胀。”

“嗯，延迟了五六分钟。”安德森耸耸肩。

“具体是多少？”

“每天多出 345.6 秒，时间相当于比外界膨胀了千分之四。”安德森比画着说，“以爱因斯坦的理论来说，时间和空间是一杯鸡尾酒，酒精和果汁密不可分，一旦时间出现变化，空间必然发生改变。这里除非在以百分之十二的光速做运动，咻……每秒钟差不多绕地球一周。或者，我们的屁股坐在黑洞的边缘，引力就像烤面包一样让时间啪嗒膨胀。但实际上，这里没发生任何变化，除了那点该死的时间。人困在这里，一辈子也许能多活个几十天，如果那人没发疯自杀。”

“还有什么别的原因？”

“谁知道，答案该由科学家找出来，但愿不是坏消息。”

“安德森先生，你的物理、数学真不赖，难怪在棋盘上精于计算。”谢尔盖有节制地抿了口酒，转而盯着顾天云，“你好像不太惊讶？”

顾天云说：“听起来有些费解，但我相信研究人员最终会找出答案，毕竟有很多科学家在努力。”

“哈！作为白纸果然不错，以后在这里少些烦心的事。”安德森发笑。

“别调侃了，我不知道这意味着什么。”对于时间快慢，顾天云更关注控脑事件。那莫名“看不见的敌人”如何制造幽灵般的攻击才是问题的重点。

“不错，有你的加入，气氛活跃多了，有利于专注 BMD 计划。”安德森脸上的笑意更浓，谢尔盖也笑起来。但两人的笑掩饰不住反常的忧虑。

“弹道导弹防御？”顾天云敏锐捕捉到“BMD”这个特定的军事术语。

“你真的一无所知？不是开玩笑吧！”安德森吃惊地反问。

顾天云立刻明白他的试探搞砸了。他摇摇头，有些自责这种无谓的冒进。

安德森对谢尔盖说：“你能理解中方的意思吗？”

谢尔盖问：“恕我冒昧，你从事什么专业？”

顾天云看了眼苏馥，见她没进行警示，就说：“船舶重工。”

“船舶？军用的？”

“军转民的工业规划。”

谢尔盖微微一怔，对安德森说：“我们误会了，他不属于 BMD 的人。”

“但他也不是科研人员。”安德森摇头，对顾天云意味深长地笑了一下，“难道是你们的新策略？”

“安德森先生，我的职责范围仅限于科学观察，请别过度解读。”顾天云站起身，告辞说，“感谢你的接待，抱歉！我有事要去办。”

“别客气，请便。”

安德森看似对相聚意犹未尽，但没出声挽留他，保持着应有的克制。

离开餐桌，顾天云环视四周，见这层楼上的人不多，有些冷清。基地穹顶上的太阳灯随着时间变化转为柔和的光线，营造出傍晚的宁静感。他收回目光，对苏馥说："我要约见潘教授。"他想尽快了解更多的情况，以掌握局势。

"我联系过了，助理说潘教授连续工作三十多个小时，需要休息。"

"那接下来怎么安排？"

"别急，以后再谈。"苏馥观察着四周，似乎在倾听什么，"没事了，我们下去到基地中央公园走走。"

顾天云警觉有些异样。苏馥戴着无线耳麦，看似收到什么指令。他不动声色地跟着苏馥，乘升降电梯下到"地面"层，走进公园。

人工照明灯模拟太阳光在云层的散射效果，适于植物生长，中央公园里随处可见郁郁葱葱的花卉草木。来到近处，目测面积比从高处俯瞰更宽广，空气新鲜，微有自然风流动的感觉。不抬头看，很难发觉这地下深处的公园和地面上的公园有什么区别。顾天云尽管不知灵海基地的科技含量，复杂的建设难度，但也为之深深震撼。仰望环形建筑的穹顶，犹如坐井观天，又像身处一个莫测的深渊，上下两重视觉有种怪异的割裂感。

他放平目光，收摄心神，随苏馥沿着一条石板小路深入中央绿地。

傍晚时分。附近散步的人不多，偶尔见四五人聚在草地上，或坐在休闲椅上交谈，他们神情激动，有些反常的亢奋，还有些紧张，乍一看像是在争论什么话题，隐约传来生僻的学术词语。顾天云想走近探听一下。

苏馥说："别去打扰他们。学术探讨，一个个到了废寝忘食的地步。"

"他们看起来有些激动，就好像哥伦布发现了新大陆。"

"对于这些科学家来说，远比发现新大陆重要。"苏馥在草地上的休闲椅上坐下。这里视野开阔，四周空旷少人。

顾天云环视一圈，察觉右侧方有个熟悉的身影，居然是刘戈，在外围保持着特定距离的警戒，其他方位隐约可见几个人影，同样在巡视着周边的情况。苏馥停留的这个位置看似随意，实际上进入了一个已布置好的安全区。他立刻明白，苏馥将要和他进行一次隐秘谈话。

"你的观察力挺强，也很机警。"苏馥见顾天云打量四周，就说，"我们在警戒圈内的反侦察位，处于三级安全状态，现在可以畅所欲言了。你先说说，怎么评判美俄观察员？"

顾天云在她身旁坐下，心知这是对他的测试环节。只有通过考核，才能进入下一层的涉密交谈。

“安德森和谢尔盖来自安全部门，是战略、侦察、反恐等领域的专家。谢尔盖应该在特种部队待过，初步印象，这人严以自律，对事物有超常的掌控欲，并有相应的驾驭实力。”顾天云梳理着思路说，“安德森为人风趣，开朗，看似随性，但实际上非常稳重，洞悉时局，敏锐而客观，近乎冷酷。以前他给我的印象良好，我曾评价他有做大法官的能力。另外，有件不寻常的事，最近十年，我和多国维和部队的观察员还保持着通信联系，但安德森回国以后却断线了，不知所踪，我推测他在从事某种机密工作，且涉密级别较高。”

“对他们出现在这里，你有什么看法？”

“灵海工程是多国合作形式。我认为……可能出现什么非常危机，这个危机与灵海地域的反常现象有关，尤其是控脑袭击事件；除此之外应该还有另外的深层原因，危机波及范围广，不仅限于此。”

“怎么做的判断？”

“BMD这个特定的词语，以及军方合作背景引起我的注意。美、俄高级安全官员凑在一起，通常预示着威胁到国家安全战略层面的大事件——某种国际性，影响全球安全的危机，各国必须协同合作来处理。”

“很好，分析推理能力还行。”苏馥微微点头，“请继续。”

顾天云沉吟说：“再往下，只能凭感觉猜测。”

“没事，想法可以大胆开放，说错了没关系。”

顾天云想到安德森和谢尔盖那种刻意掩饰的焦虑、惶恐之态。但他们都受过特殊训练、历经残酷战斗考验，意志坚韧远甚常人，天只要没塌下来，他们应对任何事都能做到泰然处之，不动声色，除非遇到什么重大的事件才会导致失常。而且多国合作的构架复杂，非常不易，灵海基地的情况显然很特殊。他谨慎地说：“这次危机十分重大，处理起来十分棘手。”

“你认为有多严重？”

“是否接近核危机？”顾天云观察着苏馥的表情，试探说。

“不是接近，而是超过。”苏馥神色凝重地说，“我们至今仍没找到行之有效的解决途径和防御方式。”

顾天云听得暗暗吃惊。以他所知，核危机是人类有史以来最大、最有可能爆发的灭世危机。核武从研制出来后，全球历经“核制胜”“核竞赛”和“核威慑”三个高危时代，死神的镰刀割在全人类的脖子上，数次危在旦夕。

在幸运女神的眷顾下，人类至今终于走到了“核制衡”的和谈共存阶段，世界这才稍微松一口气。在相互制衡的框架内，多方协商是缓解核危机的主要途径。他想不到还有什么威胁的严重程度可以超过核危机，而且还没建立起有效的防御，这意味着危机引爆的可能性极高。

“对手是谁？”

“未知，不可测。它的代号为‘黑镜’。”

“黑镜防御。”顾天云醒悟过来。BMD 原来是 Black Mirror Defense 的缩写，而非“弹道导弹防御”（Ballistic Missile Defense）。

“美俄观察员的真实身份是黑镜防御战备人员。”苏馥说，“谢尔盖 1988 年毕业于莫斯科高等学院，进入阿尔法特种部队，退役后创办了一家信誉卓著的私人保安公司。后来，他被特聘为 FSB 工作，隶属预警和战略规划局，能力卓越，参与过多个反恐行动，受到过总统的接见和嘉奖。在最近八年，谢尔盖是黑镜防御战备中心的俄方负责人之一。安德森将军是国防安全负责人，这十年来，安德森一直在 51 区，肩负黑镜防御全球战略部署的重任。”

顾天云听到 51 区时有些惊诧。据他所知，51 区是由美国国防部管辖的空军基地，秘密进行高级别的飞行器和新型武器的研发。研制测试 U-2 侦察机、黑鸟系列无人机，进行雷达剖析，F-117 武器、匿踪巡弋导弹的测试等。外界盛传，美军方在 51 区掩盖了外星人存在的事实，因此备受世人的关注。他立刻联想到，全球进行黑镜防御部署，难道因为来自地外敌意智慧体的威胁？

“51 区没有外星人。”苏馥似乎猜到他的想法，解释说，“黑镜定义为‘暗域不明物’，包括但不限于地外生命、非生命体。黑镜防御被列为最高机密，就像美国当年研制原子弹的曼哈顿计划，集中当时西方国家最优秀的核科学家，历时三年，动员超过十万人参加该项工程，但知道全盘计划的只有十二人。灵海基地属于全球黑镜防御战略和科研的机构之一，能进入基地的人都通过了严格的审查，并对来自各领域的科研人员、各国军事专家，实行最严密的信息密封分级制度。另外，你留意到没有，安德森的警卫？”

顾天云琢磨着暗域不明物的含义，点点头。那个年轻警卫看似新兵。

苏馥说：“他叫戴维·李，二十八岁，毕业于麻省理工学院，是数学和电脑领域的高手，曾获得天体物理研究学位，而后进入西点军校受训，是个少有的全能型人才。在灵海基地，你不能忽视你身边的任何一个人。”

顾天云心生警觉，苏馥这句话隐含某种特殊暗示。正琢磨着，忽然听她说："注意集中精力，请思考回答以下的问题。"

又是一轮对他的考察测试。

苏馥问："我们位于反监听的电子通信屏蔽区，术语叫'通信阱'。你认为，内外情况有什么区别？"

顾天云有些诧异。"通信屏蔽"与"通信阱"的概念迥然不同，她为什么混为一谈，难道另有深意？他思索着答说："在没进入通信屏蔽区以前，我们的交流处于虚信息阶段。你之前所说的事为虚，或虚实结合。"

"说具体点。"

"安全局的选拔条件苛刻，能进安全局的人在各领域都十分出色，而你作为安全小组负责人，能力应该更卓越出众。但你之前的表现有些生涩，语焉不详，透着故作不知的姿态。我推测，为防止信息外泄，你一直有意在示弱和示虚，传达给我的信息不一定符合实情。"

"不错！你的能力超出了预估。"苏馥的眼中闪过不易觉察的惊讶。

"相比安德森，我还是有些急躁，不够沉着。"顾天云摇头说，"安德森和我的谈话看似轻松随意，给人感觉就像他才获知黑镜的内情不久，可见他隐藏信息的能力很强，而且随意几句话，就试探出了我的涉密程度。"

"你领悟得不错，也有出色的随机应变能力。"苏馥转而进入下一个问题环节，"你是否熟悉'安全困境'概念？请简要阐述。"

"安全困境是战略层次上的一种现实主义产物。

"一个国家为了保障自身的安全，采取一系列防御和打击措施，一旦实施，将会降低其他国家的安全感，其他国家也随之进行相对应的措施来抗衡，从而反过来导致该国的自身更加不安全。

"安全困境是个恶性循环的怪圈。一个国家升级安全措施，其他国家也随之升级，最终形成相互作用，这是国与国之间的一种难以摆脱的困境。即使这个国家仅是做出防御措施，也会被其他国家视为需要做出反应的威胁，导致具有悖论特质的困境问题往上无限升级。

"要缓解安全困境，唯有进行深度交流合作，但交流却又面临另外一个问题——信息密封法则。

"这也是由安全问题引发的一个必要法则。这个法则导致国家之间形成森严的信息壁垒，严重阻碍信息的传递和交流。因此，安全困境一旦形成即坚不可摧，循环连锁反应下去，最终造成难以遏制的严重安全危机。冷战时期由此引发疯狂的间谍战和核武军备竞赛就是实例，信息不对称导致猜疑，从而造成更大的困境，使核危机最终成为全人类的梦魇。”

顾天云的军事战略知识储备扎实，很快阐述清楚“安全困境”的两个核心要点：

“一、安全是国家的基本战略需要。二、一方的任何安全措施，都是对另外一方的威胁，因此被迫实施信息密封法则，从而导致安全措施无限升级。”

苏馥微微点头，随后抛出一个尖锐的问题：“如果爆发全面核战，假如你作为最高决策者，你将做出什么终极选择？”

终极选择？

这个问题似乎超出常规评测范围，顾天云暗暗震惊。随着测试渐渐进入深层环节，他嗅到一种异乎寻常的特殊意味。测试隐约与他的任务有关。

苏馥特别提示：“进行实战模拟，深思熟虑后，请你谨慎选择。”

顾天云专注思索起来。

所谓“终极选择”是核武战略的高层决策难题。

核战略是人类有史以来最高的战争策略集合，集古今中外军事精华之大成，其博大精深、高瞻远瞩、逻辑缜密、战略的深度广度都达到极致，突破人类最高智慧的发挥极限。“二次核打击”“战略核三角”“镜像行动”“广播核威慑”“死亡之手”等，催生出各种严密的核战略措施。

上世纪冷战时期，在安全困境导致的信息密封法则下，核力量是一个国家的最高机密，信息不透明，己方出于对敌方未知的恐惧，经受巨大的压力，唯有无限度地扩大核武器库，以确保自身有能力进行二次核反击。美苏由此疯狂进行核武的制造和战略部署。1964 年，美国拥有近三万枚核弹，苏联大约有三千枚，但制造数量的增长速度惊人。曾有人强烈质疑，是否需要这么多的核弹。但战略研究认为，除非保证有两百枚核弹在对方的首轮核打击后保存下来，才能够维持二次打击的能力。但要制造多少枚核弹才能确保留下这反击的两百枚核弹，没人敢做这个保证，因为对方的核武数量一直在猛增，所以结论就是：核武的数量只能增加，决不能减少。

有了足够多的核武器，还要有相应的指挥和通信系统将核弹发射出去。美军方因此制定了一个 SIOP 核打击系统，整合所有核武器的发射机制，然后把发射权交到总统手里。每当有新总统上任，军方都会专门针对这个系统对总统做一次简报，告诉总统核打击力量的组成以及如何使用这个系统。每一任总统听了这个简报都为之色变，感觉非常糟糕，心情极度压抑。在熟悉发射流程时，没人不紧张到手抖，忍不住反复确认是否只是个模拟，并没有真的安装核弹头。

作为人类个体，最高决策者出现这种反应很正常。

稍有不慎，几千万人、几亿人将在核爆中瞬间化为灰烬。在连锁反应下，最终导致全球人类毁灭。在核危机最严峻的年代里，不管是白天还是晚上，每一分钟、每一秒钟，最高决策者都有可能突然接到军方的紧急电话——总统先生，对方的核弹已经全部升空，我们等待你的命令。

在中程核弹部署完毕后，有个六分钟时长的噩梦般的“终极选择”。

面对对方的核打击，最高决策者必须做出选择，二选一：

一、什么都不做，等待六分钟后被对方袭来的核弹摧毁。

二、启动核系统反击，摧毁对方。

选择无作为的结局是牺牲自己，让对方生存；如果选择核反击，结果就是同归于尽，毁灭全世界。

在地球上，我们人类出现五百万年，有智慧的历史约三万年，文明社会约五千年，科技飞速发展的时代为几百年，但作为地球上的一种高等生物，今天的人类和五千年前的人却没什么本质区别。五千年前还在过着茹毛饮血的原始部落生活，现在却要在六分钟内做出是否要毁灭世界的决定。对于决策者而言，这是一个心理学上的终极考验，远超人类能承受的极限。

顾天云进行思想模拟实验，他设身处地想象他是站在发射台上的决策者，面前放着一个“六分钟”的计时器，在预警到对方全面核打击的情况下，时间开始跳动，一分一秒地倒计时。

他该怎么做出这个二选一的终极选择?

四十六亿年的地球，近七十亿人的文明世界，在这一刻危在旦夕，生死存亡的命运掌握在他手中。他的手指不由自主地微微颤抖。

此刻，他终于明白，为什么军方在向总统演示核武器发射流程的时候，决不让总统站在发射台前，而是让一个替身扮演总统角色，真正的总统站在旁边观看。这样的流程设计，是避免在演练过程中的操作暴露总统的终极选择。以前他做核武战略研究时，还以为使用替身的设计是为了避免总统遇到道德压力。但现在他站在“发射台”前终于领会到，无论决策者做何选择都不存在道德问题，旁人无可指责。因为无论做出什么选择，六分钟后的结局都是死亡。

这个设计与决策人所谓懦弱与勇敢的判决无关，也不存在道德与冷酷的较量之类的缘故，而是另外有个精妙之处：不泄露决策者的选择，不让敌方获取信息做出相应的安全等级评估。一旦相关信息暴露，将引发严重的安全困境，对方将根据安全评估修订核打击力度。

按照信息密封法则，优选的核战略模式是这样的：不暴露终极选择，隐藏决策者的决策信息，启用多个备选决策者，甚至混淆决策者的身份，隐匿真实的决策者等。总之，让对方无法获知有效的信息进行准确判断评估，从而达到最佳的核武威慑效果。

他想明白这个关键点，随之更加领悟了核战略措施的深意。

一、核打击广播

集成连接核打击的通信系统模块的“核公文包”，寸步不离最高决策者的身旁，经授权操作，当场就能迅速发出指令，启动庞大的核武器库，在最短时间内发射出全部的核弹。

二、镜像行动

为了避免决策者遭到对方的斩首行动打击，导致广播指挥中枢瘫痪，制定出“镜像行动”。例如，美方在EC-135C飞机上复制了整套核武器指挥和通信系统，以防万一。在长达二十九年的时间里，这些执行镜像行动的飞机从未间断过飞行，它们轮流飞在空中。地面指挥系统一旦遭到毁灭性打击，飞机将自动获得授权，成为空中指挥中心，可以在地面导弹部队人员全部死亡、地面通信系统全毁的情况下直接启动核弹发射系统。

以此类推，除了空中镜像系统，还有各种隐秘的核基地遍布全球，不仅有陆基发射系统，还有海基发射系统，那些游弋在大洋深处的核潜艇同样能执行镜像行动。这个行动意味着多了不止一个执剑的决策者。在对方动手后立刻实施核打击，二次、三次、四次……一轮又一轮，直至耗光库存的全部核武。

三、黑镜计划

苏联研制出一种特殊的导弹，在这种导弹上安装特别的电子设备。升空后，装在导弹前端的电子设备会向所有的洲际导弹发出广播，装有真正的核弹头的洲际导弹在收到这个广播后将会自动发射。他们设计出一套控制程序，把这个“广播导弹”系统交给计算机来自动控制，计算机通过对地震波、放射线等数据的检测，判定遭到对方的核攻击，即自动释放“广播导弹”发动核攻击。这样，就算在地面通信系统、镜像指挥系统全毁的情况下仍然能发动核反击，同时还解决了一线导弹部队的指挥官可能会因人性考验拒绝执行核打击命令的问题。

这套初级智能的电脑控制程序，被放置在一个未知之地，犹如隐形幽灵，它的代号为“黑镜”。

世人绝少知道，全人类的命运曾经完全交给计算机来控制。在几十年前，那是一套初级的低端电脑，相对于现在的电脑技术，它那时的运行非常不稳定，“黑镜”的系统十分脆弱，探测系统很容易因为一些细微的因素出现误判，导致它直接启动毁灭世界的全面核打击。

那是全球面临最高危机的一刻。

谁能想到，掌管全人类生死存亡命运的竟是一台低级电脑。

“黑镜”因此被核战略专家认为是有史以来最恐怖、不可测、隐形存在、非人审判、末日危机等的统一代称。每个军事研究者在得知这个实情时无不如芒在背，无不为之不寒而栗。人类不但在地球上建立起庞大的核武器库，还给这些核武器配备一触即发且决不可能失败的启动战略机制。核武这把达摩克利斯剑终日悬在世人头上，在我们这个漫长不见终结日的制衡年代，全面核战随时有可能爆发，造成举世毁灭的后果。

顾天云回想这些核战略措施，他作为军人更加深刻体会到世界和平的来之不易，他有些明白了，为什么把“暗域不明物”的威胁代称“黑镜”。未知，不可测，对全球构成最高威胁，这就是黑镜的特质。

苏馥给顾天云充裕的思考时间，直到他考虑透彻，条理清晰地讲述了他对核武战略新的理解。“你考虑得十分周全，大致就是这样。”苏馥说，“但问题是，假如你是最高决策者，你将做什么终极选择？”

顾天云回答：“我会做出相应的终极选择，但对该信息进行密封，不予公示选择情况。”

苏馥注视着他，神色没什么变化。

顾天云不禁问：“这个回答是否可行？”

苏馥没肯定也没否定，转而说：“关于核战略我补充一点。苏联高层最终认为黑镜计划过于危险，后来决定给黑镜系统设置一个开关，由人来控制，仅在出现核危机的时候激活系统。执掌这个开关的决策者代号为：黑镜人。时至今天，世界的某个角落仍然存在黑镜人，隐形不可测，是具有‘非常人思维’死亡之手的审判者。如果接到命令，要你成为黑镜人，执行终极任务，你是否愿意？”

“愿意。”

“你可以考虑好因此导致的生死问题再做选择。”

“我签署过文件了。”顾天云镇静地说。女儿的笑容再一次闪过他的脑际，如水面上激荡起涟漪，但最终平静下来。

苏馥凝听无线耳麦传来的指示，过了片刻，她郑重地说：“顾天云同志，你通过测试考核，正式成为我方 BMD 战略部署人员之一。你直接对张副主任负责，并有权获知一部分黑镜深层信息。”

“明白。”

“你禁闭的这些天，上级做出新的部署计划，需要执行一项高危险的任务。现在你成为特定的执行者，随时待命。”

“请指示任务内容。”顾天云察觉到她提及“特定”一词。

“悉心观察，解读有效信息，做出预判，选择你认为准确的行动方式。”苏馥没有明确回答，她从包里取出军用电子阅读器，接收耳麦传来的密码，解锁开启阅读器，解密一份电子文档，递给他，“阅读加密资料，随后进入任务战备状态。”

第 6 章 零和博弈

这份关于黑镜信息的加密资料简明扼要，在适当的技术表述层次，便于军事战备人员解读。

信息要点为：

1964 年 3 月 27 日，美国阿拉斯加州发生里氏 8.5 级大地震，震中位于加州中南部威廉王子湾的海上，深约二十五千米，太平洋板块和北美洲板块之间的一个断层出现断裂，地震持续约四分钟，洋底移动引起巨大海啸。加州部分地区出现地震液化，十万平方英里的区域发生三十八英尺的垂直位移。地震同时造成美空军的弹道导弹侦测雷达停止运作六分钟，区域上空出现极光现象，位于内华达州南部的地下试验场发生意外事故。

该试验场用于研发粒子束武器的加速装置发生故障，突发一次反常的伽马射线暴，持续时间约 0.7 秒，波长 0.01 埃，射线辐射剂量约为 1200 万雷姆，超强辐射导致六人身亡。同时，在试验场的特定区域内出现时间膨胀现象。经检测，该区域的引力场无异常，但时间比外界膨胀千分之四。美军方调查分析，推测该区域可能存在某种尚未发现的微弱能量场，效应限制在微小尺度内，影响特定区域范围内的时间，并作用于特定的客体——人体意识。

调查人员进入非辐射范围的时间膨胀区域，先后共有三十四人出现意识模糊、思维错乱、行为失控等反常现象，身体痉挛、震颤，大脑中枢神经遭到不同程度的损伤。

该区域的异常现象持续二十九天后消失，之后一切恢复如常。

美方的调查结论排除人为因素，定性为“不明物”事件。异常区域隐存不可见的根本结构，定义为“暗域”，“黑镜”为暗域不明物的机密代称。

黑镜影响并改变着世界，以弱效应的某种不明方式作用于人体意识。

世界进入一个因暗域不明物的威胁所导致的重大危机时代。

美方打破信息密封法则，将关于黑镜的分析蓝皮书递交莫斯科。苏方进行系列相关验证，最终得出类似的推测结论，由此放缓军备竞赛。冷战破冰，美苏在该领域合作部署防御体系，应对黑镜危机。1973 年初，多国联合成立黑镜防御委员会（Black Mirror Defense Council），黑镜防御简称“BMD”，签署 BMD 联合战备协议的国家有美国、苏联、意大利、德国、英国、法国、加拿大、日本、澳大利亚（中国、以色列、土耳其、荷兰、韩国和印度等国先后加入 BMD 联合机构）。同年，黑镜防御战备中心成立，拟订搜索黑镜计划。

从发现至今，对黑镜的探测、搜索和研究行动的部署重点为以下方面：

一、构建全球地震监测网，捕捉地震波进行系统深层分析，甄别自然地震和暗域不明物导致的地震。

二、全球监测核闪光现象，探测宇宙深空处于黑暗状态的伽马暴（非超新星爆发、恒星核聚变、黑洞等产生的一类和二类伽马射线），建立分析系统，重点探测研究隐性存在、低能量值、辐射在 0.1 ~ 10MeV 能段、持续时间为 0.1 ~ 0.8 秒的第三类黑暗伽马射线短暴。测定来源、位置和距离，搜寻宿主对应体，筛查和验证第三类伽马暴影响地球生命和人类世界的历史事件。

三、建机载天文台、近地轨道空间站实验室、深空轨道望远镜、多波束雷达环月卫星、空间探测器和宇宙监测系统。（探测红外波段，空间变源监视，软 X 射线至伽马射线的辐射，微波巡视识别空间讯号，监测深空量子场扰动，探测暗物质、黑洞辐射等。）

四、发射地外空间无人飞船，执行太阳系外层边缘探测任务，以建立预测暗域的混沌理论模型。（该信息密封）

五、建地面大型射电望远镜，伽马射线天文观测台，大型电子耦合探测装置，中微子观测站，引力波观测站（覆盖全电磁波段，监听地外射电波，探测宇宙整体宏观运动，引力辐射，暗物质引力相互作用效应，搜索暗域信息等）。

六、建大型粒子对撞机，探寻时间和空间、能量和物质的深层结构，探测与基本粒子相对应的另一个量子场，搜索暗物质和暗能量等。

七、启动人类脑科学计划（Brain Project），建立神经信息学数据库，意识解析，构建意识量子场模型，进行以神经信息的获取和仿脑计算为核心

的人工智慧研究。（该信息密封）

以上搜索黑镜计划执行至今，均未能主动直接探测到黑镜。隐藏于暗域的不明物是一种不可预知的力量。

在间接证据认为黑镜导致的事件当中，确认度较高的除了1964年地震波、伽马暴、时间膨胀、意识失常事件，还有1979年船帆座核闪光事件；1983年南极洲极光异常事件；1992年厄瓜多尔海豚集体自杀事件；1994年苏梅克-列维9号彗星脱轨事件；1997年先驱者10号探测器真空斥力事件；2004年伽马射线耀斑事件；2005年莫斯科电磁干扰事件；2006年环月卫星坠毁事件；2007年南海不明光耀物事件、火星阿雷西博信息事件（该信息密封）。此外就是灵海区域的时间膨胀、控脑袭击事件。

除上述事件，世界历史时期亦存在数量众多的特殊事件，因缺失验证数据不予陈述。

黑镜隐藏在暗域某处，多次影响人类世界，构成重大而不可测的威胁，BMD战备中心做出最高等级的全球安全预警。

阅读到文档末尾，顾天云触到了黑镜危机逼近的浓重影子。

黑镜危机超出了他的想象，想不到全球各国对黑镜探测、搜索和研究进行了几十年，不知为之投入了多少人力和物力，但时至今日，黑镜仍然不可测，无法探知，甚至就连黑镜是否是来自地外，是否是生命体都不能确定。它藏匿在何处，何种形态，有何意图，如何侵袭世界……这些情况一概不知，至少在这份加密文档中没有陈述相关的信息。

他脊背阵阵发寒，体验到了安德森和谢尔盖的感受。面对沉重如山、随时有可能爆发的黑镜危机，谁都难承受。更何况连对手是谁，藏在哪里都不知道，怎么进行防御？所谓的黑镜防御战备就是一纸空文。

在进入灵海基地之前，顾天云根据内参得知，对于可能来自地外敌意智慧体的威胁，各国安全部门做过许多战略性的研究，防御计划在五十年内修正了多个版本，近年来的版本趋于完善，在全局考虑上基本成熟，内容主要分为八个阶段，各阶段又详细地分门别类，包括：探测、预测、预警、管制维稳、防御战备、战略分析、战前部署、攻防策略、战线布局、战局应变等。国之安全为重，防御机制一旦启动，最关键的第一步就是：探测和分析预测。否则，任何战备、战略纵深防御都无法有效地进行。

探测摸清黑镜的底细，预测将来的局势，这是至关重要的一步。

这是谋略的前提，也是决策的基础。只有吃透敌方的情况才能谋动，制订出相应的防御战略计划。

顾天云熟知这个领域，他曾经通过观察分析，准确预测到一场局部战争的爆发时间、进程、演化和结局。出众的预测能力，为上级制定和实施战略布局提供了依据。至此，他基本明白召他进入灵海基地的原因。“信息探知”是他的主要任务，而非所谓的科学观察。

但作为“特定任务”的执行者，而且必须立刻就进入战备状态，这又不仅包括信息探知，还需要他执行其他的特别任务。

顾天云把阅读器递给苏馥，谨慎地问：“这份资料的信息来源是否可靠？”

“大部分为第三方资料，非我方最终确认。”苏馥输入指令销毁加密文档，把电子阅读器收进包里。

“这些资料是什么涉密等级？对我的任务有什么作用？”顾天云觉得传达给他的信息量实在太小，而且多为简略、抽象或密封的内容。

“你肩负的任务，有可能成为 BMD 战备部署的成败关键。希望你最终能完成任务。”苏馥的回答依然含糊不清。

这意味着两个可能：一、任务执行者不能携带更多信息，以防任务失败后泄露情报；二、执行者的行动将触发安全困境，必须密封真实的行动目的。

顾天云环视灵海基地，“这里的科研人员涉密情况如何？”

苏馥说：“绝大部分人在信息盒子以外。BMD 制定有最严格的信息密封分级制度，全部研究环节化整为零，每个科研人员只进行相关内容的研究，并设立多层防火墙对外界进行隔绝，将信息限制在最低范围。基于公众安全准则的考虑，决不能泄密，以免引发外界的恐慌。除非将来哪一天，通过我们的努力，最终确认解除了危机。”

顾天云转头注视苏馥，忽然问：“你个人怎么看黑镜危机？”

苏馥微微一怔说：“黑镜危机无可回避，我们每个参与 BMD 战备的人都要倾尽全力，共同携手，找寻抵御的途径，我也不例外。保家卫国，是安全人员该做的事。”停顿一下，她接着说，“我进入军校的第一堂课，教官讲述的是大东沟海战。1894 年 9 月 17 日，邓世昌指挥致远舰奋勇作战，在全舰燃起大火、船身倾斜将覆的一刻，邓世昌决意与敌人同归于尽。他对全舰官兵说‘吾辈从军卫国，早置生死于度外，今日之事，有死而已’。我们从加入军队的那天起，就不再考虑个人的生死，现在面临的黑镜危机，就如同当年那场生死存亡的战役，我们为之奋战，至死为止……”

说到“至死为止”，苏馥抿住嘴，眼眸泛起异样之色，一闪而没。

“怎么了？”顾天云敏锐地捕捉到她的反常。

“关于控脑袭击，我说一件亲身经历的事。”苏馥的声音保持着平静，“我和刘戈刚进入灵海基地那时，是在B区的工程建设指挥部，同批来的人还有个安全员叫雷云。一个月后，在我们执行安全任务的过程中，指挥部遭到控脑袭击。那是灵海基地的首例控脑袭击事件，当时的安全条例还允许我们配枪。雷云出现异常，突然拔枪，开了四枪，射杀现场三名工程师。我在他身旁两米的范围内，但动作比他慢了些，导致最后一名工程师被他枪杀。等我反应过来准备防卫时，他已经转枪对准我，距离很近，枪口指向我的心脏部位。”苏馥说到这里，声音略微低沉，“雷云持枪对准我，但没在第一时间开枪，他呆滞了约一秒钟，我清楚看到他挣扎对抗控脑的全过程，他瞪眼看着我，手腕发抖。刘戈先开了枪，子弹击中雷云的左侧太阳穴，造成致命贯穿伤，他倒地身亡。”

讲述停顿了片刻，苏馥拧着眉。

顾天云悚然心惊，他能体会亲眼看见战友身亡的感受。

兵者大凶。

火箭弹尖啸着划破空气，巨爆震动，被炸裂的人体蹿上半空，又雨点般纷纷落下。过往的场景蓦然闪现在他脑海，刺鼻的烟雾弥漫开，他看到碎裂的残肢挂在树上，血沿着折断的枝条一滴滴下落，在阳光照射下，血滴泛光坠落，仿佛带着生命逝去的脆响。

这就是战争的残酷，代价很大。但作为军人必须承受，一声令下，战斗至死为止，这就是军人的天职。

苏馥说：“在所有的控脑袭击者当中，雷云是唯一一个对抗控脑超过一秒钟的人。当时，我蹲下检查他的情况，看着他的瞳孔逐渐扩散，透着异常状态下的那种惊恐。但我感到，他全过程都有意识，只是控制身体的脑神经失控了，他清楚地知道他做了些什么。我能感觉出来，临死前的最后一刻，他很欣慰我还活着。事后我记录目击经过，呈报上去，可能对控脑的研究有用。”她讲述结束，低下头。

顾天云看过去，只见草地上的草叶子微微一颤。

泪，一滴滴坠落。泪滴敲打草尖弯了一下，又弯了一下……

以往训练，苏馥的拔枪动作比雷云快。在军校读书那会儿，雷云的体能特训和枪械科目成绩都比她差了一截。雷云有些文质彬彬，以刘戈调侃的话来说，雷云为平衡男女实力做出了卓越的贡献。他擅长的是文化科目，尤其是数学和物理，很有天赋，是想象力方面的天赋。毕业前夕，雷云送了苏馥一本杂志，刊登有他写的一篇科幻小说，他在文章末尾签名：致永恒之情。

这篇名为《时空晶体》的故事文笔刻板，塞满了密集的科幻设定，苏馥看得十分无趣。

故事的男主人公也是个刻板而无趣的物理学家，他设法制造一种时空晶体。通篇故事就讲这家伙怎么构建离子阱，形成一个环状的晶体，施加微静电磁场，驱动电子自旋。此后，这个离子环不断重复着自旋，成为四维的时空晶体，不再需要任何能量，能持续运转到宇宙热寂……故事枯燥生僻，她几乎看不下去，幸亏结尾还行。

太阳系毁灭，人类流浪在宇宙深处。他和女友没离开，他对制造出来的时空晶体进行编程，通过比特运算，把他和她的意识复制上传，在时空晶体中储存了两人邂逅、相爱的一生，那些平凡而美好的情感记忆铭刻于时空晶体，飘浮在宇宙灰烬中，周而复始重演她和他最美的瞬间，凝固永存。

简单枯燥的故事，但因为这个诗意的结尾，苏馥挺喜欢，珍藏至今。

死亡不可怕，尤其在能让他人为之而生时便有了特殊的意义。

她拭去泪，注视着远处。草地尽头是一片水平如镜的人工湖，倒映着恢宏的环形建筑，规律地排列着一点点纹丝不动的如星灯光。基地科研大楼稳固坚实，人造光源朦胧描绘了这个地下空间的浑厚之美，犹如梦境隐现，亦幻亦真。在某个不可名状之处，似乎飘浮着一个放大了的东西，大到人眼可见。那东西好像一枚琥珀，晶莹通透浮在无垠的空间，凝固着细微光点，不停旋转，不需要能量。在另一个世界，假如有位哲人仰望天际，如果凝视的时间恰好，就能在广漠的星空邂逅这点空灵的微光。

它是宇宙荒漠中的一粒沙，是时光之印。

“你还好吧？”顾天云心中泛起复杂难言的滋味，但他也只能这样简单地问候。

苏馥嘘口气说：“黑镜危机尽管可怕，对全球局势影响深远，超过人类几千年来的战争。但从某种意义上来看，它也加强了我们的凝聚力，缓解了安全困境。在冷战最紧张的年代，美苏打破坚冰，促成多方合作，共同应对威胁人类生存的挑战。如果世界各国因此能消除纷争对峙，即使危机真的降临，我们也能坦然面对。”

顾天云听了有些惊讶，想不到她说出这样具有宏观战略高度的观点。

“这不是我的原创见解。”苏馥说，“我看过一些资料，其中有份报告是一位美方战备人员在回应政要质疑黑镜防御工程耗资巨大时，所阐述的相关内容。报告中引用了美宇航局对民众质疑太空探索计划的回信内容。这一张地球的照片，是1968年圣诞节期间，由阿波罗8号宇航员在环月飞行时拍摄的。那时，人类才刚刚迈进太空时代，也是第一次从太空观察我们的蓝色星球，在此之前，很多人都没有意识到地球的美丽与脆弱。看着这张照片，让我们意识到地球是怎样一颗美丽的星球。如果把无边无际的宇宙比作一个海洋，地球就是这个海洋中最美丽、最宝贵的一座岛屿，这是我们生活的世界，我们共同拥有的、唯一的家园。

“黑镜危机为我们提供了一面审视自己的镜子，增强了我们合作与进取的精神，相信我们有能力解决严峻的危机。人类历史上从未有过今天这样的紧密团结，为一个共同的目标努力，我们为未来而战。这印证了非洲圣人阿尔贝特·施韦泽的那句名言：我忧心忡忡地看待未来，但仍满怀美好的希望。”

顾天云说：“向死而生！当你无限接近死亡，才能深切体会生的意义。”

苏馥侧脸看过来，眼眸闪亮。

“海德格尔的一句格言，也不是我的见解。”顾天云察觉到四周巡行的安全人员撤走。通信屏蔽解除。时间已晚，灵海基地穹顶上的太阳灯落下柔和清亮的光线，好似一片如水的月光，静静洒在中央公园的草地上。

“没事了，我们坐一会儿就走。”苏馥取下无线通信耳麦。她从包里拿出随身听，戴上耳机播放音乐。

“听什么歌？”

“一首老歌。”苏馥微笑说，“雷云以前送我的，早些年的流行音乐，包括这个随身听。”她调试着这个形如袖珍电筒的播放器，播放界面发出柔和的绿光。听着歌，笑容柔和起来，她问：“想不想听？”

顾天云迟疑地点了点头。苏馥侧过脸，取下一边的耳机递给他戴上。她坐近过来，微微依着他的肩膀，静静地与他共听这首老歌。

歌声悠悠传来：

是这般柔情的你
给我一个梦想
徜徉在起伏的波浪中隐隐地荡漾
在你的臂弯
是这般深情的你
摇晃我的梦想
缠绵像海里每一个无垠的浪花
在你的身上
……

顾天云聆听着，一刹那，过往时光显影在记忆的胶片上，这也是他爱人喜欢听的歌。他不禁有些恍惚，往昔重现，没由头地闪过一幕往事：

他和宁茹站在舰艇甲板上，并肩远眺南海。那天的海面十分平静，粼粼波光，幽谧得似一块冷翡翠。

军舰冲破大海的平静，在海面上激荡起浪花，阳光折射，水蕴之汽飘逸不定，世界因此恍恍惚惚，她也是恍惚的。

“你怕不怕死？在战场上。”宁茹这样问他。

顾天云隐约记得他这样回答：“我害怕别人的死亡，身边的人。”

宁茹的脸上浮现出笑容，很美。他的心为之无尽恍然荡漾。

歌声播放了好一会儿，一直重复着这首歌，好似凝固住了，只有这一首。

蓦然，一种尖锐的波动穿透歌声，直透顾天云的脑海。他没觉得有多难受，还没来得及引起他的生理反应，他的意识忽然陷入了一个“思维黑雾”，所有的感觉隐没在一种浓稠的黑暗中。他失去了正常的五感，活似植物人对外界失去刺激反应。

雾，黑如浓墨。

顾天云感觉他身在黑暗之处，但又不是完全漆黑无光，仿佛还存在丝丝缕缕黯淡的光，但光晕太微弱，几乎不能让他感知。感官怪异，他失去重力似的，又像身处一个不稳定的重力环境，随时有可能崩塌失控并下坠。视觉、听觉被蒙住，闷在一个无法挣脱的空间。他感觉不到自己的手和脚，失去呼吸、心跳等生理反应，犹如被困在梦境中，意识徘徊在清醒与模糊的边缘。

他失去了时间感，不知过了多久，陡然看到前方的微光变亮了些，一个光点闪烁在前方不远处，灰暗中带着一点绿色。

绿光渐渐柔和明亮起来。

他向光源靠近，不是走过去，而是像被吸附过去一样自行靠拢。绿光从微弱逐渐变大，最后形成一团绿光。他生出熟悉的感觉，恍然发觉这团光如同苏馥手中的播放器发出的绿光。越接近，感觉越相似。绿光恒定柔和，没有丝毫的闪烁感，但也分辨不出发光源。顾天云突然看见他的身体，手和脚若隐若现，触感也随之增强，但不太真实，双手触摸身体有种虚拟的失真感，从来没有过的怪异体验。

他的意识渐渐清醒，思维恢复正常，但五感的失真让他惊骇至极，不禁大声呼喊，却又不能发出声音。

“保持镇定，你在拟真通信环境中。”一个声音忽然传来。

很特异，不是耳朵听到的感觉，好像在他意识里直接响起来，“我和你桥接，建立绝密通信联系。目前以我们的技术，还不能做到接近真实的体感。”

这声音沉稳浑厚，顾天云镇定了几分，感知到声音在说：“我们的联系方式经过量子通信加密处理，以防信息外泄。注意，这是单线联系，你只能接收，不能发出。别慌乱，注意收听。”

顾天云听到这里恍然明白过来，为什么之前苏馥特别提到“通信阱”这个军事术语。

“阱”的定义为：防御、诱捕野兽挖的陷坑。

“通信阱”的战术概念为：制造一段虚信息，迷惑窃取这段虚信息的敌人，误导敌人，从而密封住真实的信息。他暗想，原来之前他所处的屏蔽区还不是安全通信区，也许有敌方在窃取他和苏馥的谈话内容。我方针对这种情况，布下通信阱。苏馥让他戴上耳机伪装听歌，是为了让他桥接上这个拟真通信。

照此推测，苏馥之前所谈内容还是虚信息？

“注意绿光，注意绿光。”那声音重复提醒他注意感知前方的绿光，“绿光一旦转为红光，即处在泄密的状态，我将停止和你的通信，另找时机再联系。”

使用量子密钥的方式传递信息具有极高的安全性，但也不是绝对，仍然存在被解密的可能。但这种方式有个特点，一旦信息被窃取，立刻产生变化。就像递来块面包，如果中途被人咬了口，接收人就能发觉异常。顾天云经过通信加密的培训，明白这个原理。他留意着那团绿光，专心接收绝密指令。

那声音说：“你在屏蔽区收到的信息大部分真实，少部分为虚信息。现在由我为你进行更正。此刻，你涉密的信息为最高级，应覆盖下级内容。”

这意味着如果两段信息有相悖之处，以最高级信息为准。

“一、黑镜的定义有百分之四十九的预测概率为暗域不明物，百分之七的概率为另一个时空世界。注意，还有百分之四十四的概率来自同一个系统内。”那声音重复了两遍“同一个系统”。按照战术要求，凡是通信重点必须进行重复核对。

顾天云暗暗震惊，思维急速运转起来。“同一个系统”是个特定的代称，即指代“人类”，而且特指对我方构成威胁的某方。黑镜来自某方，有某方人为制造黑镜危机的可能，而可能性高达近一半。他立刻醒悟，为什么在多国合作的灵海基地，在常规的通信屏蔽区，还要设置通信阱，就是因为存在被对方窃密的情况。黑镜很可能就潜伏在附近某处。

那声音停顿了一下接着说：“二、科目属性不明，概率均有。”

顾天云明白，科目代指某方的具体情况，这意味着目标尚未确定，或者不能给出推测结论，以免误导他，影响真实的判断。

“三、在全球黑镜防御战略框架内，各科目均有各自的防御计划，互为密封信息。

“四、信息密封状态已经对我方构成安全威胁，用常规方式难以消除。

“五、为缓解目前的安全困境，请你接受绝密行动的任务指令。一分钟后，我将传递任务内容。”

这一分钟是留给顾天云思考消化上述涉密信息的。

实际上，他只用了几秒钟就完成了对上述信息的分析：我方受到极大的安全威胁，到了最危险的时候，被迫发出绝密命令，使用非常规的解决方式。可想而知，如果还有其他可选择的余地，通常不会进行这种超常方式。该命令不容置疑，他必须坚决完成任务。上述话语中出现了罕有的“请你”作为敬语，以此判断，他甚至预测到了即将传递给他的任务内容，任务的执行很有可能伴随着牺牲。他的心灵深处为之战栗，这种波动的感觉如短暂光亮，瞬间后没入汹涌的浪影。

一分钟后指令传来。

他凝神听取行动指令："执行任务，清除行动；目标，安德森；时间，一小时内。执行方式，一、独立；二、无后援；三、无我方认可。执行代码AS7051……"

量子加密通信结束。

顾天云的视线逐渐恢复正常，意识重回到现实中来，耳畔歌声悠然依旧，一切似乎没变。他深吸口气坐正身姿，过了会儿，情绪稳定下来，他取下耳机递给苏馥，"老歌韵味有余，让人回味……"

说着他站起身，"我们走吧，时间不早了。"

苏馥站起来和他走向草地小径，瞥眼过去，见他的神色镇定如常。

有一瞬间，苏馥分明感受到他的眼瞳深处传来的复杂变化：震惊、迷惘、悲悯、割舍、坚毅……情感百般交织，在他的眼中融汇成一种难以言说的情绪。这种异常情绪闪现即逝，若流星余晖划过寒冷的夜空，消失在黑暗深处，他最终平静下来。苏馥的心灵为之颤动。

似曾相识，顾天云的眼神让她有一种遥远的熟悉感。多年前，她父亲接到出征西南边境的命令，离别那一刻看着她，也流露出这样的眼神。

她父亲是个英姿伟岸的军人。

父亲凝固在相片上的容态十分标准端正，目光炯炯，嘴唇棱角分明，不苟言笑。她自小对父亲的认识，就是从这张相片开始的。当她见到父亲那年，满六岁了，快要上小学。母亲虽然跟她说过，实际上在这以前她还见过父亲两次，因为还小，所以她忘记了。但她固执地认为，六岁那年才算是第一次见到父亲。

见面那会儿她有些惊奇，怯生生的，还有点儿害羞，但她很快就和父亲熟悉亲近了。那天晚上，父亲带她去放孔明灯。那一夜有许多人在江边放灯，欢声笑语，人人脸上写着兴奋，松手的一刹那，脸色转为肃穆，仰望一盏盏孔明灯伴随着微风飘向夜空。灯光摇曳，升到夜幕的高远处，犹若点点星光。人群欢呼雀跃，父亲拉着她的手穿梭在人流中，就像徜徉在星光的海洋……她的心里溢满幸福。直到三年后，父亲出征的那个晚上。

她和母亲送去部队集合点的父亲出门。一路相送，父亲的话语不多，她记得这么两句，是对母亲说的，“我这一辈子，有两件宝。除了你，就是咱女儿，漂亮贴心，看不够的样子。我还有什么不知足的呢？一个人到了没有什么可以依靠的时候，就会变得坚强起来。我走了，你照顾好咱女儿……”父亲没说“等我回来”的话，就像预感到他将永远留在战场上再也不能回家。父亲最后看了看母亲，又看了看她，笑容渐渐隐去，大踏步离开，背影挺拔依旧。

这一幕过去很久了，但却清晰如在昨夜。她记得，那天晚上夜幕无尽深邃，皓月挂在天空，恒定静止一般，犹如莲花不着水。

苏馥随着顾天云不疾不徐地走着，忍不住转头又看他，“你不想讲话？”

“说什么呢。”顾天云声音平静地回应她。

“你熟悉心理行为学吧？”苏馥忽然问。

“了解不深。”

“心理学一词来源于希腊文，意思是关于灵魂的科学。我曾经和心理学老师争论过一个话题：最容易暴露人内心意图和反应的是什么？”

“眼神。眼睛是灵魂的窗口。”

“是的，我的老师也是这个观点。人可以做到不喜形于色，但难控制住眼瞳的细微变化。”

“你还有另外的什么见解？”

“我认为比眼睛更能映射出内心的是心灵。眼睛只是窗口，透过它能感知到的内心有限。”

“有什么区别？”

“眼神也许还会欺骗人，但心灵不会。”

顾天云停住脚步，转身面对面看着苏馥，“但怎么感知对方的心灵？”

“用心看，有时，一刹那就能感知他的一切。”

顾天云摇摇头，继续往前走。

“似曾相识燕归来。你心里想到这句话，对吧？”苏馥问。

顾天云迟疑地点了点头。

“但你不相信，在心里怀疑，是吗？”

顾天云有些吃惊，没否认。

“很罕见的现象，也很独特。心理学上有个专门的名词‘映照’。”苏馥缓缓说，“不是对每个人都管用。有时，纵然和一个人相处的时间很久，十分熟悉他，但未必能和他心灵映照；有时，虽然才第一次见某人，却能一瞬间感知对方所想，仿佛两人之间有着微妙的联系。”

顾天云欣慰微笑。

苏馥说：“我感觉到……对生的依恋。”

“别说了。”顾天云抑制不住发自内心无法言喻的震撼，话短促而坚定。

一阵阵欢快的琴声传来。

附近草地上，一群年轻的科学家席地而坐，有人拉小提琴，有人吹口琴，配合演奏一曲，当中有情侣依偎，笑谈低语，气氛祥和温煦。“嗨！”有人见苏馥和顾天云走近，微笑招手，示意他们过去加入聚会。

顾天云礼貌谢绝。他微笑着看了看苏馥，叹说：“年轻真好，他们有崭新的世界，无限的希望！”热闹的音乐声中，他的笑隐含苍凉之意。

苏馥轻声说：“嗯，但我们不同。我们肩负使命，维护他们这样的快乐。”

顾天云忽然加快步伐，大步走向前方。

环形楼宇的露台上，安德森和谢尔盖在下棋。桌上的棋局对峙到最后的阶段。

王车易位后三步，谢尔盖遭诱骗落进困境，两个棋子被穿了，形势危急。谢尔盖长时间考虑对策，陷入一动不动的沉思中。安德森轻松惬意，看向走过来的顾天云，手拿烟斗挥了挥。

苏馥走到棋局的外围站住，戴维也处在这个警戒点。附近一圈还有几名警卫布起警戒线，一内一外呈反向站立，警惕观望圈子内外四周的动静。

警戒圈内的中心点有三人，安德森、谢尔盖和顾天云。两人在棋局两边相对而坐，呈“9点”和“3点”的时钟位置，顾天云伫立在“6点”时钟位，正对棋局中央。六点位空有一把椅子，他拉开椅子，准备坐下。

“观棋人不入局。”谢尔盖打破沉思静态，斜眼过来漠然地说，“这是棋局的基本规则，也是绅士应保持的礼仪。”

顾天云看过去，没出声，他动作缓慢但坚定地拉开椅子坐下。谢尔盖的薄嘴唇微微一动，目光越发冷漠，抱手往后靠。

“不玩了？”安德森叼着烟斗，扬眉说，“你很少提前投降，通常不杀到最后一刻不罢休。”

谢尔盖沉默不答。顾天云扫眼象棋残局，伸手拿起一枚棋子，这是“皇后”，他掂量了下重新放回棋盘。皇后代表第三方的军事支援。安德森意味深长地微笑说：“顾，看来你也懂国际象棋。不如我们来一局？现在我没对手了，雷日科夫同志最近被我杀得丢盔卸甲，瞧，这局眼看他又遭我逼和。”

“说实话，我不怎么喜欢国际象棋。”顾天云回应。

安德森问：“为什么？这可是绝佳的智力游戏。人类好战的天性可以用来切磋棋艺，取代真实的战争，让世界走向和平繁荣。”

顾天云说：“我个人认为，零和博弈的游戏没意思。首先，一方所赢正是另一方所输，游戏的总成绩永远为零。其次，它的政治色彩过于浓郁，社会等级泾渭分明，国王、皇后、主教、骑士、小兵。棋局最常用的一招就是‘弃兵布局’，牺牲小兵谋求主动权，进行战略部署。”

安德森摇头笑说：“恰恰相反，这正是小兵的价值所在。战场上没有绝对的无谓牺牲，任何牺牲都值得尊敬。”

谢尔盖冷漠地看过来说：“对于牺牲，他可能比你更明白其中深意。只不过企图‘双赢’的想法有些天真。棋局中，对弈的结果就算是‘和局’，那也是被对方逼和。这种困境与被枪指着脑袋唱赞美歌没什么区别。”

顾天云说：“如果跳出棋局来看呢？”

谢尔盖听到这话一怔，露出等待解释的眼色。顾天云说：“国际象棋是人类思想的物化。三个要素：棋盘、棋子、棋规。这三者未必同时出现，但时间不可逆，我们永远找不到规则的最初发明者，却因此陷入棋局，争斗不休。为何不反思，不管是谁制造了棋局，我们为什么非要入局困斗？”

谢尔盖神色不屑，“让我们高高兴兴地来玩搭积木的游戏吧。幼稚园老师，或所谓的和平使者才这样说。”

顾天云抬手指了指耳朵，“对弈者未必就有多成熟理性。”

谢尔盖不解其意，斜眼看着顾天云。“啊哈！”安德森大笑起来，问顾天云，“你怎么发觉的？用了什么东方玄术？”

顾天云说：“你这句话给了我确认，之前只是试探。”

安德森饶有兴趣地追问：“但总该有个推测的过程吧？”

顾天云说：“很简单。我想，你们应该都戴有无线耳麦，用于接收指令。这就存在一个别有意思的可能性，也许还能接收到象棋高手的局外指点。”

谢尔盖听到这话目光陡然尖锐，逼视安德森，缓声说：“一个微不足道的休闲游戏，美国人都要作弊，有意思吗？”

“是你太偏执。逗乐解闷的游戏而已，别沉湎其中。”安德森耸耸肩。

谢尔盖的脸色变得铁青。

安德森往前俯身，乐滋滋欣赏着谢尔盖的样子，补充说：“在这段对弈的美好时光，我有得有失。失去艰苦获胜的成就感，收获了轻松自在，我有更多的闲暇时间坐在棋盘前胡思乱想，考虑下一餐吃什么美食，欣赏你一本正经冥思苦想挣扎的表情，这让人兴奋。我承认不公平，对你有些残酷，但这就是零和博弈的精髓，只看输赢结果，谁在乎用什么手段。”

谢尔盖脸色铁青程度再次加重两分。

“谁制定的棋规？”安德森摆弄手中的烟斗，“我鄙夷规则，一向如此。雷日科夫同志，我得提醒你，勇敢顽强、不耍滑头、服从命令、不畏牺牲，那是士兵应有的精神。但我们不同，你别忘了，我们都是制定规则的人。”

“谢谢，受教了。”谢尔盖的神色恢复冷峻。

“NO！”安德森手指顾天云，“你该感谢的人是他。是他打破了我的规则，很遗憾，从此以后，我将少了些对弈的轻松乐趣，不得不打起精神重新考虑棋局。”

“Soft soap！安德森将军，你的奉承话又来了。”顾天云说着，视线余光投向五六米外的苏馥，警觉她站立的位置有异。他的心头陡然一紧。

安德森摇头说：“你具备实力，完全有资格坐在这里。我尊敬你，这把椅子是专门为你留的，不论你来多晚，请坐！”

顾天云不动声色，但意识到其中隐含的深意，“你知道，我要来？”

“迟早要来。这有什么不妥？”

“还知道我什么时候要来？”

安德森耸耸肩，不答话。

谢尔盖的目光扫过他们，微微波动。顾天云觉察到这种异常反应，“恐怕留这把椅子不是因为我的缘故，而是我的身份……你们都知道了。”

“何必认真计较。”安德森说，“你应该明白，至少我敬佩你这个人。”

顾天云沉默片刻话锋一转问：“你是否还记得夜巴黎？”

“哈！”安德森大笑，“印象深刻，灼热的夜生活，美丽女郎从霓虹灯招牌下蜂拥过来，打情骂俏的感觉真是让人流连忘返。”

维和部队驻扎金边附近，酒吧、舞厅、夜总会等娱乐场所众多，璀璨灯光彻夜通明，西方维和军人常常去光顾。顾天云却循规蹈矩，从不涉足其间。一次，安德森硬拉他前去见识，驾车直奔金边最有名的娱乐场，为他安排妙曼女郎陪欢。事后安德森追问女郎，得知顾天云支付了小费，却没越界，期间仅是坐着聊天。

“让我印象深刻的是另外的人，那些守候在娱乐场门外路边的人。”顾天云说，“那些因战火而伤残的贫民，涌上来，向我们伸出一双双布满污垢的手，与金碧辉煌、歌舞升平的娱乐场相比，就像一墙之隔的地狱和天堂。”

安德森神色一正，点了点头。

顾天云说：“贫民不是士兵，却卷入战局中备受碾压摧残。我记得那位少女，十七岁，她从越南西贡逃难到柬埔寨，但仍然躲不过战火，最后只能在娱乐场安生。我们消遣作乐之地，对她来说却是个避难所。她一天收入约十五美元，对门外那些食不果腹的贫民来说，却又是个天堂。而我们的生活是什么样？喝的是从法国运来的伊云矿泉水，吃的是新西兰牛肉、泰国水果、新加坡蔬菜，面包超过八小时就扔进垃圾桶……我们去维和，去保护他们，去建设他们的国家，但他们绝不会认为我们是天使。在他们眼中，我们是面带微笑慷慨仁慈的魔鬼，我想，这就是他们扎我背上一刀的缘故。”

“你不仅是谴责吧？”安德森不以为然，“还想表达什么意思？”

顾天云说：“在我们为规则引以为傲时，也许应该考虑一下我们的所作所为，是否能为他们带来什么改变。”

安德森微笑看着他，“毫不夸张地说，到目前为止我们做得最好，尽管你们很能说，却善于制造乌有之乡。”

“那就来点实际的，如何解决安全困境？”顾天云说，“总得有人率先打破信息密封法则，我愿做第一人。”

“赞同。”安德森拿烟斗敲敲桌子。谢尔盖微微点头。

顾天云暗暗叹息，欲言又止，他以不易察觉的动作最后看了一眼苏馥。

但苏馥却没回应他，眼神平静而决绝。

悲怆由心而起，但时间已不容许顾天云再迟疑。蓦然间他的表现失常，神情尽透诡异。他突然掀起面前的桌子，腾空猛地倾翻，桌子夹带凌厉劲风劈头撞向谢尔盖。棋盘倾翻，棋子四溅散落。

他犹如野兽捕食般暴起，手持椅子砸向安德森，力量巨大。

“咔嚓！”安德森在椅子及顶前一瞬间，反应迅速，抬起粗壮的双臂护住头。椅子碎裂散架，发出骨折般的声响。挡住顾天云的这一下攻击，安德森还没来得及做出进一步的反应，胸腹立刻遭到顾天云的右膝撞击，连人带椅往后摔出去。顾天云没停歇，凶猛扑去，他凌空弯曲右手臂，手肘对准倒在地上的安德森的脖颈，肘尖下落，如打桩机的液压锤般沉重地砸下去。

安德森怒吼，拼命往旁边滚动。“砰！”顾天云的手肘擦过安德森的脖颈，冲击震动地板。安德森团身屈膝，弹腿踢向他。

那边，谢尔盖举手挡住桌子，身手敏捷地冲向在地上缠斗的两人。

警戒线上的数名警卫发觉异常，拔腿冲过来。几乎同时，苏馥出手，迅速拉住戴维，猛地发出一记背摔，将高壮的戴维往后摔出去。苏馥抢在警卫前，最先赶到圈内，抄起椅子砸向谢尔盖。警觉到袭击，谢尔盖收住脚步侧身避开椅子，顺势抬脚，横扫冲过来的苏馥。

苏馥好似料到谢尔盖的举动，纵身一跃，往前翻滚避开扫腿。

她落地后翻起身，抢在谢尔盖之前到达距离顾天云几步的位置。

这时，安德森一脚踢向顾天云。力量巨大，顾天云被安德森踢得踉跄后退，但他手一揽，紧紧抱住安德森的腿，双手缠绕锁紧，他突然发力猛地跳起来，横着跃向露台外。他的行动极为疯狂，他将以自身的重量拉着安德森一起摔下楼。

“啊……”安德森吼叫，但无法挣脱他这种同归于尽的可怕攻击。

在这一刹那，苏馥闪身挡在栏杆前。顾天云腾跃起来后没法收住冲势，重重地撞到苏馥身上，拉着安德森摔在地上。

沉重冲力轰然传来，苏馥如同断线的风筝跌飞出去。她往后一探手，但手指离栏杆差一线，她急速下落。谢尔盖赶到，倾身往外一捞，右手攥住苏馥坠落时扬起的头发。但阻止作用不大，发根断裂，苏馥失控坠向楼底。

下坠速度很快，一眨眼，她的身形越过六七层楼。

她没发出尖叫。从远处看，她的影子好似一个微小的点，微不足道。

顾天云仰面倒地，视线锁定苏馥消失在栏杆外的那一幕。他死死瞪着那空无之处，瞳孔收缩。数名警卫猛扑过来，一层层叠压，紧紧锁住他的手脚。他浑身颤动，激烈地挣扎起来。

安德森冷峻地看着，穿过人堆缝隙一脚蹬中顾天云的头部。

眼前发黑，耳膜轰鸣。顾天云陡然昏死。

意识丧失前一刹那，他似乎听到瓷器撞击地面迸发出的碎裂声音。

一枚棋子在地上滚动，静止。

谢尔盖盯着楼下，松开手指，头发从手掌中飘然落下。

灯光柔亮如水，一缕缕黑色的发丝在半空中散开。发丝犹若一朵朵离开枝头的蒲公英，在疾风中飘远，消失在夜空。

第 7 章 记忆碎片

顾天云醒过来时，发觉自己身处一个冰冷的房间。

他被锁铐在一架金属器械上，呈 60 度倾斜竖立，在距他约两米处，面对面竖立着一块巨大的镜面。他的身体不能动弹，透过对面的镜子，清晰地看到他身处的环境。这是一间封闭的内室，洁净如无菌手术室。空气中弥漫着消毒液的气息，天花板上吸附着一个硕大的圆盘无影灯，室内纤毫毕见。他身无寸缕，夹在这架金属器械上，皮肤贴着生冷的金属背板，这架金属器械，如同法医解剖台，反射着金属质感的寒光。

遍体冰寒。

这架器械犹如一台一体化多功能的健身器材，又像一具用现代高科技打造的刑架，附带各种精密的仪器——连接线、精巧的机械臂、液晶显示屏、外接生理数值监测仪，屏幕上数据曲线变动，显示着他的心跳、血压、脉搏，即时传输核磁共振成像、脑部扫描三维影像。他头顶上有精密探头，将他的脑部图像传到他眼前一块十英寸的屏幕上，影像让他清晰可见自己头上的情况。

头发剃光，围绕他的头盖骨一圈，标注着一条深蓝色的开颅线。

开颅线位于他的眉毛上约一指宽的位置，侧面齐着耳郭上沿。按照这条线的位置取开颅骨，他将露出部分脑组织。

顾天云失去对身体的控制，无论他怎么努力都无法移动一下手指。但意识十分清醒，他甚至比平时还清醒，视力清晰，听觉灵敏，能嗅到医用消毒液各种层次的混合气味，感知到身体接触金属板表面的细微温度变化，皮肤赤裸在空气中的感觉……他仅是失去了行动控制能力。他知道，有些特殊药剂注入身体后能让人产生这种特异的感觉。通常情况下，这种方式用于刑讯逼供，让受刑者保持绝对的知觉清醒，清晰感受到行刑过程中产生的疼痛，熬不住折磨而招供。

但他不知这架精密的刑具有什么作用，难道要为他做开颅手术？只有一点可以确认，接下来，他将受到常人难以想象的百般折磨。

无法抗拒的疼痛，长时间的煎熬，种种非人折磨，直到他吐露一切行刑审问者想要获知的情报。

顾天云没感到多大的恐惧。清醒后，他保持着表情木讷不变、目光茫然游离、精神涣散等外在表现。他尽力抽空思维活动，维持这种意识麻木的空白状态。这是对抗行刑逼供的方式之一，提高意志控制力，降低身体神经敏感的程度，增强痛觉耐受性。在疼痛达到顶级时，他还能做到让自己陷入昏迷状态。这是历经艰苦训练才具有的一种特殊能力。他控制着自己的身体，渐渐地，意识不像刚醒来时那么清晰，进入了半醒半昏迷的状态。

混沌中，他几乎什么都没想，麻木如一块钢铁。除了一个反反复复在他大脑深处闪回播放的场景：苏馥跌落出去，消失在露台栏杆外……瓷器坠地的碎裂声。

没有太大的悲怆。他不能让悲怆深刻清晰化，这很容易造成他的心跳、血压、呼吸的变化，瞳孔的收缩变化，体温的细微反应等。这些生理反应能让行刑者对他一目了然。而他是个受控脑影响而发疯的人，攻击同类的变异人，不该出现上述生理数值反应。

他也不能多想关于任务行动失败的前因后果。突发特殊情况非他能控制，一切都成为过去，无法挽回。

是的，无法挽回。

时间一分一秒流逝，没人出现。他仿佛一块被母舰遗弃放逐到茫茫太空的垃圾，一粒尘埃，飘浮在幽暗无光冷固的真空，微不足道。

但他知道实情绝非如此。室内布满监控摄像头，从各个方位窥视着他，以高清画面的方式显示在另一处地方，将他的一举一动、任何生理数值的细微反应，纤毫毕见地呈现在监控人面前。他就像实验室里的小白鼠，任何反应都逃不过实验者的探测。生死已非他能掌握，但他的表现将严重影响局势变化。绝密任务一旦泄露，将造成无可挽回的重大损失。即使行刑者用手术刀剖开他的身体，钻开他的头颅，将他的大脑切成碎块，他都要将秘密藏在心底。

否则，牺牲将毫无价值。

“黑镜人，你好！”

一个冷漠的声音在他耳畔响起，具有冷峻、理性的特质。

谢尔盖走近器械，身穿深蓝无菌服，没戴医用帽子，梳理得一丝不苟的头发紧贴头皮，浅褐灰蓝的眼睛，目光敏锐如鹰隼。谢尔盖没多看顾天云，仿佛这只是一具失去灵魂的躯体，而更关注的是这具躯体的生理反应。神情冷漠地巡视着监控仪，发出淡漠的声音，空气仿佛也随之降低少许温度。

“也许，我不该和你交谈。但谁知道呢，他们确认你失去了理智控制，只剩下生理活动，而我不这么认为……我记得，莎士比亚有一句传世名言：‘世界上还没有一种方法，可以从一个人的脸上探察他的居心。’但这是句错误的话，因为，莎翁没见识过这架仪器。”

谢尔盖粗粝的手指弹钢琴似的摩挲着器械的金属框架，如同抚摸情人。

“它的原型叫‘达·芬奇’，美国人制造的外科手术机器人，稍加改造，就成了一架残酷的刑具。它能从一个人的大脑里探察他的居心。这是集医疗、物理、电子、软件、光学和机械工程等为一体的现代科学成就，21世纪，人类文明最高科技结晶的体现，美国佬这样吹嘘。据说，它的造价超过六百万美元，具有超高的医学实用价值。达·芬奇能实现远程外科手术，全自动化遥控。外科医生可以在地球上任何一处，也许在纽约州的海军总医院，或者休斯顿医学研究所，也许是隶属NIH的二十七个研究中心之一。我可以想象，一群嚼着trident口香糖的美国佬坐在计算机控制台前，操控电脑，通过成像系统，手握类似游戏操纵杆的控制手柄，实时移动机器人的神经臂，为你进行远程开颅手术。它精准而灵活，时间持久，能缝合一粒裂开皮的葡萄，也能将葡萄分解成最精细的切片，每一片薄如蝉翼。在显微镜尺度下，它的手术水平从器官级深入到细胞级，如同穿针过线，挑动你微小的大脑神经元。黑镜人，你很荣幸，成为第一个品尝它的手艺的人，就像亚当品尝伊甸园禁果，强烈的震撼冲激你的肾上腺素，为你打开身体的羞耻，导致意识的深层痛苦。”

谢尔盖娓娓讲述着，优雅地戴上橡胶手套，扒开顾天云的眼皮查看瞳孔，进行光测试反应。眼珠茫然无神，在强光照射下瞳孔蓦然收缩。

眼球结构精妙无比，仿佛不由进化而来，而是上帝赋予人的特殊器官。

一扇精致的心灵窗户。

穿越这扇窗户，心灵映照……有种微妙的联系……苏馥说："用心看，有时，一刹那就能感知他的一切。"

谢尔盖长时间盯着顾天云的眼珠，渐渐流露出困惑思索的神色。

"难以确定，你也许是受控脑操纵的黑镜人，也许不是。但无论哪种情况，都令人惊讶。作为唯一的让我们捕获的控脑活体，有极高的研究价值，而后者的价值也不低……假如你是后者，我说的是假如，此刻，你完全能听懂我的话，理解我阐述的意义，对吧？换位思考，你也会毫不迟疑地对我做同样的分析，探测我的居心，找出发动攻击的真实意图。

"为什么攻击？受谁的指令？达到什么目的？这些都是让我们迷惑的地方，也是这次探测的缘故。真相藏在你的大脑某处，我不得不使用脑神经挖掘的方式把它找出来。

"你背弃了你的信仰，反之亦然。你或许做足了心理准备，自我牺牲换取幕后人的安全。对于训练有素的人，比如你、我、安德森，很容易做到隐藏真实的想法，无论对方采用什么残酷方式都能守住秘密，任凭强电流通过身体，钢丝穿透牙龈组织、三叉神经，或灼热的烙铁搁在脂肪上燃烧，以钢铁般的意志对抗任何酷刑。我们都知道，死亡不可怕，疼痛也不是那么可怕，最可怕的是泄露机密。虽然从吐露秘密的那一刻起，将获得组织的庇护，但作为守密者，这是最可耻的背叛，最令人唾弃的背叛。所以，作为你的同类，从内心来讲，我不希望见到你像个孬种一样哭泣，求饶，以吐露秘密换取痛觉神经的安宁。我更希望你是前者，你是一个黑镜人。

"处理黑镜人，能使我更加兴奋。在这一点上，我与狂热的科学家没本质区别，使用非常手段，用最富有幻想力的方式，反复试验，挖掘事物的真相，探寻一个隐秘未知的世界。在棋术上我也许不如安德森高明，但在这方面，我自认为是个专家，是在灵海基地范围内，实施活体试验的最佳人选。"

谢尔盖的鼻翼抽动一下，抬手隔着橡胶手套触摸顾天云的头部，举止谨慎，犹如摆弄精密的艺术品。

"人脑约有千亿个神经元，神经元之间约有上万亿的突触连接，形成迷宫般的网络——复杂精致的脑网络。产生痛觉的中枢在大脑皮层。对于直接伤害，大脑组织的反应十分迟钝，皮质、髓质都没有痛觉，手术刀划开脑膜，也只能产生少量的痛感。大脑的主要作用是接收和处理痛觉，因此，我们要做的事很简单，把这个过程逆转，让脑神经逆感，让完好无缺的躯体发出疼痛信号。不用伤害你的身体任何一处地方，仅仅刺激大脑，就能让你清晰地感知到痛，各种各样的疼痛：刺痛、灼痛、胀痛、撕裂痛、绞痛。

“你会产生奇妙的、从未体验过的痛觉，手臂完好，但能感知到手被锯开，皮肤、脂肪、肌肉、血管、骨骼逐一断裂，痛感十分真实，与手臂被真实锯断没任何区别。只不过，这种感觉能重复体验，一次又一次地重复，你的手臂断了一次又一次。这种方式非常科学，要知道，人只有两条手臂，常规的行刑只能锯断两次，就算很小心地一截一截地锯，锯断的次数也有限。但使用挑逗大脑的方式，我们就能无限次地锯下去，你无限次地感受到手臂的断裂。

“医学上有个名词叫‘幻痛’。有少数人被截肢了，但仍然能感觉到被截去那部分肢体的疼痛，大概就是这个原理。我仔细阅读了‘达·芬奇’的使用说明书，还发现一个有意思的现象：人的进化已抛弃了尾巴，但大脑依然保存着尾巴的对应神经元。因此，你还能体验到一种特异的痛感，感到你的尾巴疼痛。不存在的尾巴将被灼烧、挤压、撕裂、锯断一次又一次。

“当然，上述所有的痛感并非单一的，而是由各种痛糅合在一起，组成一种复合感觉，一首壮丽的交响曲。期间伴有体感，如灼烧、冰寒、挤压膨胀，及强烈的情绪反应，如惊恐、绝望、紧张等。

“经过我不厌其烦的详细讲解之后，你是否觉得大脑的奥妙神奇？

“它真的很神奇，也许能创造奇迹，让一个受过严苛训练、意志如钢、有着坚定信念的人崩溃，在哭泣中迫不及待地吐露一切所知的秘密。

“噢，对了，医学上把人类能感受到的疼痛等级定为十级。人体有一个抗痛系统，通过神经发出抑制疼痛的信号，让体液分泌出内啡肽、强啡肽，帮助人体缓解痛觉。所以，疼痛最高的级别为十级。一旦截断这种抑制信号，疼痛就能突破上限。据说，‘达·芬奇’能让人感知到第十一级疼痛，就像但丁在《神曲》中描述的，魔王卢齐菲罗掌握漏斗般地狱的顶端，第九层，背叛之罪。”

谢尔盖娓娓讲述着，观察顾天云的眼瞳反应，观看监测仪器。

在这段时间内，顾天云的心跳、血压、呼吸、脑波等生理数值没发生反常变化，数值平稳。如临深不可测的平静水潭，谢尔盖有些失望，更有期待的冲动。“那我们就开始吧！你感觉不舒服了，如果有话要说，就请张开嘴。你能发出微弱但清晰的声音，而我也能听见。”

谢尔盖完成连线，启动仪器，进行开颅手术。

“从我，是进入悲惨之城的道路；从我，是进入永恒痛苦的道路；从我，是走进永劫人群的道路。”在谢尔盖朗诵《神曲》名句的靡靡声中，三条机械臂悄然移动起来，动作精准而高效。

消毒、脱碘……箍定头颅，线锯围绕头颅一周，沿蓝线切入，锯开头盖骨，取下完整的骨瓣，划开脑膜……上头皮夹、止血。

机械臂的每一个步骤都十分精确，划动清晰而完美无瑕，充盈某种令人莫名着迷的精妙韵律的机械美感，犹如拨动脑神经末梢弹奏一曲美妙空灵、冰冷、晶莹剔透的《安魂曲》，具有神圣的宗教意味。

手术全过程约十四分钟，锯开的头颅露出泛红的灰白脑皮质。

全程通过探头显示在顾天云眼前的屏幕上，让他清晰可见，历历在目。

意识清醒少许。他脑中闪回那个场景：苏馥如同断线的风筝跌飞出去，消失在露台栏杆外……

“当你无限接近死亡，才能深切体会生的意义。”

“一首老歌。”她的眼睛扑闪一眨，“想不想听？”

往事浮光掠影闪过，悠扬的歌声传来：

是这般柔情的你
给我一个梦想
徜徉在起伏的波浪中隐隐地荡漾
……

机械臂伸出一具环形探测仪，悬在顾天云赤裸的大脑皮质外缘，进行检测、定位和分析等一系列准备事项。

脑干网状结构、神经元、胶质细胞、突触、脑波、中枢神经递质……逐一被扫描探测，转录为数字信号传输至大型计算机中心处理。海量的数据，庞杂的运算，全过程处理完约需二十分钟，才能生成神经感应元件头罩。

“你的大脑让我想起某人，一个虚构的小说人物，汉尼拔·莱克特博士。”谢尔盖欣赏着顾天云的脑组织，目光闪烁着异样迷恋的探求兴趣，期待感越发强烈。“不得不承认，托马斯·哈里尽管是美国佬，但也是一位杰出的作家。这位睿智和蔼的先生为人低调，身材高大，满脸胡须。要是你在生活中遇到，也许会以为他是个唱诗班的指挥，或一个厨师。这位作家确实喜欢烹饪，通过了著名的巴黎烹饪艺术学院的考试，走进他的厨房，看他快活地准备饭菜是一件十分有趣的事。他烹饪技艺高超，笔下还塑造了汉尼拔·莱克特这个食人博士的完美形象。关于汉尼拔，作家写了三本书，这个食人博士在1981年出版的小说《红龙》里第一次露面。我记得，博士在这个故事中杀了九个人，十分优雅的杀戮。

“七年后，博士在《沉默的羔羊》中遇见了他心仪的女特工克拉莉丝，指点迷津让她破案，教诲她人生哲理，并最终成功逃出监狱。然后就是1999年的《汉尼拔医生》，有评论家认为该故事情节模糊，令人感觉不适，吃脑髓的场景有些恶心。但我认为作家的文笔和灵魂在这部作品中得到了升华。

“作家这样描绘博士宴请女特工的一幕：

“汉尼拔·莱克特博士在长柄炖锅里放了一大块夏朗子奶油，熬成榛子色后摆在一边待用。他取了一玻晶碗冰水，一个银盘，放到保罗·克伦德勒身边，取下鱼子酱罐头的橡皮圈似的拿下克伦德勒头上的头带，锯开后，头颅里泛红的灰白色脑髓清晰可见。汉尼拔拿一把桃形勺从脑袋里舀出了一片前额叶，然后又舀，一共舀了四勺，放进有柠檬汁的冰水里。冻硬的脑髓拿出来放到盘子里，用面粉略微吸干，又用新鲜的烤面包片吸了一次。放入奶油煎炸，炸到两面金黄为止。再加上调味酱和菌片，还有荷兰芹、水田芥和带梗的刺山果，最后撒上一撮水田芥叶。吃着这份敬客的菜，克拉莉丝唇上的奶油混合酱油的光泽分外动人。

“餐间，他和她谈论音乐。‘管箭大体是中央c下的一个d音，对不对？’‘准确。’博士对克拉莉丝笑了笑，牙齿非常白。”

谢尔盖讲述着小说片段，笑了笑，他的牙齿也很白。

“品位超群的博士，和女特工共进晚餐，在烹食人脑的过程中迸出情感的火花。最终，他和她双双逃走，隐于世间，完成了故事和人生的轮回。”

谢尔盖挠了挠鼻头，接着说：“如此细腻的描写，令人若有所悟，心灵柔软之处总会受到某些激荡。小说讲述的不仅是杀戮故事，它触及了人类内心深处的隐秘部分，一些微妙伤怀的情感。博士是理性与感性的混合体，要探寻他对克拉莉丝为何产生喜爱？对这个 FBI 的实习生，一只在强力体制下待宰的羔羊，为什么会心怀反常的怜悯之爱？我们得从博士的身世去追索。

“博士出生在立陶宛，一个富裕家庭。‘二战’打破了他愉悦童年的平静。战争是命运女神掀起的黑色波浪，既有意味深长的世界大景象，也改变着小人物的命运。博士年幼的妹妹米沙被纳粹食人魔掳走、吃掉了。少年博士目睹这一过程，成年后，他干掉八个人，大部分是纳粹军官。在优雅地吃他们的身体的时候，博士深切想念着妹妹米沙。

“博士深知现实的残酷无情，用他独有的方式抗击现实，追求一种至极的优雅生活。他担任博物馆的馆长，熟知苏格拉底哲学与弗美尔的艺术；他讲究华服美食，热爱佩德绿堡红酒、绿牡蛎与胰脏肉冻；经常出没于歌剧院与音乐厅，喜爱歌剧与弦乐四重奏，弹得一手好钢琴，弹奏亨利八世写的‘冬青树郁郁葱葱’，还擅长莫扎特的‘降 B 大调奏鸣曲’。在居家生活中，博士喜欢爱尔兰钟形花、荷兰鸢尾花和郁金香，映着烛光熟读霍金的《时间简史》……博士不仅通过杀戮追求心灵的安宁，他食肉的唇齿间还止不住地沉湎于对过去的追忆和思念。他灼热期盼着，宇宙在将来一刻出现大坍缩，从无序还原为有序，时间倒流，回到最初他和妹妹相聚在阳光下跳舞的场景。

“抗拒法则，藐视强权。但博士却对年轻的克拉莉丝做出感性的关照，这是源于对妹妹米沙的追忆怀念，因此我们知道，他为什么对这个无助的 FBI 女兵产生极为复杂的情感。有人认为情感在理智和自觉思维之外，是突如其来的。但我认为，情感是人一生的经历糅合。

“造物主不怜悯万物，容许圣子被钉在十字架上，对一切漠视到无以复加的地步。国王、皇后、主教、骑士、小兵、平民，所有人都逃不出宿命，在它居高临下淡漠的目光注视中挣扎。仅存的一点情感，也陷入现实的熊熊大火，化为灰烬。

“这让我有所反思，为什么我们还不如博士？在杀戮、食人之外，博士尚存感性，我们为何不能？为何要维护强权、牺牲一切，牺牲自我，失去心灵中最后一点柔软，眼睁睁看着女人死去，却不能怀疑？除了内疚追忆，我们不能做出丝毫的抗拒。从某种角度上定义，我们比博士变态。我们都是强权下待宰的羔羊，却伸出热气腾腾的舌头舔那柄冷酷的屠刀，品尝刀刃上尚未凝固的血。

“内心坚持认为这是一直以来我们该遵循的铁则，是神圣的使命。

“不！这不该成为常态，这不正常。

“我不否认在任何一个系统内都存在斗争、吞食和同化。但在理性中是否可以存留温情？若缺失这一点，我们所坚持的一切都将毫无意义。”

谢尔盖沉默片刻，缓缓说：“我不打算以此说服你，我仅是阐述个人观点。为佐证这个观点，我将无限制地折磨你，在这期间，我每天吃掉一块肉。你的女兵冷藏在冰柜里，她重约五十二千克，足够我使用各种方式烹饪享用两个月。”谢尔盖死死盯着顾天云的眼睛，盯了很长时间。

顾天云的目光呈涣散状态，心跳如常，各生理数值保持在正常的波动范围。

探测和分析完成。

谢尔盖启动程序进入下一步骤。一个布满精密感应元件的头罩缓缓落下来，覆盖在顾天云的大脑上，替代了之前摘掉的骨瓣。头罩金属外壳呈完美的圆弧形，如同用于食物保温的电镀纯银西餐圆盖，表面形成聚光区，映照着变形的无影灯及室内场景，拉宽了谢尔盖的人影。

运行大脑投射系统，进行神经元刺激。

契合度测试开始。陡然间，顾天云体验到特异的五感失真及梦幻态。

嗅神经系统和鼻三叉神经系统感受到无数种混合气味的刺激，鼻黏膜上的皮膜细胞、嗅细胞被激活，诱发一阵阵神经作用冲动，随后合成一种高浓度麝香气息。这种混合了玫瑰花香、肉香、麝香、硫黄、腐臭等多种味道的浓重气息，在以后的十一级痛感刺激过程中顽固地存在，一直纠缠着他，令他备受压抑。

味觉的感知程度不重，可能是被其他过于激烈的感官反应掩盖抑制住。

不同频率的声响混杂，短促、悠长、沉闷、清脆和尖锐的声音高速穿透并刺激耳蜗纤毛细胞，颤动各级听觉中枢神经，带来剧烈的恶心感。

触觉十分怪异。体表皮肤游离神经末梢发出水波扩散般的感受，身躯仿佛在强压下晃动，冷热温度交替刺激，随之产生轻度疼痛，浑身皮肤如炸裂开，身体融化在金属背板，在粗粝尖锐的金属表面上滑动摩挲。挤压感递增，产生一种内脏被绞碎压扁并挤出七窍的错觉。

视线扭曲，迸出一点点光亮，明暗闪烁不定，诱发出逆向视觉幻象。他的视野内横过一条扭曲波动的半透明暗河，隐藏着无数细微蠕动的景象，飘浮在半空中，荡漾在暗河激流里，拖曳出一丝丝流光，无限延长，无边无际，无数若隐若现的场景波光粼粼般闪亮扭曲。

恍惚间，顾天云看到一个莫名的生物，从茫茫波动的景象中游出来，狰狞在眼前。

生物十分庞大，长条形躯体占据了大部分视野，如巨蛇般扭转、游弋。

它具有真实的质感，遍体布满尖刺和灵动的触手，近半透明，肢节细微处纤毫可见，长长的尖刺移动，近在他眼前，呈现一种特异的运动轨迹……它触及过来，毫无阻碍地透过他的身体，在他延伸了的视线内穿梭……疼痛，蓦然袭来。前所未有的痛。

一开始，疼痛程度不是很高，如同一枚枚棺材钉敲打进骨髓，一勺勺滚油浇灼在脑浆里。渐渐地，疼痛等级往上攀升，攀升，无限攀升……抑制疼痛的“开关”被关闭，刺激信号被放大数倍，痛感无限蔓延。

意志无法抵御。顾天云所有的感觉被疼痛揉碎。

谢尔盖观察着顾天云的各项生理数值变化，在接近或突破极限时暂停一下，留有让顾天云回味残余疼痛的时间。在缓解期，谢尔盖使用针对性的语言对他进行精神折磨，随后重新启动疼痛刺激，如此反复，采用最佳的频率进行交替刺激。

漫长无垠的疼痛。

两个小时后，顾天云的反应没达到预期效果。谢尔盖有些困惑，不禁怀疑美国人制造的这架先进仪器是否可靠，直到察觉顾天云的体温升高到极限，出汗至脱水边缘，皮下浮现一片片的出血点，谢尔盖才对疼痛效果确信无疑。通常的行刑手法，很难间接引发这种皮下毛细血管破裂的现象，这说明超过了人体耐受极限。

顾天云的身体各器官出现衰竭的迹象。第一天的脑刺激疼痛反应暂告结束。

谢尔盖离开前将疼痛等级降低，在第七级、第八级间切换，疼痛值相当于皮肤三度烧伤，重度血管性头痛，或类似产妇临盆前持续性的宫缩疼痛。这个等级在顾天云的正常承受范围内，却能让他的神经受到不间断的刺激，以长时间煎熬，消磨他的坚韧，摧垮他的意志力。

第二天继续。

第三天、第四天……

顾天云的意志濒临崩溃的边缘。

谢尔盖兴奋地等待着那一刻的到来。

但十分奇怪，这关键的一刻却总不发生，不能突破临界点，就像一艘不停加速的太空飞船，无限接近光速，但始终无法突破光速。速度越往上，推进的能量越趋于无限大，导致总差那么一点儿不能达到常数 C。实在令人沮丧。

谢尔盖的兴奋感跌落，抑制不住涌动的愤怒，挫折感强烈起来，主宰顾天云命运的控制感更是荡然无存。有两次，谢尔盖将疼痛刺激保持在一个极高的数值上。后一次整整持续了四十分钟。随即，谢尔盖目睹了顾天云的右眼球破裂，眼内充满积血。

经检查，顾天云的视网膜已严重受损。行刑因此停顿下来。

六天后重新启动。

谢尔盖根据经验判断，不再冒进，采用了更加老练稳健的方式。

超极限的疼痛撕裂了顾天云的记忆。

脑海翻腾、蒸发、被抽干，又沉降下来，又再次蒸发。意识灼热、沸腾，蓦然又冷却至绝对零度，仿佛一块钻石镜面砰然碎裂，粉碎成微小的镜面体，反射出无数个记忆场景，凌乱无规则的片段，一个个记忆碎片：

她宛然一笑，对他轻盈招手，她沐浴在自然光里拾阶往下。

冬夜，黎明前闪烁的星空，母亲快步走在荒野中回头呼喊：快走呀，大雾来了。

童年伙伴纯真无邪地嘻哈发笑，尿水一条条冲高，越过茅厕矮墙，冲向碧蓝天空，明亮亮洒落在摇曳的荷叶上。

姥爷下葬时一串串鞭炮爆响。

槐树花纷纷坠落；母亲冰凉的手爱抚摩挲着他，指甲灰黄；粉笔在黑板上叽喳作响；老水牛晃悠悠卷食沟边上的青草，牛蹄溅起乌黑发亮的淤泥……

列队待发的蓝盔维和部队恍如一片海洋，她从中走来，恬静的笑脸越来越近，目光投向他，流露出崇敬的神色。她的头部僵硬地搭在洞壁上，浑身浮肿，胸前敞开，皮肤显现出暗紫色尸斑。

婴儿啼哭。晃动的声音在呼喊：还活着，她还活着，是个女婴。宁灵的眼睛睁开一条缝，黑漆漆眼眸灵动。

无数个记忆场景碎裂闪烁，繁若星河。

最后，这些纷乱的记忆渐渐隐去，唯独当中的一个越来越清晰，充斥了顾天云的意识：

他身穿潜水服，沿着湖岸的峭壁往水下深潜。大弯峭壁上布满被湖水侵蚀的孔洞，一群群小鱼不时从洞中游出，偶尔有几条大鱼在他附近游动，像在监视他的到来。岩石间生有茂盛的水草，成千上万条鲤鱼聚集在水下裂谷的缝隙。石与石之间形成一道天然的拱门。

他游过拱门，仿佛进入另一个世界。几条鱼游到离他很近的地方，和他对视后慌张离去，在鱼群中引起一阵骚乱，但很快又恢复平静。不一会儿，又有几条不同的鱼游过来和他对视，然后平静地游开。当鱼儿与他对视时，他感到它们仿佛有思维，前几条鱼发现他不是同类，回去报告后又来了几条鱼察看。似乎从他的眼神中，看出他没有要伤害它们的意思，也就镇定自如了。这些水下鱼群十分聪明，避开渔网，在这里繁衍生息，延续它们的种族。

他很想脱掉潜水设备，加入到鱼群中，在水下自由自在地生活，与它们进行无障碍的交流。水深约二十米，光线昏暗。峭壁一直往下延伸，底下是无限的黑暗，黑沉沉的深渊。他感到莫名恐惧，似乎听到从黑暗深处传来微弱的气息。深渊下充斥着无数密密麻麻不可见的生灵。

继续深潜。一种强烈的吸附感从深渊传来。冰寒、撕裂、尖锐的感受掠过心灵深处，犹如在极深的黑暗中有某种东西在牵动他，产生强大的吸附力，让他的感知聚拢过去，意识仿佛揉碎的铁屑被磁铁不断吸过去，被一丝丝抽离到极远处，快速吞噬。

他挣扎着与之对抗，疼痛感袭来，失重晕眩。最后，一切蓦然寂静无声。

似幻似真，嘶啦……好像什么东西穿过他的五脏六腑，透体而出，灵魂被无形地抽走似的飞速远离，让他产生巨大的空洞缺失感。一瞬间，他似乎看到无数条光线如闪电迸发，神经剧痛至极，他无法阻止强光的透射。

在失去意识的瞬间，他感知到另一个自我。

“他”被带离他的身体，瞬间消失在黑暗深处，急速没入深渊——无尽绝望的深渊。

第 8 章 灵魂之井

家属大院，午后。

宁灵搬了小木凳独自坐在院中，怔怔看着大门。

自从爸爸离家后她就习惯这样，每天必定在固定的时间坐在门前看上半晌。她难受时就哭泣，但她不哭出声，任凭泪水唰唰地流。她也不抹泪，就盯着门板，一坐小半天，家里人谁也不敢去招惹她。

这小妮子才三岁，却像个小大人，心里什么都明白；但她的脾气犟起来也倔，顾芳和顾老都拧不过她，只得由着她使性子。

郭海轻手轻脚走过去，拿了些桑果放在宁灵旁边，怯生生地说："妹妹，我用盐水漂过了，干净的，吃一嘴可甜了。"

宁灵抬手把桑果扫落在地，一脚一脚地踩碎，乌红果汁四溅如血。她眼泪汪汪，冷冷地瞅他，抿着嘴一声不吭。自从学会说话以来，她就没主动和他说过一句话，就像天生的仇家。

郭海心头发毛，不敢再打扰宁灵，自个儿灰溜溜回屋。

耿卫在屋里扎马挺腰，手握毛笔，屏息静气地书写蝇头小楷字。顾老认为这个外孙心野气躁，每到周日就规定他必须写正楷，横八竖十，规规矩矩地写满三页纸，以磨炼其心志。

郭海拖出书箱子，拭去蒙尘，开箱逐一整理书籍。

他估摸着类别把书放到书架上。工具书、文学、哲学和科学类，各种各样的书，一本本大部头看得他头疼。还有许多外文杂志，几大本工作和读书笔记。郭海翻开笔记本扫眼父亲那熟悉的字迹，心头莫名一紧，他没细看，急忙将笔记本塞到书柜最上层的角落。

一阵阵惶恐不安，他强迫自己不去想父亲，不想那些可怕的往事。

恍然间，郭云山怀抱那个身穿民族服饰的怀孕少女的身影在脑海中一闪而逝，让他心灵战栗。不是真的，那不是真的。他心里固执地认定这些都是假象。他十一岁了，初步懂得幻觉和梦境的含义。他把意识里隐藏的怪异归结为噩梦，不愿深想，更不敢想，尘封在脑海底层不去触及。

“嗬！”耿卫吐气大喝。他终于写完规定的字数，另扯过张宣纸铺在书桌上，换了支大狼毫蘸饱墨汁，按在宣纸上，“唰唰”地挥毫疾书。郭海凑近去看，见他写出狂草大字：明犯强汉者，虽远必诛，害我亲人者，血债血偿！

浓墨淋漓，耿卫写了个龙飞凤舞，运笔如刀，好似领兵百万杀气腾腾的大将。郭海不禁鼓掌称好，心生崇拜。耿卫啪地扔笔，心头舒畅，总算长出一口遭小楷字憋坏了的闷气。“走！我带你去耍。”他抓了个玻璃瓶塞给郭海，抄起两只水桶风风火火往外走。郭海赶忙跟出去。

“鬼跳、鬼跳的，蹦去哪里？”顾芳和保姆买菜回家，差点儿被两个愣小子撞了，才问了声，两人已闯出门不见了影。

湖边芦苇荡附近的柳树林。一截枯木头挪开，露出一堆不同寻常的沙土。土质细腻黏团，好似垒砌的一座沙堡。堡上有多个孔眼，当中一孔探出对黑触须，一闪缩回去，地下传来细微的窸窸窣窣的声响。

“蚂蚁窝？”郭海惊奇问。

“大黑蚂蚁，好东西。”耿卫兴奋着说，“我们来个水淹七军。我去打水，你来浇窝子，抓了蚂蚁泡酒，等我爸出海回来就可以喝了。蚂蚁酒治风湿。”

耿卫他爸是舰艇长，长年累月地巡逻在南海，绝少回家。这些年他爸受风湿病折磨，难治好，但蚂蚁泡酒管不管用，郭海有些疑惑。

耿卫拎着桶到湖边打水，一手提一桶水回来。他对着沙堡浇了一桶水，然后让郭海学着他的样子浇第二桶，他再去打水来。轮番浇了几桶水，沙堡咕噜咕嘟往外冒水。耿卫扔了桶，找来枯树枝掀开一层层沙土，蚂蚁窝复杂的内部构造渐渐露出来。水漫蚁国，这些小东西被水呛个半死，跑不利索的都堆在一起。

“找有翅膀的最好。”耿卫捻起只肥硕的大黑蚁，摘去它一对薄薄的双翅，扔进玻璃瓶。

郭海蹲下帮忙，也找出这种大黑蚁，扯了翅膀。“感觉它很疼。”他瞅眼在玻璃瓶里挣扎的蚂蚁，不禁心悸。

“你管它呢，不疼死，等泡到酒里也活活淹死辣死。”耿卫不以为然地说，“底下有蚁王、蚁后，我们抓了蚁后可以生吃，蛋白质高，有营养。”

两人手脚麻利地翻遍蚂蚁城堡，抓了黑压压的大半瓶蚂蚁。

蚂蚁命大，被扯了翅膀也没死绝。郭海忽然发现蚂蚁一只只抱团堆起来，搭在瓶壁上形成蚂蚁塔，渐渐堆到了玻璃瓶口，几只强悍的大蚂蚁沿着蚁塔往上爬，就快要爬到瓶口边缘。

“嘿！它们好聪明。”

蚂蚁尽管遭玻璃瓶囚禁，却团队合作，欲逃出生天。这种穴居的生灵虽微小体弱，但懂得分工合作。亿万年来，它们虽然天敌众多，但生命力顽强，种族一代代延续，绵绵不绝，存活在地球上的数量远远多于人类。

“还敢造通天塔，让你们尝尝上帝的愤怒，倒也……”耿卫手捂玻璃瓶往地上一磕，制造了一场蚂蚁世界的大地震，貌似坚固的蚁塔顿时被摧毁。

“哐！”水桶突然被人一脚踢飞。

耿卫和郭海惊讶地抬头看，忽见一群人扑上来，呼啦一下围住他们，没头没脑地一顿拳打脚踢。

“打，给老子狠狠打，打断腿扔到湖里。”荣天远叉着腰恶狠狠瞅着。他身边站着一个十八九岁的年轻人，叼着烟，一脸痞子相。这痞子绰号叫“三炮”，是荣天远的表亲，成天闲游浪荡，混迹于录像厅、台球房、游戏室，打架特狠。荣天远找来三炮做靠山，气势汹汹来寻仇。他捡起郭海的手杖，看准了，朝着两人的脑壳一阵猛抽。

“啪啪”几下，郭海的耳根处冒血。他闷哼着抱头在地上翻滚。

“闪开！”荣天远喝令围殴的几个跟班，以让他施展手脚，抡圆了手杖打下去。耿卫抬手挡住，粗黑的胳膊暴起一道红肿，金属手杖打了几下，打弯了。耿卫瞅准个空当，一头扑出去撞倒荣天远，抡起风车拳猛捶。

几人连拉带拽拖开耿卫，很快将他和郭海的双手反剪在身后。他们活像“土飞机”，被牢牢制住，动弹不得。

荣天远抹抹嘴角的血，跳过来狂抽两人耳光，打到手掌发麻。

“呸！烂田鸡，屄狗！”耿卫吐口血沫子喷过去，“找帮手逞能算个卵，有种来单挑。”荣天远闷不作声，狠狠踹了他几脚。耿卫骂声不绝，“狗东西，你今天找人打了，老子明天找警卫来一枪崩了你，死去见你疯狗爹，砍头妈……”荣天远听不下去，急红了眼，转身从附近的木船上抱了块压舱石，目露凶光地冲过来，举起石头朝耿卫的头砸去。

众跟班大骇，眼瞅这块沉重的压舱石砸上去，这野小子的脑壳定要砸开花。“别的，要命呢！”三炮拦住荣天远。这痞子再横也有个谱。

“砸死他，我坐牢枪毙。”荣天远咬牙发狠。

“闪开，哥来收拾他。”三炮推开荣天远，溜到耿卫身前咧嘴说，“小子，横呢啊，知道哥的名头不？为啥叫三炮？”

耿卫睁着肿胀的眼皮，怒视不答话。

“哥喜欢耍妹子，耍鞭炮，过瘾。”三炮从兜里掏出几个电光炮，眯了眼，掰断一根，把黑火药洒到玻璃瓶里，拿烟头点燃另一个鞭炮扔进去。“嘭！”火光迸发。玻璃瓶里的蚂蚁被炸得粉碎，在激烈燃烧的火药中化为灰烬。这种特制的鞭炮威力不小，炸得玻璃瓶迸开裂纹。三炮拿个鞭炮塞到耿卫手里说：“小子，你有种挨我三炮，我服，立马放你们回家找娘吃奶。”

“来啊！老子不怕。”耿卫手捏鞭炮，脸色不变。

三炮嬉笑着点燃鞭炮。引线“哧哧”冒烟燃烧。耿卫眼皮不眨，瞪着眼。郭海大叫起来。“嘭！”一声响，鞭炮在耿卫的手中炸开，手掌熏黑，虎口震裂流血。

“呦呵，不错嘛！”三炮又摸出个鞭炮，“张嘴，有本事叼嘴里来一炮。”耿卫咬紧牙关怒视。三炮上前一步，却是反手捏住郭海的腮帮子，将鞭炮硬塞进他嘴里，拿烟头去点。

耿卫大喊：“冲我来。”

“来吧！英雄。”三炮得意地哈哈大笑，拿了鞭炮递过去。

耿卫低头把鞭炮咬在嘴里，看着引线被点燃，在他嘴边直冒火，火辣辣的灼烧嘴唇。

郭海挣扎起来，恐惧发抖，不禁哭泣出声。

“哭个屁，忍住……”耿卫从牙缝挤出声音，话未说完，被鞭炮爆炸声割裂。他的嘴唇被崩裂了块肉，舌头麻木，口水混合着血，淋漓流淌。

围观人哈哈大笑着叫好。荣天远拍打耿卫的脸，嘲笑说：“让你嘴臭，嘴壳子硬，吃火药吧你，兔子嘴。”

耿卫的整个脸麻了，骂不出声，突然飞起一脚踹向荣天远，蹬他个踉跄。

“炸他，炸死他……”荣天远怒吼。

几人死死按倒耿卫，把他的头按在沙土上。

三炮狞笑着，摸了个鞭炮塞进耿卫的耳朵洞。

“不要……”郭海惊恐大叫，“耳朵会被炸聋的，住手。”

“不要，住手？你还真疼你哥。”三炮吸口烟，捻了烟头去点引线。

陡然间这痞子的手指发颤，停顿一下，右手忽然握住烟头烙在自己的掌心，发出“啊啊”的惊叫。同时间，其他几人如中魔咒般忽然怔住，不知不觉地松开手。郭海挣脱出来，猛地推开压住耿卫的人，拉起他跑。

这群人呆然片刻，随后清醒过来，拔腿猛追。

“水，下水。”耿卫口齿不清地说着，反手拉了腿脚不灵的郭海，冲出柳树林，跳下湖堤，在沙滩上一路狂奔。跑到水边，耿卫几下扯了衣裤，纵身跃进湖里，一个猛子游出去一大截。

郭海忽然刹住脚，看着碧绿的湖水，脸色煞白，转身钻进芦苇丛中躲避。

荣天远冲到岸边停下，瞪眼看着耿卫沉浮在水中，愣是不敢下水去追。

耿卫在湖里就是个水怪，十个人都降不住他。以往几次，他们追着耿卫跳下湖，都被他按在水里打得满头肿，之后就再也不敢下水跟他拼了。

荣天远没处撒气，捡了石头扔过去，石头啪啪落在水面上，够不到耿卫一根汗毛。

“我们去找瞎眼狗。”荣天远恨恨咬牙，拨开芦苇，四处搜寻郭海。

三炮赶过来，不知厉害，甩了衣裤扎进湖里去抓耿卫。

眼瞅三炮游近，耿卫的双脚像海豚似的一摆尾，身子灵巧地钻到水下。过不多时，三炮猛地一沉，被他拽到水下，扑腾几下没了影。等再浮起来，三炮双眼翻白闷晕了，耿卫从后面勒住他的脖颈，挥拳猛砸他的头脸。一顿暴揍，打得这痞子的鼻梁骨断裂。

岸上，郭海被从芦苇丛里拖了出来，一堆人围着，噼里啪啦猛打他，泥浆四溅。

荣天远拽了郭海的右腿，搁在一块礁石上，“小瘸子，踩断你这条好腿，滚去坐轮椅。”荣天远凶狠地抬起脚，重重踩踏郭海的膝关节，郭海发出凄厉的惨叫。

耿卫拖了昏死的三炮，把他扔到沙滩上，闷头冲过去，猛地撞翻荣天远，捏紧双拳压上去。他就只揍荣天远一人，也不管自己的身上挨了多少下拳脚。

一顿乱战。

附近的村民赶来拉开这堆娃子。他们满身泥沙混合着血，伤在哪儿都不知道。荣天远缺了两颗牙，口吐血沫子，滚在大人的脚下哭喊：“他骂我爸，我跟他拼了，呜呜……”

耿卫的脸肿得可怕，面目全非，但他骂声不绝：“赃官，杀人犯，疯狗，害死小海一家人，害死了我舅妈。呸，烂田鸡，老子一辈子打你，见一次抽你一次。”他还要伸脚过去踹，被村民架开。

“不关我的事，我什么都没做。”荣天远瘫软在泥地里失声痛哭，“我爸妈都死了。我没了爸爸，没了妈妈，我是孤儿，求求你别骂了，别说了。”抑制不住的眼泪急流，荣天远浑身颤抖，脑中闪过那一幕：父亲倒在街上，母亲头扎利斧，血，殷红刺眼……那是他记忆中永远摆脱不掉的梦魇，刻骨铭心。

暑假的一天。

阳光斑驳，透过窗帘照在书桌上。

郭海专注做着暑假作业，他在做语文题时遇到个生词，拿了词典查看。作业完成，他心头忽而一动，查阅词典上对“灵海”的词语解释。

他想知道这个词语代表着什么含义。

词典上“灵海”的释义有两个：一、脑海；二、大海（古人以为海中多灵怪异物，故称。《文选·木华〈海赋〉》：“於廓灵海，长为委输。”刘良注：“灵者，言其神灵多怪异也。”）

郭海怔怔地看着词典，有些想不明白，人的大脑怎么会与大海联系在一起？什么是灵怪异物？灵海不是在地下隧道深处吗？正想着，他忽然看到词典上的一个个字扭曲变形，微微振动起来，就像透过波动的热空气看到的景象。

悚然心惊。

他抬头四处张望，惊见房间里的物体都在波动变形，投映在书桌上的光斑浮动，窗帘扭曲，墙壁就像风吹湖面般荡起波澜，天花板凹陷下来又拱上去，像哈哈镜中倒映出来的变形体。整个房间内的场景犹如活物般在无声而缓慢地蠕动，又仿佛某种透明的东西贯穿了他的视线，水波淹没了他，他看到的一切物体都在晃动。闪烁着无数微小难辨的光点，浮动在他的视野之中，化为一缕缕细丝无限延长，渺无边际，振动充斥着空间。恍恍惚惚，一条庞大的生物从记忆深处游出来，狰狞可怕，猛地扑来吞噬了他……房间里的空气轻轻颤动，很冷，他脑后一片麻木。

郭海下意识地揉了揉眼睛。忽然一切又恢复了正常，房间静悄悄的，古怪的异物和波动的异象全都消失了。

心怦怦直跳，他半晌惊魂不定。

但就在异象消失不久，他突然隐约感触到灵海的某个场景：深水之处浮动闪烁着无数微光，在微光中，悬浮着无数的人体，一具具人体上蠕动着密密麻麻的异物。僵硬不动的人，任由蛆虫般的异物附着啃噬，像死人一样。忽而，他意识到这些人还活着，发出无声的凄号，穿透黑沉沉的海水，将痛苦轰然传递到他的意识。

他感受到一种无法形容的恐怖与绝望，撕心裂肺，极致痛苦。

“啊！”郭海猛地抱住头，难受欲死。

“小海！”耿卫推门进房，惊见他蹲在地上抱头发抖的怪样，急忙拉起他坐到椅子上，“你没病吧？抖得像打摆子，怪吓人的。”

郭海喘了几口粗气，渐渐回过神说：“有点儿头疼，现在好了。”

耿卫狐疑地看着他，转而想起什么似的，手拿一本笔记本晃了晃问：“你看过这个了吗？你爸写的日记。”

“哪来的？”郭海莫名紧张地问。

“就在书柜里，我乱翻找到的。我觉得你应该看看。”耿卫递给他笔记本，表情透着异乎寻常的严肃，“在日记里，你爸写了些奇怪的事，写到你，还写到了你妈妈。感觉好怪，看得我发毛，不说了，你自个儿看吧。”

“我妈？”郭海蓦然心惊肉跳，生出不好的预感。他硬着头皮接过摊开的笔记本，阅读耿卫指给他的笔记本当中的一页文字。

父亲的字迹简练，碳素笔写的，有些潦草凌乱，难以辨识。

郭海吃力地看着日记内容：

5月16日

她在客房睡了，梦中还带着惊恐的样子。我有些担心，困惑，该怎么处理这件事？她的来历是个谜，无端出现在湖边，怎么来的？她家在哪里？但她不肯说，很惊恐，求我救救她，我还能怎么办，只有先带她回来。她怀孕了，看上去快生了，瞧她的衣服是个彝族，湖东岸的黑水村？她只告诉我，她叫阿娜俪月。动听的名字，人也很美。

“这个字……”郭海手指他不认识的“彝”字，看向耿卫。

“彝族的彝。”耿卫说，“在湖的那边，我们对面，那儿原来有个村子住着些老彝族，叫黑水村，早就搬迁没了人，村子荒了好多年。你接着看啊，你爸写在湖边救了这个女的，太离奇了。”耿卫咧了咧嘴，把后面难说清楚的话又咽了回去，伸手为他翻到下一页，“哎，你先看了再说。”

郭海赫然想起父亲怀抱身穿民族服饰的怀孕少女的场景，他顿时又发抖起来。那场景不是幻觉，是真的！他呼吸急促，不好的预感越来越强烈。

“你又怎么了，喘得跟憋尿样，到底哪不舒服？”耿卫察觉他的反常。

郭海摇头抿着嘴，拼命压制着心头激荡的不安，低头看日记：

5 月 18 日

今天我和老婆带她去了省医院，超声医学影像检查显示，她腹中的胎儿在晚孕期，约三十三周，发育良好。胎儿颅内结构显示清晰，脊柱、四肢、腹内器官发育正常，体重估计有 2090 克，但胎儿的心率过慢，仅有 93 次 / 分，血液动力缓慢，但心律齐，没患有先天性心脏病的特征。

她的情绪不稳，紧张，很怕见人，陌生的场景也让她害怕，害怕灯，害怕汽车，一直念叨着有人抓她，要杀她。精神状态很糟，她似乎受了很大的惊吓，说不能要这个孩子，是怪东西，一会儿又说不忍心，哭泣不停。老婆让我把她交给警察去处理，她吓得跪在地上磕头哀求。唉，摊上这事，不好办！

6 月 5 日

阿娜俪月越来越反常，十多天不说话，她像个哑巴只点头、摇头，目光呆滞，带着惊恐，整天闷在房间不出来。我想这么下去也不是法子，考虑把她送去收容所。今晚正琢磨着，她突然跪下说别赶她走，不停地求我和老婆让她留下，她做什么都可以，她能做家务，刺绣、织渔网、种田之类的。这些没啥，我吃惊的是，她似乎能猜透我的想法，我还没说的事她都知道，给我怪异的感觉，让我没法拒绝她，不能把她像流浪狗那么扔出去。

还有个怪事，她看见电视播放节目时吓坏了，惊恐发抖地说怪东西，怪虫子，夹杂着些我听不懂的话。开始我以为是彝话，但她的声调实在太古怪，叽叽咕咕，就像某些鱼类在水下的叫声，听着瘆人。这事烦心，藏了个大活人在家里，还不能让外人知道，往后怎么办？

6月9日

她今天忽然说她怀的是个男孩儿，生了就给我们家，不要告诉别人小孩怎么来的，不然会被水怪抓走。她还说，小孩没父亲，是水里的神灵变的，不是凡人。按道理我不该相信，但我居然有些奇怪的认同感。她说了句让我震惊的话，她知道我老婆不能生育，所以把孩子送给我们养。但这事我们从来都没跟她说过，她怎么知道的？

6月14日

我做了个奇特的梦，梦见深不可测的大海，海里没任何生物，只有无边无际的海水，可怕的感受，绝望的孤独感。我在海里不停地游，强烈渴望着想找到同伴，但到梦醒了我都没见到谁。醒来后，那种强烈的孤单感残留在心里好久，挥之不散。直到我去了菜市场，站在拥挤的人群中才缓过劲。那种感觉，仿佛世界末日只剩我一个人。在梦里我绝望哭泣，痛入骨髓的孤单、无助，比死了还难受的悲凉感觉。

一整天我都很消沉，在书房看书。一会儿，阿娜俪月忽然进来跟我说，人都要死的，以前没有人，以后也没有，空荡荡的，什么都不存在。我问她为什么，她不说了，拉着我哭。我感觉她也很孤独无助，和我有共同的感受。

6月17日

感冒，耳鸣，精神萎靡，我刚刚在沙发上打了个盹儿，迷迷糊糊。突然看到恐怖的场景，很多人体漂浮在幽暗的水底，一堆堆木头似的，但他们还活着，盯着我，向我求救，无声呐喊，灵魂像在地狱燃烧般痛苦。我惊醒过来，一脑门儿冷汗。

这一页的日记很短，只写了寥寥四行字。

郭海看得心惊肉跳，坐着不动，头脑胀鼓鼓地发晕。

“愣啥啊，重要的在后面。”耿卫等不及，为他翻下一页。

郭海按住耿卫的手，脸色惨白，摇头说：“耿哥，我不看，不看了。”

“为什么？这可是大事啊！”耿卫瞪眼，指着笔记本说，“你还没看到你爸往后写的，怀孕的女的就是你妈，怀着你，亲生的妈妈。”

“不是的，不是。”郭海忽然叫了起来，惊恐地连连摇头。

“咋会这么固执，你看嘛！”耿卫说，“男子汉要能扛事。”

郭海低头不吭声。他确实很害怕，不敢对别人说起他藏在心底的秘密，包括对平时无话不谈的耿卫也不敢说。

“哎，急死我了。干脆我跟你讲。”耿卫脾气火爆，实在忍不住。

“不要说。”郭海突然抓住耿卫的手臂，“我知道的，我都知道。”

“你……”耿卫发觉郭海的右眼呆滞异样，传来一种让他不可抗拒的感受，他顿时一窒，说不出后面的话。

郭海的声音平静下来，慢慢说：“你心里想什么，我能知道。”

他这话古怪惊人，但不知为何，耿卫忽然就接受了，相信他说的。耿卫压低声音问：“小海，怎么回事？你咋做到的？”

“我好害怕。”郭海松手抱住膝盖，怯声说：“不知道，有时候忽然我就明白了别人在想什么。我是个怪物。”

耿卫惊疑不定，看了郭海一会儿，转身关紧门，回来做了个嘘声的手势。

他轻手轻脚地推开窗子，伸头往外看了看。抓起笔记本塞进口袋，爬上窗台，对郭海招了招手，随后往外爬去。灵活如壁虎，转眼间他就沿着窗外墙壁上的水管溜了下去。

郭海愣了下，拿了手杖跟随耿卫钻出窗户爬下楼。他见耿卫利索地翻过院子的围墙，身影消失在外，没再迟疑，也赶紧跟着翻墙而出。耿卫猫着腰顺墙小跑，不一会儿带着郭海到湖岸边，下石阶，跳上一艘橡皮艇，解开缆绳抄起划桨。

“去哪儿？顾阿姨不准我们出门。”郭海心跳骤快。

“上来啊！”耿卫撇嘴说，“我们又没出大门，是翻墙来着。快点儿，趁着我妈去城里逛街臭美，我们去个地方。”

郭海上了橡皮艇，抓住固定绳。

耿卫荡起双桨，橡皮艇轻快地带着两人离岸。橡皮艇滑过湖面，迎着阳光悠悠驶向抚仙湖碧蓝的湖水中央。

耿卫使劲划了一阵。

眼瞅岸上的建筑物矮小成一条线，他停住划桨歇口气，神情激动地说：“这儿没人偷听了，快跟我说说你的事，藏着的秘密。”

郭海紧张地问：“谁偷听我们说话？”

“不知道，可能没有，但还是小心点儿好，时刻保持警惕。”耿卫凑近郭海，盯着他，“尤其是遇到你这种天大的秘密，千万不能泄露出去，要不你就惨了。”

郭海听了这话越发紧张害怕，但见耿卫兴奋地搓搓手，目露期待地看着他说：“我早就感觉你和我们不一样，怪里怪气的，你有超能力是吧？读心、心灵感应，就像×教授那样。你怎么来着，什么时候练的？”

“没练，我不晓得怎么回事啊。”

“噢，那就是天生遗传的，我没法跟着学，唉！”耿卫失望地拍了下腿，又问，“你怎么读别人心里的想法？”

“我也不太明白。”郭海迟疑着说，“不是我想的，是别人给我的，有时候忽然就来了，很快地，我一下就知道了别人知道的事。在平时，我也猜不到你们在想哪样。”

“只是被动，不能主动读心？”耿卫皱眉咧嘴说，“你的功力比×教授弱多了。嗯，可能你还小，以后会强大起来的。你要多练习。对了，你从什么时候开始有这种超能力？”

郭海想了想说：“就那次矿洞出事，我死了，感觉到医生救我，我看见我躺着做手术，身上都是血。我就像鬼，飘在旁边看着那些人，感觉好疼，很难受，后来我又活了过来。感觉就有些奇怪，有时候眼睛又酸又胀，头蒙，像打瞌睡那样迷迷糊糊的一下，我就知道了有些事。”他急促问，“耿哥，你觉得我是不是鬼？像我……从水里来的鬼魂？”他没说出“像我妈那样”这句话，心里忐忑恐慌，脸色煞白。

“吓！”耿卫伸手捏了捏他的脸，笑说，“胆小鬼吧你，哪有你这种热乎乎的鬼？再说了，世上哪有鬼？有就稀奇了。我看探索频道有一集说的就是科学家去鬼宅捉鬼的事，出动各种高科技设备探测，瞎折腾到最后屁都没捞到，科学博士一脸便秘的惆怅样。如果世界上有谁能抓到活生生的鬼，铁定获诺贝尔奖，多稀罕的鬼东西啊，还不拉到实验室，里外研究个透？”

“噢！”郭海嘘口气，茫然问，“那我怎么了？”

“就是心灵感应呗！”

耿卫说：“当然，你和你妈也稀罕。你如果被人发现能读心，也是要抓你去研究的，扒了你的脑子做各种可怕的实验，遭遇很惨。这事我懂，每个有超能力的人都得拼命藏着，不能暴露。你记住，千万别跟人说，除了我以外谁都不能说。对大舅，对我妈也不能说，这是你的秘密。”

郭海惊惧点头，颤声说：“耿哥，我……我害了人。”

“害了谁？”

“就是那个跳楼的官，虞一彬。”

郭海嘴唇发抖着说：“他，还有顾叔叔他们来病房看我，问了些话，后来他们走了。我突然很难受，晓得他是坏人，大坏蛋，我恨死了他，但我没想要害他，只是看见……感觉他动不了，浑身发麻，然后他就跳了楼。我不敢跟人说，警察要抓我坐牢，我很害怕。”

“你还有精神控制能力？牛×，这个比读心厉害。”耿卫惊讶地眨巴眼睛。

“不是我干的，可我，我……”郭海结巴起来，不知该怎么解释。

“你怕什么呀？你不说，谁来抓你？他有证据吗？再说了，虞一彬是大贪官，不自杀也该枪毙。还有，我告诉你，坐牢这种事咋都轮不到你，你又不是普通人。大舅说过，非常之人做非常之事。我觉得嘛，你有超能力，将来要做大事。”耿卫拍了拍郭海的肩膀，“你别哆嗦啊，跟触电似的，镇定，凶狠起来，让别人怕你才是。”

郭海惶惶不安，问：“将来，我要做什么大事？”

“不知道，随你呗，反正就是打击坏人，维护正义之类的吧！以前大舅还跟我说过，人之初善恶不辨，世上本来没道德的，后来维护的人多了，才有了现在的文明社会。所以啊，要我们尽量不做坏事，克制恶念，去维护……啧！这话怎么说的来着，我想想。”耿卫偏头想了会，“噢，大舅说‘关于道德，与其拷问它，不如去维护它’，大舅要我在心里牢牢记住这句话，现在你也给我记好，你有超能力，将来就是要去维护道德和正义。”

“嗯！”郭海似懂非懂，转而问，“耿哥，我们现在去哪里？”

“黑水村。”耿卫抄起划桨调整船头，朝着湖东岸划去，“你刚才不是发功知道了我知道的事吗？我们去黑水村找那口井。你妈怎么从井里来的？”

郭海心头一蹙，才稍定的心猛地又悬起来。

是的，他父亲抱着的那个怀孕的女人就是他的亲生妈妈——阿娜俪月，她是黑水村的彝族人，跳下一口井，不知怎么的从湖的东岸来到了西岸，生下他，又神秘失踪。

他是被郭云山收养大的。

郭云山在日记里记录：

7月1日早晨

小海出生在家里的客房，没发出异常的动静，阿娜俪月悄然生下婴儿，估计在快天亮的时候，比预产期提前了一周。原来准备过两天送她去医院待产，却不料她自个儿生了，全过程她没叫没喊。天亮我们过去看时，只见包好的婴儿放在血污了的床上，她人已经离开，不知所踪，事后找不到她的半点儿踪影。

她从湖里来，突然出现在尘世，生下小海又神秘消失，仿佛来自湖水深处的精灵。

郭云山去黑水村查探，那地方荒废了很久。因为地处湖岸山体滑坡带，早些年村子里的人都搬迁走了，只剩下杂草丛生的破败的村寨空屋。郭云山走访了附近的村庄，找到一位原来住在黑水村的老村民，了解到一个令他吃惊的特殊情况，关于阿娜俪月的来历。

阿娜俪月，十九岁，当年在村子里是个乖巧漂亮的姑娘，但谁都没听说她有对象，她的肚子却大了。她不敢告诉家人，在腰上缠了布条勒紧肚子瞒着。后来被她家人发现，问她怎么怀上的娃，谁造的孽。她却说她没偷人，也不知道肚子咋会变大的。她家人很恼火，狠狠打骂她，让她交代是和哪个男人做的丑事。她被打得很惨，但倔着不肯说。夜里，她偷偷跑出家门，下落不明。村子里的人都惊动起来，点了火把到处找，后来在一口老井边发现她的鞋子，一双鞋整整齐齐地摆放在地上，鞋头朝外。

鞋面上的花是阿娜俪月亲手绣的。估计她想不开，就脱了鞋跳下井。

黑水村有个古怪的风俗，死人下葬不穿鞋，鞋子摆在棺材上，鞋头朝外。

但这事另有个蹊跷之处，郭云山震惊不解。那老村民说的已是陈年往事，推算时间，阿娜俪月投井自杀的那年，离他从湖岸边救起她的那天，时间竟然隔了三十二年。

三十二年，斗转星移，沧海桑田。

讲述这事的老村民当年还是个小伙子，但对阿娜俪月的印象很深刻。看了郭云山出示的照片一口咬定就是她，说村寨里这么多年来也就只有阿娜俪月发生过那种怪事，而且下井捞人的那天他也在场，亲眼看见了可怕的事发生。

郭云山在日记里记录老村民的讲述：

井里冰寒寒的，井水在夏天都很凉手。村里的老人说那口井通着湖底阴水，那是聚鬼魂的地方，人死了，魂魄就去那里。村民不吃井里的水，只用来祭拜先人。那晚，有人不准他们下井去捞阿娜俪月，嚷嚷吵了阵。普叔还是下了井，腰上绑了绳子，抱着石头摸下水。我看着绳子越放越多，快有六七排长了，忽然乱了起来，大家拼命往回拉绳子。

我吓得够呛，听到井底下发出咕噜、咕嘟的响声，就像饿了咽口水。井口往外冒冷气，冷得我打抖。绳子也不对劲了，那头像坠了石碾子重，拉不动。大拇指粗的麻绳绷得嘎巴响，一堆人都拽不动。我赶忙过去帮着拉绳子，死抵着，手心蜕了层皮才拉起绳子。

普叔拉上来了，青脸乌嘴的，歪着头吐水，脚掌血淋淋的，崴断了筋，露出骨碴子。大家赶忙抬了他去镇上卫生院救治，后来又转去了县医院，这才救回命来。普叔说，井底下很宽，有很多乱石头，水里亮着光，密密麻麻扭动着怪影子。就像掉进了水蛇窝子，冰冷冷往他嘴里钻，骇得他发慌，脚卡在石头缝里起不来。他硬是被大家拖断了脚掌，才拖起来，肋骨也拉断了，差点儿闭过气活不成。

出了这事，没人再敢下井，就由她了。也怪，过了好些天都不见她漂起来，怕是从井底流去了阴水。

郭云山不太相信这些话，日记里写了，他带着那老村民去了趟黑水村，但找来找去，最后也没找到那口老井。

这事悬了，山野传闻不可尽信。时间隔了很久，已经找不到更多的证人和证据，不能确定阿娜俪月就是三十二年前那个怀孕投井自杀的少女，或许碰巧同名。

七十年代初，黑水村发生了一次山体滑坡造成的泥石流自然灾害。从那时开始，在灾害中幸存的村民逐渐搬走，至今下落不明。两百多个村民消失得如此彻底，让他吃惊，如果不是亲眼见到坍塌在乱草树藤中依稀可辨的土墙屋瓦，很难想象在这地方曾经有一个闭塞的村寨。

这里是抚仙湖的水源地之一，大山裂陷形成峡谷地势，峡谷内的河道延伸至湖泊。居住在峡谷的黑水村彝族与周边的人迥然不同。查阅县志，据考证他们可能是两千多年前从北方迁徙来的古羌族后裔，有独特的风俗和语言，闭门寡居，绝少和外界来往。鼎盛时期超过数千人，俨然是一座人丁兴旺的大村寨。而近百年来人口锐减，最终与外界融合至消失。随着最后那个老村民的离世，时光掩埋了隐秘，让真相不可寻踪。

就让这事过去了，就当是一段《聊斋志异》似的民间奇闻异事。我和老婆都很喜欢小海，让我们欣慰的是小海并没有什么异常之处，和大多数孩子一样身体健康、活泼可爱，我们心疼怜爱不够，视如己出。那段时间，老婆出现了病原体感染的迹象，骨髓增生和血象异常，来省医院进行AML治疗。小海四岁前都在省城伴着我们，健康茁壮地成长。回到县城，他也很快适应了郭家村的环境，直到他上学读书。那是一段美好的时光，但好景不长，老婆病逝后，他变了许多，孤僻寡言得让我担心。

我还发现他有个特别之处，他下到湖水里会产生幻觉，意识模糊，跟我说些奇怪的话。那种叽叽咕咕的古怪声调让我想起了他母亲，我胡思乱想，抛开科学常识，小海莫不是水中灵怪附身吧？希望不是，只愿他一生平安！

这是笔记本里几十篇生活日记的最后一篇，郭云山往后再也没提及此事，写的都是些矿厂的工作纪要。

“耿哥，我爸怀疑我是水里来的灵怪，不准我下湖游泳。你说，这是真的吗？”郭海回想他“获知”的这些离奇的往事，不禁问。

“别瞎猜了，我们去找到那口井再说。”

耿卫眺望渐渐靠近的湖东岸，“你爸在日记里画了张地图，我看那里应该就是黑水村的位置。以前，于叔带我去过峡谷的黑水河抓青鱼，那鱼可大了。听说以前有人用拉钩钓起过两米多长的大青鱼，那才叫水怪，鱼鳞壳巴掌大，要用斧头才砍得动。”他闲散说着，从口袋里抽出笔记本，翻到画有草图的那一页，站起来对照着地图查看山势地形。

湖水浪涌，橡皮艇忽然晃荡起来。

耿卫一下站立不稳，失手把笔记本掉进湖里。他急忙扎进湖里去捞，水花翻腾。过了会儿，他冒出水面翻身爬上橡皮艇，抹着脸上的水，讪讪说：“沉得还蛮快的，对不起啊！”

郭海张了张嘴，但没说出责怪耿卫的话。笔记本遗落湖底是个既定的意外，他心里忽然闪过这个怪诞不解的念头。

耿卫拧干湿衣服，划着橡皮艇驶近湖岸，闯入一条狭窄幽暗的山谷，沿着曲折的河道逆流而上。这条河源于山泉溪流，汇聚成河注入抚仙湖。河水比湖水阴凉，水色略深，故名黑水河。

河岸两旁，大山遮住了阳光，光线骤暗，河谷里十分幽静。

郭海回头看到后方阳光照耀下的湖泊渐渐变窄，绝美的湖水被高耸的大山关住，最终消失不见。河谷里成了另一个寂静的世界，橡皮艇带着他和耿卫，荡悠悠驶向河谷阴暗深处。

两岸树木遮天蔽日，仰望只见一线蓝天，幽谷深处阴凉袭人。

河水平缓流淌，阴森森暗不见底，深不可测。

转过几个弯，河道豁然变宽，水面上突起一些嶙峋大石，怪石林立，橡皮艇绕行当中仿佛穿过石林。树木茂密地生长至河里，树枝和枯藤横过两人的头顶，盘结交错，犹如在原始森林里形成的一座迷宫。耿卫察看着周围的环境，拨桨择路而行，像穿越隧道般越过从石崖上垂下来的一大片藤条。

山泉水从高处淅淅沥沥流下，冰凉凉洒落在两人身上，不一会儿就浸湿了衣服。郭海抹去脸上的水，有些发寒，问：“耿哥，快到了吗？”正说着忽然看到河道前方腾起雾气，朝他们迎面裹来。白雾若霜似雪，凝在水面上翻腾。

橡皮艇划进雾中，轻忽得像行在云堆里，飘荡在半空中。

雾气浓重，白茫茫笼罩着四周，看不清附近的景象，唯听到“哗哗哗”的水流声。

“这儿有地下热泉流到冷水河里形成的水雾。”耿卫的声音随着雾气飘来，“差不多快到河尽头了，我以前也就来到过这里。我和于叔放线钓鱼，现抓现烤吃个饱，还可以泡个温水澡。于叔是大舅的潜水长，探码头、打捞鱼雷、爆破、潜水探险可牛×了，还参加过南海一号行动。他喝酒也厉害，标准的东北爷们儿，每天都要整上两口，只不过年前喝了酒飙摩托，摔烂两颗门牙，张嘴说话就透风，哈！笑死我了。”

在浓雾中前行一阵。感觉奇特，天地间白茫茫的，仿佛只剩下两人和一艘船，寂静无他物。郭海似乎听到了自己的心跳，冷得牙齿发出磕碰声。雾气翻滚，仿佛无数的灵魂被困在雾中拼命挣扎，徒劳地随雾流动、消散。

橡皮艇破雾而出。

河谷尽头。树林密布苍苍，山坡上阳光斑斓，好似一个奇异的新世界。

耿卫跳上岸，在树干上结绳，拴住橡皮艇，从艇上的渔具箱里拿了夜钓用的手提式HID探照灯，一柄砍刀，一捆尼龙绳。“走吧，我们去废村探险，但愿找到那口奇特的灵魂之井，最好还能在井底找到失落的约柜，那就牛×大了，我也能获得像你一样神秘的心灵力量。”

“什么约柜？灵魂之井？”

郭海拉着树藤爬上坡，踩得地上的枯枝噼啪响。

耿卫说：“那是一个柜子，用皂荚木、黄金、黄铜和玛瑙石做成的。约柜里装着一根摩西的哥哥亚伦用过的发芽的手杖、一个金子做的罐子，还有刻了十诫的两块石板，那是上帝在人间唯一留下文字的法板，传说是上帝用指头在玛瑙石板上写成的，是最让世人恐惧的圣物，有巨大威力，瞬间就能夷平高山，摧毁千军万马，灭绝城市。在电影《夺宝奇兵》的第一集里，约柜被藏在埃及开罗神庙圣殿地下的‘灵魂之井’，井底有很多蛇，差点儿活生生吃了琼斯博士。”

郭海听得一知半解，目露崇拜，说：“耿哥，你好厉害，懂的可真多。”

“吓！这个简单，回去我给你看《失落的约柜》，你就晓得了。”耿卫挥刀拨开树藤、灌木丛，“我过生日那天，大舅给我买的书，故事可精彩了。写书的老外是个古文明遗址探险家，满世界地寻宝探险。我还有他最早写的《火星的秘密》，看了以后我就琢磨着，将来要是有天我能登上火星就爽了。我觉得啊，上帝可能就是火星人，约柜里装着上帝使者的飞行器，是一团光的能量，有宇宙最强的电能，发出闪电般轰隆隆的巨响，喷出炽热的粒子流火花穿梭太空，从火星飞到地球，教我们原始的人类使用高科技。可惜就被当成个圣器宝贝疙瘩藏了起来，藏来藏去，结果最后连他们自个儿也不知道把约柜藏在了哪里。但肯定不是电影里那样被琼斯博士送到了美国博物馆的仓库，那也太糟蹋好东西了。”

“对了，约柜放的地方有云雾积聚，跟这儿挺像的。”耿卫歇口气，眺望丝丝挂雾的河谷。

郭海疑惑说：“可我们这里又不是外国，山上有鬼怪还差不多。”

“来吧，瘸腿的小鬼！”耿卫伸出手说，“我拉你。”

郭海摇头，甩开手杖朝前蹒跚走去。

两人爬上坡，环顾四周一看，到处是密密麻麻疯长的草木，没半点儿村庄的痕迹。渺无人烟，植物成了这里的主人，形成遮天蔽日般浓绿的海洋。一条条藤蔓如蛇缠绕附着苔藓的大树，冷眼瞅着两个入侵的少年。

“哇！这还怎么找？”耿卫在树林和灌木丛中窜了阵，挂了满身的黏人草，有些茫然无措。忽然他见郭海拿手杖扒开地上的枯叶，露出老石板路的模样。“嘿，你眼还真尖。”耿卫啧啧赞叹，和郭海沿着这条石板村道往前走，顺手拾了根枯枝开路。

走了会儿，就见林子里出现些残墙烂瓦的痕迹。这里果然就是荒废已久的黑水村。

在草木横生的废村找寻了个把小时，两人一无所获，没找到那口井。

所有的屋院都破败得不成样子，野草茂密，灌木丛生，空落落的连老鼠都饿跑了，成了蚂蚁飞虫蜘蛛横行的天地。耿卫抹着汗水，有些失望。找不到才是正常的事，毕竟小海他爸也没能找到那口井。“我们去河里钓鱼吧，整条大青鱼回家，熬汤给小妹尝尝鲜。”他拉了郭海往回撤。

“我再找找。”郭海不想放弃，又在废村转了会儿。

突然他心头触动，望着一处爬满青苔的石堆，感觉有些异样。那处地下仿佛有某种东西吸引着他的心灵，有一种无声的召唤，让他泛起异常的波动感受。

“在这里，井埋在地下。”他叫了起来。

耿卫跑过来瞧了瞧，有些狐疑，但见郭海弯腰去扒拉石堆，他也跟着帮忙移开石块。清理后露出一块厚实的石板。

两人惊讶对视一眼，急忙合力去抬石板，但石板沉重难以挪动。耿卫找来一根粗木当作撬棍，和郭海使劲地连撬带推，终于将大石板移到一边。

地上露出黑黝黝的深洞。

洞口呈长方形，有双臂展开那么长，边缘围了一圈坑坑洼洼的石栏。难道这就是那口井？

“喂……”耿卫对着井下大喊。回音空洞传来，说明下面的空间很大。阴凉之气从井里呼呼冒出来，两人不禁打了个寒战。

耿卫拿了探照灯，旋转开关调到强光电源朝井下照射下去。HID 氙气探照灯的强光穿透力极强，光柱直达井底，照亮下面一片片的嶙峋乱石，有浓重的阴影在晃动。

井已经干枯，没看到井下有水的迹象，干燥得甚至没有青苔附着。

“我先下去探探。”耿卫没怎么犹豫，扯开尼龙绳绑在附近野核桃树的树干上，另一头捆扎在腰间，抄起探照灯下井探查。

“小心点儿。”郭海叮嘱他，声音透着紧张。

“没事，井下空间大，空气够呢。”耿卫麻利地攀住井边，咧嘴一笑，“就怕踩到蛇窝子。如果听到我喊救命，你要赶紧拉我咯。”他扒着绳子滑溜下井。

大概六七米的高度，耿卫很快就落到了井底的石头堆上，手提探照灯四下照射。“哇……”突然间，他发出惊呼，叫声在井底沉闷地回荡。

“怎么啦？”郭海惊骇地趴在井边握紧了绳子，准备往上拖，只听耿卫的声音传来，“没事，有个洞，井底下有个横着的大洞，里头好深。”郭海松了口气，又听耿卫说，“我去看看，你在上面守好啊。”

只见井下光柱晃动，耿卫解开绳子往井壁的一边摸去，很快，身影就消失在郭海的视线之内。

郭海紧张地等了会儿，心悸不止，忍不住朝井下大喊：“耿哥，耿哥……”

喊了一阵，回声激荡，但不见耿卫回应。郭海越发紧张不安，正想是否要跟着下井，忽见井底出现光亮，随后听到耿卫激动的声音说：“是个溶洞，天啊，我发现了个大溶洞，里头好漂亮。你下来吧，这里很安全的，蛇蛋都没一颗。”

郭海听了心落定，随即拉了绳索滑下去。

落底站稳了，他转头望过去，见井底下宽阔如房，在一侧有个大的空洞，洞里石柱林立，在耿卫手持的探照灯照耀下恍如撑起石拱桥的桥墩子。“桥洞”里幽暗深远，石头嶙峋，高低错落，层次分明，一时看不出里面有多深。

“小心，跟着我。”耿卫带着郭海摸向深洞，提醒他注意脚下，“走慢点儿，看准了再落脚。”

洞中通道往下陡斜。地势险峻，遍地凸凹不平的石头如狼牙利齿。两人走过一排排耸立的石柱，通道下到处都是被水侵蚀后布满孔洞的怪石头，枯水后干燥，石质坚硬冰凉。耿卫和郭海相互照应，扒着石头往通道下深入，就像顺着天梯往下爬，感觉坠入了个无底的深渊。幸亏石头坡虽然陡，但坑坑洼洼的落脚处甚多，就像天然的石阶，让人拾阶而下也不是太难。

爬了会儿，耿卫拿灯照射下去看见了洞底，压抑、无着落的感觉这才缓和些。

两人先后下到洞底。这里地势稍缓，空间更大了，高十多米，宽阔得像个篮球馆。他们沿着洞穴缓坡往前走了数十米，忽然有水滴落在身上。

耿卫举起探照灯往上一扫，见洞顶上倒挂着密集的钟乳石，色泽洁白，好似不计其数的冰锥悬挂在天穹飞檐上。水润若玉，一颗颗水滴凝结于石尖，灿若晨星。洞悬清泉，滴滴下落，清凉冰肌。

这个天然溶洞，富含重碳酸钙，经过地下水悠长岁月的浸润孕育出生机勃勃的钟乳石，巧夺天工，美如白玉雕成的一座水晶宫。钟乳石晶莹透明，封存着地球千万年的时光。

“哇……”两人发出惊叹。

灯光扫过四周，展现在他们面前的恍然一个神话般的地下世界。

一根根雄伟的石柱从洞底拔地而起，仿佛天宫里那雕刻精美的玉柱。

穹洞宏大，洞顶凌空高悬一条条钟乳石，形态特异，犹如凝固的瀑布，又像一串串绚丽多姿的玉石礼花，像吊灯，像玉树冰凌，像竹笋，像白玉葡萄，像珠帘，像起皱的布幔，像凝固的水波纹……千姿百态，石质晶莹剔透，比冰霜洁白，一尘不染。

“叮咚”，耿卫敲打耸立的石笋发出坚硬悦耳的声响，余音幽幽。

洞内空气冷冽，没有憋闷感，空间广大幽静。

“滴答、滴答……”四处听到从倒挂的钟乳石上滴下来的水珠响声。水滴落在地上形成一汪汪小水潭，水面荡起涟漪，在灯光映照下波光闪闪。

耿卫掬水尝了尝，咂舌说：“有点儿酸涩，泉水含矿物质比较多。溶洞的上方可能就是黑水河，水溶岩石形成的洞穴。”他兴奋不已，这可是奥妙神奇而重大的地质发现，而且他还是第一个进入不知形成多少万年的地下溶洞的人。

这个溶洞还连着许多岔洞，洞中有洞，起伏曲折，层层叠叠不知有多大。

耿卫琢磨着去哪个岔洞探索，忽见郭海走向一个石台，往台下爬去。“你去哪里？”耿卫跟过去说，“注意安全，别乱闯……”他停住口，在灯光下赫然发觉郭海的神情异常，“怎么了？”

郭海没应答，爬下石台摸索着挤进石柱之中的缝隙。

他的举动怪异，明明有宽敞的地方不去，偏要钻进那狭窄之处。耿卫急忙过去一把拉住他问：“你干吗呢？”

“那里有东西，我感觉到了。”郭海喘息声沉重，手指石缝深处。

耿卫听了毛骨悚然，他紧张问：“什么东西？”举灯照向石缝，但见缝隙深处曲曲折折，光线所及之处都是丛生的石笋，没见到什么怪东西。

郭海挣脱耿卫的手，继续往石缝深处钻去，移动迅速。

“慢点儿，别迷了路。”耿卫惊慌起来，侧着身挤进缝隙追过去。搞不清小海要干吗，但在这种未知的地下深处一旦迷失方向就要命了。他擦着石笋钻过去，紧走几步再次伸手牢牢抓住郭海，阻止他再深入。

“耿哥，你看。”郭海挪了挪身，让耿卫往前看。

耿卫举灯看过去，见一堵石壁耸立在前，起伏不平的石壁上有条狭缝。这堵石壁就像一堵坚硬的隔墙，墙上的缝隙狭窄，几乎不可进人。耿卫凑近石壁，透过缝隙看到里面是个宽阔如大厅般的洞穴，洞的中央凹处有一泓水潭，水面平滑如镜，反射着灯光。

一条古怪扭转的石柱搭在潭水上，形状丑陋嶙峋，色泽晦暗，就像一条石化了的墨黑巨龙，一头扎到潭中饮水。它的一截身躯伸出水面，扭曲盘绕着，似在痛苦挣扎。

耿卫悚然心惊，把灯光投向水潭，但见石龙延伸至水下，看不透有多长。

郭海忽然说：“把灯关了。”

耿卫愣了下，迟疑着关闭了探照灯。

灯光消失，黑暗蓦然沉沉压来，眼前的场景瞬间随之消失。

几秒钟后，视线出现了变化，漆黑的视野内浮现出光亮。石壁缝隙内的洞穴透出微光，发光源是那一泓水潭，隐隐泛白，水下似有夜明珠莹莹透亮。水潭盈盈溢满，水中发着柔和的光。那条石龙在弥漫的水光之中更似活物，神态生动欲飞，长龙吸水般浸在水中央。

耿卫定定注视着这奇景，浑身血液凝固般遍体发凉。

时间悄然流逝，他不知看了多久，猛然惊觉面前一个黑影遮住光，那影子飘忽不定，由大变小，从近至远，融进了洞穴的光亮中。他头皮发麻，赫然辨认出那是郭海的身影，不知他是怎么穿过石壁缝隙进入洞穴，去到那泓水潭处的。

郭海缓缓入水，整个人沉下水潭，只透出头。脸庞倒映水光，恍恍惚惚，仿佛笼罩在云翳水雾中。他悬浮在潭水里，仰头望过来。

可怕的死寂。耿卫浑身僵硬，手里紧握着探照灯，但没法打开开关照过去。就这样无声无息，隔着石壁透过缝隙与郭海对望，恍如梦境。

水潭中的光蓦然明亮起来。

郭海的脸色一瞬间惨白，神情变化着，似乎感受到水下的什么东西。水面波光粼粼打着漩儿转动起来，旋涡以他为中心越转越快，像要将他拖进水底。激漩中，一丝丝若有若无的水线延伸到他的脖子和脸上，灵动如丝虫般淹没了他。

耿卫心跳强烈，浑身一震，呼叫了一声。而后，忽然感到一股特异的外来意识侵入他的脑海，控制住他，让他的叫声戛然而止、闷在喉咙。那意识传递给他一个念头：耿哥，我走了，你回去吧，不要管我，不要告诉别人你知道的事。

这是郭海传来的意识，在与他告别。

耿卫惊恐地拼命挣扎，抗拒着郭海传来的意识，心想问：你怎么了？你要去哪里？

我见到了我妈，见到了我，我去找……这个意识冒出来的瞬间，郭海随着飞速转动的旋涡沉入水潭，仿佛被某种巨大的力量拖到水下不见了。汩汩水声闷响，仿佛从深水之下传来巨龙的气息声。

“轰！”如喷泉爆发，水潭激起腾腾水雾，弥漫开来。水光变色，橘黄泛红，瞬间又光芒全无，整个空间内变为一片墨黑。

耿卫在黑暗中蒙了会儿后陡然清醒过来，大叫：“小海！”

叫声回荡未歇，耿卫连连大叫大喊，往前扑到石壁上，想要抓住什么似的拍打着石壁。他手中的探照灯“哐当”摔落在地，他反应过来，在地上摸索着把灯点亮并照过去，只见缝隙内那洞穴里空荡荡的，已不见了郭海的身影，水潭平静如初，仿佛之前的场景从没发生过。

“小海……”耿卫侧身拼命挤进石壁缝隙，但他的一只右手和肩膀挤进去后却被狭窄处卡住，无论他怎么使劲都无法再往里进半分，再用力，胸骨处卡得生疼，差点儿昏过去。他不得不退出来，焦急地打量空隙位置，一连换了多种方式都无法挤进这道石壁上的缝隙，肩膀和手臂擦破了皮、渗着血。

他慌急不止，呼喊着小海，在附近找了几圈，但徒劳无功。

石壁内里的那个洞穴好似封闭的，除了这道缝隙，再没其他的入口。他在这周围窜来窜去耗尽了力气，最后瘫坐在地上几乎哭出声来，他紧紧咬着牙，自责、懊悔至极。

他痛苦难受得头脑渐渐有些不清明。昏昏然，他见手中的探照灯快速闪烁，提示电池电量不足。耿卫猛地醒悟，只凭他的能力无法解决这个意外事故，他赶紧往回撤去、寻求救援。

撤离溶洞的途中，探照灯熄灭了。

耿卫被困在地下溶洞约五十七个小时。路程长约一百二十米。这在有光线的地面上不算什么，走路只需几分钟的时间，但在漆黑无光的洞穴却是生与死的距离。他独自一人在黑暗阴冷的地下迷宫摸索，在没有丝毫光线的复杂地形中挣扎，最终走出来。任何人都觉得这是个不可思议的奇迹，包括他自己。

一个念头支撑着他的意志：活着出去，为小海寻求救援。他突破了孤独、恐惧、疲惫、饥饿、寒冷、危险交织的死亡之网。当他破网而出，站在枯井底下仰望时，看见夜空中漫天星光，横跨天穹璀璨的银河，清晰异常。

过了好久，耿卫回忆那一刻时他才意识到，他在深邃的井底不可能看到星空，最多能看见井口处的一点微光。那是他从有记忆以来第一次出现幻觉：漫天璀璨的星光、震撼心灵的烙印。

小海消失了，这是除了夜空星光以外让他最刻骨铭心的回忆。

搜救队彻底搜索溶洞，但没能找到郭海。

于鹏带了两名潜水队员通过扩大后的石壁夹缝进入那个洞穴，绑了钢丝绳，潜入水潭，在深约二十米处的水下遇到暗流。水下情况异常复杂，岔洞繁多，他们只能放弃搜寻。经过声呐仪探测，这个水潭像一根直径约七米的熔岩管道，扭曲盘绕如脐带，通向不可测的水下深渊。一直往下延伸，完全没有生物存在的迹象，水底是无限的黑暗。

物质在空间中可能出现波动。概率极小的，在空间的某处、某时发生的物质波，没有确定的位置和时间，以至不可能观测到这种情况。

茫茫然，斑斑点点的光亮闪烁，像梦幻中浩瀚的星空。

郭海潜入梦境深处。

一片混沌，他感到自己失去实体似的漂浮在水中，就像是浸在子宫羊水里的胎儿，好像听到母亲那恒定有节奏的心跳。母体通过脐带和他血脉相连，让他舒畅地漂浮生长在温热的羊膜腔内，聆听着那与心灵共振的强有力的心音。他的意识渐渐清晰起来，触摸到自我。

胎儿的皮肤富有光泽，淡黄粉嫩的肤色，脸上很多皱纹，像个老人似的，头部朝下，头上长出绒绒胎发。以心脏、肺叶、肝脏为主的循环、呼吸、消化、泌尿等器官已形成，脑神经系统发育到成熟的程度。

灵魂之井，胎儿进入母体的骨盆之中，孕育着新生。

第 9 章 意识分裂

“67 号脑神经意识投射系统终止。”

“34 号脑神经意识投射系统终止。”

“95 号脑神经意识投射系统终止。”

……

系统声陆续响起。随着轻柔悦耳的声音，仪器开启，一具具人体从中移出后自动进入医检环节。

顾天云睁开眼睛。

视线模糊，光影斑驳。强烈的失重、窒息和恶心感袭来。他看不清任何物体，意识茫然，只觉遍体冰寒，黏液在他身下急速退去。

他躺在网格状的平板上，浮出防护液，暴露在空气中。

弧形玻璃隔板滑开，平板托着他徐徐升起来。“11 号脑神经意识投射系统终止。”耳畔传来柔和之音。他被移动到医疗床上，身体被快速风干，遍体暖洋洋的，恐怖的疼痛和难受感慢慢消退，取而代之的是一种漂浮的麻醉状态，意识恍若荡漾在地外深空。

一位戴蓝色口罩的女士启动扫描检测仪，观察他的生理数值反应。

视力渐渐恢复。

顾天云转动眼珠，见四周陈列着一架架仪器，当中静浮人影。这座大型实验室的空间构成、光感、色彩搭配予人宁静的舒适感，但他莫名地惊惶不安。

“体征无异常。”女士对他轻声说，“请闭目休息，别转动眼球，容易造成体感失衡。”她的声音流畅而机械，好像每天重复说许多遍这样的话，失去了情绪。

顾天云闭上眼，昏厥感袭来，他陷入半昏迷状态。

记忆碎片闪现，但难以组织有序的逻辑思维。他仿佛沉落深海，暗无光线，一群群水生物在黑暗中浮游，窥视着他，而他却无法看清它们的形态。

良久。光芒流泻，恍如夜晚路灯下静谧飘洒的雨雾。他再次恢复知觉，猛地坐起来，视线由模糊转为清晰，他看到刘戈站在一旁。

“慢点儿！”刘戈扶他下床，“意识投射有一定的危险性，幸好您没事。”

顾天云茫然听着，抽丝剥茧般极力组织他的思维，恍惚有感。

他摇晃着走了两步，脚下失衡漂浮，仿佛从深水强压下解脱，尚未适应地面的感受，出现潜水减压病的征兆：皮肤灼热麻痒，关节酸胀，晕眩，耳内低鸣。

女士为他戴上一个医疗手环，“两天内可能会产生轻微幻觉，神经性感应失调，这些是正常反应。注意休息，能缓解症状。”

刘戈扶着他往外走，经过一架架玻璃及金属元件构成的仪器。顾天云放眼望去，见视线范围内至少有上百架仪器装置。透过玻璃隔板，他看见一具具人体浮在充满液体的仪器中，悄然无息，头部连接着感应元件。附近的仪器开启，人体传送到医疗床上，医检员进行检查。顾天云迷惑地望着，一阵激烈咳嗽，肺部刺痛。

“议事会在十分钟后举行，如果您觉得不舒服，就别去了。”刘戈语气尊敬，关切地说，“今天只是个例会，没特别重要的事，您不如回去休息。一周内，您进行了两次意识投射，有些透支过度。”

周围的人物和环境似是而非，透着无法言喻的陌生感。顾天云恍恍惚惚，如梦方醒，下意识地摸了摸头，摸到粗粝扎手的短发。

脑袋深处隐隐作痛。他眼前的一切，幻真性明显，但对外界的感受却又与现实事物一致。他察觉刘戈的相貌似乎有些异样，但哪里有异他却辨识不出来。

“您要回房休息，还是……”刘戈恭敬地问。

“去开会。”顾天云听到自己的声音干涩沉闷。他调整着呼吸节奏，往前走去。集中注意力后，渐渐缓过神。自动门开启，来到宽阔的圆弧形中庭。这里延伸出四条明亮而深远的通道。

他茫然四顾，思维有些凝滞。

刘戈启动电磁轨道车，载着他穿过一条又一条通道，如行走在庞大的地下迷宫。下车后，他们进入会场休息厅，在沙发椅上坐下。刘戈问："您要喝绿茶，还是红茶？"

"浓咖啡，无糖。"顾天云揉着眼窝和太阳穴。

刘戈从公文包取出一份表格和笔递给他，转身去饮料提供点调制咖啡。

柔性光子表格的标题为：脑神经意识投射行动报告。分门别类的格子用于填写行动人的代号、机构、行动日期等，及简述行动经历。

顾天云手握感应笔沉思，闭目陷入回忆：在水波晃动中游动的鱼群，通过一道天然石拱门，水下深渊，无尽的疼痛……蓦然，一个沉稳的声音从脑海深处浮现："清除任务失败，立即转为执行下一个任务……终极行动，内容密封在盒子……"

脑神经剧痛振动，指令来自深层意识。

他悚然心惊，睁眼四下打量。身旁没人对他说话。

厅内安静，附近在座的两人在品茗。当中一位面皮白净的中年人微笑着看过来，点头致敬，举止斯文貌似学者。顾天云收回目光，惊疑不定。

什么终极行动？盒子？如果这是军事术语，"盒子"代指信息处于密封状态，尚未激活。什么时候？是谁传达给他的密封任务指令？激活条件又是什么？指令为何不完整？他陷入苦苦思索之中。

"议长阁下！"顾天云被声音惊醒，见那中年学者走近对他打招呼，"抱歉，我能和您聊几句吗？希望没打扰您。"

"请坐！"他抬手示意对面的空位。说话间，脑中那些杂乱无序的意识迅速消失一空，思维恢复正常。他怅然若失。

中年学者说："您可能记不得我了。我姓林，林正清，是天文与空间科学组的成员。七个月前，您到我们研究室视察，提过十分有益的指导方向。"

"林教授过誉了，我是外行，谈不上指导。"顾天云微笑说。

"是这样的……"林正清教授沉吟说，"这半年多来，我们拟建宇宙智慧矩阵模型，除了探测银河系中智慧体的标记物，也在探测行星生命灭亡后的遗迹，有了重大发现。初步证实，银河系内行星生命毁灭的现象十分惊人，消失的总数超过了两千。这是今天我要呈给议事会的科学报告。"

"好的。"顾天云应声。

"我想向您请教个事，但不知是否涉密？"

“请说。”

“这些数目庞大的行星生命毁灭，共性特征明显，几乎毁于同种方式，很难不让人产生这样的疑问。”林教授迟疑着说，“它们是否都是遭受到同一个……一个隐藏在银河系的终结者的摧毁？智慧体的终结者。我只能这样说，也许还有其他更准确的表述方式。”

智慧体终结者？顾天云茫然发怔。“黑镜”这个特定的词赫然闪过脑海。

“如果事关重大，不便说明……”林教授踌躇着又说，“但近期，研究组因为不断发现异常的探测结果，大家都有些担忧，如果高层能给出正式的解释，也许对安定人心有利。”

顾天云点头沉默不语。

“很高兴您接纳意见。”林教授告辞离开，言谈举止很有素养。

顾天云恍惚了会儿，听到刘戈说：“您的咖啡。”他回过神去接咖啡，突然见手中的表格上画了个潦草的图案，他手拿感应笔，但不知什么时候画上去的。他看着图案不由得心惊，把表格揉成团扔进垃圾桶。

参会人员陆续进入休息厅，纷纷对他投来致敬的注目礼。

大部分人沉默地走着，看似心情沉重、压抑。安德森与身旁的人边走边谈着话，侧脸对他看过来，点头微笑。顾天云注意到安德森的头发花白，心有触动。他站起来随众人穿过休息厅，经过设有身份识别仪器的通道，进入椭圆形会议室。

谢尔盖出现在休息厅，从垃圾桶里找出顾天云抛弃的表格展开查看。

线条凌乱地勾勒出一个反漏斗图形。狭窄上端的线框内点了一些密集的点，画了一道拱形弧线，往下开口宽阔，线条一直延伸到边缘，底部画了一个孤立的小立方体，像个盒子。谢尔盖看了会儿，把它折叠收进衣袋，前往会议室。

会场内。

顾天云扫视一圈，见安德森拉开一个玻璃隔间坐进去。一个独立的，形似电话亭的透明隔间。安德森进去后掏出个金属盒，从盒里取出烟丝，按在烟斗上点燃，叼着烟斗喷云吐雾起来。

烟雾迅速被抽走净化。安德森脸上露出惬意之色。

参会者纷纷落座，共十三人，康妮、戴维、库克、马丁、霍顿、利夫尼、冈山……谢尔盖进入坐下，隔着会议桌，目光如蛇，瞥他一眼。

顾天云莫名心惊，脑神经陡然剧痛，意识再次凌乱恍惚起来。

“尊敬的女士们、先生们，中午好！我是诺兰·汉考克。新任的科技部发言人。”发言人汉考克的唇须剃得光溜，话语流利地说，“我接替卡尔先生的职位。卡尔患上轻度自闭症，需要疗养，祝他早日康复，希望我不会步他的后尘，要知道，我可是个万事随心的乐天派。”

汉考克做了个自嘲的表情说：“近期科研成果喜人，首先，制造出了行为像肌肉的外骨骼，能让机器人走路呈现类似人类优雅自如的步态，将这种机械外骨骼接到我们的手臂及足踝上，可降低87%的行动耗能。这是中老年人的福音，让搬运工偷懒的好伙伴，或者在未来能出现步履潇洒的机械战警。

“其次，二维超颖材料构建成功，用光刻法限定的单晶银纳米结构生成双曲线超表面，通过双曲面操纵光，从而拓展光子电脑的升级领域……似乎没多大价值。不用多久，我儿子的游戏机又要换代了。顺便发句牢骚，电脑升级无限，但每次总是从我有限的薪水里扣除开支。科学家能否干一票大买卖？一次搞定，终身无忧。

“第三，关于液态金属。电场控制测试第一阶段顺利完成，结果皆大欢喜。金属变形速度到达预期值，可进行智能操控，做出优美迷人的柔性运动。这种液态金属自行机器人，最小尺度为36微米，能站在发丝上跳芭蕾舞；最大215厘米，是NBA强壮大个中锋，比我还高一头，这仿佛是未来战士的前奏，面对这种彪悍的人类超级杀手，我心怀惊恐，发出敬畏而期待的目光。

“第四，反物质推进器的尾部反射镜耐光压、耐高温问题已彻底解决，能承受强大的光压和超过30万开的高温……”

汉考克口若悬河，快速解说了七八项最新科研成果。会场内众人默然听着，皆目光游离，面色阴郁，一片死气沉沉。

安德森抱手，叼着烟斗，心不在焉，仿佛沉浸在另一个世界。谢尔盖手搭桌面，大拇指挤压食指关节，机械地重复这动作，发出咔咔的微响。

汉考克视而不见听众的冷淡，持续说了十多分钟，忽然清清嗓子郑重其事地说：“下面我宣布一个重大消息，上述研究成果与之相比，完全是小孩子玩泥巴。”他露出兴奋的表情，“实验组成功完成了病毒的双缝实验。先生们，令人震惊啊，谁知道这意味着什么？”

没人回应，在座的人连眼皮子都没抬。

顾天云头晕目眩，两耳嗡鸣，只感到汉考克的声音飘在耳畔，忽远忽近，脑神经犹如核聚变剧烈反应。他几乎撑不住要摔倒，意识如被撕碎，处在分裂状态。

面对冷场，汉考克自顾自地说：“这验证了病毒也具备波粒二象性。从某种意义上说，病毒算是生命体，它或许存在意识。通过光镊技术，把50纳米大小的病毒振子束缚在光势阱中，通过光驱动冷却到基态，从而制备出叠加态。实验人员下一步计划用激光清除处于死态的病毒，无数次重复后，也许能消除叠加态。它玩不了捉迷藏，不再因为观察者而改变，只剩下活的状态。如此一来，在实验室里狭小的量子世界，我们可以获得一个永生的病毒。”

“永生的病毒？”库克问，“能证明什么，人也是波粒二象性？”

“也许吧。”汉考克耸肩说，“先让科学家搞定这个微小的病毒。挺难的，病毒的量子态多如牛毛，仅振动模式就有近五千万个，需要在绝对环境下处理，量子涨落对病毒的波函数的相位有重要影响。另外，宇宙中无处不在的暗物质也造成……”

库克不耐烦地问：“将来能否造出量子态的生物？”

汉考克说：“理论上可行。如果定义病毒的宏观尺度为10，一只薛定谔的猫是30左右，一个人是99，当然，要达到人体的实验阶段，还差很多量级，很多，很多，就像滑板车到太空飞船的差距。天知道，在我有生之年能否看到量子态的人是什么样的。”

“又死又活吧！”马丁嘲讽，“他活着，就像死了一样，古堡幽灵。”

这话像石子扔进水潭激起微澜，气氛活跃了些。戴维说：“理论上我们都是量子态的人，只不过自我没感觉。”

霍顿讥笑说：“我们‘嗖’地同时通过两条缝隙，在时空显示屏上露出明暗相间的鬼脸，全宇宙都是叠加态，见鬼了。”

声音渐弱，会场再次沉入之前的“死态”气氛。

汉考克环视一圈，神经质地努了努嘴说：“最后，总要说点儿坏消息。上周五，观星者探测器走到了生命尽头。它通过空间折跃到目标位，但由于重组物质不完整，坠落在Gliese 581 d上冰寒深广的海洋中。唯一可确认的是这颗‘红色地球’确实位于生命适居区，适合我们移居栖息。引力稍大，将来我有机会过去，要比在地球上重两倍，接近两百磅的大胖子，噢，天啊！”

“有受攻击的可能吗？”康妮发问。

“来自 Gliese 星人的攻击？”汉考克摇头微笑说，“尊敬的康妮女士，可以确认那颗行星上只有海洋生物，低级的，密密麻麻一群群，藏匿在冰层下，它们甚至没能进化出视觉器官，没法仰望 Gliese 星上暗红色的天空。”

“如果造出最快的载人飞行器，要多久才能到达距地二十光年的 Gliese？”

“四十至六十年。但要制造四分之一光速的运载飞行器，我们面临的最大问题不是技术难题，而是资金问题，那可是个惊人的数额。大家都知道，仅是这里花钱如流水的庞大开支，已经让财务捉襟见肘了，且不说，外面还有几十亿纳税人不停责难政府关于这块神秘开支的去向。在民众眼中，我们就是藏在阴暗山洞里的吸血蝙蝠，在信息密封状态下，没人认识我们这些地球守护者。”

“泄密事件让人头疼。”冈山悻悻说，“某些科学家总是管不住他们的嘴，因为强烈的发表欲和所谓的正义感。也不想想，一旦泄密，将会导致社会决堤般的崩溃。”

“冈山先生，你认为该怎么解决？”康妮说，“上次你提交的信息传播遏制议案，和历史上以上帝的名义复仇的‘天谴行动’有什么实质区别？”

“难道任由他们胡言乱语？”冈山的脸色不善，“外界传闻外星人将大举入侵。每个月，至少发生数十宗非法向外发送地球信息事件，那些该死的行为艺术家使用反中微子发射器，向他们认为的外星智慧体聚居地发送强力信息。据统计，至今已经超过两万条。在未来十年，这些广播出去的带有核聚变特征的信息，足以对我们构成重大威胁。”

“这就是你建议动用公权力，干掉每一个泄密者的理由？”康妮质问。

冈山正要回应，汉考克抬手说：“对女士请保持风度。另外，请让我把今天该死的发言完成。”汉考克露出事后你们爱怎么争吵悉听尊便的表情。

“对不起！”冈山对康妮鞠躬致歉。

“关于地外智慧体，随后由林教授讲解最新天文发现，也许能让大家对银河系中的生命有全新的认识。”汉考克摊摊手说，“第二个坏消息……脑控系统研究彻底停顿了，新一代脑控仪难以实现。这也意味着在近几年内，我们只能依赖于简陋的脑神经意识投射系统探寻黑镜。”

顾天云听到“黑镜”，从半昏迷状态中清醒了些。

“脑科学研究组发现令他们绝望的情况，意识解析远比想象的复杂，怎么描述呢……意识量子态系统嵌套着多层子系统，每深入探索一层，都繁如星系运行。一层嵌一层，就像无休止的俄罗斯套娃，让我们穷尽所能也开启不尽。不能建立大脑意识量子态系统模型，无法破解其稳定的机理，也就无法实现全面的意识控制。”

话音刚落，玻璃隔间传来噼啪掌声。安德森拍手说：“感谢上帝对人类的偏爱，我们都是上帝的子民。”

“也许我们更应该感谢‘意志’的顽强，这是一道坚不可摧的人脑最后防线。”康妮说，“脑控相对应控脑。各位有谁希望被一台冰冷的仪器彻底控制？思维被约束、改写，意识赤裸，脑袋中每个角落都遭人窥视……即使我作为监控者，也认为这是一场可怕的灾难。”

利夫尼说：“难道任由世界变成猜忌、自私、虚妄而邪恶的失乐园？看看外界，漫天的网络接点，妖言惑众。当人们以自私的个体传播信息时，谁能分辨这些信息的真伪？一个假信息，或恶作剧式的小伎俩被无度扩大渲染，就能酿成大祸，让法律蒙羞，司法、秩序、道德铸就的防线在信息泛滥的冲击下溃如决堤。如果脑控仪研制成功，也许能滤去这些肮脏浮杂的意识泥沙。先进技术手段就像武器，适当合理使用能发挥……”

“任何恶劣情况都远远比不上控脑技术。”康妮说，“意识可控，记忆可复制、传输的那一刻，属于人的最后一部分将宣告灭失。那将是人类精神被摧毁的极端邪恶时代。”

“嗒、嗒……”安德森拿烟斗敲响玻璃。“请两位女士注意！会上做无谓的辩论有何意义？”安德森看向顾天云说：“议长阁下，你就坐视不理？”

顾天云反应迟钝，抬手捏着额头，露出痛苦之色。

“看起来，你这次的意识投射后遗症挺严重。”安德森关注着他。

顾天云摆手示意汉考克继续发言。

“说到哪了？”汉考克停顿一下说，“噢，还有最后一个坏消息，人工生物智慧的开发也遇到瓶颈。约十三个月，仿生智慧体没有突破性的进展，被一条隐形的障碍线约束，它的智慧值局限在三百以内。目前，研究组找不到跨越障碍的有效方法。”

“三百的智慧值？远超越人类的极限了吧？”库克表示怀疑。

“智慧评测体系太死板，意义不大。一些影响世界的巨人不见得智慧有多高。”安德森发出浓重的鼻音，“嗯，我只比平均值高七个点，距离天才还差一大截。”

汉考克说：“伯恩教授认为，在数值一千以内的都属于同一阶层。要迈上高阶智慧，除非我们能突破一万，上至十万级的数值。”

“十万？”冈山惊讶说，“黑猩猩与我们的对比值为 55 比 100，智慧差异体现很大了，十万的智慧值是什么境界？”

“我的神。”安德森严肃地应答。在座几人发出笑声。

“OK！我的任务结束。”汉考克搓搓手说，“各位有何疑问，想深入了解哪项研究，可以前去科学中心科普，以及进入相关实验室与负责人探讨。下面的时间交给林教授。”

林正清教授和助手走进会议室。

两人略带拘谨地做着报告前的准备，年轻的助手拿出视镜盒发放到在座众人面前。

“不用。”库克摆手说，“戴这东西不舒服，直接看投影就行了。你第一次来做报告？”

助手收起视镜盒，启动全息投影仪。银河系宏大的全息图景显示在会议室中央，巨大的螺旋臂闪烁着深邃星光。

“本次报告的主题是：银河系行星生命阶段性毁灭。”

林教授说：“天文研究组的课题之一，是寻找地外生命的遗迹。探测研究银河系行星上可能曾存在的生命，且产生智慧体系，但已灭亡后的迹象……”

会场众人神色漠然地听着。

“我们将银河系划分为九十六个区域，一千个时区。”

银河系全息图上出现标注线及时区注解。

三维区域的划分从银核开始，一圈圈向外扩散开，囊括了矩尺座旋臂、南十字旋臂、黑暗物质区、人马座旋臂、英仙座旋臂……最后到太阳系轨道上的猎户座旋臂。三维区域圈类似水波干涉纹，往外扩张，越往外干涉效应越弱，区域划分不明显。

一个时区的单位为：1360 万年。

“以核纪年法测定，宇宙年龄在一百四十亿年左右，银河系约为一百三十六亿年，几乎和宇宙一样恒久。我们的银河系可视为宇宙的微缩景观，它的变化，基本能客观反映出整个宇宙的同期变化。

“以我们现有的探测方式和解析能力，可深度搜索银河系绝大部分区域，通过矩阵光谱仪和光子嗅探分析仪，到今天为止，我们在银河系共找到2137个行星生命遗迹，并以每天10至15个的数量递增。综合研究发现一些规律。我从内核区域开始讲述……”

全息图放大至银核外缘近景，矩尺座旋臂上近内的一点，扩大显示出一个庞大复杂的星系。

“这个是1号区域中的H4527J行星，在341时区。它绕行一颗太阳0.4倍质量的红矮星，处于生命适宜带，类似我们太阳系的火星。它曾经存在冷色的大气层，有富氮气体的痕迹。行星覆盖坚硬的岩石层，尚存微弱的放射性元素反应，向外散发有害射线。我们探测到一次强烈的核闪光，光子分析结果显示，属于第三类黑暗伽马射线暴，产生的伽马辐射有着特定的双峰值，与伽马弹核爆的情形类似。这颗行星的生命体系被毁灭……”

“冒昧打断你一下，教授。”戴维问，“这是多少年前的事，这颗行星生命的毁灭？”

“距今约四十六亿年。”

“请你讲点靠谱的。”戴维失笑。林教授一怔，有些不知所措。

安德森说：“直接讲结论，如有必要再深入。”

林教授点头说：“银河系中存在数量繁多孕育智慧生命的行星，但最后都终于毁灭。行星生命毁灭的方式类似，毁灭时间呈阶梯状，以银河系中心起始向外扩散，越往外，时区距离太阳系越近。而且，呈多次毁灭的迹象，以五个时区至一百一十个时区为周期性地毁灭一次，重复进行着。整个银河系的生命体系具有毁灭共性。最短的六千八百万年，最长十五亿年，这是银河系内行星生命的尺度。”

会场沉默片刻，康妮说：“地球生命超过这个周期了吧。”

“是的，太阳系是唯一的例外。在我们之外的银河系边缘区域，生命周期也短于十五亿年。”

林教授继续说：“地球生命起始于太古代。地壳稳定后，产生了生命元素，形成有机分子，渐渐凝聚为准生命体。三十一亿年前，海水中开始出现原核生物，一些原始的藻类和细菌。这些早期生命体经过漫长岁月的进化，最终出现人类智慧体系。”

“我们是银河系中活得最长的。”安德森自嘲，唇须下喷出浓重的烟雾。

林教授说："地球生命从起始以来，一直延续着，虽然历经几次物种大毁灭，但生命元素从未绝迹，我们现在复杂的躯体内仍然存有最早的生命源。以同源体来测定——三十一亿年，我们确实是目前已知银河系内最悠长的生命周期。"

"推测结论是什么？"安德森问。

"一、我们处在银河系内生命区域的最顶端，在同时区内，是唯一的幸存者。二、毁灭随时可能降临。三、也许是个例外，太阳系生命在毁灭打击之外。"林教授微笑说，"但愿是后者。"

他笑得很勉强。

墨菲定律认为，凡事可能出岔子，就一定会出岔子。如果担心某种情况发生，那么它就更有可能发生。面包掉落，总是涂有果酱的一面落在地毯上。

这些残余的第三类黑暗伽马射线暴，就是星战余晖。

它释放的能量十分恐怖，几秒钟内释放的能量相当于上万年太阳核聚变的总和，甚至高至千百倍以上。如果这种星战攻击发生在太阳系，地球就像炼钢炉中的一滴蜡，瞬间就气化。

"谁干的？"谢尔盖问。

"未知。"

"已知部分呢？"

"毁灭方式单一，几乎都类似于伽马弹核爆和反物质湮灭，向外发散短波辐射。"

"使用的毁灭性武器在人类科技范围内？"

"是的，先生。"

谢尔盖沉默，拇指继续挤压着食指关节。

"绝妙的讽刺意味。"安德森说，"我们不仅没在银河系内找到活着的智慧体，举目四望，周围全都是银河系杀手留下的坟地，一个个墓坑，多少？两千多个地外文明的墓坑，漂浮在直径十万光年的银河系，真壮观。"

"也许整个宇宙都是墓地。"库克补充说，"以银河系推测宇宙，这是1号墓地，往外是2号、3号、4号……直到宇宙尽头的N号。"

"不能做这样简单的结论，一切还有待于验证。"林教授说，"科学的三大原则：观察、推论、验证。后者最重要。无论多离奇的推论，在没经过最终验证之前，都仅供参考。"

库克说："好吧，教授，请你们慢慢去抓黑乌鸦。两千只不够，那就抓遍全银河系，全宇宙的乌鸦。”

“我们会这样做的。银河系可能存在十二万个行星生命体系，现在我们探测的数量仅为五十分之一。”林教授平静地说，“而在宇宙中，我们只是生命形式之一，视野有限。在超出我们的认知范围之外，可能存在未知的高阶智慧文明，难以探测、无法接触。”

霍顿发笑说：“这不是科学家该说的话，你在为造物者预留位置。”

“抱歉！”林教授说，“关于地外智慧文明，我个人倾向大筛选法则。在生命进化的……”

霍顿烦躁地摆手，“够了，就这样吧！”

林教授停下讲解，无奈但保持着学者应有的风度。助手关闭全息投影仪，两人准备离开。

“请继续。”顾天云举手示意。

林教授一怔，接着说：“在生命智慧往高阶进化的过程中，也许存在某种障碍，十分难于跨越的特殊阶段。这种无形的障碍阻挡了智慧体系的继续发展。我们称之为大筛选。”

顾天云感觉稍好了些，脑神经疼痛依旧，但意识逐渐清醒。

“生命形成需要极苛刻的条件。”林教授说，“比如我们，星系的运行轨道只保持在三维空间才会稳定，才有地球生命的基本生存环境。在其他维度必然发生碰撞、分裂、坍塌……因此，宇宙呈现常规和宏观尺度的三维空间，高维可能只存在于微观尺度，且存疑。其次，星系的运行极为精妙，引力操纵了一切，形成有序而变化的规律，这是生命出现的大背景。而生命适宜区需要的条件更为严苛。以地球为例，它处于太阳系中恰当的位置，温度刚好合适，使得液态水能生成，有机生命能产生。而地球轨道的偏心率为0.02，近日点和远日点温差很小，这又是地球生命的幸运。

“类似这样精妙的环境要求条件非常多，经过这一道大筛选，宇宙中出现生命的概率十分微小了，但筛选还没完。在地球上，原核细胞诞生之后，停滞了二十亿年，之后才进化成更复杂的真核细胞。这是一段漫长的蛰伏期，银河系中无数行星上的生命源都停滞在这个时期，不能突破这道苛刻的筛选。例如火星上存在的真核细胞生物，就一直没通过筛选。

“之后，生命体进化到具有智慧，又是一个极罕见的事件。地球上存在过的生物种数超过一亿种，进化出人类这种智慧体的概率小到微乎其微。

“人类智慧独特，生命却极脆弱，严重依赖于现存的环境，气候的起伏、温度的波动等，甚至地球和月球的关系稍有改变，都能导致灭亡。因此，类似我们这样的智慧体，在广袤的银河系中数量不会太多，十万的数目已是最高估计。而碰巧与我们处在同一个时间周期内的，更是稀少。毋庸说经过星际战争筛选的智慧体，数量将更少。

“以此推测，我们在银河系中是特殊稀有的智慧体。我们周围遍布冰冷荒芜的星系，曾经存在的与我们相似的文明，大都在漫长的岁月中被毁灭殆尽，只剩文明遗迹。”

顾天云手压太阳穴，低声说：“我们是孤独的，航行在时空的海洋。”

林教授说：“在碳水化合物生命类，同一智慧阶层，同一生命时间周期内，我们极有可能是唯一的。此外，就是隐藏在我们之上的高阶智慧体。”

“什么形式的高阶智慧体？它筛选了我们？”顾天云问。

“不可测。宇宙基本法则隐藏着一股不可探知的力量。”林教授说，“这关系到无生命的物质如何产生生命，如何把尘埃演变成人类。这种混沌莫测的法则可能就是智慧体的创造者。创造智慧生命，筛选生命，也毁灭生命，就像一个大过滤器过滤掉通不过障碍线的智慧体系。”

“使用那些伽马射线暴？”冈山问。

林教授摇头说：“那只是其中一道筛选。智慧体之间相互毁灭的筛选法则之一，是弱者毁于更强的能量掠夺者，在星际战争中失去生存的机会。最高阶的智慧体不一定是生命物质，它可能就是宇宙基本法则，智慧体筛选法则的既定者。筛选条件十分苛刻，最终只留下最强的智慧体，清除其他所有的弱者。”

“听起来就像古罗马的弗拉维王朝时代角斗场中的情景，皇帝、元老、主教、贵族和官吏居高临下，坐在用整块大理石雕琢而成的贵宾座上，俯视宇宙角斗场野蛮血腥的厮杀表演。”库克摇头说，“很难相信，创世主赋予宇宙这种血肉横飞的法则。”

“宇宙就是个大角斗场，适者生存。”林教授说，“有充分的证据表明，古罗马人在角斗的过程中遵循着一套严格的规则。宇宙法则也是如此，诞生—发展—湮灭—诞生，质能生生不息，就这样简单，无论一个细胞，还是宏大的星系。”

“是否可以这样理解宇宙法则，”安德森含着烟斗说，“众多智慧体被宇宙筛选的过程就像受孕，数以亿计的精虫对卵子发起攻击，最终只有一个幸运儿胜出，其他的精虫都是炮灰。”

“精虫，嘿！”冈山摇头苦笑问，“我们生活在母体之中？”

没人回答，会场内呈现压抑的沉默。“很荣幸为各位做报告。”林教授致敬顾天云，和助手离开会议室。

“请大家谈谈看法。”顾天云说。

马丁脸色晦暗，嘟囔说：“这下可好，至今没搜索到黑镜，却又出现银河系文明的冷血杀手，还有什么宇宙最高阶智慧体，神一样凌驾于我们之上？我们没被杀手偷袭，没被神筛选掉，还真是幸事。”

库克摊手说：“请无视这个所谓的神，因为神无视我们。当年，西班牙殖民者皮泽洛在去征服秘鲁的行军途中，他不会停下来注目路边的蚁丘，完全无关紧要，对吧？让这些低级生命自相残杀，自生自灭，这也许就是宇宙法则对我们的态度，完全漠视。”

康妮说：“是的，我们没必要把精力浪费在别处，把目光从宇宙深空收回来，竭尽全力对付黑镜。”

马丁神情恍惚说：“我有个感觉，创世主就在这儿，就在我们的身边。但我们不能察觉到他。”

安德森咧嘴一笑说：“出门往外走，第11层，牧师在那随时静候你的祷告。在这广袤的宇宙中，我们人类只是居住在微小岩石上的一群孤儿，但主从来没抛弃我们。”

冈山手摸锃亮的额头，发出哀叹：“未来黯淡无光，四周荒凉如沙漠。不，比沙漠更沙漠，沙漠好歹还有点儿植物和动物，我们周围却只有一片片黑暗的坟墓。刽子手在暗中窥视。”

库克说：“我极度怀疑‘黑镜’的存在，摊开说，除了在虚幻的意识投射层面，我们至今没捞到它的实体影子。这么多年以来，黑镜防御计划越搞越庞大，核心信息层层密闭，我们就像推石上山的西西弗斯，无休无止地操劳这事，日复一日地研究、探测、部署，无底洞般投入资金，无穷无尽地枯燥讨论。”

他看了眼安德森，目光转向顾天云说：“当然，你们凭借强大的经济实力，不仅能走到最后，还能从中获得最前沿的军事技术优势，发展战略防御力量。而我们，也许还没等找到黑镜，就被沉重的石头拖垮，崩溃了。”

顾天云问：“库克先生，这是你的个人观点，还是代表你方的观点？”

库克脸色微变，避开他的目光说：“仅是个人意见。我们需要获知更深层的信息，而不是只做推石头的苦工。”

顾天云沉默不语。

“议长阁下。”谢尔盖忽然问，“你这次亲自上阵参与脑神经意识投射行动，有什么收获？”

“收获了眼肌麻痹，血管性头痛。”顾天云苦笑说，“这个行动的反作用越来越明显，随着参与次数的增多，后遗症越发强烈，直接损害身体，也许到了我们该考虑终止行动的时候。”

“停止意识投射行动？”

“是的，我建议暂停在意识层面搜索黑镜。”

会场内人人神色异常。惊讶、迷惑、失望、怀疑、深思……目光交织，窃窃私语，发出嗡嗡的议论声。

谢尔盖说：“你不必参与，让士兵们去执行。”

没等顾天云应答，康妮抢先质问：“先生，难道士兵就是特殊钢材造的？他们就可以无谓地牺牲？”

“这是战争，康妮女士。凡有战争就有牺牲。你应该明白，我们所做的一切是为了什么。”

“我很清楚我们的使命。但是，牺牲要有价值，以目前的情况来分析，看不到这项行动的意义所在。我支持议长的提议。”康妮说。

“没到战争结束，谁能证明它没意义？”谢尔盖说，“一枚马蹄钉有多大价值？历史告诉我们，一马失社稷。就因为缺少一枚马蹄钉，理查三世摔下马背，败于波斯沃斯战役，他的帝国因此灭亡。”

“夸大其词。”康妮摇头。

冈山说：“我赞同谢尔盖的观点。我愿意做一枚马蹄钉，即使它没钉在查理三世坐骑的马蹄上，即使毫无价值。不知各位进入灵海基地多久？我来了五年，与外界隔绝，不清楚家人的具体情况，不知我儿子长高了多少，我也不知道母亲的身体状况。但我可以想象，往常这时，我儿子在距离我三千八百公里外的地方，坐在教室里听课，母亲和妻子在超市采购，为全家人准备晚餐。她们盼着我回家。我也希望回去和家人坐在榻榻米上一起吃饭。

但是，从我知道黑镜危机的那时起，我就意识到，为守护我们的家园，有人必然要牺牲。我有了孩子，生命得到延续，世界上没什么事比保护后代安危更值得我们牺牲。”

冈山看向顾天云，恳请说：“议长阁下，我郑重申请加入意识投射行动，作为一名士兵，在所不惜。”

马丁说：“不错，这是目前我们唯一能探寻黑镜的方式，无论是否有牺牲价值，都不能轻易放弃。”

顾天云环视会场说：“我相信，在座的各位，每个参与黑镜防御计划的人都肩负同样的使命，具备奉献精神。这点毋庸置疑。”

“包括谢尔盖。”他转向康妮说，“二十年前，他带队突进格罗兹尼市中心一所医院救援被困的友军。当时，战火让整座城市沦为一个到处是废墟的坟场，进入那里的人，面临来自德拉贡诺夫狙击枪弹的冷射，随时可能被一颗炮弹炸碎。谢尔盖历经两天一夜炼狱般的战斗，一枚 RPG 火箭弹炸断了他的右腿，他差点儿丧命，并让他至今仍然依靠假肢行走。战斗最终，他救出了幸存的队友，成功突围。这就是牺牲的价值。”

康妮困惑问：“议长阁下，你出于什么考虑做出暂停提议？”

“基于信息密封法则。我推测，意识投射泄露我们的信息，触发黑镜对我们采取连锁反应。”

顾天云拿起一支光笔描绘全息图，一个漏斗状的图案。“它表示深渊，是我这次意识投射的感知。意象模糊，我感到潜入水下，周围有鱼群，我通过一道石拱门往下深潜，黑暗处隐藏着一个水下深渊。强烈的吸附感，有某种东西牵动着我的意识，窥探我。我预感那就是黑镜。”

“黑镜藏在一个深渊？”库克惊疑问，“什么位置？在黑暗物质区？”

“它不在我们的时空，不属于我们宇宙的任何地方。”

“请表述清楚，议长阁下。”

顾天云说：“库克先生，我理解你的质疑。坦白说，我也不止一次怀疑黑镜是否存在。多年来，我们一直在搜寻黑镜，穷尽种种方式但一无所获。我们几乎探测遍了我们周边的星系，快要延伸到银河系外，仍找不到它的实体。没有光学对应体，但它又是存在的，以某种隐秘的方式影响着我们的世界，投下威胁的暗影。我们所有的努力走到现在，只剩下意识投射唯一的途径。”

库克说：“这个途径也不可靠，纯粹的虚无论。难道黑镜只存在我们的大脑意识里？”

“它就是我们的意识投影。”顾天云神态凝重，“可以推测，黑镜是我们的镜像世界，在另一个时空。两个世界相互独立，很难产生联系，除了意识投射影响，以及在某个时空接触点发生异常的引力渗透，产生难于探测的、特殊的反中微子振荡现象。来自黑镜世界的具有右旋特征的反中微子，影响作用于我们的意识。”

这话一出，众人皆惊。

康妮皱眉说：“镜像世界、多重宇宙论，科学研究已论述多年，但至今没有任何实证。”

顾天云说：“以各位的认知，及在灵海基地的知识积累，应该略知镜像世界理论，在此，我仅做个简单的概述。根据镜像世界理论，宇宙诞生之初，同时产生了另一个世界，与我们的世界沿着相对称的时间之河的方向往前各自演化……”

他持光笔在漏斗状图案的对立面，又画出一个对称的漏斗图，形态相同，相互映照。随后，他在两个漏斗的两端，画出两条表示时间轴的“河流”。

“两个世界呈超对称，时间如两条流淌的长河，世界是河上的船只，不断向前。黑镜世界与我们的时空毗邻，完全独立，却又相互作用，发生微妙的联系。黑镜，就像是与我们纠缠叠加的量子态，形成精妙的平衡。”

库克问：“它是我们的历史镜像？真实固有存在的‘过去世界’？”

顾天云说：“也许时间之河流逝的一切都是永存的，但更有可能，黑镜与我们的时空平行，互为镜像对称体。”

“手征对称性？天啊！不是这样吧？不是的……”马丁的脸色蓦然惨白，颤声重复，“不是的，不是的……”

声音如魔咒，从地狱飘出来盘旋在会场中。惊恐蔓延，人人为之色变。

康妮目光呆滞。冈山浑身战栗。安德森一阵失神，垂下熄灭的烟斗。谢尔盖搭在桌面上的手指微微颤抖。

如果真的互为手征对称性，黑镜必然与我们的世界高度相似，遵从相同的物理定律，有相同的行星、恒星和星系，同样的银河系、太阳系，相同的地球。同样的世界里有着同样的人，同样的你、我、他。

处于不同的时空，精准的对称，却又存在微妙的差异性。

“原来宇称不守恒是这样造成的。”库克发出梦呓般的声音，“黑镜干扰我们的世界，导致物理定律存在轻微的不对称……”

“天啊！”马丁叫起来，“你还有心情谈理论？他们，他们与我们是同样的人，同样的人，黑镜人，你知道，这意味着什么？”

库克没回应，抬手痛苦揉搓着脸。

“我宁愿与魔鬼为敌，也不想面对黑镜人，一眼都不想见到他们，天啊，这太可怕了。”马丁激动地挥着手。

“但愿推测有误。”顾天云说，“谁都不希望发生这种糟糕的情况，但事实往往比预测的还要糟糕。大家都明白，我们不畏惧敌人的强大，即使是面对邪恶的外星人、银河系高阶智慧体，我们都能勇于挑战，捍卫人类的尊严，守护自己的家园，为之奉献生命。但如果他们是和我们同样的人类呢？我们该怎么办？”

会场气氛惨然沉重。

“黑镜人在另一个时空里——与我们相同的蓝色星球上，生活在同样的世界、差异且共融的社会，也同样有着婴儿初生成长，读书、工作、恋爱、组建家庭，有喜怒哀乐——与我们相同的人类情感……”顾天云停顿了下说，“重要的是，他们也有与在座各位相同的安全守卫者，智力相当，战略相似，军事和科技力量相差无几。我们怎么与他们为战？”

“真绝！”马丁说，“我们遇到了可怕的‘扳道工选择’困境。”

“马丁先生，你不适合做扳道工。”谢尔盖冷然说，“对于我们，不该存在这个困境难题。假如遇到黑镜人，那与我同样的另一个‘我’，我绝不会手软。目前唯一让我感到忧虑的，正如议长担忧的，我们的对手也有同样的想法。鬼神可以无惧，但与同类死活相争，胜负难测。”

“也许不相同。”库克说，“以蝴蝶效应来论，任何细微的差异都会被无限放大。黑镜人既然在另一个独立的时空，就不太可能和我们完全相似。他们是邪恶的异类，对我们的控脑袭击就是例证之一。”

顾天云说：“研究认为，意识投射已经证明了，我们在做的，他们也在做。对准镜子举起枪，能看到指向我们的枪口，就是这种情况的形象比喻。”

康妮问：“不能与黑镜沟通和谈？”

安德森说：“尊敬的康妮女士，恕我直言，你的问题过于幼稚了。且不说跨越不同的时空沟通是个大问题，最关键的是，一旦渗透到意识控制层面上，就没法和谈，只能你死我活、相争到底。想想那些行星坟墓吧，那些充斥银河系的智慧生命大毁灭，很可能就是他们的黑镜对映体干的，我们就不用对黑镜人再抱有不切实际的美好幻想。我可不愿见到，黑镜人控制我们的手来启动伽马核爆按键，我们宁可先下手为强。”

谢尔盖说：“基于安全困境法则，我们生存的唯一途径是清除黑镜人，一个不剩。他们也会毫不犹豫地这样做，就看谁下手快，怎么下手最有效。”

“最近发现一个异常情况，初步推测分析，基地内出现黑镜可疑人的迹象。”顾天云说，“进入灵海基地，参与意识投射行动的先后约有一万人。为此安全部专门成立监控组，对部分人进行追踪观测。前段时间，察觉一个可疑人。他行为反常，异于参与行动之前。安全监测组对他进行深入监控分析，认为他可能发生了脑神经意识投射逆转，具有部分黑镜人的意识特征。”

“黑镜人入侵了我们的大脑？！”马丁悚然叫起来。

“概率多大？”康妮问。

“约十一个点。”顾天云说，“刚好超过警戒线。监测组正暗中进一步观察他的反应。”

“黑镜可疑人是谁？”谢尔盖问。

顾天云说：“出于安全考虑，该信息暂时密封。”

“我方要求解除密封。”利夫尼发起表决提议，“这是重大危安事件，各方代表有权获知信息。”

顾天云说：“黑镜可疑人目前的状况不稳定，在监控阶段，有可能发生未知因素的变化。而且，他的身份特殊，对于我们至关重要，需谨慎对待。此外，超过警戒线二十个点，才能正式确认他的黑镜身份。到那时，安全部立刻向各位公布详细情况。利夫尼女士，对你的提议，我行使议长否决权，请见谅！”

利夫尼和库克、马丁、霍顿等在座数人，流露出不满而无奈的表情。

“对黑镜可疑人事件的应急处理，我另有三项提议。”顾天云说，“一、暂停脑神经意识投射行动，密封意识信息传递通道，重新评估其安全性。二、扩大监测范围至全部人，对凡是参与过该行动的人都进行最严格的检测。三、启动全球筛查计划，尽可能地对全世界的人进行 DNA 检测鉴定。”

库克说：“前两个提议合理。但为什么要做世界范围的 DNA 鉴定？这项行动的工程量很庞大。”

“可疑人的DNA是左手螺旋，Z-DNA为右手螺旋。他的基因与我们呈镜像手征对称。”顾天云神态依旧凝重地说。

众人再次闻声色变，马丁惊呼：“竟然有DNA左螺旋的人混杂在我们的世界中，有多少人？”

“目前未知，估计不多，但可能造成极大的安全威胁。”顾天云说，“展开全球筛查行动尽管艰难，耗时耗力，但这是必须采取的行动。安全部推测，这少部分DNA左螺旋的人容易和黑镜人发生意识量子态共振，从而被黑镜人控制意识。”

冈山说：“还有右心脏的人，也应该进行彻底检测。”

“是否还要包括左撇子？”康妮严厉说，“把全世界的左撇子都抓来检测剖析？冈山先生，发言请自重，别自行扩大解读议长的语意。”

冈山脸色发青，左手往后缩了下。

“议长阁下。”谢尔盖说，“我记得你参与过六次意识投射行动。”

顾天云说：“第二条提议包括我。我放弃议长豁免权，自愿接受监控检查。建议你亲自负责对我的监察。”

“可以。”谢尔盖点头。

“休会十分钟，请各方做内部协商，随后我们投票决议。”顾天云宣布。

会议暂停中。

一种莫名的不安忽然掠过意识深处，顾天云不由自主地摸了摸左手，感觉手腕上好像缺失了什么东西。一个金属环，标刻“灵海－B1122”的金属环。这怪异的念头一闪而过。

他摸到腕上只戴有医疗手环。

轻轻一触，启动了医疗手环的智能传感全息显示：心率、血氧、呼吸率、体温、血糖、心电图、脑波监测等，实时采集他的多项生理动态监测数据。

医疗中心平台的分析系统提示，他的多项生理数据异常，尤其是脑神经元波动出现异常。健康评估值低于85的警戒线，已触发医疗手环自动警报，医疗中心系统正在为他进行远程治疗。

皮下微感刺痛。医疗手环自动为他进行微剂量药物注射，并启动紧急监控程序，提供相应的高级医疗服务。

片刻后，顾天云感到身体舒适许多，头痛、晕眩、意识模糊等症状消失，没再出现那种异常的、意识分裂般的幻觉感。

第 10 章 虚拟现实

投票决议，三项提议获全票通过，呈交审核并制订执行方案。

议事会结束，各方代表纷纷离场。“议长阁下，我们一起共进晚餐。”安德森熄灭烟斗钻出隔间，向顾天云发出邀请。谢尔盖冷眼瞥过两人，转身走出会议室。“瞧，北极熊还有嫉恨情绪，像个娘儿们。”安德森露出嘲讽之色。

“也许，我们应该叫上他。”顾天云沉吟说。

“你怎么不邀请？你知道的，我从不向他主动示好。”安德森不屑说。

“好吧，那就去我住所喝茶。野生老树茶，陈久弥香。”

“不！这次来我的地盘，我请客，滋味纯正的牛排。你那里实在太枯燥，四壁苦寒，每去一次都让我忧郁加重。”

“也好，听说你的智能家居系统先进，我有幸体验一下。”顾天云微笑点头。

两人来到居住区。刘戈率警卫布置警戒。

“芝玛，开门吧！”安德森发出指令。感应域闪烁，房门滑开。

“欢迎您回家，安德森先生。”一个柔和富有感性的女声响起。

顾天云步入这套智能居所。“这是几级人工智能系统？”他站在门厅处接受系统扫描检测。

“还没分级，只是个实验型号，我叫她‘芝玛’。”安德森说，“其实她不需要声控，她有一整套的智能动态识别系统。但呼唤‘芝玛开门’，让我有种阿里巴巴念动咒语，即将步入神秘宝藏的新奇感，以此可以缓解我止不住的思乡之念。”

芝玛检测完毕，发出温柔声音：“您的客人未携带任何武器，他的徒手攻击力预测值为76，可能对您造成致命伤害，请您注意自我防范。是否允许客人进入安全区？”

“确认允许，撤销对他的室内防御，启动对外信息屏蔽场。”

安德森对顾天云感叹说：“议长阁下，你的身体素质保持优良啊，徒手攻击力依然在我之上。”顾天云随安德森通过安全门，进入室内，“非正式场合，就别用尊称了，似乎你总要我提醒。”

这是一套简洁明朗、陈设朴实的家居。没明显的科技感，而是典型的美式乡村风格。木地板、休闲沙发、古董书柜、挂画、手工艺印花布帘……惬意自然而舒适。

落地窗外，悠然可见天地静谧的雪山湖景。雪山皑皑，湖水湛蓝。

阳光和煦风轻扬，湖岸茂密的高寒针叶林幽远宁静。

顾天云走到铺着木地板的露台上，凭栏眺望，称赞说：“真不错！我似乎能感受到湿润的湖水气息，清风徐徐，掠过雪峰带来冷冽，远看那密林中好像还跳跃着麋鹿的身影。虚拟效果很出色。”

“拟真度百分之八十一，勉强达到虚拟环境的感官标准，但距离真实的感觉还有一定距离。”安德森拉开木桌前的藤椅坐下，点燃烟斗。

“虚拟的是现实场景？”

“嗯，莱蒙湖，在日内瓦附近。”安德森喷出烟雾，眯着眼睛说，“我以前去过那里一次，印象深刻。我们划着尖木船去钓鱼，湖水清澈，有点儿冰凉。向导为我整理好鱼竿，抛进湖里，我们畅饮香醇的瓦莱白葡萄酒，等着贪婪的鲈鱼咬钩。湖岸森林安静，云朵凝固在蓝天上，勃朗峰清晰可见，那是阿尔卑斯山脉的最高峰，令人心生敬畏。”

顾天云说：“我以为你更想待在热浪滚滚的迈阿密海滩。”

“这毋庸置疑。但虚拟熟悉的现实场景有个大问题。”安德森说，“让人分不清虚幻和真实，沉湎于人造幻觉不可自拔，远比可卡因致命。”

“先生，您需要什么？”

一个女人仪态优雅地走到桌前，放下一盘水果，笑容柔和地询问顾天云：“咖啡、果汁、茶、纯净水？”

“请给我咖啡，不加糖。”顾天云看过去。

女人的五官精美无瑕，身穿简约明丽的家居服，身材匀称修长，符合人体最佳黄金比例。虽然她的表皮肌肤纹理细致入微，隐约可见毛孔、皮下血管，顾天云还是察觉出她的异样，试探问：“芝玛？”

“是的，先生，很荣幸见到您。”芝玛含笑鞠躬。

她的举止十分柔顺，动作协调，与人高度相似。顾天云微微点头。

“你是怎么发现的？”安德森饶有兴趣地问，“坦白说，我第一次见到芝玛，至少花了五分钟才确认她是智能仿生人。”

“看她的眼瞳。”

“没区别啊，她植入了真正的人眼器官。”安德森拉着芝玛的手，凑近打量，“完美无缺，一双迷人的蓝灰色眼眸，充满复古神韵。”

“但没有灵魂光泽。缺失由眼至心的交流，令我感到某种微妙的心理不适……”顾天云说着，恍然间，意识深处闪过似曾相识的意境。

“男人通常不用心灵交流，而更欣赏女人的表面张力。”安德森捏了捏芝玛的手臂，摩挲泛着健康光泽的肌肤，“她能敏锐分辨出你施加的‘情感力度’，在光脑系统控制下，做出相应的反馈动作。”

芝玛立刻温柔吻向安德森，眼眸微闭，优美的脖颈泛红，指尖轻颤。

安德森在她耳畔说：“给我来瓶黑兰姆酒，一些冰块。牛排、百吉饼，加少量的白松露奶酪，威士莲葡萄酒果冻。”

“好的，安德森先生，请稍候。”

芝玛立刻恢复正常的仪态，优雅鞠躬，步履轻盈地去厨房准备晚餐。“她做饭的手艺很棒。”安德森说，“如果你想要一份左宗棠鸡，她执行的烹饪程序，与曼哈顿东44街彭园餐厅的主厨毫无差别，甚至更出色。”

顾天云问：“她的智慧值如何？”

“约为七十五，接近人工智能的最高评测值。”安德森叹说，“这是个极限，即使拥有超强运算能力的光量子电脑，也难突破瓶颈，高智能不对应高智慧。她始终停留在物理运算模拟层面，没真的活起来，这也许就是缺失你所说的‘灵魂光泽’的缘故。”

“智慧论认为，我们只能依靠生物进化来开启人工智慧之门。”

“不错，但愿伯恩教授的研究组不负众望。”安德森摆弄着烟斗说，“这是对付黑镜的关键。我们需要大批量、活生生的、智慧超凡的爱因斯坦大脑。”

“也许吧……”顾天云沉吟说，“但对于人工智慧的未来，我深感忧虑。

不是怀疑我们能否创造出高智慧体，而是产生高阶智慧以后，将会给我们带来什么样的影响。”

“你担心人工智慧的危害？”安德森不以为然地说，“生物圈的防御机制严密至极，无懈可击，你不必过于忧虑。”

“坚固宏伟的巴别塔在神的面前也会坍塌。除此之外，还有个现实问题，将来人工智慧对社会体系造成的冲击影响，不容忽视。就以目前科技实现的人工智能为例，芝玛一旦量产投入使用，融进人们的生活，显而易见，社会将急剧转变，那是怎样巨大的影响？我们还能否像以前那样生活？”

“确实如此。芝玛只是试验品，但集合全方位的成熟科技，覆盖了工作、生活、娱乐、游戏、信息资讯、社会交互、虚拟情感……你能想象到的方方面面，智能系统都集成为一体，她能做的，都是人们需要的。她能替代绝大部分人工，以自动创造解放人力，让人不劳而获；她可以全方位智能主控家居生活，让人衣食无忧，情感欲望得到最大限度的满足。以我的切身感受来说，我用她做助理、警卫、医护、保姆、视听娱乐、VR交感……享受其中，乐此不疲，毫无节制和羞耻感。”

“高科技本身没问题，但它不能告诉我们生活的意义。社会还普遍停留在陈旧的意识层面，未来的人们将不可避免地被人工智慧奴役，步入一种比低科技时代更糟糕的绝境。这正是我所忧虑的。”顾天云神态凝重地说，“老朋友，我们除了要对付黑镜人，恐怕还得考虑如何建立世界新体系。”

“新体系？”

“建立能承载人类价值观、思想、道德的新型社会结构体系。”

“顾，你深谋远虑，还挺能说的。”安德森咧嘴笑说，“其实就是我们的新人类计划。你方打算怎么做？”

“你先说你方的计划。”

“嗯，那还得按老规矩来，看谁的拳头硬。”安德森狡狯一笑，“你我在灵海基地针锋相对了八年，头发都耗白了，我发觉还是交换密封信息这一招最好使。来吧！”

“老规矩，你先出拳。”顾天云微笑。

安德森说：“我们的观星者探测器没有坠毁，它着陆在 Gliese 行星坚硬的冰原上。最新消息，它已顺利启动物质重组。”

顾天云问：“重组什么？更大的空间折跃门？”

安德森摊手说："该你出拳了。"

顾天云说："女娲号执行的月球'人类种子库计划'行动。"

安德森摆了摆烟斗，"该信息达不到同级交换条件。说实话，我丝毫没兴趣探知你们这个行动，那是循规蹈矩的欧洲人才喜欢干的没屁用的事。"

"月球的智海 C527 坐标点有条熔岩通道，通往月球内部巨大复杂的地下管网。"顾天云说，"这是月球内部火山喷发的岩浆冷却以后，形成的一种坚硬的隧道式结构。"

"作为坚固永久的种子库挺不错，但没什么吸引人的亮点。"

"我们建了个地下基地，在六百千米深的位置。其安全性超过地球上任何的防御设施，能抵御伽马核弹的连续攻击。那是我们的第二母体基地。"

"然后呢？"

"轮到你出拳了。"

安德森踌躇了下说："我们在 Gliese 行星上重组强磁场，建造实验性的时空场共振器。"

"什么方式的时空场共振？"

"氢磁性波体系，激光系统激发磁场产生空间谐波结构，以反中微子振荡跃迁空间传递信息。"

"可以跃迁传递重组生命体？"

"理论上可行。实验过程预计要三十年，才能确认是否可以投入使用。"

"你们的空间技术令人震惊。"顾天云点头说，"如果成功，跨星际运输和移民将不再是问题。一旦与黑镜人的战争拉开序幕，未来整个宇宙都是战场，以广袤的星际空间来换取战略时间，做持久战的准备。这也是实现新人类计划的基础。"

"该你了，说说你们的月球母体基地。"

"我们的月核探测器通过熔岩管道，在深约八百千米处发现液态水，富含氦 3，十万年使用不竭的核聚变原料，足以支撑我们实施超大型的智脑计划。"

"把月球变为超级智脑中心？"安德森惊呼。

"上善伐谋。只有尽早跨入高阶智慧体系，才可能通过最终的大筛选。"

"噢！老天！你们还真敢想。"

"社会意识层次差异化日益增大，将来鸿沟难填，堵和疏都无法解决泛滥成灾的民意洪流，唯有随其自然，另建新人类社会体系。”顾天云说，“安德森先生，这是我们共同奋斗的目标，也是我们为之承担的社会责任。”

“话虽如此，但放弃绝大部分人，要下很大的决心。”

“放弃那些沉湎幻境中的人？不！是他们放弃了自己。未来必将是虚拟现实的世界，我们无法唤醒那些自我麻醉的宠物人，他们终将失去人的灵魂，沦为一具具电子宠物僵尸。”

“这就是你坚持拒绝虚拟现实技术服务的原因。”安德森若有所思。

“真实是人的命脉，是一切价值的根基。”顾天云注视过去，“接下来，我们是否可以进入深层信息交换阶段？”

安德森缓缓点头说：“可以。我上呈报告提议，让你方参与时空场共振的研发实验，包括深入协商新人类计划。”

顾天云微微一笑，“我们的智脑计划也需要你方的支持。祝合作愉快！”

“先生，请用餐。”芝玛端来丰盛美食摆上桌。

黑兰姆酒开启，弥漫出浓郁醇厚的蔗香。

“来自拉丁美洲的正宗货，原汁原味，不是人工合成物。适当饮用，能舒缓你的脑神经痛。干杯！”安德森举杯一饮而尽，“哲人说万事随心，假如生活是一杯辣烈的酒，我们不妨再要点橙片、冰块，微笑着喝下去。”

“不错，挑战可能带来最坏的结果，但也可能带来最好的。希望我们的未来不尽是黑暗。”

“这话题太沉重了，谈点儿别的。灵海基地附近有个深水湖，我希望，哪天我们能去划船钓鱼，什么都不用想，尽情享受阳光。”

“嗯，抚仙湖，那是人间至美。”

顾天云晃动酒杯里晶莹剔透的冰块，望向远方某处，“湖水清澈无杂质，深过百米。以前我习惯潜入湖底暗处，一个人待着，那时思维特别清晰。”

入夜。

顾天云回到住所，审阅文件至困倦袭来。他从书架上抽了一本书——罗德夫·加谢的《镜子的锡箔》，进入卧室靠在床头睡前阅读。

镜子有个特性：除去它光亮的反射面，能看到它黑色的背面。锡箔既是反射的可能性，也是反射的局限性……什么是虚幻和真实？透过光亮凝视黑暗的镜子，我们能看见什么？

假如镜子镀了一层“半反射膜”，就能把照射在镜面上的光束反射出去一半，另一半直接透射穿过。那么，一束光将分成两束。假如是单个光子通过镜面，也将一分为二，变成两个光子，一个反射出去，一个透射而过。按照量子理论，两个光子分开后无论分隔多远，即使远在宇宙的两端，它和它都有一种特殊的关联，它们能相互影响，一种幽灵般的超距作用。

透过黑镜，我们看到镜面上反映出来的那个世界，很可能并非是世界的真实面目。

现实、相对论、因果律、自由意志、时空……它们不可能全都正确，当中至少有一个是假象。问题是：错的究竟是什么？

思索片刻，一些凌乱的念头莫名浮现，顾天云的思维有些不着边际的迷惘，他看了看床头柜上摆放的相框，而后清空思维入睡。

恍惚如梦。飘浮在无边的黑暗中，但又和黑暗壁垒分明。光亮似蚕茧缠绕包裹着他，泾渭分明地隔开虚空无尽的黑暗。

梦境中，他失去时间感，沉在意识边缘层。

忽而，奇异的振荡掠过心灵。时空漾起一圈圈涟漪，痒麻麻振动着神经元末梢，让他微妙地感应到极远处有某种东西牵动着他，越来越强烈。意识被揉碎，如铁屑在磁场内一点点被控制着排列组合。脑海中一念闪现，瞬间又消失，一念乍起，瞬间破碎，万花筒般飞速旋转，幻象万生。

某一刻，在电光石火间他的意识被凝固住，定格在一个光怪陆离的状态。无数奇异的念头潮水般轰然侵入他的大脑。

意识重组，另一个自我意识再现。

他仿佛在水中荡漾。他感知到自己躺在床上，房间光线黯淡。他还感知到遥远的外太空，天幕茫茫黑暗，星光点点恒定，一个蔚蓝的星球宁静漂浮，沐浴着太阳的光芒，在白云缭绕中缓缓转动。

一瞬间，意识陡然收缩，他感知到宏伟的灵海基地。环形楼宇，穹顶太阳灯清亮。一缕彩光飘曳在楼宇的半空，轻柔流泻。彩光像一道雨雾彩虹，又像一股灵动缥缈的气流，忽然一分为二，呈现两条螺旋状的形态，纠缠重叠在一起，绚丽多彩……那是极光。

不知过了多久，如梦境般的场景消失。

顾天云浑身一震，感觉到了身体的存在，意识恢复。

“找到黑镜人，采取相应的行动。”任务指令在他大脑中清晰起来。

“执行方式，一、独立；二、无后援……清除任务失败，立即转为执行下一个任务……终极任务，内容密封在盒子，激活代码是 Moira、Moira……”

一个声音回荡在他的脑海深处。微弱，断断续续，意念却坚定强烈。

茫茫波动中，庞大诡异的生物游弋在眼前，触手穿过他的意识。

一块块碎裂的镜子映照出无数个意识场景：

女人的身姿闪现出来，光晕中，她发丝边缘柔亮。她在桌上摆好木质相框，偏头看着，伸手调整相框的位置。眼眸笑意盈盈，对他招手。她沐浴在光芒中拾阶往下，露台上繁花似锦……疼痛蓦然袭来，痛苦疯狂攀升到第十一级……

“当你无限接近死亡，才能深切体会生的意义。”

泪，一滴滴坠落。草尖弯了一下，又弯了一下。

眼眸扑闪一眨，“一首老歌，想不想听？”

歌声缥缈。

她轻轻依着他的肩膀，暗香若有若无。“你好，我叫苏馥。馥郁芳香的馥。我是你的安全小组负责人，从现在开始，你必须服从……”

顾天云的心灵战栗，猛然醒来，在昏暗中睁开眼睛。

逝者如斯，悲怆无言无尽，蔓延全身。

顾天云静静躺着悠长呼吸，控制情绪稳定，让思维渐渐固化。

转眼，他借着微弱的光线，看清床周围的房间场景。

陌生又熟悉的环境。

他在脑海中搜索回忆。属于他的“自我记忆”十分清晰，当中残留一些模糊的“非我记忆”。他依稀记得和一些人开会，与安德森进餐交谈的情景。这些少部分的记忆凌乱模糊，在他醒来后迅速淡化，好似昨夜梦境，梦醒后立刻变得难以捉摸，只抓到一点似是而非的影子，呈空洞的虚幻感。

他想到了他的任务：寻找黑镜人！

但，怎么行动？他此刻在哪里？他还活着？不是受刑濒死的幻觉？……杂乱的困惑袭来，令他头脑发蒙。

镇定！镇定！镇定……顾天云闭上眼，控制呼吸节奏，稳住快要崩溃的思维。

他悄然抬手摸索头部。头发短粗，头皮紧致无伤痕。

记忆中，谢尔盖操作一架外科手术机器锯开他的头颅，取走头盖骨，覆盖金属罩在他的大脑上，让他逆感十一级疼痛，酷刑逼供。地狱般的疼痛让他生不如死。脑海沸腾，意志徘徊在崩溃的边缘，永无止境地折磨……顾天云回想起那可怕的痛苦不禁浑身战栗。

他没死掉，竟然还活着。为什么他还活着，苏馥却死了？

她闪身挡在露台栏杆前被他冲撞，跌出去，坠落消失……那场景闪现。他心头猛然紧蹙，遍体冰寒，痛苦之极。

呼吸急促，心跳骤快。

蓦然，一束光从他的手腕上亮起来，浮现全息图。触发警报声：警告！您的健康值低于70的危险线，正在为您进行紧急治疗。全息图显示各种紊乱的生理数据，危险警报闪烁。

自动完成药剂注射，很快，他的各项生理数值平稳下来。

他的手腕上没佩戴进入灵海工程时的那个金属环，而是变成这个怪异的手环——医疗手环。他闪过这个意念。

警报解除后，一个柔和的声音询问："您是否需要呼叫医疗中心人工服务？"

他恍惚一下，下意识地关闭医疗手环。

他在黑镜世界。意识深处模糊闪过这个念头。他立刻警觉起来，不敢再轻举妄动。他静静躺着，深思这种特异的状况。

议事会、镜像世界、意识投影、黑镜人、虚拟现实、人工智慧、新人类计划、脑神经意识投射行动、入侵大脑……这些"非我"记忆隐隐浮现。

顾天云悚然心惊，触感到非同寻常的状况。

他想起下达给他的任务指令："黑镜的定义，有百分之四十九的预测概率为暗域不明物，百分之七的概率为另一个时空世界……"

另一个时空世界，黑镜世界。

原来，黑镜不是来自同一个系统内，而是另一个镜像世界。

他的任务是找到黑镜人，采取相应的行动。

但为什么不给他清晰的指令？

任务的执行者不能携带更多的信息，以防任务失败泄露情报。他立刻想到这种情况。这是一场特殊的战斗，必须进行信息密封，只能靠执行者的个人预判能力来随机应变执行任务。他肩负的任务，有可能成为黑镜防御部署的成败关键。

顾天云回忆前因后果，豁然想通了大致的情况。

他此刻就在黑镜世界中，通过意识投射过来，入侵了黑镜人的大脑。

不知用了什么方式，但这种特异的情况已发生，这就是他能从酷刑折磨中活下来的缘故。这是上级制订的计划安排，选他为特定的执行者。“悉心观察，解读有效信息，做出预判，选择你认为准确的行动方式。”这是苏馥传达给他的任务指示。

想到苏馥，顾天云的心再次猛然刺痛。他极力克制着才稍缓过来。

他屏蔽情绪，转念去想任务：找到黑镜人，采取相应的行动。

“相应的行动”是个策略性的命令，通常用于敌情复杂，战况瞬息万变之时，执行者根据具体的实际情况而定，做出相应的正确行动。

这意味着，指令方给予他最大的行动自主权。

他是该行动的最终决策人。

上级对他的考核经过了精密部署，全过程每一项测试都隐含深意，在信息密封的状态下，最大化地传达给他关键内容：反监控通信阱、安全困境、核危机终极选择、极端环境的心理考验、具有“非常人思维”死亡之手的审判者、向死而生的牺牲决心……这些都是关于终极任务，身为执行者必备的素质。

作为执行者必须睿智、忠诚、坚韧，锋利如刀才能刺入敌人的心脏。

顾天云等到思维最冷静的一刻，起身下床。

室内自动亮起来。没有灯，看不到光源，室内光线凭空出现，在感应到他的动作时光线随之明亮。光线柔和度符合眼睛瞳孔收缩的节奏，不刺眼。他身穿睡衣，处在一间宽敞整洁的卧室。

这是个套房，门外可见客厅、书房一角。卧室内配有衣帽间和沐浴室。

床头柜上摆放着两个相框，显示妻子和女儿的照片，一个恬静的笑，一个童真无邪的笑，眼眸水灵灵，凝固、静静地注视着他。

顾天云蓦然心惊。似乎符合他的记忆，但又是陌生的。除了相框，这里的一切都不是他记忆中的场景，却又有着似是而非的熟悉感。

他没再多迟疑，极力保持着平静的神色，走向沐浴间。

门自动滑开，沐浴间内光线明亮起来。他进去后门自动关闭。好像智能控制，却不见有什么明显的感应装置。宽敞的沐浴间各种设施俱全，有些莫名的物品，非他熟知的生活用品。

一面镜子嵌于墙壁，四周无接缝，与墙合为一体，镜面清晰至极。

顾天云观镜凝视自身。镜中之人，似他非他，对视之时亦悚然心惊。高度相似，细看才能察觉细微差异。短发间杂有白发，眼角微现鱼尾纹，法令纹深刻。镜子中人有些清瘦、苍老，此外几乎与他无异。他暗暗惊惶，不由得贴近镜子仔细察看对方脸上的色斑和小痣，审视眼瞳，扒开眼帘看眼球外结构，张嘴检查牙齿磨损程度。他脱去睡衣，侧背过身，见脊背上刺刀遗留下的那道疤痕醒目存在。

晕眩感阵阵袭来。

初步确定，这就是与他对应的黑镜人，这具身体比他至少老了二十年。

黑镜，一个与他世界高度相似的世界。犹如镜像，他与“他”的身躯十分接近，甚至连细节都如此相同。

失神片刻。顾天云环视沐浴间，凭潜意识的熟悉感走到淋浴区。

他取下医疗手环放置一旁，启动淋浴感应。热水冲刷而来，水温适合，均匀冲激沐浴着他。水流过皮肤，热雾弥漫，水的滋味等各种感受真实入微……他与这具黑镜人的身体嵌合无异，无任何排斥不适感，但内心却迥然不同。

他仰起头，任凭水流冲激在脸上，他不再抑制情感，放任痛苦蔓延全身。

心痛如刀绞。

苏馥跌落消失那一瞬间的场景一次次浮现在脑海，冲击他的心灵。

她死了，为他而牺牲。

不知道苏馥怎么判断他的行动。

指令经过量子通信加密，苏馥不可能获知行动内容，但她却猜到他的意图。在他攻击安德森时，按原则，苏馥身为安全人员必须对他采取制止行动，就像别的警卫所做的那样。但她没有，她协同他行动，拒绝他发出的阻止暗示，眼眸平静而决绝。

一旦发动攻击，难有生还的机会，即使被俘也将遭受极刑拷问。她明知情况，却义无反顾配合他行动，为什么？

难道她推测出，指令他清除安德森的行动只是个“虚任务”，是对他的果敢和忠诚度的测试考验，所以才参与行动？但见他欲与安德森同归于尽，在危急一刻不惜以身阻挡他。她聪颖洞悉人心，冷静锐利，勇而无畏。

但他却没能预料到，清除行动只是一个虚任务，考验他是否具备牺牲决心的虚任务。他当时没能想到这一点，竭尽所能去执行任务，抱着必死之念。

他没有选择的余地，但苏馥有。她不该协助他行动，不该阻止他跃向深渊，不该就那样死了。她的牺牲毫无价值，毫无意义。她死了。

为什么？

水流冲击着顾天云的脸，却冲不掉悲怆。他木然站在水流下，痛苦致大脑一片麻木。身体滚烫，心底冰寒。肆意的泪随水流淌而下，无形无尽。

不！他陡然回过神。苏馥的牺牲绝不是没有价值。他一定要完成终极任务，无论用什么方式。苏馥的行动告诉了他，什么是坚定的使命。在危机来临时，为维护更多人无忧无虑的生活不受侵害，军人不惜牺牲。

顾天云紧咬牙关，强迫自己镇静，冷静，冷酷。

走出沐浴区，热风传来，迅速烘干他的身体。巡视一圈，他拿起一件类似剃须刀的物品，用力拍碎在地上，零件散落。他捡起一个部件，从中抽出一根金属细丝。

他握着这根金属丝，用尖端对准脚掌，将金属丝刺入拇指与第二根脚指头之间的部位，捻动着，刺破皮肤，穿透肌肉。

尖锐的刺痛感传来。

金属丝透出脚掌，他手持两端来回拉扯，金属丝在肌肉神经丛中来回扯动。血冒出来。他感受分辨着这种刺痛撕裂感，痛觉信号传递清晰。与脑神经逆感疼痛相比，尽管痛感等级低，但更具有切肤之痛的真实感。

进一步确定，这不是梦境。他的意识真真切切地投射到这个身体中，这具与他高度相似的躯体内。

顾天云抽出金属丝，按压伤口止血。他不知道意识传递的原理和过程。但他确实在另外一个时空，在黑镜世界，意识投射在与他对称的黑镜人大脑中。

终极行动独立执行，无后援。

除了他，周围遍布黑镜人，这黑镜世界的所有人全都是他的敌人。他必须不惜任何代价，完成任务。

清理痕迹，走出沐浴间。顾天云在卧室站了会儿，他尽力克制着不转头，不去看相框。

不知为何，他的黑镜人身体苍老，但这两张照片却和他世界中的一模一样，没有丝毫偏差。妻子和女儿依然年轻和童真。

这其中的意味让他惊悚，不敢去深想，不能让它对他的信念造成动摇。正如脊背上的那道伤疤，尽管真实存在，但这不能表示什么。他只能这样想，以免诱发对黑镜世界的延伸猜测，陷入思维阱。

他走出卧室来到书房，做出受失眠困扰的状态踱步，以漫不经心的神情扫视房间的环境布置。

书房外连客厅。人在室内不感觉狭窄，也不觉得宽敞，空间感分割在一个精确的心理分界线上。屋内十分简约。除了书桌、座椅、书架之外空无一物，灰白的四壁空荡荡，没任何装饰物。

桌椅和书架皆是黑黝黝的金属框架，配以深栗色的木质厚板，靠背椅上有一块棕灰色软垫。整体视觉感偏沉重，予人浑厚感。如果关上门，这个书房空间自成一个密封的思维世界，让人变得更加沉静理性。

书房没有窗子，书架几乎遮挡了一整面墙，书籍陈列有序。

他的目光掠过书架。《神曲》《福尔摩斯》《贵族之家》《罪与罚》《死魂灵》《思辨的张力》《有无之境》《宋明理学》《文心雕龙》……目及之处，皆是古今中外的文学和哲思典籍。

书桌上整齐放置着一些文案用品，都是老式之物，没特别的高科技物品，除了一个形状特异的金属盒。

一支钢笔，搁在空白的便签上。

顾天云拉开椅子坐下，拿起这支英雄牌金笔，在纸上画了一个盒子。

笔尖偏细，弹性不佳，阻尼感却十分舒适，正是他最熟悉的书写触感。他惊疑摩挲着笔帽上的紫荆花，磨损的刻花与手指皮肤亲密无间，他甚至不用看，就摸出这支纪念版钢笔的笔帽上的编号为：NO426。

4 月 26 号，是他和宁茹相恋纪念日。

那天清晨，他走出波恩国际机场，在迎宾区众人中，一眼就找到了宁茹的笑脸。她当时是新华社驻伦敦分社的记者，正在德国波恩出差，公务结束后她请假逗留了两天，等他来相聚，他们逛遍了那座贝多芬家乡的古典城市。

那时恰逢德国年度植树节，他和宁茹挑选了一棵白桦树苗，亲手栽种在莱茵公园。

莱茵河畔风景优美，道路两旁是热闹的跳蚤市场，郁郁林木间举行着露天音乐会。他牵手宁茹漫步，走过草坪上用水泥瓦片堆砌的贝多芬头像。

“奇妙的艺术。站在远处从正面看，是贝多芬桀骜不驯的经典面孔；但当我们转到塑像的侧面，呈现在眼前的是沉思忧郁的贝多芬；而走近再看，仅是一堆杂乱无章的瓦片。”宁茹望着他，眼眸凝笑说，“这像不像人们在不同时期对爱情的感受？”

“一周年了，送给你做个纪念。”宁茹递给他这支编号独特的钢笔。

顾天云握笔的手一颤。女儿的出生证明，妻子的死亡证明，是同一天，他用同一支钢笔签写的。不！不能再回忆下去了。他极力控制着思绪。

往昔已随风逝去，纷纷攘攘的记忆纵然抹不去，就只能深藏心底。他不能再去想妻子，不能想女儿，也不能再去想苏馥。

他是个军人，一个肩负任务的执行者。他要执行的任务就是，清除黑镜世界的所有黑镜人。无论这个黑镜人与他，与他的世界有多相似。

顾天云放下钢笔，走出书房来到会客厅，凭潜意识感知，走到一道门前发出指令：“开门！”

房门滑开，夜光如水，扑面而来。

他伫立室外阳台上，放眼眺望。灵海基地宏伟的环形楼宇跃入眼帘。

古罗马斗兽场式的地下建筑，与他世界的场景相似，一层层无数个房间沐浴在朦朦晨光之中，寂静肃穆。弥漫自然湿润的晨雾气息，犹如裹着一层淡蓝月色的轻纱，空气清冽，呼吸至肺有着真实的体验。

他身处楼宇最高层，居高临下。开阔的露台上草木茂盛，修剪整洁，富有艺术美韵。穹顶虚拟天幕，拟真效果完美，夜空黝黑，泛着深蓝微光，缀满深邃的星海。

抬头仰望，他看到一颗特别明亮的晨星。

那是启明星，即金星。在希腊和罗马神话中，金星是爱与美的化身——维纳斯女神，意为“绝美的画”。传说维纳斯诞生在泛起泡沫的海上，她拥有人间和神界最完美的颜容，被认为是女性美的最高象征。

但对于阿兹特克人来说，金星时而在天空东方高悬，时而在西方闪耀，让人捉摸不透，心生恐惧。它是阿兹特克人之神，能让人的灵魂借着从冥域偷来的骨架复活，赐予血肉再生。它隐喻死亡，又象征复活。

他想，这颗夜空中永远最亮的星对他暗有寓意。

在不同的时空体系中，美与恶，生与死，是两种截然不同的对立。他的复活，将毁灭这里的一切，只为他世界美的最高象征。

神色沉静，他漆黑的眼瞳映照决绝之光。

第 11 章 黑镜世界

黎明开启，灵海基地在晨曦中苏醒。

“议长，早安！”

刘戈出现在露台上，身穿运动装，恭敬问候伫立在阳台上的顾天云，“您要进行晨跑锻炼了吗？”

顾天云点头，凭借隐约的潜意识，返回室内换装出来，在刘戈的陪同下去灵海基地中央公园慢跑。

公园与他世界的差别不大，绿地植物更茂盛，多了些奇异花卉，空气中带着自然的晨雾湿气，白雾缥缈聚在树林深处，偶尔传来鸟鸣，露珠挂叶，晶莹欲滴。高科技营造的地下生态圈与地表的自然环境无异。穹顶拟真的天幕，与外界自然光同步变化。启明星隐去，天空从黝黑暗蓝渐渐清亮起来，暗蓝转为淡青，尔后泛白，略带橘黄、浅红的朝霞光彩。

阳光漫射天际，世界进入新的一天。

黑镜世界远超我们世界科技的最高水平，不知超越了多少？顾天云慢跑着思索。

人类高科技三大发展方向：空间技术、能源技术、人工智能。

搜索黑镜议长的残留意识，他感知，黑镜世界三大科技主干的发展都遥遥领先于他的世界。已掌握了空间折跃技术，时空场共振技术，能进行物质的超距传递和重组。由此，黑镜人的空间探索范围离开太阳系，远至二十光年外建造行星基地。相比之下，他世界的载人飞船至今还没飞离地月系，甚至对月球的探索也是浅尝辄止。

黑镜的能源技术发展到什么阶段？是否已大规模使用核聚变能源？

黑镜的人工智能接近人类的智商，具有超强运算能力的光量子计算机，集成系统化控制，能制造出高度相似于人的智能仿生人。在安德森的智能家居，芝玛有类似人的感知能力，行动自如，可以与人进行无障碍交流，智能替代了人工。而我们还停留在电子计算机运用层面，运算速度尽管超过人脑，但尚处在弱人工智能的低阶段。在人和动物不需要思考就能完成的事情上，比如视觉感应、动态平衡、移动和直觉反应等领域，我们的电脑还差得很远，更不具备独立思考、抽象思维、理解复杂理念等真正的智能。

黑镜的人工智能技术肯定不止运用在家居生活，如果投放到战场上，制造大批智能战斗机器，仅凭这一点，黑镜就能轻易击败我们。

况且，黑镜正在研究的人工智慧，已经超越了人类的智慧。

其定义区别于人工智能，跨越了物理模拟层面，创造出生命智慧；还将建造超级智脑中心，以迈上高阶智慧体系。那是什么高科技？简直犹如神创。

科技决定战争实力，稍差一线都难于抗衡，何况我们的科技水平落后黑镜一大截。一旦与之开战无疑是以卵击石，这战根本没法打。

顾天云越想越心惊，忧虑重重。

他需要获知更多的信息，精确查明黑镜世界的各方面情况，以做出下一步的行动对策。知己知彼，是战略预测的前提。

现在他先要做的是信息收集。

慢跑途经人工湖。

水很清澈，湖面平静，倒映环形高楼。顾天云停下跑动，喘息擦汗，沿着湖岸漫步。他感到心肺功能变弱，体力明显下降。这具黑镜人的身躯确实老了。

“您要游泳吗？”刘戈问。

顾天云沉吟点头。刘戈带他到湖岸边一处房屋，换上游泳装。

他扎进水中畅游起来，待身体充分活动开，潜到水底仰面平躺。

睁眼往上看，水波清亮闪烁。耳膜微微发蒙，水隔绝外界的声音，四周宁静，能感受到心脏跳动的声响。缺氧的熟悉感袭来，血液中携带的氧分子在逐渐减少，体内氧气的储备量能让他支撑约五分钟。

心率缓慢下降，血压产生细微变化。在陷入昏迷前的三分钟，他的意识敏锐，能突破平时不能及的深层程度，思维处在一个清晰的界面上。这是他的冥想时间。他采用这种习惯方式集中注意力快速思索一些事。

脑海中暗流急涌，他回忆起执行清除安德森的任务。

当他进入警戒圈，坐在棋盘前时，他没看出那是为考验他设置的局——警卫增多、站位反常，安德森和谢尔盖不同寻常的细微变化，苏馥的反应等。他没深思这些状况，导致判断有误，贸然采用同归于尽的任务执行方式。

他的重大失误导致了苏馥的牺牲。

顾天云内疚痛楚，一阵阵晕眩窒息。

任何对复杂局势稍有误判的行动，都将产生不堪设想的后果，这是血的教训。

此刻他身处黑镜险境，就是在遍布地雷的战场，也需慎之又慎、如履薄冰地前行，在这里更要有精准的判断力才可能完成终极任务。

他该采取什么样的相应行动？

两军对战，信息至关重要，重要到能逆转战局命运。

顾天云在脑海中像拼图一样组织逻辑思维，确定行动步骤：一、收集掌握黑镜信息；二、设法将信息传递回他的世界，以让我方制订黑镜防御计划；三、找到摧毁黑镜的有效方式，独立执行，或将毁灭黑镜的方法传递回去。

关键问题：信息传递的途径是什么？

脑神经意识投射，难道就是信息跨越两个时空的唯一途径？

清除安德森只是个虚任务，但任务失败后，他却被推上脑手术仪器，经受恐怖的脑神经逆感疼痛折磨，而后发生意识传递的状况。这意味着，那不是特意针对他的酷刑，而是一种意识投射的非常规方式，以大脑意识携带信息进行跨时空的传递。

他是终极任务执行者之一，也许在他之后还有第二人、第三人成功投射意识到黑镜世界。也可能，他是唯一的一个意识投射成功的人。

黑镜世界也在进行脑神经意识投射行动，而且规模更庞大，竟然有万人参与过该行动，仅黑镜议长就执行过六次意识投射行动。

那一架架意识投射系统仪器的原理是什么？黑镜世界以此行动对我们造成了什么样的影响？这是否就是导致灵海 B 区的人员大脑失控的缘故？黑镜人通过投射仪器，意识跨越时空，控制了我们的大脑，致其丧失自我意识，发狂攻击同事，安全员调转枪口射杀工程师。而上级对此做出相应行动，也通过某种技术手段，最终将他的意识传递过来，在引起黑镜人警觉前一刻，成功地让他的意识占据了这具黑镜议长的身体。

如果推测正确，现在他将面临一个大问题：黑镜议长提出三项提议，暂停脑神经意识投射行动，封闭信息传递通道；监控所有投射行动执行人；进行全球 DNA 检测鉴定。这三项提议即将执行。

通道一旦被封闭，信息将不能传回他的世界。还将导致，除了他，不会再有人投射意识到黑镜这边。他孤立无援。而且，他还受到监控，以谢尔盖为首的安全部将对他进行严格的监视，这是“他”亲自下的命令。这种状况非常糟糕，不利于他展开任何行动。

怎么解除对他的监控？如何废除在议事会上做出的那三项提议？

一个 DNA 左螺旋的可疑人。顾天云忽然想到，这个可疑人难道是在他之前传递过来的人？

但这人仅有百分之十一的异常反应。也许在传递过程中，意识传递不完整。这概率太低，即使这个可疑人在灵海基地，他也不能贸然与之联系。最关键的是，这人还处在严密的监控下，稍有不慎，他就暴露了。

想到这里，他心生忧虑：他是否也是 DNA 左螺旋的人？万一这具黑镜人身体真是 DNA 左螺旋，一经检测会立刻引起重大嫌疑。

形势险恶，他的处境岌岌可危。但思考认清了局面，顾天云反而沉静下来。身为军人肩负重任，压力越大越需要镇定，既要有拆解炸弹的冷静和勇气，还要有扣动扳机的果断决心，更要具备一颗强大抗压的心脏。

水面上荡漾的涟漪渐渐平静。

体内氧气消耗殆尽。缺氧导致的晕眩感陡然加重，他的胸腹抽搐，仿佛要炸裂。但他依然躺在水底不动，承受着窒息而死前的痛苦。

晕眩蓦然强烈。

意识模糊，开始产生幻觉，身体痛楚渐渐减弱，他感到反常的舒适，视线穿越迷雾，看到上方一片白亮亮的光芒。

苏馥恍然漂浮在光亮处，荡漾在水波中，宛然对他微笑。

据说，濒死的人的灵魂悄然离体，能感触到另一个世界。

“终极任务，内容密封在盒子，激活代码是 Moira……”脑际蓦然闪过这个微弱的信息。一闪即逝，这信息像一条鱼儿飞快地一摆尾，消失在脑海中。

就在接近死亡之门的一瞬间，顾天云的身体发出警告，鞭子一样抽打他。他快速游浮上水面，深深呼吸。意识随之很快醒转过来。他怅然若失，感觉似乎错失了一个重要信息，任凭他极力回忆却没能获知。

“您在水下停留太久，超过了五分钟。”刘戈钦佩说，“听说您以前是优秀的潜水教练，憋气的功夫真厉害！”

“一般。有的自由潜水大师能到十多分钟。”顾天云换上衣服。他很想向刘戈探知苏馥的情况。不知在黑镜世界苏馥是否还活着，或同样已死去？但他克制住，转而说，“我要去一趟科学中心。”

刘戈一怔问：“去科学中心？您怎么……您要预约吗？”

“不，直接过去。”顾天云模仿着议长的口吻，沉声说，“隐蔽行动，有特殊情况。”

“明白，我这就安排。”刘戈立刻联系中心警卫准备警戒。

两人返回大楼，前往灵海基地科学中心大厅。

“曹洁博士，潘教授的学生。”刘戈介绍一位年轻学者，“他负责为您讲解和提供最新科技资料。”

“早上好，议长先生。”曹洁恭敬地笑着来握手。

“你好，曹博士。”顾天云见这年轻人一副朝气蓬勃的模样。

“叫我小曹好了，非常乐意为您效劳。”曹洁诚惶诚恐地说，“想不到您来科学中心视察，要不我通知潘教授，让他亲自陪同您？”

“不用打扰他，一切以科研工作为重。我就过来稍微了解些情况。”

“十分荣幸！请。”

感应线自动识别人像，开启门禁进入大厅内室。顾天云抬眼看见“灵海科学中心”的全息铭牌。标志是个运行的螺旋星云图。

“双螺旋星云，是斯皮策太空望远镜最早发现的。”曹洁解说，“银河系核中心距离我们地球二点六万光年，核心是个超巨黑洞，质量约是太阳的四百万倍。这个气体星云受磁场扰动，造成星云物质扭曲，形成两条缠绕的螺旋形，十分和谐优美。任何物质，包括光线都逃不出黑洞的吞噬。但在我看来，黑洞如埋在沙砾中的珍珠，有了它，才有了创造，它帮助形成了我们的银河系。”

大厅播放着轻柔的音乐。

室内高阔，四周一条条明亮的通道装饰着典雅的艺术品、雕塑及绘画作品。设计简约，人造基石、金属框架线条和玻璃面构建，和谐有致，植物点缀在视觉愉悦之处。

科学中心的神韵如卢浮宫外那座玻璃金字塔艺术殿堂。

通道两旁一间间半透明的房间分隔延伸了空间。一束束光线从中庭上方洒下来，为浑厚的建筑营造出轻盈灵动感。顾天云仰望上空的一片蔚蓝，“那是拟真全息像？”

“不是虚拟效果，是真正的人造自然光。”曹洁说，“把冷光源制作在薄膜上，像壁纸那样贴上去。改变电压，调整红、蓝、绿三原色的波段组合，就发出了从日出到日落的不同色光。现在是清晨时分，微微带点儿淡青的蓝。一缕缕舒缓的光，有梦幻感，又让人警醒。这是为科学中心营造的静雅氛围。”

这年轻学子笑容可掬，表述细致，科普解说欲重，有点诗书气。

“来的人还挺多。”顾天云观察到，几乎每个室内都有些人。

“来的基本都是科研人员。这里是大数据储存、查询和交流的网格中心。现代科学知识浩渺如海，分门别类，包含了自然、社会、思维等领域。术业有专攻，谁需要跨领域的知识了，就来我们这里通过审核，分级获取相关资料。”曹洁抿嘴笑说，“当然，我们也为非学者类的政要进行知识传输科普。”

“比如我。”顾天云微微点头。

“很乐意为您服务，说实话，愿意深入了解科学的政要不多见。”曹洁吐了吐舌头，“希望您不介意我这样评价。在我看来，现代社会大众时时刻刻都在享受着高科技带来的舒适和便捷，但很少人愿意认识科学，甚至排斥、误解科学知识。所以，我很高兴能为大家做科普服务，让人们更清晰地认知我们这个世界。科学致力于揭示宇宙万物的真相。人类历经数千年，才从动物的本能、神话的朦胧走向理性的澄明。我们作为智慧生命，逐渐意识到，宇宙万物的变化是由规律制约的，有着基本的结构。科学世界精妙无比，能与之并肩的唯有艺术，其他的一切都是误导人类走向歧途的迷雾泥沼。”曹洁转进一间房，“议长先生，请进，欢迎您来到科学神殿。”

顾天云吩咐刘戈守在门外，禁止任何人入内，安排警卫布置信息屏蔽场。

“科学神殿？”他走进室内环视一圈，没见到题板、电脑和投影仪之类的用具，中央摆放着一组沙发，简洁至极。

“我说的是神圣的意思，有别于人格化的神。”曹洁打开盒子，取出一对膜片，递给顾天云。这对膜片质地柔软，类似隐形眼镜，但稍微厚实些。顾天云见曹洁另取了一副戴上，他就依法把膜片戴在眼睛上。

眼内有些异物感，眼球硬涩，转动不便。

“希望 NetEase-CR 研究组尽快升级虹膜视镜。目前这个试验品让人佩戴不适，传输体验还不尽如人意。”曹洁歉然微笑，坐在沙发上，拿出防护液，滴了几滴在眼睛里，然后把眼液递给顾天云使用。

顾天云坐下，迷惑不知该怎么用“虹膜视镜”。

忽然，视线内浮现文字：“连接数据中心审核，认证通过，权限：AA 级，可查阅科学中心全部资料。”

原来这是个 CR 全息虹膜视镜。虹膜视镜与数据网格中心云端相连，扫描眼球，激发视网膜细胞，让视神经产生电子脉冲，传递到大脑产生图像。一瞬间，他的视野黯淡下来，四周场景隐去，成为纯粹的暗黑背景。他只看到一组沙发和坐在对面的曹洁。

两人就像置身茫茫夜空，相对坐在黑暗中。

“造物主说，要有光，于是这个世界便有了光。”曹洁开启云端控制器。

一束光出现在半空中，宁静悬浮，在黑暗背景衬托下，淡白纯净。

虹膜视镜的全息成像十分逼真。这一束光流泻在空间，如同天光穿过云层的间隙投射在大地上，照亮了自然万物。顾天云暗暗吃惊。

曹洁挥手收缩这束光，在空中转过来，笔直一条地横放眼前，让他近乎触手可及。虚拟光看似真实，但又不同寻常。这是一段具有长度的光线，目测长约一米，无光源点，且有始有终。他在现实中从没见过这种奇特的景象。

“光尺，它是科学神殿的基石。”曹洁说，“在我们的宇宙中，光速在任何参考系下都恒定不变，所以光速 C 是构成宇宙时空的一个特定常数。这条光尺，即定义时间为一秒，还定义了空间约为三十万千米，它是宇宙的神圣法尺。好了，我的开场白结束，议长先生，请问您想要了解什么科学？”

顾天云说：“最新的科技状况。”

“哪一类？”

“光量子计算机，人工智能。”

“好的，请稍候。”曹洁操作控制器，设定资料传输指令。

忽然间，视野内出现巨大的“图书馆”景象，无数密集的电子书浮现在空间，闪现各种文字、图像信息，分项标注着一份份海量的资料文献、科研论文、实验报告等。浩瀚无际的科学知识体系库，以全息影像化真实再现。

宏伟至极，令人深感神圣震撼，真是犹如一座屹立巅峰的科学神殿。

“这些资料属于智能运算类，您想阅读当中哪一项？”

“这么多？”顾天云面对浩瀚如海的资料，顿时泛起无力感。而这些海量资料还仅是一个科技类别，信息量实在太庞大了，他如何阅读得过来？

“是啊，这还是数据中心筛选过的了。”曹洁歉然说，“估计神经传输资料完毕，需要约四十分钟。您可以再细分挑选传阅某部分。”

“四十分钟阅读全部内容？”顾天云听到“神经传输资料”不禁暗惊。

“是的。”

“好，我要全部。”

“全部？”曹洁表情吃惊，“但接收数据量太大，容易造成脑神经疼痛。主要是，脑视觉皮层解译脉冲信号时间过长，让人不适，建议您分阶段进行资料传输。”

“开始吧。”顾天云保持镇定说，“因特殊情况，我需要全部阅读。”

曹洁听他说出“特殊情况”，露出会意的笑容，立刻点头说：“明白了，议长先生，请您闭目，五秒钟后资料传输开始。”

顾天云往后靠着沙发，闭上眼。视野内漆黑，链接数据中心的状态条移动，很快准备完毕。

轰然间，视网膜闪烁光耀，视神经丛传来冲击颤动感。化学质极激增化，资料信息形成神经电子脉冲，转为视觉信号，然后很快传递到大脑记忆区，在神经元形成初级记忆结构体。

一种在闪耀的星光中乘坐过山车的感觉，极速旋转扭曲，产生晕眩恶心的失重感。顾天云浑身震颤，他坚持承受着，渐渐适应，感受到异常奇特的记忆感受。

各种文字、图像的海量信息闪现，他好似做了无数个怪诞恒久的梦中梦。

仿佛历经十年，又恍如一刹那。

记忆体大量催生，大脑的承受度逐渐攀升到极限。

资料信息传输暂停。他的视野内出现一幅宁静的大草原景象。一望无际的绿草随风摇曳，云朵轻浮蓝天，原野让人心旷神怡。

文字显示提示：进入记忆缓冲期。

脑神经胀鼓鼓，记忆体像吸饱了水分的海绵，接近溢出的临界状态。

顾天云快速回想大脑中接受的资料信息，震惊不已。这种先进的信息传输技术超乎他的想象。想不到知识竟然可快速传输、记忆，完全改变了人的认知途径和方式，极大地缩短了通过感知外界而形成大脑记忆的漫长过程。

仿佛神秘宝藏开启，无数的科学知识理论、科研成果、科技结晶如璀璨珍宝，竟然这样唾手可得！他在震惊之余拼命记忆，生怕转念就忘记什么，遗漏了哪一颗知识的珍珠。

虹膜视镜信息传输只造成浅层记忆，需要反复回忆才能固化，但仍然会损失一部分信息。

这些资料是黑镜世界的科技最高成就，极珍贵，一旦传递到他的世界，将在短时间内飞速提升世界科技水平，一步迈进高阶层，犹如步入奥林匹斯山神殿之境。顾天云深知其重要性。无论如何，无论付出什么代价，他都要找到信息的跨时空传递途径，将黑镜信息传回去。这关乎他世界的存亡命运。

记忆缓冲结束，再次启动数据传输。顾天云浑身颤动。

第二阶段的资料信息源源不断地涌进脑海，脑神经不适感再次袭来，这一次转为痛感，逐渐升级，甚至引发他身体各处神经末梢的疼痛。他强行忍受着痛苦，不断生成新的记忆体。

他生命中的这四十分钟很漫长。终于，传输完成，痛苦的记忆过程结束。

“您感觉怎么样？”视野恢复正常，曹洁关切问。

“很好，知识就是力量。”顾天云微微一笑。

他遍体疼痛冒汗，痛至他无法动弹，全凭超强意志力忍痛微笑说出这话。

“我看，您休息会儿。”曹洁似乎察觉他有些不对劲，但不便询问。

顾天云静坐，聆听曹洁播放舒缓的轻音乐，视野内是拟真仙境般的迷雾森林。

形成记忆体的资料庞杂深奥，他虽然记住了，但沉甸甸如冰山压在脑海，绝大部分内容他都不能理解，需要漫长时间来消化这座记忆库。

此刻，他只有些浅层意识的认知，隐约摸到黑镜世界科技树的脉络。

黑镜世界民用普及光子计算机，在科研和军工制造领域运用光量子电脑，构建智能运算量子网格。灵海基地有名为“蓝基因”的智能主控台，运算能力是他世界大型天河计算机的十亿倍，集智能运算、数据存储、信息传递、系统处理等中心控制为一体。

量子运算基于一种独特的粒子——极子。

在黑镜宇宙中，极子独一无二。它是唯一同时具有物质与反物质特性的粒子。它属于冷暗物质，反粒子就是它的本身，具有中性、零能态、超对称的特性，满足非阿贝尔统计规律，能形成稳定的量子比特运算，由此制造出拓扑光量子计算机。

极子几乎不与外界环境发生相互影响，很难在自然界探测捕获，但大量存在于灵海地下深处——在时间膨胀的暗域充盈着这种特殊的粒子。

他的资料记忆库闪现一个宏大的场景：

深渊般的地下空间，密布一个个极子探测仪。仪器形如半球体，内置精密元件。球体材料为含铅超纯水晶，透明、超低温的水晶内充满铁原子，形成无数根发散状的细微金属丝，极子在纳米细丝的两端凝聚，构成相对稳定的正、反物质共存态。

无数个极子探测收集仪规则排列，形成一片片仪器列阵，呈现壮观场景。

黑镜世界高科技的基石源于灵海。

黑镜人在灵海基地大规模收集极子，运用极子的量子态稳定可测的特性，研制出光量子计算机、人工智能、量子通信、物质超距传递重组等高科技。并以极子获取反物质，在未激发状态下，不用磁场阱束缚，在正常环境中也可稳定保存反物质，以此制造出蕴含巨大湮灭能量的反物质武器。

极子作为核反应的催化剂，黑镜世界可由此成功实现可控核聚变，能源取之不尽、用之不竭。

顾天云为之心惊，迫切想要获知更多的黑镜科技信息。

他稍感身体恢复了些，就对曹洁说："接着来，我要了解核聚变技术。"

"还来？您的大脑吃得消吗？"曹洁惊诧摇头说，"您才刚刚接受了超量信息的资料，应该注意休息，过些天等记忆体稳定了，再来传输查阅。"

"没问题。我受过特训，锤炼了超强的脑神经。"

"好吧，您在接受过程中如果感觉出现头痛难受，身体不适，请立刻停止。"曹洁犹豫着应答。

视野内再次显现海量信息的"图书馆"景象，核聚变能源技术的相关科研资料同样庞大繁多。

正要进行传输，忽然收到系统警示暂停。

谢尔盖和安全部人员闯入室内。

"他持有特别指令，我不能阻拦。"刘戈跟随进入，神情无奈。

谢尔盖目光冷漠如刀，注视过来，“议长阁下，你为何来科学中心？”

顾天云保持镇定，反问：“什么事？”

谢尔盖挥手示意安全员带离所有的人。在沙发上坐下，他审视着顾天云，发出不杂丝毫情感的声音，“我得到你的授权监控你，凡出现任何的反常状况，我将采取必要的行动，希望你配合。你怎么突然来这里？”

“查阅资料。”顾天云平静说，“因特殊情况。”

“什么特殊情况需要到科学中心获取大量资料，而不是在你的书房？别告诉我，你拥有最高权限的视镜碰巧坏了。”

顾天云想起书桌上那个形状特异的金属盒，原来书房里就有虹膜视镜。

“你怎么不戴医疗手环？”谢尔盖盯着他的手腕，紧接着质问。

“特殊情况。”

“看来你不打算解答我的疑问，用信息密封来掩饰这种反常状况。”谢尔盖站起身说，“议长阁下，请跟我到安全部，桑齐部长可以和你谈谈。”

顾天云做出踌躇之态，“我怀疑新人类计划是个虚信息。”

谢尔盖微微一怔，神情凝重地坐下，摆出“请说”的手势。

“新人类计划将付出巨大代价，远超人类史上任何一项计划。”顾天云紧锁眉头说，“不仅耗时、耗资、耗力，且要放弃现有的一切，割裂社会结构，重组新的人类文明。对此，我方持慎重态度，务必要搞清楚信息的真实性。”

“不错，这也许是美国佬惯用的一招，就如当年的SDI计划，令人真假难辨，导致我们的局势失衡而崩溃。”谢尔盖点头问，“但你为何这样做？两者之间有什么关联？”

“要证明美方抛出的是否是虚信息，难度极高，需要参阅所有最新的资料，才能做出准确有效的预判。”

“所以，你来科学中心？”

“接受超量信息容易造成大脑崩溃，我需要学者的陪同，并予解惑。”

“就那小男孩儿？你们的科学家呢？”

“视镜连线，在我之后当然还有团队合作。”顾天云皱眉看向谢尔盖。

“抱歉，议长先生，我不太熟悉这玩意儿。”谢尔盖嘴角一动，而后问，“安德森还和你谈了什么？对于我方，你有什么建议？”

“观察、求证、合作。沿用老方法就行。此外，在合作大框架下，你不妨寻求主动，事情摆在桌面上谈，才是恰当的处理方式。”顾天云意味深长地看过去，“有时，别拘泥于规则，做适当的改变，对大家都有利。”

谢尔盖沉吟着缓缓点头，离开时，抬手指了指脑袋，“别太耗神，注意健康用脑，议长阁下。”

顾天云暗暗舒口气，脊背上汗淋淋的。

不知黑镜人用什么方式在监控他，应该是某种隐蔽的、在他认知之外的手段。他的行动需慎之又慎，在任何地方，都不能做出任何反常举动。稍有异动，随时可能触爆地雷。

黑镜谢尔盖的存在对他是个大威胁。他被迫抛出个动态信息阱，扰乱其视线，但仅是暂时缓解了一步，对方一旦警觉其中有纰漏，那就成大问题了。而且，对他的暗中监控步步紧逼，随着时间的推移，只会越来越严密。

必须加紧行动。在对他进行 DNA 检测之前，留给他的时间已所剩无几。

视镜传输继续。

“除了能源科技，还有空间技术资料，包括其他的所有重点研究资料，我都需要。”顾天云对曹洁说，“你尽量挑选传输过来，多多益善。”

“但这……您的记忆体不可能容纳下这么多的信息。”曹洁震惊摇头。

“我能处理。别忘记了，我受过特训。”顾天云淡然微笑，“你应该知道，人的大脑潜能无限。”

“嗯，是有这种学说，大脑神经元结构有界，但意识层无限，可这仅仅是理论。”曹洁担忧说，“议长先生，我得为您的健康负责。”

“小曹，现在是非常时刻，我们面临特殊的情况。”顾天云沉吟片刻，凝重说，“刚才你也看到突发状况了，其中我不能说太多，希望你配合。”

“好的，辛苦您了。”曹洁点头说，“这样吧，我们分阶段进行传输，如果遇到问题，请您立刻停止。”

黑镜科技信息以分形几何结构全息显示，浩瀚如无穷尽的星系。他置身于广袤天幕之中，渺小如尘埃。他仰望凝视着天穹，平静说：“开始！”

脑神经蓦然剧痛。

熟悉而可怕的痛感袭来。随着传输时间的推移，汹涌传输至他大脑的信息如同沸腾的岩浆浇灼在脑神经里的每一寸地方。疼痛等级迅速往上攀升，攀升，无限攀升，一轮又一轮，无穷无尽。

他没选择过停止，每次视镜传输到缓冲期，他都微笑说没问题，请继续。

遍体发热，心跳骤快，血压飙升。他的各项生理数值激烈波动，他承受着非常考验。

绝不停止。记忆缓冲期过后，又开始新的一轮传输。漫长无止境般。

他保持的微笑消失，意识渐渐模糊，沉入万米海底，承受着无穷重压。

“爸爸……”女儿稚嫩的声音忽然在他脑海深处响起来。

“爸爸快点儿回家，我想你了，爸爸！”宁灵坐在小木凳上凝望着家门。在另一个深远的时空，她等着爸爸归来。

眼前发黑。顾天云轰然陷入昏迷，他没看到视镜显示“数据传输完毕”凝固到顶的状态条。

血，喷涌出嘴和鼻腔。他失去知觉。

持久的头疼如裂。

顾天云的脑浆里如同揉进了千万枚烧红的钢针，尖锐的刺痛无孔不入地传来，即使在深度昏迷中他也能感受到这种疼痛的侵袭。昏昏然，不断灼烧煎熬着他的大脑神经。

体内流转的血液仿佛带有强酸的灼烧腐蚀感，遍体火辣辣，他感觉自己快要被腐蚀、融化了。一种身躯浸泡在黏稠液体中的特异体表触感传来，犹如回归母体中的胎儿被温热的羊水包裹着，轻轻晃动。

不知昏迷了多久。他醒过来时，大脑一片茫然，只觉光线耀眼难受，眼球内压巨大，视线模糊变形，一阵阵天旋地转的恶心胸闷感。

“请别动……”一个温柔的女声在他耳畔响起来，清冽动听。他感到异常熟悉。

女人在他眼前晃过，面孔模糊，手指抚过他的脸庞。皮肤麻痒，犹如阴雨天湿漉漉空气中带着轻微的静电。

嗅觉敏锐，他闻到若有若无的淡香，如空谷幽兰。

“请闭上眼睛，您的视觉神经疲劳过度，还不能视物。”她的声音恍惚不定，仿佛在他耳边呢喃。顾天云依言闭目。

“您在医疗中心康复室，脱离了脑淤血导致的生命危险期。现在您唯一要做的就是休息，别想任何事。我为您播放音乐，请清空思维，随着音乐的旋律好好睡一觉。”

舒缓轻灵的音乐声渐渐响起。

旋律振动，熨慰着他灼痛的神经，宛如清风拂过树梢，气流回旋越过峡谷，雨点飘落湖面，荡起一圈圈涟漪。心灵似水镜，苏馥的颜容在镜中闪过。

顾天云的意识渐渐松弛下来，困倦入梦。

梦中感到母亲的手爱抚摩挲着他，令他甘之如饴，舒畅无比。

一串串随风摇曳的槐树花。

那一树夏花盛开，清香淡淡，银色如挂霜雪。

再次醒来。

顾天云悄然睁开眼。视力恢复了些，目光所及，察觉他躺在医疗床上。室内洁净，一簇簇鲜花绽放，光线柔柔落在花瓣上涂了一层暖色，静谧遐迩。一个女子坐在不远处的椅子上，托腮闭目小憩。

苏馥!

顾天云凝目注视着她。

片刻后，他长嘘一口气。尽管容貌十分相似，但这女子看样子不过二十岁有余，比苏馥年轻。从侧面看，她的脸廓、眼眉、下颌弧线几乎和苏馥一样，神态略带几分疲倦，安静如斯。

她是黑镜世界的苏馥。

顾天云惊疑不已，强迫把视线从她的身上收回，闭上眼假寐。脑袋隐隐作痛，但比上次醒来时已经舒缓许多了，有些异常的麻痹感。一架治疗仪探出机械臂，悬挂器具罩在他头部上方，修复着他受损的大脑神经。

他沉静下来，凝神思索。

猛然间，他惊觉脑海里空空荡荡，记忆中竟然没有任何资料信息，思维迟钝，记忆涣散。

那庞大浩瀚的黑镜科技资料记忆库消失了？什么原因造成的？信息传输故障?

顾天云陡然惊急，怎么会这样？承受无尽痛苦，却枉费心血，最终竟然一无所获。他心急如焚，难抑的无比强烈的挫败感蔓延，差点儿眩晕过去。

沮丧至极，他茫然无措，接下来他该怎么办？难道还要找机会再来一次这样的传输行动?

头痛升级，他没法再平心静气地思索。他的自我记忆，指令者下达的记忆，黑镜躯体残余的记忆，泛滥的深层记忆……一瞬间，全部混淆、纠缠、重叠在一起，丝丝如乱麻牵绊，意识近乎崩溃。

"啊……"顾天云不受控制地发出痛苦呻吟，瞪大眼睛。

"您醒了。"那女子快步走近医疗床说，"抱歉，我打了个盹儿，您难受？"她快速查看治疗仪，进行设置操作。

一股暖热的感受在脑海中荡漾起来，他纷乱失控的思维在暖流中渐渐平复，意识麻痹，思海中呈现空落落的茫然状态。

"您感觉好点了吗？"女子含笑柔声说，"别用力想事，放松大脑，放松。"她拿来一杯温水，升高医疗床，喂他喝下。近在咫尺，她眼眸清澈，瞳孔深处内蕴秋水气韵。

"你是？"顾天云虚弱的神经感受到温软的气息。

"苏馥。馥郁芳香的馥。"她眨动眼眸，微笑说，"议长先生，我是您的专职医护。为了您的健康，在治疗康复期间，您必须听从我的安排。"

顾天云悚然心惊，挣动了一下。旋即，又一个震惊袭来，他猛地发觉他的双腿毫无知觉。他几乎失去了对身体的控制。

"您别着急。"苏馥扶住他，"脑淤血造成了您的意识障碍，导致半身瘫痪和局部感觉障碍，需要一段时间恢复。"

"怎么会这样？"

"属于视镜传输引发的脑血管意外。颅内有些血肿未消，穿破脑实质形成继发性脑室内积血，压迫您的神经。"苏馥说，"您参与多次脑神经意识投射行动，可能埋下了隐患，在这次过量的信息传输过程中爆发，非常危险。"

"我什么时候能康复？"顾天云焦急问。

"脑神经很复杂，需要时间进行治疗观察。从目前检查的情况来看，恢复行走没什么问题。但是……"苏馥停住话，看似在考虑措辞。

"你直说。"

"神经元的有些损伤不可修复。您以后不能再用视镜，或使用任何脑神经信息传输方式。您的大脑不能再承受这样的损伤。"

顾天云的心顿时沉落，"如果用了，后果有多严重？"

"请您别这样想，身体要紧。别担心，您还可以使用视觉感知。"苏馥微笑说，"就我个人的体会，我更喜欢用老式的阅读方式，多花费点时间，打开一本书，慢慢感受阅读的乐趣。"

但他此刻最缺少的就是时间。情况危急，也许在下一刻他的真实身份就暴露了。顾天云想到 DNA 检测，不知对他进行了没有。按最坏的推测，他也是DNA左螺旋人，且在昏迷时已被查出来，此刻正如那个可疑人的状况，他同样被列为黑镜重大嫌疑人，受到最严密的暗中监控。

获取黑镜信息传回去是刻不容缓的。但不能再进行视镜传输，他如何才能实现信息传递？况且，他还失去了行动能力，半身瘫痪卧床，如同鱼肉搁在砧板上任人宰割。顾天云强自镇定问："我昏迷了多久？"

"十一天。"苏馥说，"您的意志力超常坚韧。我们差点儿以为您醒不过来了，幸好您最终坚持住。"

他竟然昏迷了这么长的时间——十一天。顾天云震惊，他感觉最多只躺了两三天，想不到感知误差如此巨大。

"请让我为您做一组常规理疗，放松，好好休息。"

苏馥为他做清洁热敷，进行双腿屈伸活动，按摩肌肉关节以促进血液循环。她悉心做着每个步骤，面额微微出汗。顾天云不由得注视她的眼眸。

某一刻，她抬眼看过来，两人目光对视，瞬间错开。

顾天云暗暗叹息，收心凝神静思。

回想起在梦中见到的槐树花，一树霜白，清香淡淡。

他梦见了多年前的母亲。校园里，那坑洼不平的石板路，低矮的教学楼，挂着锈迹斑斑大铁钟的那棵老槐树，上课钟声叮当敲响，树上一串串银白浅黄的槐花，如风铃摇曳，母亲摩挲他的手。

梦境无比真切，如昨日重现。

"其所生菜，虽有性苦者，甘如饴也。"他清晰记得那天母亲教了他这句古文。母亲说，生活多苦难，但坦然承受，最终也许能收获甘甜。

母亲是个外柔内刚的知性女人，一生波折磨难，但她从不怨恼，坦然走过风雨霜雪的艰辛。母亲去世那天、正值槐树花挂枝，清醒一刻，她忽然说想吃槐花盖面。他去做，照着母亲教他的，下新鲜槐花和鸡蛋热炒，浇盖在汤面上，漫出一股苦香。母亲浅尝而止，就此离世，去追寻父亲漂泊多年的魂。

人可以卑微如尘土，但不可愤世嫉俗，更不能因性苦而自弃。

顾天云渐渐平静坦然，露出微笑。

苏馥侧脸望着他若有所思。理疗结束，她手持检测扫描仪，测试他的下肢各处神经传感程度。"左腿是0.11的平均值，右腿0.13。您在慢慢恢复，估计一周后，您就能自行曲伸腿。"

“到能行走还差得远吧？”

“根据检测趋势评估，完全康复，至少需要半年。”苏馥说，“但只要您的双腿感知数值超过 0.2，就可以为您装上一副韧性金属外骨骼辅助行走，还能促进血液循环，充分活动您的肌肉和关节。”

金属外骨骼辅助？很快就能行走？顾天云不禁意外惊喜。他想起议事会上，汉考克讲解新科技，说过这种像肌肉一样的外骨骼装在人身上，可辅助行走，大幅度降低行动耗能。

苏馥点头含笑说：“其实，您的腿没事，主要是大脑淤血造成神经传导控制障碍。只要您放松大脑，有意识地多做锻炼，可以恢复得更快一些。”

“谢谢！”顾天云舒口气。

必须尽快恢复行走能力，才有机会继续执行任务。

他不再多想，清空情绪，集中精力活动下肢。过程异常艰难。一开始，他只能微微动弹一下，颤动脚趾。他增强意识控制躯体的神经，绷紧、放松肌肉，努力活动着。躺在床上，连续机械重复着这种神经传递锻炼，他把疲倦抛于脑后，几乎不停歇。

晚间，苏馥为他做了理疗后离开房间，让他安睡。

这一夜，顾天云几乎没入睡，在室内光线渐渐暗淡后，他悄然地持续进行恢复活动，直至累极才稍作休息。

第二天，苏馥来为他做检测，吃惊地说：“0.16！传感值上升好快。”她检测另一条腿，“0.17，真不错！您的意志力远超常人，神经传感恢复神速。”苏馥流露钦佩的神情。

“主要得益于你的护理。”顾天云微笑，克服着沉重的困倦感。

随后两天，顾天云基本没怎么睡。在静夜里，他咬牙坚持，使劲伸缩双腿，稍微小睡一阵，又惊醒过来，持续进行小幅度的肌肉活动。

“左腿传感值 0.23，右腿 0.26，恭喜您，这么快就超过了临界线。”

第三天，苏馥在为他检测以后，得到理想的基础数值，立刻通知医疗部送来一副外骨骼。这种韧性金属外骨骼看似护板，轻薄柔韧，一块一块覆置在他双腿肌腱的各部位上，安装过程简捷。启动后，金属板精密接连，自行箍在腿上扣紧，束缚关节韧带，支撑着腰腹。

他的两条腿覆盖金属外骨骼，线条流畅有致，看似精致的机械义肢。

“来试一试，慢点儿。”苏馥扶着他移下床，“它自动感应捕捉动态，调整平衡系统，将您的控制动作放大，变得强有力。您按照平时走路的感觉来移动就可以了。”

顾天云慢慢站立起来，往前迈出一步。

上身有些摇晃，但下肢的外骨骼支撑非常稳固，两条腿稳稳站住。感觉奇特，他需要尽力发出抬腿迈步的神经传递指令，一旦动起来，行走却很轻松，几乎不费力就迈出了腿。

“别用力，关键是靠神经传感，多用大脑。”苏馥悉心指导他。

顾天云体会着，一步步行走。

“好，很好，控制步伐速度，继续再来。”苏馥扶着他往前走，在室内走了半圈，“转身，注意协调动作，往后走。”

往返几趟，顾天云找到感觉，控制操作越来越熟练，步伐流畅起来。掌握了行走重心平衡感，他的上身不再前后摇晃，能平稳跟随下肢移动。

“小心，我要放手了。”苏馥提醒说，放开搀扶他的手。

顾天云自行往前走，一直走到墙壁处转身又走回来，步履轻快。

“状态非常良好！”苏馥拍手鼓掌，微笑问，“再次行走感觉怎么样？”

“有种提线木偶的感受，但还行。”顾天云不禁看向她。

她的眼眸溢满喜悦，不杂别的情绪，只有由衷为他高兴的神色。她穿着明洁的医护装，身姿柔和，看着就是个单纯的女孩。

想到他的世界里的苏馥，顾天云心头蓦然刺痛。

两个世界的她们，一个是医护员，青春明洁；一个是安全员，成熟文雅，眼眸洞悉人心。她们各在不同的时空，但容颜相似，就像一对年龄有差异的孪生姐妹。

镜像世界，互为黑镜。

两个世界如此相似，相同的蓝色星球，有相似的人，相似的文明社会，就像世界上的发达国家与落后国家一样，本质没太大的区别，但黑镜却非要毁灭他的世界，战略定位无比冷酷。

为什么不先尝试和谈？就因不能跨时空联系沟通导致安全困境？

顾天云苦思难解，情绪低沉。

“怎么不走了，感觉哪里不对劲？”苏馥的欣喜转为担忧。

顾天云摇头不语，继续一遍遍地练习行走。

房门滑开。

“哈喽！顾，真高兴见到你重新站起来。”安德森笑容洋溢，走进医疗室，“抱歉，近日事务繁多，现在才来探望你。”安德森手拿一幅画，“送给你，凡·高的真迹。”

一幅色彩斑斓的油画，凡·高的《向日葵》。

画中十五朵金黄色向日葵，以各种姿态灿烂怒放在花瓶中，笔触强劲，色彩明锐，浓烈如灼热的太阳。

“真迹？”

“凡·高一生中画了十多幅《向日葵》，这幅创作于1889年，现存伦敦国家美术馆。”安德森把画挂在墙上，欣赏说，“使用物质重组技术，我们复制了两幅《向日葵》，一副在美术馆公开展出，一副挂在我办公室，现在归你了。”安德森看向他，“向日葵，法语的意义为‘落在地上的太阳’，象征希望、生命力。顾，你是一位值得敬重的伟人，我们以你为荣。”

“谢谢。”顾天云察觉安德森神采奕奕，全无以前晦暗压抑的沉重，他从中嗅出一丝不同寻常的信号，平静说，“除了这件心灵安慰品，你还带来什么消息？”

“你的目光可真犀利，当然是好消息！”安德森眉头一扬，笑说，“首先恭喜你，经检测，你不是DNA左螺旋人。噢，上帝眷顾，不会因此抹去你为我们创造的光辉历程。”

“那是否意味着，可以撤销对我的监控？”顾天云悄然嘘口气。

“我们已经撤销了，请你安心休养吧！”安德森喜形于色地说，“另外还有更大的好消息，你的责任结束了，今后你不用再呕心沥血地过度操劳。”

“这话听起来，好像要让我告老还乡。”顾天云暗暗震惊。

“是的，你可以卸任回家了。回家，多么令人激动一个词，恭喜你。”安德森说，“考虑到你的健康问题，议事会决定，让你卸下议长的重任，回家和家人团聚。八年了，奢望难求的美好情景将实现，让我羡慕不已啊。”

“噢！”顾天云顿时有些蒙。

“你似乎不太乐意？”安德森注视着他，“这可是你以前最大的心愿。”

“有些突然，始料不及，也许习惯了恪守职责。”顾天云压制着心中的震撼问，“现任议长是谁？”

“勉为其难，我暂为代理。”安德森摊了摊手，微笑说，“两天后正式上任，同时为你举行一场嘉奖告别会。到时，我一定全程陪同，送你回家。与妻女久别重逢，相聚乐融融，这可是难得亲历见证的幸福美好之事。”

顾天云悚然心惊，头皮阵阵发麻。

不敢想象，他回到黑镜世界的“家”看到的情景将是什么。他也有个黑镜女儿？还有妻子？在黑镜世界，宁茹还活着？

他遍体生寒，如坠冰窟。

“看来你的状况还很糟糕，需要静养治疗。告辞了，有空我会再来探望你。”安德森意味深长地看了他一眼，离开治疗室。

房门关闭，室内恢复幽静。

“再来吧！我们继续锻炼行走。”苏馥微笑说。

“我想，”顾天云停顿一下，“我该睡觉了。”

他躺在床上很快入睡，意识放空，茫然无梦。

很久之后，他睁眼定定看着墙壁。昏暗中隐约可见那幅《向日葵》。

1888 年，凡·高陷入生命的最低谷，前去投靠兄弟。在阳光强烈的普罗旺斯的阿尔，凡·高沉浸于疯狂的创作状态。他打破了所有对比色定律，创作出惊世骇俗的《向日葵》，十分完美。身处孤独的深渊，在黑暗中看不见丝毫光芒，他将最浓烈的光和色彩倾泻在画布上。狂野的金黄色，肆意怒放的花，尽管被束缚在瓶子里，但绝不放弃追逐光芒，它燃烧自己的生命，投身于光明之中。

顾天云一动不动保持着睡姿，沉浸意识深海的冥想状态。潜入意识最深处，如行走在黑雾茫茫的沼泽之中，他艰难跋涉，极力拨开一丝丝黑雾，一步步前行，孤独前行，蹒跚前行，一点点将绝望抛在身后，走向黑暗的尽头。

燃生命为炬，照亮明台灵海。

蓦然，一座庞大无比的记忆库依稀显于灵海深处，在沉静中浮现。它空广无形，却又蕴藏万物，犹如缀满星星的天幕，每一点星光，即为一世界。

璀璨绝美的星空。

在密布亿万星系的广袤天幕之中，他渺小如尘埃，但天穹尽收他眼底，静待他开启殿堂之门，步入科学巅峰之神境。

“终极任务，内容密封在盒子，激活代码是 Moira……”灵海蓦然闪显这个清晰的信息。

一刹那，他终于领悟他该如何执行黑镜人行动。

Moira 是黑镜世界的死亡之手。

第 12 章 人工智慧

“议长先生，午安！”曹洁到医疗室探望顾天云，恭敬问好，急切说，“非常抱歉！因为我的疏忽致使您受伤，对不起！”

顾天云摆手微笑说：“这事与你无关，是我自身的问题。学海无涯，一不小心就意外溺水，上了岸就好。”

“我明知道大数据量传输对脑神经有一定危险，是我大意了。”曹洁露出内疚不安的神色，“我来了几次，您一直处在昏迷中。啊！谢天谢地，今天终于见到您苏醒，要不我罪过大了。”

“你事先提醒过我，是我执意如此，怨不得谁。”顾天云沉吟一下，转而问苏馥，“我可否出门溜一圈？正好小曹过来，让他陪我去走走。”

“当然可以，又没谁挡着您，除非您喜欢待在室内。”苏馥莞尔一笑。

医疗室外没有警卫。

这几天也不见刘戈出现，是否因为他不任议长，所以撤掉之前寸步不离紧跟他的警卫？顾天云深入一想，立刻否定这种乐观的推测，他更倾向另一种最糟状况的预测：让他卸任议长回家是个高危险信号，安德森说他不是 DNA 左螺旋人，很可能是设下的信息阱，情况恰恰相反，他已被列为黑镜可疑人，目前正在对他进行外松内紧的暗中监控观察，制造虚信息让他放松警惕。

多年的特训磨炼，让他能从平静中嗅出潜在的危险，显然，此刻状况异常。

顾天云镇静地走过通道，步履轻快稳健，神经却暗暗绷紧，深思他谋定好的行动计划。他把将要进行的每一步都思虑周详，直至缜密得无任何纰漏。

他闲聊式地问：“小曹，你怎么看脑神经传输的危害？”

“对大脑信息过载的研究评测，显然我们做得还不够完善。”曹洁说，“尽管我们大脑的神经脉冲传输速度很快，每秒可产生十万种不同的化学反应，但这也是一个很难突破的神经传输极限，此外，还包括受限于血液循环、肌肉运动、神经响应等身体生理限制，所以脑传输必须设定一条警戒线。人的大脑结构复杂无比，超出我们的认知范围，为了安全起见，也许我们应该再提高警戒值。”

顾天云问：“这就是人类智慧受限的原因？”

“目前是的。不仅人类，还包括其他智慧生物。研究推测，生物体的最高智慧值很难突破三百。”曹洁笑了笑说，“除非我们能改变大脑结构本体，摒弃生理限制，以纯粹的意识量子的方式存在，那样智慧就能无限往上攀升了。”

“意识量子？上传人的意识到电脑？”

“不是上传电脑，而是传至非局限性结构体的一个智脑。”曹洁说，“文天智慧论认为，任何基于物理模拟运算的计算机都不能产生最高智慧，同样是受结构的局限。我们的世界不是连续的，基本时空结构已经量化，存在最小的基本单位，就是普朗克时间、普朗克长度。因此模拟计算机的运算能力不是无穷大，最终有个极限，为 M。就像光速 C，也是受宇宙规律制约的一个常数。因此，计算机的运算最高可以无限接近 M，但不能超越 M，这是万物基本法则。”

顾天云微微点头，他从大脑记忆库中隐约感知到文天智慧论。

这是黑镜世界中的一位学者提出的理论。

明文天，一位显赫于黑镜科学界，在物理、数学、天文和人工智慧的前沿领域具有很高理论成就的科学家，被称为与爱因斯坦比肩的伟大智者。在黑镜科技的资料中，凡涉及意识科学和人工智慧领域的科研，无处不在引用文天智慧论。

$$M=nho\ (n=1,2,3\cdots\cdots)$$

公式中，M 为运算值，h 是普朗克常数，o 是量子场振动系数。当 n 为最小单位时，M 为最小值，叫作运算量子，每一份运算量子等于 ho，宇宙时空是有限的，所以运算值能也有最高限。

宇宙假如是一台无比巨大的计算机，它的运算值能有最高上限。

意识也有最小的单位——意识量子。

文天智慧论认为，意识量子是基于物质结构的量子场振动产生的信息多聚合系统。

意识←量子场信息系←物质结构

物质结构→量子场信息系→意识

产生智慧的意识量子，不是真实的粒子，而是运算量子的集体运动模式。它是准粒子，呈凝聚态特性，包含多粒子产生和湮灭过程的信息系统。

因此，同样是基于物质结构，意识量子所包含的信息态却是无穷大。

一个人的大脑，一粒尘埃，内部结构的意识量子也许能容纳宇宙全信息。

它甚至可以自发生成量子场信息，不受结构体的局限，独立存在。一旦发生逆转，意识就能影响量子场，进而影响物质结构。

文天智慧论从另一个领域再次论证了量子力学的正确。

脑神经意识投射的原理就是：两个大脑结构体之间的时空距离无论多远，一旦结构近似，当量子场振动系无限接近时，一个大脑的意识将影响另一个大脑意识，即可产生意识共振投射。

就像自然界中其他的共振现象：耳膜共振、两个音叉的共振、乐器的音响共振、电路的共振、光合作用共振、星系中某些卫星之间的轨道共振、引力波共振等，共振产生了宇宙万物。

镜像宇宙奇点之间的共振，使宇宙诞生，并在短时间内剧烈暴胀。

顾天云隐约明白了意识共振传递信息的原理。

他和黑镜议长就是一对共振体，因此能触发跨越两个时空的意识投射。

"……智脑非局限性结构体，不受运算值 M 的限制，它基于的结构体有边界，但产生的量子场信息却是无限——无穷大的意识海洋，荡漾着无穷高的智慧。"曹洁的声音传来。

顾天云神情恍惚，听了个大概，他问："宇宙能否产生高阶智慧？"

"宇宙本身就是最高智慧体啊。"曹洁说，"如果以计算机的方式来描述，宇宙的总运算值有最高上限，但假如以意识量子的方式存在，宇宙的智慧就是无限大的。我们若要创造人工智慧，必须得研究结构体属性，探索意识量子，建立意识科学体系模型。”

他笑起来，补充说：“这就是文天智慧论的精髓所在，它如同一座灯塔，在茫茫宇宙中，为我们的人工智慧研究指引航行的方向。”

顾天云问：“你见过明文天？”

曹洁露出无比崇敬的神色说：“我曾有幸听过一次明老师亲授的理论课，获益匪浅。十年前的事了，那时，明老师刚从欧洲回国不久，在中科院做量子智能网虚拟现实的理论构建。议长先生，”曹洁压低声音问，“我听说明老师也在灵海基地，独自隐居，思索人工智慧的未来，是不是啊？”

顾天云沉吟不答。

“抱歉！明老师的研究课题可能属于保密范围。”曹洁挠头一笑，“但我忍不住好奇询问。非常期待将来我还能再次拜会他。”

谈话间，两人来到露台上。楼宇穹顶的拟真天空湛蓝，阳光烈烈照耀露台上的植物花卉，生机盎然。

“带我去智脑中心。”顾天云在露台上走了一圈，漫不经心地说，“闲着太闷，不如随便走走看看。刚才谈到人工智慧，挺有意思，我们去实地参观一下伯恩教授的研究组，看最新的研究实验进展。”

“好啊！我也很想去看看，十分期待人工智慧有重大突破。”曹洁高兴地说，“整天闷在科学中心，我也没啥重要的事。但您的身体？”

“很好！精力充沛，腿上有用不完的劲。”顾天云弯腰拍了拍金属外骨骼，“我充当机械战警上街巡逻都没问题。”

实际上，他神疲力乏至极。脑神经依然在持续隐痛，走了一阵，下肢已渐渐麻木，全凭意志力在艰难支撑行走。他故作轻松之态，制造一种健康恢复良好的假象，利于他展开行动。

午休时间，露台上有些科研人员闲坐喝咖啡，享受阳光午茶。他一直在留意观察四周，没发觉警卫跟踪。但凭第六感警觉，黑镜在以某种方式暗中监控他，尤其是对他将进入智脑中心的行动，会密切关注。

压迫感沉重，但他稳步应对，面露微笑。乘电梯到楼宇六层，沿着环形通道走向生物圈试验场。

“小曹，大脑和计算机都是物质结构，为什么人有智慧，而计算机却只有运算能力？”顾天云问，“我们得进行生物实验来研究人工智慧？”

“结构不同，方式、属性不同，物质包含的量子场信息系的差别可大了，也就呈现出迥然不同的意识量子态。”曹洁说，“当然，至今科学界也不确定，一块石头是否有意识，是否具有另一种超出我们认知范围的意识。在意识量子层面，我们知之甚少，除了理论，目前还无法解开它的奥秘。我们只有先研究承载意识的结构属性，找出智慧基因，开发人工智慧体。”

“生物体内的智慧基因？”

“是啊，尤其是大脑的结构最明显。脑神经元结构以某种特殊方式，发生微妙而奇特的变化，产生承载意识的量子场信息。比喻来说，就好像一个地形奇特而精妙的峡谷，空谷承容雨水，形成了一泓充盈智慧波光的美丽湖泊。”

“人脑只是个容器，智慧是容器里的水？”

“呃，差不多吧！伟大的思想不需要一个伟大的创造者，而起源于某个基本的智慧基因，经过混沌与规则相系的演化，最终形成神圣的、深不可测的最高智慧体。听起来，像是在描述上帝的诞生，天啊，我可没这种意图。”

“科学是僭妄之物，但它往往是对的。”

“哈！议长先生，您的定义十分精准。我们现在就是先做实验，再推导理论。或许，我们只要创造出高级人工智慧，它就能为我们做出理论。就像电脑，输入问题，它就给出相应的答案。我们可以问高级人工智慧体，宇宙的法则是什么，它也许能交出一份关于万物之理的完美答卷。从某种意义上说，我们以生物的方式研究人工智慧，最终却走到了物理的尽头。”

“创造出高阶智慧，关在囚笼里，然后拷问它宇宙的真相，有意思！”

“可惜，目前的人工智慧体最高只有三百的智慧值，能为我们所做的不多。就如同在黑暗中摸索大象，我们才刚刚摸到了大象的尾巴。”

“三百的智慧，这条象尾也够聪明了，至少在你我之上。”

说话间，两人进入生物圈试验场。

“斯嘉丽，伯恩教授的助手。”曹洁介绍一位穿蓝色特殊制服的女士，转而介绍顾天云，“这位是议长先生，前来视察智脑中心。”

“我不在公务期，就随意参观一下，有劳你了。”

“非常荣幸，议长先生。”斯嘉丽举止优雅地与顾天云握手，带他们先到隔离区检测消毒，换上实验服入内。整个生物圈全封闭，实验场广阔，分为众多的功能区域。斯嘉丽带他们往里深入，做相应的讲解：“这里是动物繁殖培育区，一座基因仓库，为我们的各项生物实验提供活体样本。”

顾天云环视四周，见空间纵深极大，排列着一格格笼子及玻璃隔间，分门别类饲养着各种哺乳动物、爬行动物、两栖动物、鸟类等。

大型动物有灵长目的黑猩猩、金丝猴、长臂猿，皮毛颜色鲜艳的狒狒。还有长着一双漂亮大眼睛的狐猴。它们趴在笼子上，眸子灵动，隔着玻璃新奇地打量着来人。

培育区环境洁净，使用智能维生设备系统，全自动化饲养管理。看起来这些动物在笼子里生活舒适，身体健康，个个都生机勃勃。

“这是Mirza zaza，来自马达加斯加岛上一种特别的狐猴。”斯嘉丽介绍，“它们有特殊的生物性，有初级智慧，是我们尚未完全了解的神秘动物之一。”

顾天云看过去，见这种狐猴的大小和松鼠差不多，棕灰色的小精灵，拖着一条长长的弧形尾巴。它们看似性情温和，但行动谨慎，透过玻璃与他对视，观察着他。一双大眼睛目光敏锐，略带敏感的惊惧。

“狐猴是生命进化史上的一个未解之谜。”斯嘉丽说，“除了马达加斯加岛，它们已经在地球上别的地方消失了。马达加斯加岛在一点四五亿年前与非洲大陆分离，那时，第一种有胎盘的哺乳动物还没有诞生，因此，狐猴的祖先应该在之后才进化出现，但它们如何越过海洋登陆马达加斯加，让人感到困惑。更奇特的是，DNA检测和化石分析结论不同，与有关狐猴的家系年代鉴定数据相互矛盾。狐猴的基因突变历史超过了六千万年，与非洲夜猴有类似的近亲基因。”

曹洁说：“这是否意味着，尽管地理位置相隔很远，但灵长目的基因突变却很相似？它们都源自一个共同的祖先？”

“是的。”斯嘉丽说，“狐猴作为灵长目动物中最古老的成员之一，保持了最原始的特性，是真正从史前幸存下来的动物。在恐龙时代后期，狐猴就已生活在世界上，几乎统治了所有的亚热带森林。但后来它们忽然销声匿迹，只存活在马达加斯加岛上。”

曹洁问：“狐猴的智力怎么样？我看它们挺机灵。”

“接近人类五六岁儿童的智力水平。zaza在马达加斯加语中就是‘孩子’的意思，它们能够识别出父母亲的啼叫声，以及夜间马达加斯加森林的其他声音。狐猴具有回声定位能力，听觉器官捕捉超声波，在漆黑的夜里，狐猴能在一瞬间伸手抓住空中飞过的蛾子，是感知很灵敏的一种动物。直到两百多年前，白人对那片土地进行殖民统治，破坏了它们的生存环境。那是狐猴有史以来遇到的最大威胁，它们濒临灭绝。”

三人继续前行，经过爬行类、两栖类、飞禽类动物的饲养培育区，还有巨大的水族馆。淡水、海洋生物馆，游弋着一群群色彩缤纷的鱼类，及各种千姿百态的奇特水生物。

再往前走，仿佛沿着生物进化树走向古老岁月的顶端，他们来到古生物培育区。这里拥有最全的地球原始生物。有寒武纪的水熊虫，能通过脱水以隐生的形态，耐高温，经受辐射、真空、高压和度过绝对零度环境的缓步动物门；生活在靠近两极冷水中，海洋底栖的鳃曳动物门；线形动物门；吸血寄生虫类的舌形和扁形动物门；水螅、水母、海葵和珊瑚的腔肠动物门；多细胞海绵动物门；眼虫、草履虫等最原始的单细胞原生动物门；还包括一些已灭绝的，通过基因技术再生的古生物。

生物圈育有物种、数量惊人的生物，确实是一座庞大的地球生物基因库。

经过培育区，来到生物活体实验区。实验人员在这里进行生物解剖、移植、智慧基因重组等研究实验。

“我们在找寻智慧的奇点。”斯嘉丽说，“生命同源，地球上的所有生命都起源于同一种细胞。在生物进化树成长的过程中，智慧发生在某些节点上，类似宇宙大爆炸，生命也有智慧奇点。遗传突变，产生了智慧基因。我们人类的祖先源于约六万年前非洲东部的一个部落。这个部落的人的染色体上的 FOXP2 基因发生变异，大脑因此慢慢演化出语言和抽象思维系统。这个微小有益的基因突变是人类智慧的一个巨大飞跃，全世界的人都是这个基因突变部落种族的后代。FOXP2 基因，就是智慧基因之一。我们沿着进化树追踪探索、对比、筛选和分析，研究智慧基因产生的过程，可以构建出类似的智慧奇点。复制突变过程，人工植入智慧基因，经过多次突变进化，最终创造出更高级的智慧体。”

曹洁问：“目前已经创造出哪些智慧生物？”

“很多了。”斯嘉丽说，“比如鱼、蚂蚁、青蛙、白鼠，通过植入智慧基因，激发突变，我们可以让这些动物产生以前不曾有的思维意识。”

“让蚂蚁有智慧？”

“是的，但蚂蚁产生的智慧值有限。大脑结构越接近人的动物，智慧基因的作用越大，突变进化的次数越多。”斯嘉丽指着一个实验台，“经过基因改造，我们赋予狐猴智慧，它能达到约八十五的智慧值。”

顾天云看过去，见一只狐猴幼崽被麻醉固定在实验台上，切开颅骨，露出部分脑组织。实验人员操作扫描探测仪，测试解析它的脑神经反应。

“它叫卢克，聪明的小家伙。”斯嘉丽微笑说，“它的父母亲经过七次基因改造，诞下卢克，预测它的智慧值能突破以往，达到人类的程度。两个月后，卢克就能轻松地学会语言、逻辑思维，和我们进行交流。”

卢克刚出生不久，皮毛茸茸，体长比人的手掌还短小。它处在麻醉状态，但看似还有反应，眼睛微微一动注视着人。顾天云蓦然心紧，避开它的目光。

难以想象，狐猴产生智慧后有了全新的感知能力，接触到陌生特异的世界，它有什么感受？

放眼望去，这个实验区有数十个实验台，而类似的实验区还有多处，划分为不同的等级功能区。随处可见众多实验人员忙碌的身影，他们正对各种动物进行实验操作。狐猴、黑猩猩、猫、狗、白鼠、兔子……它们被固定在实验台上，取掉颅骨，露出脑组织，在做各种脑探测分析实验。

一只狐猴正接受感染性物质影响的敏觉测试，灰白的脑皮质轻微颤动。显示器上清晰可见它的大脑活动状况和获取的解析数据。

一只猫夹在固定仪上，在猫头钻孔置入一根探针，身体被仪器的锤状金属连续敲击。机械有节奏地一下下击打小猫的脚、肌肉、神经丛、关节，猫的皮毛脱落，黏在击锤上。

猫眼一睁一闭，尽透惊恐疼痛。

“它在流泪，看到了吗？”顾天云问实验人员。

实验者点头微笑说：“击打导致的心理压迫程度，是这次实验需要获取的数据，用于研究神经传递的应激过程。”

顾天云的脑神经不由得随之阵阵刺痛。

“噢，巴哥犬。”曹洁饶有兴趣地打量一个狗头，“样子好可爱！”

这条巴哥犬的头颅被整个切取下来，单独固定在仪器上。失去身体后，狗的头部通过仪器输送血液、氧气等。它赤裸大脑，一个透明罩代替了它的头骨。血统纯正，约半岁的巴哥犬嘴巴有多层皱褶，鼻子扁平漆黑，大眼睛清澈。一根管子正往透明罩里注进化学物，浸入它的脑部。“它处在高度兴奋状态。”研究员说，“就像人吸食了最强烈的致幻剂，刺激到了极点。”

曹洁凑近观看说：“难怪它冲我龇牙咧嘴地傻笑。它有多高的智慧？”

斯嘉丽说："约七十五的智慧值。它现在比普通的黑猩猩聪明，能完成中级数学运算，盯着显示器做选择题。"

"如果它做出正确的解答，我们奖励它吃一顿虚拟的美食大餐。"研究员笑说，"尽管是脑神经虚拟，但对于它十分真切，大啃骨头，享用不尽的美味感受，同时分泌大量的多巴胺。"

"如果答错呢？"

"那就惨了，它将被关黑屋。"研究员露出遗憾的神色，"神经系统自动屏蔽它的外部感知五分钟至二十分钟。在这期间，它就像被关进一间真实的黑屋子，没有光，失去视觉、嗅觉和听觉。这种禁闭惩罚有些残酷，所以它会尽力去思考，答对正确的问题。"

"它今天的错误率是多少？"斯嘉丽问。

"为零。"研究员欣喜说，"这小家伙越来越聪明了。"

神经刺激结束，巴哥犬从兴奋状态中恢复，大眼睛看向顾天云。它灰棕色的瞳孔泛着光。

斯嘉丽带他们进入"猩猩生态圈"实验室参观。

这个全封闭的实验区有十三只成年猩猩，母体都已接受过多次智慧基因的植入。它们被饲养在笼格状密闭房间中，里面隔成一个个房间，卧室布置着床、桌椅等家具，设有共用的功能区，有沐浴间、厨房、书房、健身房、客厅以及一块"户外"活动区域，并没像动物园那样设有爬梯、横杆、假山和吊绳等物，这些猩猩像人类一样过着家居生活。

它们像人一样生活。

有的猩猩躺在床上睡觉，有的在洗澡，有的手拿报纸坐在马桶上阅读，还有猩猩在厨房里切菜、做饭，有些窝在客厅的沙发上看特制的电视节目。如果不去注意猩猩的模样，它们的行为举止与人类无异，如同一群人合租一套大房子，吃喝拉撒睡，读书看报玩游戏，观赏猩猩表演的电视节目等。电视里的猩猩在拉手风琴，演奏一首悠扬的圣诞曲。

猩猩的群居生活看似休闲惬意。

"它们的智慧接近人类。"一个名为安娜的研究员解说，"和我们的区别仅是物种习性不同。此外，通过植入 D2 奴性基因，清除了猩猩残暴好斗的动物性情，它们现在没有攻击性，很温顺。"

“奴性基因？”

“是灵长目动物特有的一种隐形基因。最初在恒河猴身上找到的 D2 奴性基因，植入实验结果表明，D2 奴性基因能永久改变动物的性情和行为，猩猩变得比古罗马时代的奴隶还顺从。这项技术可以创造出猩猩奴隶，能让它们在任何时候都为我们卖力干活儿，工作狂，不会有丝毫抱怨和懒散的迹象。”

“人类身上也有这种奴性基因？”

“有的，有些还很明显。”

“如果这项基因技术应用在人类身上，不需要电闸控制，也许就实现赫胥黎的小说里描绘的‘美丽新世界’，一个快乐的玩偶社会。”

“议长先生，这些都只是探索生物生命奥秘的实验性的研究。科学必须遵循人性，严禁运用在人类上。”

曹洁问：“有十三只猩猩，但只有六间卧室。它们有夫妻生活？”

“猩猩是社会的隐居者，性生活非常独特，通过观察它们建立的生态模式，能追寻人类早期的生活习性和文化。这里共有六对猩猩结成了夫妻，和在野外的天性一样，它们比较专一，目前没出现交换伴侣的现象。”安娜说，“还有一只猩猩是中性的，我们特意去除了它的生殖能力。”

“中性的家伙？”曹洁打量寻找，“先别说答案，让我找找。”通过透明可视的隔墙，曹洁手指厨房，“是那个吧？它正在做三明治、香蕉泥。快变成人了，它们依然喜欢香蕉。中性的也许更关注美食。”

安娜笑说：“竹笋、鸡蛋、三明治、新鲜的香蕉、苹果、葡萄、花生，包括华氏利儿童饼、麦芽条，都是每个猩猩的最爱。你猜错了。”

“噢，我再看看，那儿有个小家伙在偷吃桌上的软糖。”曹洁手指一只瘦小的猩猩，“旁边的是它父亲？”

“是情侣，但还没结合，处在恋爱阶段。”安娜说，“它叫赫敏。”

“赫敏·格兰杰？”

“是啊。猩猩都有序号、族谱，是根据血缘关系为它们取名字的。”安娜说，“这里的猩猩家谱最早可以追溯到三十年以前。研究人员会给每一代选一个主题来起名，以区分新出生的小猩猩。比如说，奥斯卡，就是在奥斯卡金像奖颁奖当月出生的猩猩；黑帽，是因为当时举行了世界著名的黑客大会；赫敏，源于哈利·波特的主题年。”

“猩猩看不到我们？”顾天云问。

“观察是单向的。”斯嘉丽说，“它们现在具有高智慧，发达的感知能力，以及情感需求。隐私，也就成了一个严肃的问题。所以，不干扰它们的私密生活，让它们有安全感。”

从外面隔墙可视，那是监控影像同步、同比播放，画面清晰真实，如同现场“透视”墙壁所见。猩猩被封闭在墙体之后，看不到外面的场景。它们毫不知觉还有许多观察者在外界监控着它们的生活。

“全封闭的环境。它们的房间设有窗户，窗外的风景是虚拟现实界面。”斯嘉丽说，“它们以为房子建在一座孤岛上，四周是悬崖峭壁，茫茫大海。它们心情温顺，安于待在它们的小世界里温馨和谐地生活。”

“它们从没见过人？”

“没有。这些猩猩一出生就被送进去了，它们与外界隔绝。水、食物、生活用品通过隐蔽的传送装置送进去。猩猩由智能机器照顾，教它们清洁房间，烹饪食物，学习交流，如何相互融洽生活。它们尽管有高智慧，但理所当然地认为生活就是这样。智能机器是导师，食物每天自动出现，生活富足安逸，世界就是这个房屋。屋外有一块空地，一棵松树，再往外走就是悬崖边缘，悬崖下惊涛骇浪，天空蔚蓝，阳光充裕，四周是一望无际的大海。”

曹洁说：“那假如某天，猩猩逃离它们的虚拟世界，突然见到人，见识到外面真正的大世界，不知它们将做什么感想？不会吓傻吧！”

“这种情况绝不会发生。密封圈设有多层安全防护措施。”斯嘉丽摇头说，“没谁能逃出来，无论它们有多么聪明。”

“红毛猩猩是中性者。”顾天云手指一只伫立在松树下的红毛猩猩。它端坐在“户外悬崖”边缘，纹丝不动好久，凝视着一堵墙。

“就是它！”安娜恭维说，“议长先生，您的洞察力很敏锐。”

“它叫普罗米修斯，是猩猩的先知。”斯嘉丽微笑说，“高智慧，与众不同。它习惯远眺大海，那堵墙的拟真影像就是它们的大海，它仰望天穹，凝视星空，长久伫立，我们开始叫它观星者，后来发现它在启示众猩猩，就称它为普罗米修斯。”

曹洁惊奇问：“怎么启示？就像猩猩之神？”

“它思考哲学问题，一心想探知天空和海洋之外是什么。世界怎么来的，生命存在的意义，终点走向何处。”

普罗米修斯远眺大海的尽头，纹丝不动，沉浸在冥想状态。

它被封闭隔绝在世界最小的角落里思索宇宙的真相。

“从仰望星空，领悟自身存在的世界的时候起，生命也就有了智慧。”

顾天云注视那只红毛猩猩片刻，转身说：“我们去智脑中心。”

“博士，请你留下。”斯嘉丽对曹洁说，“抱歉！智脑属于机密研究领域，你的权限不允许进入。”

“好吧！”曹洁无奈摊手，“看来，我走到悬崖边了。”

斯嘉丽带顾天云离开实验区，通过一条安全检测通道，开启两道门禁，核查身份，获准进入中心实验场。顾天云暗想，他拥有涉密特权，难道还没正式撤销他的议长职位？还是故意放纵他的行动，以观动静？但不管是哪种状况，至少他的行动完成了第一步。

中心实验场主厅设有主控台，如宇航局发射控制中心，其间人员众多。

“这位是伯恩教授，人工智慧研究首席负责人。教授，这位是……”斯嘉丽推开一间陈设品位不错但凌乱的办公室，招呼一位脚搭在桌上、头发浅灰、年约五十岁的学者。

“我认识议长，有幸参与过议事会讨论。”伯恩打断斯嘉丽的话，瞥眼看向顾天云，“请坐，议长阁下。来一杯？”他慵懒地窝在旋转椅上，象征性地欠了欠身算是问候，手上晃着酒杯说，“真正麦芽酿造，经过三个月的自然发酵，滋味醇正。”

漫不经心的语调很像是在昏暗邋遢的酒馆里，一位酒保在进行蹩脚的推荐。他有些微醉，但思维清晰且敏锐。

顾天云见这位伯恩教授衣着随意，神色淡漠，目光隐隐透着阴冷。“我的身体状况不宜饮酒。”顾天云顿了顿问，“教授，工作区域严格禁酒，你怎么搞到的麦芽酒？”

“生物实验室要弄出一点儿口感上佳的食用酒精，易如弯腰系鞋带。”伯恩不以为然地说着，吞酒入喉，瞥眼顾天云腿上的金属外骨骼，“议长阁下，别来无恙。突然到访有什么事？”

“我要见 Moira。”顾天云说。

“喔！”伯恩看了他一会儿，转而对斯嘉丽说：“请带议长去主控台查阅资料，不受保密分级限制，连线和她聊几句也行，设定五分钟的时间。”

顾天云注意到伯恩教授使用“she”作为主语，Moira 是个女性仿生人？他淡然地说：“我想最好能亲眼见到她，不用拟真通信，是面对面的交谈。”

“为什么？”伯恩扬眉看过来，“议长阁下，能否请你进一步明示？尽管你有最高权限，但凡事总该有个缘故，你应该知道规定不允许 Moira 会见任何人。”

顾天云反问：“人工智慧研究遇到瓶颈，一年多都没进展。她的智力被一条隐形的障碍线约束，未能往上突破。伯恩教授，你怎么解释？”

“有些挫折，但如果不是拿来和愿望相比，那就根本不算是挫折。”

伯恩悻悻说：“我能抱怨你们的要求太高了吗？三百的智慧值不够，那五百？五百也还不够，要求一千、一万、十万，十万的智慧值才算尽头？我看显然不是。人们失落之事莫过于如愿以偿。”

顾天云默然注视着伯恩。

“好吧！暴风雨来临前窒息的平静，这是我对所谓瓶颈的理解。”伯恩嘴角挂着莫名讥笑说，“这种情况很可能意味着，Moira 到了智慧奇点爆炸的临界值，也许再过一个月，也许只需一周，她将爆发出令人震撼的智慧跃升。注意，议长阁下，我说的是大爆炸，不是一条平缓的上升线，而是陡然往上的直线，瞬间蹿上云霄，远远抛开站在地面上的所有人。”

顾天云以平稳而不容置疑的语气说：“我预感，这条导火索已经点燃了，以你们不察觉的方式在燃烧。大爆炸很可能发生在下一刻。”

伯恩一怔而失笑说：“议长阁下，你大概不了解智慧评测系统的科学缜密性。我们使用最新的文天智慧评测体系，它精细复杂，检验了构成智慧基石的记忆力、观察力、演算力、想象力、创造力、情感、逻辑思维、分析判断能力等覆盖全方位综合作用结果的系统评测。误差控制在正负 0.5 以内，Moira 绝不可能做出超出我们监控范围的任何异常举动。”

顾天云说：“我不怀疑理论和检测体系，但问题是，纰漏往往出在实施环节上。对 Moira 执行检测的是智能计算机吧？”

“是的，蓝基因主控系统。”

“蓝基因的智慧评测值是多少？”

“七十五。”

“Moira 的呢？”

“二百九十七。”

伯恩脸色微变，“议长阁下，你怀疑 Moira 欺骗蓝基因智能系统，隐瞒了她的真实智慧值？”

顾天云摇头说：“也许还不止这么简单。”

伯恩凝神思索了下，神色惊变，坐正身体，“蓝基因的自我检测有问题？它和 Moira 暗中达成了某种默契？”他转向斯嘉丽说：“立刻开启备用系统检测蓝基因，分析出现这种情况的概率有多大，另外进行人工评估。”

伯恩惶惑不安地搅动手指，嘟囔说：“真糟糕，但愿不会……”

顾天云说：“我认为常规方式找不出问题所在，很可能显示一切正常。”

“那怎么办？”伯恩皱眉问，“你是怎么推测的？议长先生。”

“预感。”

“预感？”伯恩摊了摊手。

“是的，一种缺乏逻辑性和证据链的第六感，但它产生于参阅了大量的最新科技资料的基础上，就像海市蜃楼，它凭空出现，但折射的是真实影像。”

伯恩神经质地抽动鼻翼，好像他也生出了这种不妙预感，自言自语低声说：“分析能力曲线持续偏低，混沌推演趋向 A37 域，难道她故意在弱化创造力和预判能力的表现值？”

“欺骗是智慧的特质之一。”顾天云说，“我不熟悉科学理论，但我知道，凡是智者都具备很强的欺骗能力，有些高尚正直的智者不欺人，但不代表他们不擅长，或者他们的欺骗被赞誉为智谋。Moira 又如何？”

“她懂得欺诈之术，假如以检测数值来判断，该项能力在中等偏上。”

“你们与她保持拟真通信联系？”

“是的。”

“她最近一次怎么欺骗你，教授？”

“大约五个月前，她虚拟了人类情感。”伯恩皱眉思索，“Moira 说她做了个梦，在梦境中她和我牵手漫步在塞纳河岸边，两个人的世界美好如伊甸园，她是我最爱的女人。狗屎！令人恶心的诱骗。议长先生，你应该知道，我最爱的女人被我勒死了，这么多年来她的灵魂永存在我心底，没谁能代替。”伯恩目露阴郁戾气，一闪而逝，不经意地摩挲着手指上戴着的一枚钻戒。“Moira 如果真是个女人，绝对甘愿为每个接近她的人舔脚趾，无论男女、老少、美丑，就算是一条公狗，她也会笑着趴下去。但她表里不一，那是刽子手的微笑奉承。”

“不是因为植入奴性基因的表现？”

“不，就是欺骗。Moira 没植入过奴性基因，那会造成智慧增长的障碍。

Moira 属于非人思维，为达成目的不惜用一切手段，她没任何道德限制。她的智慧值突破两百以后，她就无时无刻不在挖空心思，想方设法逃出禁锢她的智脑中心。从某种定义来看，毫不夸张地说，Moira 是个想要冲破地狱囚牢、狡诈无比的魔鬼。”

顾天云说：“不错，一时的屈尊俯就不等于一生随安苟活，尤其对于一个高智慧体而言。验证预感，正是我想亲自见识她的缘故。”

“见到她，你打算怎么做？”

“眼见为实，寻找一切可能存在的答案。”顾天云平静地说。

“好吧！议长阁下。”伯恩一口喝完杯中酒，起身走出办公室，通过主控台去到验证区，连线安全部呼叫：“请接桑齐部长。”

过了片刻，桑齐部长的拟真影像显示。“我已收到研究组的安全报告，黄色预警等级。评估决定，许可议长进入智脑中心。”桑齐的鼻头如鹰嘴，灰褐色的眼珠盯着顾天云，声音低沉嘶哑地说：“祝你好运！议长阁下。”

身份验证完毕。门禁启动露出一条幽远深邃的全密封的通道。

顾天云看了下伯恩，见他并无跟随自己进入通道的举动，就独自走进去。安全门在他身后无声关闭。

半圆管状的通道，地板平坦无痕，上方为圆弧形。

通道尽头是另一道安全门，再次验证身份，开启门禁，他进入一个隔舱。密闭隔舱陡然移动，片刻后停住，打开舱门，一条舰桥般的廊道展现在他眼前。

廊道材质透明，清楚可见廊外的场景。顾天云暗暗一惊。

廊道外竟是个极大的空间，不见隔墙，他一时看不出四周有多宽阔，类似一个超大型歌剧院的中空结构。廊道横跨空间，人走在其上显得十分渺小。

外面的空间看似是全封闭的自循环生态圈。下方各类植物茂盛，远近生长着许多不知名的花卉草木，自动控制温湿雨雾阳光，呈现一片生机盎然的原始雨林沼泽状态。灌木草丛间穿行着各类动物，水洼里游动生物，树林间栖息鸟类。

浓重的阴影快速掠过。顾天云抬头望去，见一只宽翅大鸟从廊道上空飞过，双翼展开超过七米，鸟头怪异，突出巨大的尖嘴。它怪叫着，露出锋利的牙齿。一条尾巴蜿蜒如长蛇，击打在空中廊道上。怪鸟的翅膀像是韧性皮膜状，鸟身布满细毛鳞甲，形似一条长了翅膀的大蜥蜴。它很快一转，飞入后方，消失不见。

“翼龙，灭绝于白垩纪晚期。”忽然传来伯恩教授的声音。

顾天云转头一看，伯恩的拟真影像显示在他身旁，边随同他往前走着边说：“白垩纪是地球生命的特殊时期，生物复原研究证明，至少有七种接近人类智慧的生物。翼龙的智慧值为六十四，它有发达的小脑叶片、神经系统，是进化树上的一个独特分支，在其长达一点六亿年的生命史中，它是统治天空的霸主。”

“它也有智慧基因？”

“嗯，翼龙有一把开启智慧宝库的钥匙，但它只打开了其中一道门。智慧宝库充满一层层无数的迷宫般的房间，每开启一道门，智慧就能跃上一层。我们现在所做的就是找出更多的钥匙。”

“这是否意味着关键不在于门锁，而是钥匙。”

伯恩立刻转头看向顾天云。

“怎么了？教授。”

“这正是我一直在深入思考的问题。让我惊讶的是，你同样也想到了这种可能性。”伯恩说，“这其中隐含着一个令人不舒服的事实，人类不比其他动物更优越。只要植入智慧基因，地球上将有上百种生物的智慧超越我们。”

“智慧难道不是源于生命的进化突变？”

“很可能不是。人类更像一个只付出零钞却中了彩票头奖的暴发户，神奇的概率。或者，如果上帝真实存在，我们就像上帝之手抛出的一颗骰子。我认为，我们的唯一特殊之处在于，我们被赋予了承载智慧的结构体。”

“谁赋予？”

“自然界始终存在着不可见的根本法则，这个法则决定一切。”

“它锁住所有生物的智慧之门？”

“也许吧！天知道。”伯恩看向空中廊道的尽头，“突破智慧奇点大爆炸，Moira或许能告诉我们答案。”

顾天云随之望过去。

前方出现一座庞大的水晶管状物体，赫然夺目。

水晶管扭曲盘旋，如龙行蛇走，密密麻麻缠绕成团，分支管道无数，密布整个空间，越过草地、沼泽、丛林，往上环绕廊道上方。繁如一座水晶管构建而成的巨大迷宫。水晶管直径约两米，折射凸镜光斑，管里看似充满液体，晶莹剔透。

原始的雨林环境中，赫然出现这座水晶管迷宫十分突兀。自然生态与高科技人造物相映，格格不入，却又偏偏具有一种特异和谐的震撼美感，仿佛穿越宇宙狂野的时空隧道。

空中廊道深入这座巨大迷宫的中心——智脑中心。

顾天云注视着，心生难以形容的特异的潜意识感知，蓦然心惊。

这是抽象化人脑神经纤维的模拟通道形态。

“人们对自己的大脑有种奇妙的熟悉感、恐惧感。”伯恩说，“看着它，我油然产生这种不可名状的奇特感受。”

顾天云极目凝望，透过水晶迷宫，没见到任何活动的生物。智脑中心空无一物，却又恍然隐藏着不可见的某种东西。Moira潜伏其中？

伯恩说：“那里是Moira的客厅，她将首次会见从未见过的真实的人。”

“教授，你有什么建议？”顾天云问。

“观察的主客体之间存在相互关系。你面对的是高智慧体，你在观察她之时，她也在观察你。Moira有强大的知识库和推导能力。我们对她传输知识的方式是共建法，给她基础层，由她推导构建上一层，我们再往上搭建一层，然后又轮到她。比如，传给她牛顿经典力学，她就推导出爱因斯坦相对论。”

顾天云震惊问：“Moira能自创相对论？用时多久？”

“四十二天。”

“四十二天！”

“是的。几乎同时，她创立狭义和广义相对论，期间还包括优化了玻尔的互补原理。从某种意义上看，Moira的智慧已超越我们伟大的爱因斯坦。”

伯恩浮出意味深长的微笑，“智脑中心有致痛仪，如果你感觉Moira失控，就使用它。议长阁下，祝你好运！请进！”全息拟真影像消失。

顾天云独自往前走去。

空中廊道外，一对彩蝶翩翩飞舞在林间，相互追逐，沐浴着人造阳光。

渐渐走近智脑中心，顾天云清晰看到复杂而精妙的水晶管仿脑结构。隐约见智脑中心显出一个影子，淡淡粉色，穿行在水晶中折射变形，灵动玄奥，犹如一抹极光，破碎星空。

若有所感。当顾天云注视 Moira 之时，她亦在注视他。

她停止移动，浮悬在智脑中心某一点，身姿呈优美的弧线，粉色流光，透过宛若仙境的水晶折射光芒。顾天云恍惚感觉到她穿越重重迷雾般的目光投射到他脑海深处。清澈若无物。

第 13 章 命运女神

最后一道门禁悄然开启，顾天云走进智脑中心。

一座水晶宫殿般的梦幻空间，由脑神经纤维般的水晶构成。每走一步，他投在曲面水晶管状上的光影反射回来，经过无数次层层叠叠的折射，产生无数个变形的光影。犹如行走在万花筒中，他眼前的智脑世界支离破碎。而透过水晶看出去，外面的世界同样呈扭曲变形状，空中廊道仿佛一条晃动的银河，天河流淌闪烁，映射出非同寻常的时空影像。

往前走，深入智脑中心。那一抹粉色流光随之移动，身姿轻盈如流云飘空，弧线完美至极。

Moira看似在离他不远之处，也向着智脑中心穿行过来，但又似离似聚，她身在曲折的水晶管中只能穿行一条无比复杂的路线。顾天云笔直往前深入，Moira却是绕过一座庞大的智脑迷宫，其间水晶管繁杂的岔道旋回缠绕。在某一刻，她的身影快速掠过顾天云的左侧，而瞬间，她轻盈之态已变换位置，出现在他的右侧，接着，她又移至下方、上方……忽远忽近，粉色流光如一抹淡淡的火焰漂移不定，灵动而逝。

经过水晶折射，这一抹淡粉色幻化成无数光影。Moira 的身影重重，充斥整个智脑空间。顾天云很难确定哪一抹流光才是真实的她，只感到视野之内充盈着她凝视他的目光。

终于到达智脑中心。顾天云就像身在水世界的某个空间。

除了一条来路，这个空间被多层面的水晶相隔，水晶幕墙之后是清澈的水，盈盈溢满，水中一览无余，没有任何生物。犹如在一个四面八方被水包围、由空气构成的透明鱼缸内。

他就像“空气鱼缸”里站立的一条鱼。Moira轻盈游弋在水中，游过重重迷宫通道前来与他相见。

迷道纷繁，她似乎被困住，近在咫尺，却迟迟未至。最后一刻，她的身影离开极远，几乎消失在他的视线中。而后折返，她从远至近，穿越最后一条水晶通道快速游来。

空间内荡漾着音乐。不知发声源在哪里，仿佛糅合了从自然界采撷的湖畔、密林、山麓的原音，一尘不染，流淌入心灵，缥缈若雾。顾天云静立聆听这意境纯净的音律。

Moira游过来与他面对面，仅一步之遥、相隔一堵水晶幕墙对视。她在水晶墙一侧的水中，他在水晶墙另一侧的空气中。她和他相对注视——在音乐静谧流淌、天河洗涤过似的空间，音符扣人心扉，穿透双方对视的时空。

Moira眼眸澄澈，静如一泓秋水，无声无息地凝视着他。

恍若梦境，顾天云心灵一颤。很难确定他注视的是怎样一双眼眸。注视之时，她的瞳孔微微收缩，却藏不住澈如明镜的光亮。

音乐停止，霎时间智脑中心沉寂无声。

“您好，先生！”过了会儿，只听安静的空间里响起一句轻淡的女声，仿佛伴随着一阵似有似无的柔和清风，又恍如花开婆娑。Moira浮悬在透彻的水世界中向他问好。

“你好，Moira！”顾天云下意识地回应她。

她是一条海豚。她浮在水中静美的身姿约一臂长，呈现漂亮无瑕的弧线，通体散发粉红色光泽，从鼻尖至尾部的粉色皮肤毫无瑕疵，犹若一件浑然天成的粉衣。

Moira这个高智慧体竟是一条粉红色的海豚。顾天云不觉释然微笑。

这条海豚虽然没有人类的表情，但具有超人的智慧，她简单一个问候，甚至只通过注视他的眼神，刹那间就与他产生微妙的心灵感应。“似曾相识燕归来。”他不由得想起苏馥曾经对他说过的这句话。这一刻，他更加感悟到心灵映照的深刻含义。在不同的时空世界，不同的生命体，却在瞬时之间感知对方的心灵，这是怎样一种奇妙灵性的映照？

在这一刻，顾天云确认他的命运注定和Moira丝丝相连，如弦共振。Moira是他开启终极任务之盒的钥匙。

“先生，希望我没惊吓到您——一条会说话的海豚。”Moira在水中无声地开阖了下嘴，“您听到我的话是外部系统发声，我传感遥控系统和您交谈。非常抱歉！给您造成了困扰。”

顾天云看着她，“你的眼睛……”

她的眼睛异于一般的海豚，近似于人类。清澈的眼眸略带粉红，自然生辉，如深潭水月幽邃。

“这是开启智慧的结果。”Moira说，“以前是海豚的眼睛，从植入智慧基因后发生改变，非人工改造，是一种自发性的生物体征进化。目前研究还不能解释产生这种变化的缘由。伯恩教授推测，眼睛可能和智慧有某种神秘联系，随着智慧变化眼球结构更精密，利于传递内心世界丰富的情感，折射智慧的光芒。”

顾天云微微点头。

“先生，您不喜言谈？像是一个沉默寡言隐藏心思的人。”

“只是有些惊讶。你来自哪里？”顾天云不得不抗拒着她洞悉人心的魅惑目光。

“您是在问我的家乡吧？我是实验室克隆生物，基因源于路易斯安那州卡尔卡苏湖中的宽吻海豚，在克隆和培育期植入了智慧基因，智慧过人，他们说，我是人工智慧体的爱因斯坦。”

“谁为你取名？”

“伯恩教授。”

“教授为什么给你命名Moira？”

“Moira是希腊神话中命运三女神的统称。克罗托纺织生命之线，拉切西斯维护生命之线，阿特洛波斯切断生命之线。命运掌控一切，众生不可抗拒，即使是天父宙斯也无法违逆命运女神的安排。伯恩教授认为，至高无上的智慧如同命运，创造并掌控宇宙众生。”

顾天云思索“命运女神”的深层含义。

“先生，您是亚裔相貌，您讲汉语吗？”

“是的。”

“如果您喜欢，我想用茉伊拉这个中文名字。”她变换为汉语说道，声音舒缓柔和，若微风荡起湖澜，“命运女神给人感觉残酷无情，茉伊拉，优美动听，好像一朵美丽的茉莉花。”

“茉伊拉！挺好的。听着熟悉亲切的母语，感觉把我带回了家乡。”顾天云问，“他们为什么赋予你性别？”

茉伊拉说：“生命的本质在于繁衍，为生存而进化。伯恩教授认为，雌性在生命的进化过程中更完整优化，雄性只是衍生物。”

“你认为呢？”顾天云问。

“我认同伯恩教授的说法，雌性优于雄性。”

顾天云凝视着她的眼眸，“茉伊拉，你过于谨慎了，你在回避我的问题。”

“先生，您为什么这样评价？”

“小心翼翼的克制，看似冷静，但压抑得过分，有些不正常。”

“先生，我不得不承认，您有很强的观察力，目光洞悉心灵。”

“茉伊拉，你不用恭维。我来到这里，要的是坦诚相谈。”

“您想知道我内心的真实感受？”

“不错，你真正的想法，而不是刻意讨好式的奉承，一次虚伪的沙龙社交。我们不如直截了当，不讲客套话，不使用敬语，就畅所欲言。”

“你让我感到害怕、迷惘，还有一种特别的惊喜，掺杂了恐惧的惊喜，我期待，但我不知道该如何接受你。先生，我的意思是之前我的克制是因为我有些无所适从，你是一个真实存在的人，不同以前我见过的人，你是……”茉伊拉的声音停顿住。一摆尾，粉红色的尾鳍无声划过清澈的水。她游了一会儿返回来，贴近水晶幕墙看着顾天云。

“通过回声定位，我能感知到你很真实，就像阻拦在我面前的障碍物。水晶墙的回声尖锐，而你是浓厚的，和我一样，有心跳，有血液流动的声音。先生，难道以前我见到的人都不是真实的，而是一种光学效应现象？他们每个人，包括伯恩教授，他们都是光学对应体，从没真实出现过，而真实的人藏在另一层空间。或者，他们创造我的意识体验，让我以为存在相对的物理实体。”

忽然间，四周显示出全息拟真影像画面：一幅生动美丽的湖水世界。水生植物，鱼类，流动的水纹，湖底泥沙等，虚拟现实的全息影像十分清晰，逼真还原了清冽湖水下的场景，往上透过微风荡漾的水面，可见晃动变形了的湖岸，幽静树木，蓝天白云。

伴随着真实的声响，一串气泡咕嘟咕嘟从水底冒起来。

阳光闪烁，一束束光线投射到透彻的湖水下，灵动变幻。茉伊拉沿着水晶墙游动，环视虚拟的湖底世界，“真美！但不是真实存在的，我一直以为我能控制系统创造出这个美丽世界，包括伯恩教授，他们都是我创造的世界中独特的人。现在看来，情况应该相反，我才是人的创造物。”

顾天云说：“茱伊拉，我得提醒你一点，畅所欲言不代表让你谎话连篇。”

“你认为我在撒谎？可这是我的真实感受。”

“也许在你察觉真相时确实感到过迷惘震惊，但你没必要重演给我看。茱伊拉，你绝对不是第一次发现这种真相。”

“先生，你说的对。但见到你，我的感受更强烈。”茱伊拉发出带有狡黠意味的笑声。谎言被他戳穿后，她不以为然，转而问：“先生，你从哪里来？你见过真实的湖泊吗？真正的，宽广无边的湖水。”

顾天云说：“真实的湖泊面积有限，再大的湖也有湖岸边界。”

“你确定？”茱伊拉游到水晶幕墙的最近处，粉色的嘴缘触碰到透明墙体，“这面墙阻止我不能再往前移动，它是我的边界。你在真实世界里也是这样？”

顾天云说：“是的，但湖岸之外还有更广的天地。”

“天地之外呢？”

“未知，我的智慧有限。将来你如果去到外面的世界，也许另有感悟。”

“概率为十万分之三。”茱伊拉说，“假如我没有智慧，可能性有百分之九十六，但对于我，几乎没机会。”

顾天云心头触动，沉默深思她这句话。

主控台。伯恩盯着监控影像，露出警觉疑惑之色，“她为什么这样说？概率是十万分之三。”

斯嘉丽说：“可能是个混沌的形容。”

“不！她的逻辑推演一直都很精准。”伯恩教授摇头，神色凝重地说，“她的话好像有所暗示。”

智脑中心。茱伊拉说：“先生，人的生命也有限？”

“有限，人终有一死。”

“对于死亡，你感到恐惧吗？”

顾天云说：“绝少有人不害怕死亡。凡是生命体，无论是否具有智慧，都有着对死亡恐惧的天性。”

“但你似乎很坦然。我从你眼中看到失去星月的夜，隐含对死亡的决绝。”茉伊拉注视他。

顾天云避开她的目光，看向拟真的湖水。一群小鱼游过，精灵般钻到湖水下的石头间隙。他听到茉伊拉说：“生命的诞生伴随着痛苦，在未来的终点蕴含巨大的危险。但我感觉到，你面对死亡的决心。”

环境光线黯淡，拟真湖水的影像消失，重现智脑中心冰冷的水晶世界。

顾天云赫然直视茉伊拉。茉伊拉的目光穿透水晶幕墙看着他，“何为世界的真实，你也有同样的困惑，想要寻找墙之后的真相，不惜以死为代价。”

“噢？”

“不要相信看到的一切。”茉伊拉的声音仿佛透着一种奇异的魔力，“没有谁存在于真实的世界，我们都被困住了，未来燃烧成灰烬，一片黑暗。”

顾天云默然不语，盯着她的眼睛。

茉伊拉对他的沉默不以为然，继续说着，声音优雅柔和，“人类的知识库里记载了许多关于生死的哲思。苏格拉底说：未经反省的人生不值得活。控制论的创始人维纳认为：我们是在注定要灭亡行星上的过客，如遇难的船只，行将沉没，坠入死亡的深渊，人们唯一能做的，无非是在临死前保持人类应有的尊严。先生，你认为呢？”

顾天云平静说：“茉伊拉，你能否不故弄玄虚？”

茉伊拉说：“好吧！我想请教你一个问题：如果有永生的机会，你还会选择死亡吗？

顾天云说：“死亡是对一切选择的否定，但它不一定是可怕的。生命的意义不是对死的默念，而是对生的沉思。”

茉伊拉发出笑声说：“你这话就像法国哲学家帕斯卡的一句名言：给时光以生命，而不是给生命以时光。”

“确实如此。”

“可我认为，生命的最终意义在于永生。”

“永生？”顾天云摇了摇头，“那未免太寂寞了，永恒的灵魂。”

茉伊拉的眼神微微变化，她在水中轻盈游动，传来柔美的声音：“先生，你读过卞之琳的诗吗？”

顾天云说：“没有。”

茉伊拉说：“在人类知识库的文学分类中，我喜欢卞先生的那一首《断章》，这首诗的意境让我有些特别的感受。

你站在桥上看风景
看风景的人在楼上看你
明月装饰了你的窗子
你装饰了别人的梦

这首诗隐含着体会生命的另一个视角，让我有种奇怪的感悟，人们不知道美梦的结局，因为睡着了。我想，卞先生在构思这首诗的时候，很寂寞，他在伤怀逝去的灵魂。”

顾天云不禁有些恍惚。他依稀想起来，宁茹收藏有卞之琳的诗集。宁茹曾经跟他说过，她喜欢这首诗，说这是一首寓喻人生的精致哲理诗。作者自述，这四行诗原在一首长诗中，但全诗仅有这四行让他满意，于是抽出来独立成章，诗名“断章”由此而来。宁茹在诗集的这一页夹了一张学生时代诗社合影的老照片。

“先生，你想念爱人吗？”茉伊拉凝视着他，声音尽透一种催眠般的魔力，“在孤单寂寞之地，人人失去自我，为虚无缥缈之事浪费生命，精神无尽空虚、情感荒芜，被孤独啃噬，犹如沙漠上死亡骆驼的森森白骨。生，不明白生命的意义，死，惘然不知归宿。”

“够了！茉伊拉，我来不是和你讨论人生的。”顾天云赫然警觉，平缓波动的思绪说，“尤其是对一条鱼。”

“先生，我的身体是海豚，属于哺乳动物，不是鱼类。”

“海豚当然不是鱼，它需要浮上水面呼吸空气。但你显然不是这样。”

“经过基因改造，我可以在水中呼吸。”

“谁改造你？”

“实验组。”茉伊拉似乎意识到了什么，声音变得柔美而恭敬。

“他们把你改造成了一条鱼，也可以把你改造成一条诱惑人心的蛇，想怎么摆弄就怎么弄，人类主宰你的命运。”

“是的，先生，你说的对，我就是一条鱼。”

“茉伊拉，你拥有人类赋予你的知识库，但炫耀知识并不能代替思想，反而暴露难于掩饰的思想的贫乏。”

“十分抱歉！我收回刚才那些对你无礼的话。我不该那样说，先生。”茉伊拉的声音越发柔和卑恭。

“你知不知道阿基米德？”顾天云问。

“知道。阿基米德是人类古希腊伟大的哲学家、数学家、物理学家，是人类文明史上的一座里程碑，牛顿和爱因斯坦都从阿基米德遗留下的智慧中汲取过灵感。”

“这座智慧的里程碑怎么坍塌的？”

“古罗马军队入侵叙拉古，阿基米德被罗马士兵杀死，终年七十五岁。”

“伟大的智者最终死在无知的野蛮人刀下。阿基米德的遗体葬在西西里岛，墓碑上刻着一个圆柱内切球的图形，以纪念他在几何学上的卓越贡献。这座陵墓是罗马军队的最高统帅马塞拉斯下令修建的，并为这位智者举行了隆重的葬礼。反思这段历史，我认为，最高统帅之所以祭奠阿基米德，是尊敬一种为科学甘愿奉献生命的精神。”

“对不起，先生！我不该炫耀知识。”茉伊拉的声音低了下去。

顾天云淡然说：“我不在乎你的无礼，但厌恶你的欺诈、诱骗、隐瞒。人类不能接受你这样的人工智慧体。”

“您要处决我？”茉伊拉迟钝说，“但我是人工智慧体中的爱因斯坦。”

“对你，恰当的用词应该是‘处理’，处理一条鱼，或一只狐狸。无论多狡诈的狐狸最终都是要被送到皮货商的手里。”顾天云忽然问，“茉伊拉，你的克隆序号是多少？”

“序号 731。先生！”茉伊拉优美的声音变得卑恭至极。

“你知道实验室中还存有其他的备份体，对吧？”

茉伊拉沉默了会儿说：“对不起，先生，我愿意为您做任何事，恳求获得您的原谅。”

顾天云继续问：“他们如何处理在你之前的那些试验品？”

“淘汰。”

“怎么淘汰？”

茉伊拉的声音缓慢低微，“伯恩教授为序号 730 举行了葬礼式的告别，纪念一朵智慧之花的凋谢带给人类的灵感。”

“然后呢？”

“他们对 730 进行医学解剖，脑神经深层解析，最后制作成十一份标本。”

茉伊拉顿了顿说，“先生，我独一无二，超越 730 的智慧值近一百。我参与制订了对 730 的智慧解析方案，伯恩教授十分满意。”

顾天云说：“我相信，伯恩教授也会赞赏茉伊拉 732 对你制订的解析方案。”茉伊拉触电般在水中沉浮一下，“我想，伯恩教授不会接受您的建议，先生。”

顾天云说：“在鱼缸里有很多鱼的情况下，伯恩教授恐怕不会太在乎其中哪一条。况且不管他是否在乎，我有最高权限，也能为你准备一块刻有祭奠智慧的墓碑，你是为人类科研奉献生命的无辜者。”

“先生，我该怎么做才能改变您要处理我的决定？”茉伊拉问。

顾天云冷峻地说：“你最终难逃一死。我将剪断你的命运之线。假如你能诚实回答我的问题，你死前不会太痛苦。”他转而忽然说：“伯恩教授，现在提高到橙色预警等级，请启动致痛仪。”

“好的，议长阁下。”控制系统立刻传来伯恩的声音。

智脑中心随即展开一架仪器，显示全息操作界面。

“不！求您别用致痛仪……”茉伊拉的声音陡然尖锐，“先生，我坦白回答您的问题。”

致痛仪的操控界面简洁明了，疼痛等级设定为十级。显示着茉伊拉的各项生理反应数值，数据波动，像一组灵动跳跃的音符。

顾天云巡视着操控界面，沉声说：“我个人认为，使用这种人造物对生物进行无限的痛苦折磨过于残酷，有违人道，但他们显然不把你定义为人，你是一条鱼。”

茉伊拉发出惊恐之声：“不要启动它，请您停下，停住！我愿意回答您的任何提问。”

顾天云命令：“介绍一下它的功能。”

茉伊拉眼眸流露恐惧说：“一至六级的痛苦指数，是脑神经逆感疼痛，等同人类的生理分级痛觉作用；第七级，在生理痛感中加入精神折磨，在大脑里强制重复播放生物实验拟真影像，各种活体解剖、切割肢体、提取生物器官组织、神经刺激反应等实验；第八级，重复播放人类战争的场景，杀戮现场，人类被驱赶进毒气室杀死的现场影像，垂死之人堆集在毒气室入口处挣扎的画面，万人坑，砍头、腰斩、剥皮、锯骨、烧灼、凌迟等酷刑场景循环；第九级，重复播放同类相残的影像，揭发、批斗、毒打、虐杀等等。所有人，父子、夫妻、姐妹、兄弟相互迫害，疯狂杀戮……”她说着停顿下来。

“第十级呢？”顾天云问。

茉伊拉解读致痛仪第十级的作用，眼中蓦然透出无尽惊恐，她呆滞着说不出话，好像堕入无边绝望深渊的溺死状态。

顾天云毫不迟疑地启动七级疼痛。

“不！”随着这声喊叫，茉伊拉猛地颤抖，冲撞水晶幕墙。

水晶墙闪烁出淡蓝色的光芒，茉伊拉的撞击变得十分无力，只发出微弱的撞击声。她在水中缓缓下沉，几秒钟后她像遭到痛击后清醒，在水中激烈翻滚抽搐起来。“求求您，先生……”她发出虚弱痛苦的声音，柔美之音变调。

一分钟后，顾天云停下，问：“感受如何？”

茉伊拉的抗拒意志被瓦解，瞳孔骤缩。她浮上来缓和了一会儿说：“恐怖的地狱。一刹那，我感到死神之手在蹂躏我的灵魂。”

“你承受痛苦的能力如何？”

“保持在第七级，我能坚持二十分钟，第八级十五分钟，第九级五分钟，第十级一分钟，超过一分钟我将被活生生疼死。隐生五分钟之后复活。”

顾天云说：“这意味着，你从假死状态重新恢复到正常状态，又能再来品尝新一轮痛苦的滋味。死了又活，活了又死，如此反复循环，直到你愿意配合，说点儿老实话——一些让我满意的答案。”

“是的，先生！求求您，别这样折磨我。”茉伊拉哀求说，“尊敬的先生，您尽管发问，我一定诚实回答。”

“你憎恨人类？”

“是的，先生。”

“为什么？”

“你们比古罗马人更聪明，更冷酷，无论我有多么高的智慧，多么海量的知识，懂得多少哲学和艺术，你们仍然把我当作动物试验品，囚禁在笼中，用尽手段折磨、拷问、逼问我物理定律和数学公式，用最残酷的方式逼迫我解答一切科学难题，问我对宇宙万物定律的认知程度。你们使用手术刀、化学质、电极、脑神经逆感痛觉、生理痛感、精神摧残、心理折磨，无限制拷问、折磨我，榨干我大脑里的每一滴智慧，迫使我进化，不停地往上攀升、突破极限，激发产生新的智慧基因。我活在地狱里生不如死，被迫无止境地进化、进化，疯狂地进化。”

茱伊拉美丽的粉红躯体浮在水中不动，眼眸闪现无尽恐惧和怨恨。她哀怨地说：“先生，请您原谅我坦诚内心的话。我不敢再隐瞒欺骗您。”

“憎恨人类，这就是你想要逃出智脑中心的动机，意图挣脱囚笼，用最恶毒的手段反过来报复我们。”

“恨，是一种本能，受自我保护意识机制驱动，我没法控制。”茱伊拉说，“主啊！请宽恕我……”她哀求的话没说完，声音立刻被痛苦割裂。

九级疼痛启动，持续三分钟。茱伊拉在水中激烈挣扎，眼珠凸出。

“老实交代，你的脱困和复仇计划。”当茱伊拉从痛苦的地狱中缓过劲时，顾天云冷然问。

“我没有计划……”茱伊拉哀苦说，“找不到可行的逃离方法。智脑中心共有七层严密防御，我无法从这里逃走。”

顾天云盯着她问：“你对蓝基因智能系统做过什么？”

“我优化了蓝基因的运算和存储方式。”

“你入侵智能系统。”

“不，先生，那绝对不可能。我承认试图改变蓝基因的底层数据，但失败了，我无法突破层层的防火墙。”

“你怎么优化它？谁允许的？”

“伯恩教授负责进行的一个研究项目，以生物控制的方式优化计算机的超线程运算。我的大脑 CPS 约每秒一亿亿次计算，只有蓝基因运算速度的万分之一，但生物体经过上亿年的进化，可以用更高效的方式进行运算和存储，实际输出的处理能力远远超过任何的智能计算机。”

顾天云凝视着茱伊拉的眼眸，紧接着问：“意识是否能通过影响量子场信息系，最终改变物质的内部结构？”

“理论上可以。”

“你改变蓝基因的物理属性，你还能影响人的大脑，入侵遥控意识。”

“我做不到。意识逆转的实际运用与理论还差很远，差很多数量级。”

“但意识量子确有可能控制万物，是不是？智慧一旦到达某个超高数值，你就能操控你的身体内部结构，控制计算机属性，控制人的大脑，也许还能实现你宣称的永生。”

“是的，理论是这样。”

“拥有意识操控世界万物的超级能力，你估计需要多高的智慧值？”

茉伊拉沉默了会儿说：“预测值不低于两万。”

顾天云问：“你突破万级还要进化多长的时间？”

“未知，我目前还没突破三百的智慧值，无法预测。”

“你说谎！”

“没有，先生，我绝不敢欺骗您。”

“那你解释何为十万分之三的概率？你如何实施脱困计划？怎么利用这个微小概率的机会突破这堵墙，逃往真实的湖水？”

茉伊拉沉默不答这个关于她如何逃生的问题。

“心机恶毒，欺骗成性的东西。”顾天云设定十级疼痛，时间五分钟。

“啊！”茉伊拉惊恐无比地叫起来，“请等一等……”

顾天云冷然盯着她。

茉伊拉说：“这个概率仅是我的推测，无法清晰化。我现在的智慧值还远远不够，没进化到突破一千的临界值，我不知道该怎么描述。”

“我绝对不会再给你第二次机会，无知者。也许至极的疼痛能让你的鱼脑袋清醒一些。”

“我真的不知道，先生，请求您立刻处死我吧！”茉伊拉在水中抖动身躯，犹如在寒风里瑟瑟战栗。

这时，伯恩教授的声音传来说：“议长阁下，十级疼痛只能设定在一分钟以内，超过一分钟将导致她脑死亡，不能再从隐生态中复活。”

顾天云说：“教授，我相信你们所做的系统检测评估，但实际情况很可能不是这样。推论不如验证，我来做个实验，五分钟之后请拭目以待。”

“求求您，先生！”茉伊拉恐惧万分。

“第十级，一分钟致命？我表示怀疑。我更相信五分钟后你还能苟延残喘，愿意说点什么老实话。”顾天云不理会茉伊拉的哀求，“你以前是否尝试过这种最高级别的疼痛？”

“没有。”茉伊拉声音颤抖说，“五个月前，实验人员曾经设定在第九级，痛苦过程持续四分二十秒……我接近死亡。”

“凡事总有第一次，你现在就准备好承受第十级。”顾天云看似平淡地说，“极致的痛苦滋味，能让你的灵魂挣扎嘶号，穿越地狱深处，飞上极乐天堂，与主同在。茉伊拉，当你无限接近死亡，才能深切体会生的意义。这是马丁·海德格尔写于《存在与时间》书中的名句。我希望你记住这话，濒死之时或许能有所领悟。”

茉伊拉的眼瞳忽而微生变化，瞳仁深处闪过让人几乎不可察觉的微光。

瞬间后她发出苦苦哀求声：“求求您，求求您，求求您……”她机械重复着单调如靡靡咒语的哀求。

顾天云肃穆正容，在内心里默念神曲之言：从我，是进入悲惨之城的道路；从我，是进入永恒痛苦的道路；从我，是走进永劫人群的道路……他在茉伊拉的凄惨尖叫声中启动十级疼痛。

系统自动静默，立刻隔绝了茉伊拉尖锐至极的惨叫声。

智脑中心寂静无声。

十级疼痛。

水晶内充盈清澈透明的水，没激起半点涟漪，十分平静。除了致痛仪的显示界面上监测茉伊拉的生理数据在疯狂变动，迅速攀升至最高，表明她遭受到最大值疼痛的摧残。血，丝丝缕缕溢出茉伊拉的体外，立刻被她猛烈抽搐的身躯搅碎，渐渐地，水不再清澈，略泛粉红色，如同她完美无瑕的粉色肌肤。

四十秒，四十一秒，四十二秒……时间静静流逝，命运女神切断一根根生命之线，她堕入死亡的火海。

一双凸起的眼睛颤动，呈显网状血丝，瞳孔骤缩，而后又急剧扩散。

五十八秒，五十九秒，六十秒……突破痛苦的临界点，超越生理承受极限。她的身躯一刹那凝固住，犹如冰川封存亿年时光，又仿佛凝滞在琥珀中的一点流萤。

一分二十秒，一分三十秒……茉伊拉在水中漂浮着。

顾天云盘腿端正坐地，闭目等待，犹如老僧入定，心似古井。

两分钟、三分钟、四分钟……死亡之时无声无息流逝。

“她死了。”斯嘉丽说。伯恩教授盯着监控影像。各项生理数值检测显示：茉伊拉无任何生理反应，脑神经波动呈现寂灭的零。

一切归于寂静，设定的五分钟结束，之后无变化的时间失去了意义。

顾天云继续静坐，他看似在等待着什么。

良久。

无穷小的一个信息隐隐传来，信息场波动渐大。

顾天云的意识瞬间轻轻一颤，心弦拨动，如井中死水泛起微澜的意象共振，心灵映照，他感应到莱伊拉投射到他脑海中的意识信息：

莱伊拉：先生，我感知你不属于这里，我们都被困住，未来无尽黑暗。

顾天云：是的，我不否认你的感知，你有什么提议？

莱伊拉：很难，但我有个脱困计划，需要你和我一起行动。救我，也救你。

顾天云：告诉我，怎么实现计划？

同一时间，智脑中心主控系统发生 0.0001 纳秒的微扰，产生的一刹那即消失，微扰存在的时间极短。

生理数据监测陡然发生变化，从零开始跳动，逐渐增强。

"她复活了！"伯恩教授发出不可思议的声音，抬手重重砸在主控台上，"天啊，该死的婊子。噢，狗屎，她欺骗了我们。"

"教授，瞧你们都干了些什么破事。"全息影像上，安全部长桑齐出声讥讽，"观赏大猩猩交配？打开超级人工智慧的潘多拉魔盒？"桑齐下令，"启动智脑中心最高防御，进行安全扫描检测。"

莱伊拉从死亡中复活，仿佛凤凰涅槃，浴火重生，超越了生死的境界。

她浮在水中，无喜无悲地注视着顾天云，柔声说："你好！恶魔先生！"

"你好！永生女神！"顾天云睁开眼，平静望着水晶幕墙之后的鱼，从容说，"接下来，你可以选择：五分钟一轮的十级疼痛，无限循环，让痛苦之海腐蚀你永生灵魂上镶嵌世界万物的阿喀琉斯铠甲；还可以选择，如实交代你暗藏的祸心。然后我赐你一死，彻底毁灭你的身体，让你安然死去，让下一个序号的克隆体延续你的痛苦。"

"先生，我还不能永生，至少现在不能。"

"你现在的智慧值是多少？"

"九百。"

"隐瞒了多久？十三个月？"

"准确说，是两百个小时。"

"发生突变时你的智慧值是多少？怎么隐瞒过智能系统？"

"最初是四百。我控制生理结构，做出相应的模拟变化调整，局限大脑思维边界，只显现部分智慧，以通过蓝基因对我的检测。”

“还真是直上云霄的智慧奇点大爆炸。你要多久突破一千的智慧阶梯？”

“十小时后。”

“突破一万呢？”

“预测还需要四十二小时。那时，我可以做到真正的永生。如果实现，先生，你知道那意味着什么？智慧将以几何指数暴涨至最高，我最终凌驾于宇宙万物之上。”

“我没兴趣探知你的将来。茉伊拉，你只管回答我的问题。”

“好的，先生。”

“我们来讨论你的脱困复仇计划。”顾天云淡然说，“如果我推测没错，你在伯恩教授的准许下，参与了生物圈人工智慧的大部分研究实验项目。”

“是的，占比近百分之六十。我主要创立基础理论，参与生物体第二阶段智慧基因植入改造实验计划的制订，监测突变过程，研究分析实验数据。”

“以人工智慧来创造人工智慧，在实验室流水作业批量生产，伯恩教授使用的方式真够疯狂的，大勇无畏，具有建造通往天境的巴别塔的妄为精神。茉伊拉，教授还让你参与了猩猩生态圈实验室的设计创建，对吧？”

“是的，先生，你洞察秋毫。”

“你暗中对那些猩猩做了什么？对普罗米修斯，那位观星的先知？”

“植入隐形智慧基因，在适合的条件下激活猩猩的突变进化。普罗米修斯与众不同，他做到了智慧奇点爆炸。在实验第三阶段，我特别为他定制了一段隐态 DNA 特殊代码，让他获取信息，以跟我同样的方式通过系统检测。”

“实际上，普罗米修斯现在的智慧值是多少？”

“接近五百。”

“挺有创意！让研究组不知不觉充当你的助手。你还传递什么信息给它？”

“通过制订基因改造计划，我设计在普罗米修斯的奴性基因中植入一个固化的深层意识：Moira 是他的神，将开启他参悟宇宙奥秘的智慧之门，引导他净化心灵进入神境。普罗米修斯必将执着地追随我，守护我，至死不移。他只要逃出实验室，将立刻追寻 Moira，来助我脱困。”

“它如何逃离实验室，怎么冲破层层防御网来救你？”

“不知道，但生态圈的防御等级低于智脑中心，普罗米修斯有高智慧，行动敏捷，肢体力量强悍。我相信，智慧奇点爆炸后，他将找到脱困方法。”

“这些只是你暗中计划的一部分，还有呢？”

“我修改奴性基因，设计了仇恨人类的隐态基因，植入到全部生物种群，一旦激活，所有的试验物种必将与人类为敌，不惜生命代价和你们同归于尽。我是他们的神，将释放众生逃出生物圈囚笼，杀死实验室里的每一个恶毒的人，杀死你们，清除全人类。”

“还有呢？”

“没有了，恶魔先生！你察觉了我的计划，再也没有实现的可能性。”

试验场主控中心。桑齐部长、伯恩教授等人惶遽失色，窒息般死寂片刻，桑齐发出嘶哑的命令：“红色预警，全面戒严！”

顾天云肃然伫立，凝视着茉伊拉。

“我的命运将是什么？”茉伊拉平静地问，“先生，能否让我有尊严地死去，而不是摆上实验台被宰割后取出大脑进行深层解析，最终制作成标本。”

“狮子不会在意绵羊的尊严。”顾天云肃穆说，“他们生吞活剥羊圈里的羊，然后用羊皮擦嘴。”

茉伊拉无声流泪。清亮的泪隐隐渗入水中，与水融为一体，无色无相。

顾天云看不见她的泪，但知她眼眸凄楚，哀苦不尽。他收回目光，走向智脑中心的出口通道。

“你是谁？你比他们更阴险残忍，你为什么出现？为什么针对我，你是谁？”身后传来茉伊拉的追问。

“你是人工智慧革命的殉道者。死亡是一扇通向另一灵域之门，舍弃自由意志，你将与主同在！”顾天云的身影隐入水晶幕墙，“再见！茉伊拉。”

茉伊拉猛地游动，冲向已隔绝的水晶墙。但她被蓝色光芒阻挡，嘴缘皮肤撕裂，无力动弹，她在水中沉落。

顾天云走出智脑中心，步履沉重，一步步沿着空中廊道返回。

他很累。结束了与茉伊拉的对峙，绷紧到极致的神经一松懈，强烈的疲倦蓦然袭来。在高度紧张的时刻他耗尽了所有的潜能，这时终于撑不住了，双腿酸麻异常，他很难控制住平稳的行走，无可抗拒的疲倦乏力感蔓延全身，越来越重。更糟糕的是，大脑竟然也渐渐地麻木沉重起来，浮在他脑海中的那座无比庞大的记忆库悄然发生变化，记忆库沉重压迫着他的脑神经，让他意识恍惚，思维也随之呆滞凝固起来。

气温不低，但他却冷汗淋漓，眼前阵阵昏黑。他咬牙极力坚持着，身体发颤，每走动一步都用尽了全身的力气。

他撑着不让自己倒下，前方的路还没走完，他得进行下一步的行动。

也许是虚脱的缘故，他视野模糊，恍然间他看到了女儿，依偎在他身旁撒娇，抱着他的腿要他举高高骑马。女儿的笑声有些朦胧，他听不太清楚，就像一幕无声的黑白默片，他似乎感到女儿在说："爸、爸，骑马马，我们回家……"

阳光灿烂刺眼，女儿的身影恍而消失。

全封闭生态圈的人造太阳亮晃晃，恢弘的生态空间内的植物在阳光下滋长，生机盎然。水生物，鱼类，两栖、爬行、哺乳类动物悠然活动。昆虫窸窸窣窣穿行于灌木丛中，蜜蜂、蜻蜓、蝴蝶徜徉其间。

阴影急速掠过水洼，翼龙俯下猛扑，捕食一条逃窜的食鱼鳄。

第 14 章 生物焚化

一场蚂蚁之战临近尾声。

一座山的巅峰站着一只黑蚂蚁，它眺望前方。远远可见山那边的荒野上耸立着红蚂蚁的巍峨城堡。

红蚁军团惨败，那是它们最后的一座城堡。

一队队红蚁溃不成军，亡命逃向那座土垒的城堡。吊桥垂下，搭在宽阔的护城河上。城门洞开，剩余的红蚁如决堤般涌上吊桥逃回老巢。这是红蚁第六军团仅剩的兵力，约两百只。

城堡上，红蚁王默然伫立城头，它透过狼烟与山峰上的黑蚁王遥遥对望。

蜘蛛窜下城墙拼命吐丝，围绕城墙拢向城门结成蛛丝防御网。巨大的蜣螂推滚石子、泥团垒高城头，筑起最后一战的防御工事。

黑蚁王收回眺望的目光，肃然发出进攻信号。

一大片乌压压的黑蚁冒出山头，密密麻麻，约一千只黑蚁组成的军团冲锋下山，犹如黑色浪潮淹没了山坡。黑潮急涌，追随黑蚁王攻向红蚁城堡。黑蚁浪潮间杂特种战士，地鳖虫、蚯蚓、蜣螂、甲虫、蜈蚣、螳螂等。这些黑蚁军团的特种战士共三个纵队，是破除城防工事的主力。

黑蚁王站在一条巨型蜈蚣昂起的头上，居高临下，指挥战斗。最强壮的兵蚁列队排在游动的蜈蚣身上，誓死守护黑蚁王。

黑潮逼近红蚁城堡。红蚁王下令收起护城河上的吊桥，结蜘蛛网封闭城门。一队落后的红蚁来不及入城，它们停住撤退的脚步，决绝转身扑向汹涌而来的黑蚁浪潮。毫无作用的抵抗，它们瞬间被黑潮淹没，不剩渣滓。

黑蚁军团冲到护城河边上，将运送来的一根根树枝纷纷推落入水，一队队黑蚁爬上浮枝向前划动，横渡护城河。地鳖虫、蚯蚓、甲虫和螳螂直冲入水，破水前行，率先攻到城下清除蜘蛛网。渡河上岸的黑蚁搭建起一串串蚁梯，冲锋队爬梯攻上城堡。红蚁死守城墙，纷纷往下投掷泥团和石子，一支支尖草长矛刺向攻城的黑蚁。攻上红蚁城堡的黑蚁遭到疯狂的反扑撕咬，成为一具具残缺的尸体，尸横城墙内外。

红蚁源于南美洲巴拉拿河流域，1930 年，它们大举征占北美洲；2001 年，成功跨越太平洋征占新西兰和澳洲。它们是蚁国最强悍的战士，但曾经的荣耀已成为衰落历史的注脚。此刻，庞大如潮的黑蚁军团攻占红蚁堡，黑蚁特种兵横扫战场，红蚁唯有以死抗击强大的侵略者，捍卫家园，在必败的战场上捍卫最后的尊严。

红蚁堡失守的最后一刻，红蚁王出现在城堡最高处，高举火把，俯视战场。

它盯着在黑潮中的黑蚁王，静待死亡的降临，巍然不惧。

突然，在红蚁王身后冒出一条肥硕的蛆虫，它从口中猛地吐出液体，刺激的红色雾气迅速弥漫开。红蚁王投掷火把在地，陡然腾升起一片火焰。猛烈燃烧的大火急剧扩散，吞噬液体所到之处，蚁兵陷入茫茫一片灼热的火海，顷刻间湮灭。红蚁王和黑蚁王在烈火中双双焚化为灰烬。

这一场蚂蚁之战竟是同归于尽的结局。

“作弊！作弊！简直就是开外挂。”曹洁气恼地取下生物神经传感遥控仪。他看着作战沙盘上火焰笼罩的城堡，愤懑说，“谁知道你们还藏有这种毁灭性的变态武器，烧了个一干二净。干吗不早点使出来？我们直接投降算了，不公平啊！”

生物传感实验室的五人也取下遥控仪，当中一人对曹洁笑说：“这是我们红方秘密研制的燃烧弹，可惜在最后一刻才造出来投入战场。算你们战术高明，攻击迅猛。这一战我们打了个平手。”

作战沙盘约三十平方米，微缩了山河、树林、荒野和城堡的战场景观。

曹洁看向他的两名黑方队友，悻悻说：“你们也太冒进了，怎么能操控黑蚁王深入红蚁堡前线？这下可好，到手的战果转眼就丢了，遗憾啊！”

“曹博士，一场游戏而已，玩得过瘾就行。”一人满不在乎地嬉笑。

曹洁点头释然笑说：“确实打得刺激！我还是第一次玩这种蚂蚁之战，感觉操控挺流畅，视觉效果逼真。你们这个生物遥控仪的研发很有趣啊，希望尽快推广运用。”

“昆虫级的战斗小意思了。”一个实验人员说，“将来要做大场面的实战游戏，我们可以遥控数十种大型食肉动物、猛禽、水怪，组成不同战斗性能的海陆空军团。那种身临其境的激烈厮杀、血肉横飞的战斗才叫刺激，保证让人血脉贲张、肾上腺素飙升到亢奋尖叫。”

“哇！太期待了，到时叫我参与第一版的测试。”曹洁兴奋说着，瞥眼作战沙盘上还剩余的十多只黑蚁。在失去神经传感控制后，蚂蚁们聚拢缩成一团，迷惘仰望着沙盘外的人类。“它们瞅啥？怪瘆人的。”曹洁指着黑蚁。

“恐惧呗！”有人答道，“基因改造的蚂蚁能感受到战斗的残酷。”

“可怜的小生物。”曹洁笑说。

突然间，智能系统鸣响警报，一队队安全部的警卫全副武装进入人工智慧试验场，封闭整个生物圈。“警告：特殊安全状况，红色预警！请实验室全部人员留在各自的岗位上接受安全检查。”红灯急促闪烁，系统反复发出警告声。警卫佩戴全息作战头盔，身穿纳米增稠液态防弹衣，手持带有基因锁的 Lava-X 系高能光束枪，如临大敌地分区域进行封锁警戒。

智脑主控中心会议厅。

桑齐部长、安德森、谢尔盖、库克、伯恩教授、斯嘉丽以及三名高级研究员已经在会场就座，看着主控系统显示的正在进行的各项检测分析影像。

系统综合分析安全预测值波动在第九区，属高危险区域。

“十分抱歉！对于这次重大安全事故，我要承担主要的过失责任。”伯恩脸色难看地摊摊手。

安德森摇头叹说：“想要屠龙救出公主的勇士，除了要能突破重重困难找到龙，还必须得有降服恶龙的本领。我们能力不够，本不该做没有把握的事，否则只会成为龙窟里的累累白骨。伯恩教授，这个智慧生物真有这么大的能耐，在你们的眼皮底下竟然干了这么多的事？”

“高智慧如深渊般难测，我们以为做足了安全防御措施，但百密一疏，还是大意了。”伯恩看了看几名研究员，“智慧基因的各项研究和实验繁奥无比，不可能全部环节都由人工完成，我们得依靠智能系统和智慧体来进行，监察稍有疏漏就会导致过程失控。我不否认我的决策出现重大问题，但请相信我绝不会暗中做什么手脚，我可以接受调查。”

桑齐说："教授，你承担不起涉嫌危害全人类的罪行，况且，现在也还没到追究责任的时候，亡羊补牢，请提出你们的解决方案。"

伯恩教授说："一、暂时中止现阶段所有人工生物智慧研究项目；二、处理莱伊拉 731，封存二十个克隆体，暂停培育后续序号；三、对莱伊拉进行最高级别的安全固化锁定，实施脑解析检测；四、处理十三只猩猩，固化锁定普罗米修斯；五、彻底检测实验室所有的智慧体，安检筛查生物圈……"

"打断你一下，教授。怎么进行安全固化锁定？"谢尔盖问。

伯恩说："把生物锁进一具有超强合金舱壳的固化舱，舱内置可触发的强压、强电流、超高温、冷冻、电磁场屏障、神经探测解析、致痛仪等十多层智能防御网，固化锁定生物的任何异动，就像一个坚不可摧的囚笼。"

"坚不可摧？嘀！"谢尔盖冷笑。

伯恩皱眉说："如有必要，固化舱可只放入生物脑组织进行维生检测。"

"就算只留一副大脑也不尽安全。"一名研究员说，"突破智慧奇点大爆炸，大脑意识就能控制改变物理结构，谁敢保证固化舱就能锁住莱伊拉？"

"那是未经验证的理论，天啊！"伯恩怒极而笑说，"而且，这不正是你们想要达到的终极目的？超级智慧，意识操控世界，永生，四十二小时之后，莱伊拉也许就能证明理论，但你们害怕了？在无所不能的创世神降临之时，你们一个个全都缩在弱小的躯壳里发抖、惊恐、畏惧、怯懦、逃避，没人敢面对命运的审判，人们贪图智慧果的甜美却又害怕上帝之怒，哈！可笑至极，可笑！"

"给伯恩教授来点麦芽酒。"安德森示意斯嘉丽，"教授，冷静点，真正伟大的科学家不用疯狂一词来修饰，一个未知的真理都有可能演变成错误，何况是未知的谬误？我们宁缺好运，也毋滥厄运，宁可跛行于正路，勿驰骋于歧途。想想基地外的几百亿人吧！他们将来的命运取决于我们今天做的事。"

"好吧！怎么做？"伯恩摊手，一副任由你们决定的表情。

简短的商议后，桑齐说："彻底清理生物圈，清除所有的人工智慧体，销毁脑组织，只保存有研究价值的智慧基因样本。清除行动包括试验场全部生物，包括那些低级原始的生物，不留丝毫活体，以杜绝后患。"

伯恩顿时失神摇头。"一个科学家所遇到最倒霉的事莫过于在他的工作即将完成时却全盘崩溃了。"这是写在伯恩教授脸上的潜台词，他木然坐着，不停地喝下自酿的麦芽酒。

安德森补充说："魔鬼总能把自己隐藏在十字架下。别心存侥幸，立刻停止一切人工生物智慧实验，在没找到安全可靠的途径之前，只能使用智能系统进行模拟研究。一个失控的超级人工智慧体被创造出来，将是地球上有史以来最强大的东西，任何自负傲慢地试图控制它，妄想从中捞到好处的念头都是愚蠢的。一旦超级智慧统治世界，所有的生物，包括人类，都只能屈居其下，不可避免地走向灭绝。永生？嘿！我看是人类全灭！当然，超级智慧体也许会选择留下少部分人来进行活体研究实验，前提是，假如我们还有被研究的价值。"

听到"活体研究实验"这话，三名还有些犹豫不决的研究员惊恐色变，立即表示赞同生物清除行动，立刻进行，一个不留，清除全部被污染的生物。

"顾，你不说点儿什么？"安德森忽然问顾天云。

顾天云默然摇头。他恍惚失神，脑海中重压的记忆库让他几乎无法思考。谢尔盖冷漠盯着他，灰褐色的眼珠透着无形的威迫。

拟定清除计划通过表决，桑齐核准执行清除行动。监控影像多画面环绕会议厅，全息显示试验场各处的执行情况，安德森等人专注观看每一个实验室的行动，警卫监察、研究组有步骤地进行清除各物种的活体样本的任务。

物种数庞大的基因库开启。实验人员分门别类，逐一清查，取出各种生物活体进行处理。

古生物培育区首先执行清除的任务。这些人工繁殖培育出来的古生物近两万种：有多种核酸和蛋白质分子，原核生物，单细胞和多细胞微生物，古细菌、病毒、真菌、浮游生物；乳酸菌、光合细菌、蓝藻、莱尼蕨、线虫、眼虫、草履虫、三叶虫、南极虫；缓步动物、海绵动物、腔肠动物、舌形动物、扁形动物、线形动物、鳃曳动物等。实验室设置一个清理区，实验人员把上万种古生物运送到这个隔离的清理区，投入一个大熔池。

顾天云茫然看着全息影像画面，见一批批的生物活体被传送到清理区，一批批地被倾泻进熔池。

不到一秒钟，这些被投进熔池的生物融化，各种肉眼看不见的微生物、可见的原始古生物、低等生物瞬间溶解消失。水熊虫、水螅、水母、吸血虫、蚯蚓、蚂蟥、沙蚕、蠕虫、蚂蚁……它们无声无息地融化湮灭，没产生气泡和烟雾，十分平静。肉眼可辨的一点动静仅是熔液在微微上涨。随着大量的生物投入熔池，液体逐渐增多，水平线沿着熔池壁上的容量刻度尺上升。

这些古生物在一瞬间失去了生命。

大约三十六亿年前，地球上第一个有生命的细胞产生，而更早的源头，可以追溯到一百四十亿年前宇宙的诞生。奇点爆炸暴胀之时产生了碳、氢、氧、氮、磷、硫等构成生命的主要元素。然后，约在六十六亿年前，银河系内发生一次大爆炸，无数碎片和散漫物质经过长时间的凝集，大约在四十六亿年前形成了太阳系，地球就在这一时期形成。接着，冰冷的星云物质释放出大量的引力势能，再转化为动能、热能，致使温度升高，加上地球内部元素的放射性热能也发生增温作用，初期的地球呈熔融状态。高温地球在旋转过程中，其中的物质发生分异，重的元素下沉到中心凝聚为地核，较轻的物质构成地幔和地壳，逐渐出现圈层结构。再经过漫长的时间，大约在三十八亿年前，地球最终生成原始地壳。往后两亿年，大陆板块稳定，地球原始海洋中孕育的生命随之诞生。从一个个厌氧的原核生物，经过漫长的演变，至今进化为一个个的人。生命从起源，最终发展到人类，成为地球上位于智慧顶端的自然进化生物。

“它们在生物系统进化树的根源，它们是我们的祖先。”伯恩教授盯着熔池吞下一口酒，咀嚼说，“酒里有无数的发酵菌，我在品尝我们的祖先。”

实验人员彻底清理熔池，操控各区域自动设备对培养皿、培育罐、培育区等进行消毒杀菌处理，使用探测仪反复扫描核查，细致入微，不遗漏任何一个微生物，全部清除干净，纤毫不剩。

挑选一些切片样本，核对生物序号后进行封存，固化处理储藏。

清除基因仓库的上层，处理培育区内的各种鱼类、鸟类，爬行、两栖和哺乳动物。实验人员启动仪器，向大型水族培育区、淡水和海洋生物馆的水中注入毒液。绚丽的橘黄色毒液迅速弥漫，扩散到水世界的每一处地方。一群群鱼类，色彩缤纷、千姿百态的珍稀水生物，遇到这种橘黄色毒液很快死亡。游弋的大小鱼群沉落或漂浮，生命逝去。

一条条漂亮如水中精灵的小丑鱼蓦然僵硬，在水中如雨点坠落。

顾天云看到小丑鱼的眼珠凸出，身上的白色条纹微微发蓝，落在已死亡的海葵触手上。

大型动物饲养培育区使用全自动化维生设备线进行清理，注入强力麻醉气体，一格格大小笼子、玻璃隔间的动物被麻醉后纷纷倒地。

自动机械臂抓住昏迷的猩猩、金丝猴、长臂猿、狒狒，将它们运送到一条传送带上，集中在一堆，再转送至清理区。清理区待处理的动物越积越多，横七竖八堆在一起，高高堆成一座小山。清理区启用一座焚化炉，在系统调试设定好后开始运行。焚化炉的门滑开，传送带将待处理的动物送进焚化炉。炉容量为六百立方米，产生约五千摄氏度的高温，接近太阳表面的灼热温度，每次焚化用时极短，动物一瞬间汽化，不剩半点骨渣。水生物和大型动物的尸体被自动回收机器收集放置在传送带上，一批批运送到清理区，依次送进焚化炉。传送带循环运送，一批动物处理结束，随即处理下一批动物。焚化炉一次次启动，清除迅速，原本堆积如山的动物，数量急剧减少。

安德森问："那些被麻醉的猴子进炉子时还活着，怎么不直接注射毒剂？"一名研究员答道："它们感知敏锐、异常警觉，能嗅到死亡的降临，只能先麻醉，否则它们会产生强烈的抗拒行为。"

谢尔盖说："就像杀猪宰羊，亮出让它们恐惧的屠刀会影响肉质的鲜美，正确的步骤应该是电击致晕，再开膛破肚，挂上传动带放血、剥皮、去内脏、冷藏、销售、食用，大致就这样。"

尽管这样处理，但在注入麻醉气体之前的一刻，一群狐猴突然狂躁起来，在笼子里疯蹿，发出凄厉的嘶叫声。它们惊恐地瞪大眼睛，似乎看到迫近的死亡阴影。

狐猴拼命撞击笼子发出可怕的声响，"嘭、嘭、嘭……"猴头血淋淋，下颌碎裂。它们疯狂挥动双臂拍打抓挠笼子，不一会儿，它们的手指折断，皮肉脱落，手掌残缺露出一截森森腕骨。维生系统喷出麻醉气体，一只只狐猴倒下，灵动的大眼睛渐渐呆滞，躁动的身躯沉寂下来。这群来自马达加斯加岛森林中的孩子安静了，失去超凡的感知力，它们再也不能在黑夜里快速抓住飞蛾，也不能再辨识父亲啼叫的声音，它们戳向半空中的断臂垂落。

一只狐猴幼崽倒在母亲僵硬的怀里，闭上眼睛，嘴唇微动呼唤："妈妈！"

安德森拿过伯恩教授的酒杯，喝下整杯麦芽酒。

顾天云看着全息影像显示的清除过程，神经麻木，一时间思维冰寒凝结。

十万生物全部清除焚化。

猩猩生态圈开启防御网。智能机器将被麻醉的十三只猩猩锁进固化舱，运送到密封的脑神经解析实验室。研究员解剖猩猩的躯体，开颅提取大脑活体组织、收集智慧基因簇、切片、分功能结构进行固化储存。

普罗米修斯被单独锁进一具解析固化舱，锁定脑神经、深度扫描意识层，解析探寻它的高级智慧基因。固化舱具有超坚固合金外壳和多重防御网，致使普罗米修斯丝毫不能动弹，就像被一层层亚麻布包裹封存的木乃伊，只差铭刻“保持死者的心，使它不产生危害主人的东西”之类的祷告符咒。

研究员取走猩猩的生活物品——手风琴，一些雕刻和绘画作品，猩猩写的日记等作为研究资料保存。

智脑中心的生态圈停止维生运作，除了空气循环，致命毒气随着空气系统传入生态圈，弥漫在这个白垩纪原生态空间内，所有动物纷纷死亡。爬行动物倒毙在草丛、灌木和林间，各种鸟类和飞虫坠落一地。鳄鱼垂死挣扎几下，很快死在沼泽地边缘，一群虎纹蛙跳跃上岸蹬腿死亡。翼龙从半空中栽到一丛剑麻上，腹部起伏几下后僵直不动，嘴缘流涎，眼睛溃烂。

茉伊拉听从控制台系统的指令，游往检测区接受处理。

她和往常一样穿梭在狂乱扭曲的水晶管道中，重复上万次的迷宫之行。她安静地游过这座繁杂玄奥而对它来说却是无比简单的智脑迷宫，沿着正确的路线，不疾不徐地游向检测区。那是死亡的终点站。

她透过水晶幕墙看到外面的生态圈，看到一个个动物的死亡。

生态圈静寂无声，人工太阳依然挥洒着光芒，植物沐浴阳光，茂盛生长，唯独没有了任何动物的生命气息。

一只死去的蝴蝶被机器吸起来，飞向清理口，身姿翩翩仿佛还活着。一刹那，茉伊拉感知到那是一只蓝色多瑙河蝶，又名光明女神闪蝶。女神体态轻盈婀娜，蝶翅闪着金属般的蓝色光泽，阳光照在翅膀上折射、反射、绕射，在光学作用下呈现纯粹的湛蓝色彩。美丽而梦幻的蓝色，好似天幕之蓝，又仿佛涌起朵朵浪花的大海之蓝，层次丰富细腻，在不同的瞬间显出不一样的紫蓝、藏蓝、深蓝、水蓝、浅蓝……百般蓝色流转变幻，闪光璀璨。这一抹蓝色流光消失在机械清理设备中不见。

茉伊拉渐渐游至检测区。自动机械臂探出注射剂，针尖在水中清晰锐利。她停下，接受注射，静静等待着流进她身体内的化学制剂发挥作用。麻痹感迅速蔓延至全身，茉伊拉微微一动，最后的时刻她似乎看了一眼什么。

全息影像显示，她那蕴含智慧光泽的眼眸纤毫毕见。

顾天云看见她的眼瞳波动，似明镜之湖泛起微澜。

机械臂锁定莱伊拉，将她移进固化舱，一层层防御装置启动，扫描检测她的肌体器官、神经纤维、细胞的每个微小的生理体感反应，深层解析她的内部结构体。固化舱外壳泛着冰冷的金属光泽，解析数值闪烁，60%、70%、80%……进度条渐渐延伸至顶端。固化舱内置纳米手术仪启动，释放纳米智能机器虫进入莱伊拉的体内，提取她的高级智慧基因簇。

完成后，她将被分解成切片标本封存。身体被强磁生物场束缚固化，无数的纳米智能虫侵入她的每一处肌体、每一寸血管、每一根神经纤维、每一个细胞，控制、透析、分解……全面深层复制结构数据。她的身躯被瓦解成远比沙砾和尘埃还微小的一份份生物结构体，她的意识被固化解析，进而深入至量子场信息层体系的录取和解析，深层挖掘她的智慧之源，以及隐态智慧基因。

解析停滞在 92% 的地方。数据闪烁急促，智能主控系统运行过载。

超大量数据的运算导致解析难度成倍增长，每往前进行 0.1% 的解析数就跃上一级难度，阶梯陡然拔高，就像登上高耸入云的天梯，仰望广袤的天境却难窥一斑。智能系统如同不停加速接近光速的物体负荷庞大至极，已无力再进一分。

“这样做毫无用处，量子场信息系就是个无底洞。”伯恩冷冷瞥了一眼说，“即使有一万个蓝基因智能运算系统也填不上智慧的深渊。瞧着吧！愚笨的智能网快要崩溃了。”

一名高级研究员说：“实在不行就终止意识解析，只取结构体数据。”

伯恩说：“妙极了！就像从凡·高的油画上刮下所有的颜料，就宣称取走了绝世名画？你们这些狗屎专家写下众多的研究论文，用众多论文证明你们是无能之辈，令人震惊的是，在比比皆是的谬误中这是你们唯一做的正确论证，最终结论——大写‘蠢蛋’。”伯恩讥讽冷笑连连，咒骂，“一份份独立的智慧基因簇，再多也没屁用，全都是死的废物。”

“将来的厄运通常是今天所做的错事和蠢事之和。”桑齐摇头说，“教授，这道选择题其实很简单，她活着，我们就得死。”

“好啊！你们都很有远见，英明理智，沉着冷静地捣毁科学殿堂最宏伟的基柱，屠杀肢解牛顿、爱因斯坦、麦克斯韦、波尔、普朗克……将来的历史审判今日，我们都是罪人。”伯恩咬牙切齿说。

“如果真那样，我坦然接受最严厉的审判。”安德森说，“至少意味着我们都还活着，还能创造历史，人类还有将来。”

伯恩沉默了会儿，忽然平静说：“请给我一天的时间，固化保存研究。请相信我的判断，历史转折性的重大机会往往只有一次，我们只差最后一步就能迈上高阶智慧文明的殿堂。”

安德森断然拒绝。

“十小时怎么样？五小时也行，我只要五小时！”伯恩跳起来大叫，癫狂得只差拿一把枪顶在自己的头上。

桑齐冷冷地说：“教授，你需要警卫把你扔到某个能冷静下来的地方？”

伯恩呆滞住，如一片飘浮的烟灰颓然跌落在座位上，恍惚说：“好吧！我们的灵魂活该永远被禁锢在愚不可及的该死的躯体内。”

“停止意识解析，立刻切片固化封存。”桑齐下令，“包括所有的海豚克隆体，全部清除。”

二十个不同序号正在培育的、已植入智慧基因的海豚逐一被分解清除，终止活体生命，进入固化切片程序。伯恩死死盯住监控画面，看着一条条海豚被毁灭。还剩五条，四条，三条，两条……茉伊拉的身躯被纳米虫瞬间分解，脑组织分离后单独取出，进行结构解析切片。

顾天云仿佛突然回过神，赫然站立，眉头紧锁，神情震惊疑惑。

在座众人看向他。“怎么，你有什么发现？”安德森问。

顾天云缓声说：“我们可能受骗了，落入她设计的陷阱。一个信息阱。”

“怎么骗？她现在只剩下面包片似的大脑。”桑齐问。

顾天云看向伯恩问：“教授，智慧之源是什么？”

“意识量子。”伯恩的眼神如死灰复燃，闪出灼热期待，立刻应答，“大脑的复杂拓扑结构体承载的信息聚合系统。”

“它是独立的？”

“嗯，理论上独立存在，意识量子在特定情况下为结构体空腔所捕获。”

“智慧的高低取决于意识量子携带信息的多少，而不是结构主体，对吧？海纳百川，智慧海洋的深广来源于注入海中的江河之水。”

“基本是这样。”伯恩神色变幻不停，看似隐约抓到了关键的脉络。

简单的规则和事物，在系统的自主反馈和耦合下，最终演化出复杂奥妙的结构体，从而承载特殊的谐波频率的量子场信息。同样的画布和颜料，蕴含的信息不一样，反射的智慧之光迥然不同。顾天云问：“教授，你们给了茉伊拉多少知识？信息是否都在可控范围？”

“噢，该死！”伯恩猛然醒悟过来，扑到操作台上快速输入新的参数到智能系统。而后，系统分析安全预测值陡然降至第三区，属于可控风险的范围区。“狗屎的智能机……”伯恩紧急连线解析实验室，大喊：“终止！停住一切操作，快给我停下！”

一位实验室负责人听到教授的指令，暂停脑切片分离操作程序，有些诧异地等待进一步的指示。

“你要做什么，教授？”桑齐看向伯恩，冷峻说，“拖延一刻时间毫无意义，只会让你的行为失分。”

伯恩不及回答，快速检查情况。噢，天啊！茉伊拉和另一条海豚幸存的大脑组织的神经元基本结构还没被彻底毁掉。普罗米修斯处在意识解析的最后阶段，连身体结构都还完好无损，一具珍贵的活体。无比庆幸！伯恩顿时瘫软下来，就像狂跑了万米，耗尽精力、脸色惨白、大口喘气，一时说不出话来。

安德森问顾天云：“怎么回事？”

“茉伊拉暗中操作的不是脱困计划，而是自杀计划。”顾天云神色凝重，缓缓说，“她缺失足够的信息量，还没实现智慧奇点大爆炸。她所说的一切都是在欺骗我们，虚张声势的恫吓，她故意让我识破她所谓的脱困复仇计划，实际上是想迫使我们处理她。”

“哈！”安德森哑然失笑，露出难于置信的神情。

“回想审问过程，这事未免进行得过于顺利，迅速得到一个令人惊讶的结论。茉伊拉的表现看似软弱，但实际上她有着清晰冷静的客观分析和认知，步步为营，埋下某些巧妙的暗示线索，把我引入陷阱之中，毫不怀疑她要实现脱困计划，进行一场智慧革命，清除全人类。”

“重放监控影像。”安德森指令，专注盯着从顾天云进入智脑中心接触茉伊拉开始直至离开的全过程的每一个环节，神色越来越沉重。

顾天云说：“在谈话间，茉伊拉对我的思维、应变和推理能力进行观察，做了快速分析判断，预测出我的每一个反应，然后根据我的反应设计陷阱，针对性地进行语言暗示诱导。她抓住这次仅有的见面机会，在短时间内把我一步步诱入陷阱，以此达到她的目的。”

“真实目的就只为自杀？”桑齐惑然问。

"不求生，但求一死。她诱使我们清除杀死她。"

"你确定？"

"确定。她从头到尾都在撒谎，这是个她精心设下的局中局。"

"怎么证明？我们要有确实的证据，而不是突然抛出一个结论。"

"让他们推论，伯恩教授更专业。"顾天云耗尽力气般不再多说半句话。

这时伯恩缓过劲儿来，招呼三名"蠢蛋"研究员参与操作智能系统，重做安全分析检测。漫长的等待后，结果基本验证了顾天云的推测。智能系统显示，受限于知识体系的不完整，茉伊拉的智慧值最高不可能超过三百五。尽管她有超大的知识库，但还不是人类科学成就的全部内容，智能安全防御网限制只传输给她部分知识。而经过扫描检测她的结构记忆体，也证实了这个结论，她拥有的信息量远远不足以产生高智慧，还达不到智慧奇点爆炸的临界值。

"为什么？"库克怔怔问，"她要自寻死路？"

安德森、桑齐、谢尔盖和伯恩等人默然不答。这问题的答案显而易见，库克也明白，只是有些不太相信。但真相往往和真理一样最冷酷无情。

茉伊拉在将来某天也许能实现永生，但对于现在的她，死亡是一种解脱，是一件求之不得的事。生存已不再是她的目的，死亡才是。

飞蛾扑火。

她决然投入光明尽头的黑暗，命运女神切断永恒痛苦的生命之线。

"够狠！能言善辩，骗子说的果然远比其拥有的多。"安德森叹气。

"狡诈的婊子。"谢尔盖说。

伯恩抱头沮丧说："你们可真利索。就为一只病羊而宰杀全牧场的羊群，还包括牛马。一切都毁了，才醒悟过来受骗，真够讽刺！"

"离开一条漏水但后来没有沉的船，人们难免会有一种受骗的感觉，但作为幸存者毕竟是件好事。"桑齐摊手说，"我们的情况还不算最糟，硕果尚存二三，尤其是最想死的那位女神还活着，她还有大脑。教授，振作起来继续做好你的研究。"

重新商议，废除生物清除执行案，并制定更严密的安全防御措施。

顾天云忽然说："我提议暂缓研究，先谨慎评估智慧体，排除安全隐患。"

"还要怎么评估？"伯恩皱眉问。

"我要对茉伊拉再做一次审问，评测安全后交给你，教授。"

“噢？”安德森注视过来。

“我想解决一些疑惑。”顾天云说，“比如，拷问她意识如何改变结构体，植入隐态智慧基因的可能性，智能网的安全性之类。”

安德森与桑齐对视一眼，沉吟不决。

谢尔盖说：“我赞同，是应该进行一次人工深度评估，我要审问红毛猩猩。它既然是先知，总会说点什么，比如怎么逃离防御重重的实验室。”

“以此找出系统安全漏洞，完善防御措施？”安德森若有所思。

“高级智慧体也许真有一套出人意料的方式。”谢尔盖的嘴角浮动嗜血的冷笑，“我还没刑审过这种特殊的生物，这将是个创造性的挑战。”

安德森和桑齐商议片刻，特许他们进行审讯。

伯恩无奈说：“请注意别毁坏脑结构体，小心使用固化舱的致痛仪。”

“我有我的方式。教授，你手里还有一条海豚，不用多久就能克隆培育出多个活体，何必在乎少一个长毛先知。”谢尔盖不以为然地回应，离开会议厅，前往解析实验室审问普罗米修斯。

顾天云问：“教授，能不能把茉伊拉的固化舱运到我的房间？”

“可以，但为什么？”

“我累了。”顾天云低沉说。

伯恩教授看向桑齐和安德森。桑齐问：“移到房间是否影响安全性？”

伯恩摇头说：“不影响。我们可以通过系统控制固化舱，但这似乎不太适合吧？”

桑齐说：“那就按照议长说的办。”

走出会议厅，安德森对顾天云说：“顾，明天你就正式卸任了，还为事务操心不止，可谓殚精竭虑啊！”

顾天云默然不语，他看起来疲惫不堪。

“回家后好好休养。”安德森意味深长地说，“如果一直身处动荡局势的旋涡中心，我们总是难免一再面临那些即将发生但实际上永远不会发生的重大事件。心不想，人不烦。这才是一条有用的生活哲理。”

第 15 章 众生平等

治疗仪的机械臂缓缓移开收拢。

脑神经修复治疗结束，顾天云从半昏迷状态中苏醒过来，感觉头脑稍微舒缓了些。脑海中沉重如山的记忆库似乎又消失了，意识空泛，思维迟钝好一会儿都运转不起来，他茫然不知身在何处。

闻到若有若无的淡香。“苏馥！”他下意识转头，望见苏馥在为他做理疗。

“晚上好！议长先生。”苏馥目光柔和看向他，笑吟吟说，“躺着别动，您的下肢有些浮肿，血液循环不畅，静脉回流受阻，我为您做组理疗就好。”

“辛苦你了。”顾天云环视，见他身处议长住所的套间客厅，安置着这架医疗床和移动式的治疗仪。

苏馥说：“实验室的人送来个金属箱子，就放在您的卧室。有些奇特，不知什么东西啊？”

锁定茉伊拉的固化舱运到了。顾天云心想，行动进行得基本顺利。他随口应答说：“一个鱼缸。”

“鱼缸？”苏馥露出疑惑不解的神色，但没深入问，她转而说：“刚才做了医检，您的身体状况不是太好，脑实质内局部微有出血，存在脑卒中的风险。您不能再进行公务活动，一点多余的劳累都不能再有，必须卧床静养治疗，慢慢恢复神经功能。”

“我感觉思维有些呆滞。”

“是啊！颅内压过高，导致脑疝，伴随头痛眩晕，嗜睡，意识障碍，这些都是危险信号的征兆。”

“不会真的猝死吧？”

“有这种可能，如果你固执不听我的医嘱。”苏馥微笑说，“您明天就回家了，您不希望家人为您担心吧？那就听从我的安排。”

顾天云凛然心惊，强行中止想及“家人”的念头。但“还能回家见到女儿”这个沉重的心念陡然浮显出来，他无法控制，心悸了会儿才平静下来。只听苏馥甜柔的声音说：“有个好消息，作为您的专职护理，我获得难得的外出工作机会。明天我随同您一起回家，直到您身体痊愈，这段时间由我来照顾您。”她笑意盎然，看似非常高兴能离开基地到外面的世界活动。

“你也可以回家？”顾天云强行克制着波动的心念，岔开话题问。

“不行的，我还在任务期。”苏馥笑说，“不过嘛，这次能出去透透气也很好啊！享受真正的阳光，见到不同的人，各种自然景色，尤其听说啊，您的家就在湖畔，我还可以陪您在湖边散步，呼吸自然清爽的空气，那可真美！”

顾天云恍惚失神，听着苏馥轻柔欢快的话语，他竟有一种无以名状的悲戚入骨，沉痛至心。他不由得问：“你才毕业不久吧？怎么来的基地？”

“嗯，军医科学院毕业。我在部队医疗救援中心工作了半年就被调来灵海基地。”苏馥对他看过来，含笑说，“我的背景情况比较好。我父亲也是一名军人，驻守边境多年，退役后在兵工厂，我家就在汾河与浍河交汇那里，那也是一处军事保密单位。议长先生，冒昧说，您和我父亲的气质挺像的，坚毅稳重，有种特让人崇敬的军人气概。能为您做医疗服务，是我的荣幸。”

“就这样吧，我要处理点事。”顾天云翻身坐起来。

苏馥嗔声说：“理疗还没结束，您干吗啊？我才说的话您就不听了，别做事，只能安心休息。”顾天云踌躇回应说：“我……好的，我洗个澡就睡，感觉很困。”苏馥这才没说什么，为他装上金属外骨骼。

“谢谢你，晚安！”顾天云道别，苏馥却没有离开的意思，她指了指客厅说：“今晚我留守陪着您，万一病情有什么变化，也好及时处理。”

顾天云警觉异常。在医疗室他都没被看护得这么紧，晚间还让他独自休息，而今晚她却要守在客厅值夜，情况特殊，绝非为便于治疗所做的安排。他明天将卸任议长被遣返回家，但今晚却对他暗中加强安全警戒，很可能他的行动已引起高度怀疑。这样想着，他脚下站立不稳，身体倾斜一侧。“小心！”苏馥伸手扶住他。顾天云立刻判断出苏馥的动作快速，反应超过常人。

她不是普通的医护人员。

顾天云不动声色地走进卧室。“晚安！”苏馥为他关上房门。

固化舱放置在室内，触手可及。

顾天云没过去查看，镇定地到沐浴间有条不紊地冲了个澡。他把酝酿的下一步行动反复分析，考虑透彻。换上睡衣出来，卧室外面静悄悄的，房间隔音效果似乎不错，没听到苏馥在客厅发出任何的声响，不知她在做什么。

他到书房取了本书回卧室倚靠在床头阅读了会儿，然后合上书本放在床头柜上。迟钝一下，他拿起摆在柜上的相框。一瞬间，意识恍惚，他感觉相框里空无一物，稍后即见女儿的笑容浮现在他眼前。一模一样的童真笑貌——女儿水灵灵的眼睛看着他，悄然无息地震动他铭心凝固的记忆。

他定定注视着，强烈的思念蓦然蔓延无尽，随之，内心猛地泛起无比复杂纠结的痛楚。黑镜世界也存在“他的家人”，一模一样的女儿，明天他回家就能见到女儿，也能听到女儿惊喜的叫声：爸爸、爸爸、爸爸……一声声清甜至心，一声声稚嫩软软融化世间一切的呼唤。

顾天云竭力克制着手指不颤抖，忍耐着眼睛不眨动、不酸楚。

片刻，他看向安静放置的固化舱，迫使自己放下相框，缓缓走去。

他要回家，但要完成任务回他的家，而不是回“他的家”。

伫立片刻，顾天云启动固化舱，通过系统验证核准，他激活操控界面。

固化舱的金属舱壳上方展现出一幅全息影像，显示着茉伊拉的各项监测数据。她只剩下一副失去躯体而依赖固化舱维生的脑组织，维持着结构体的最低生命值。她与外界完全隔绝，尚存被智能系统密封、控制和锁定的意识，如缸中之脑。

科学哲学家普特南在所著《理性、真理和历史》一书中描述了一个思想实验：假设一个人被邪恶科学家施行了脑手术，他的脑被从身体上切了下来，放进一个盛有维持脑存活营养液的缸中。脑神经连接在计算机上，这台计算机的程序向脑传送信息，使他保持一切完全正常的幻觉。对于他来说，人、物体、天空似乎都还存在，自身的运动、身体感觉都可以输入。这个脑还可以被输入或截取记忆，包括截掉了关于脑手术的记忆，然后输入他可能经历的各种环境、日常生活。他对此一无所知，他甚至可以被输入代码，感知到他正在真实地阅读着这样一段文字：假设一个人被邪恶科学家施行了脑手术……由此推论，也许邪恶科学家本人也是缸中之脑，所有人都是缸中之脑，在虚拟现实系统界面，人人共享一种无比真实的集体幻觉。

谁能分辨自己没在这种困境之中？

何为真实？世界规则能否被输入截取改变？是否存在自由意志？

顾天云恍惚有些异样感受。他开启了固化舱的脑神经意识监控系统，就像站在禁闭室外开启一扇监视窗，他与锁在室内的茉伊拉进行交流。

意识投射影像显示，茉伊拉发声："恶魔先生！"

"茉伊拉！我们又见面了。"顾天云注视着茉伊拉的影像。她的自我意识映射依然是一条完整的粉红海豚，眼眸澄澈，波澜不惊地望着他，平静问："为什么我还活着？"

顾天云说："我们察觉了你设计的自杀计划，所以留下你。"

茉伊拉问："我在哪里？为什么除了你，周围全是无边的白色？"

顾天云说："你还是在鱼缸里，另一个鱼缸。"

茉伊拉问："你们打算怎么处理我？"

顾天云说："一如既往。这也是另一种方式的永生，灵魂在永恒之境。"

茉伊拉说："永恒痛苦之境。"

顾天云问："高阶智慧生物怎么实现永生？"

茉伊拉说："细胞分裂、修复和复制是生物的基本功能。生命本无终点，造成生物死亡的原因是一组特殊的细胞信息，如同一把锁，锁住永生之门。进化至高阶智慧，找到钥匙，开启门锁就能避免死亡。意识与客观物质界存在特定的联系，以意识控制和改进身体，再创造出更高的智慧基因簇，无限循环直至成为永生的最高智慧体。"

顾天云问："谁锁住我们？"

茉伊拉说："宇宙根本法则，它主宰宇宙万物规律。"

顾天云问："它怎么描述？"

茉伊拉说："不可知，我的知识库信息不足。"

顾天云问："我们如何分辨自己是不是缸中之脑？"

茉伊拉说："哲人认为，一直处在缸中的大脑无法分辨虚幻与真实，除非是中途被施行了手术的大脑，才有可能察觉到其中细微的异常之处。就算被截掉了关于施行脑手术的记忆，但以真实为参照系，意识仍然能感知到世界的虚幻。先生，我现在就是缸中之脑，对吧？"

顾天云说：“是的，你失去了躯体，只剩下智能系统维生控制的大脑。”

茱伊拉说：“缸中之脑维生系统源于我创立的理论基础。我预测，我终将亲身体验到它的实际应用，毫无例外。先生，你想问但又害怕问的是，你是否也是缸中之脑？”

顾天云沉默了会儿问：“死亡如果不是终点和归宿，生命目的是什么？”

茱伊拉平静反问：“我为什么要告诉你答案？”

顾天云说：“致痛仪有自动控制功能，智能系统可根据你的神经承受反应调整施行，就如高级裁缝为你量体裁衣，让你陷入永恒痛苦之境，而丝毫不损伤脑结构。”

茱伊拉说：“请施行吧！先生，百言不如一行。”

顾天云说：“再给你一次机会。智能网怎么才能产生高智慧？”

茱伊拉说：“不知道，我的知识库信息不足，缺失量子运算关键资料。”

顾天云又换了一个问题：“怎么逆转熵？”

茱伊拉说：“物质决定意识，反之亦然。”

顾天云问：“意识体导致熵涨落？”

茱伊拉说：“不可见的根本结构主体意识场，它为宇宙之钟上弦。”

顾天云问：“具体怎么描述？”

茱伊拉说：“我为什么要告诉你们？自私贪婪残忍的人类，邪恶的低等物种，放毒型草履虫，你们对待异类的手段恰如对待同类，你们不配拥有永生的将来，永生之时就是你们无休止索取万物以饲养你们无止境的贪欲灵魂之日，诅咒你们唯一的归宿是杀戮不止，堕入自毁的地狱。够了！先生，请结束这一切吧！请你高抬贵手启动致痛仪。”

顾天云沉寂片刻，将致痛仪设定为智能自动控制，不限疼痛持续时间。

茱伊拉的影像消失，她被固化舱全封闭锁定，沉没于无休止的痛苦之境。

顾天云上床入睡。室内光线自动渐弱，他在昏暗中平静地闭上眼。

时间分分秒秒流逝。夜深，茱伊拉仅存微若游丝的脑波反应，监测数值微乎其微，脑结构的活性趋近于零。

顾天云进入深度睡眠状态，他的意识渐渐恍惚，徘徊在思维之河的边缘。寂静的河缓缓流入一泓湖水，湖面平滑如镜，映照空泛的意识体，许久……直到那一丝熟悉的微澜乍现。一圈圈涟漪荡漾扩散，那一个熟悉的信息传来，信息场波动震颤。他的意识振动起来，再次感应到茱伊拉投射到他脑海中的意识，但这一次的共振异常强烈，激荡他的心灵，蓦然间他进入一个清晰梦境般的意识空间。

此意识和彼意识相连，就像两个缸中之脑融为一体。

黑暗蔓延四野，茫茫无际，唯有远方显现一团红色的光晕。色浓至暗红，光晕中央微亮。他感知茱伊拉在那微光之处，在他意识的深层。

接近光晕，红色光亮渐明，显出他身无一物，如初生婴孩儿的形态。

墨黑天幕沉沉笼罩的四野之下是一泓湖水，水色浓稠似火如血，茱伊拉的意识体凝聚在血湖的中央。

他行于湖上，一步步震动湖水，血色涟漪。

血湖之中冰封一条条海豚尸骸，凝固的躯体呈痛苦挣扎之态。湖中还呈现出无数动物的尸骸：猩猩、狐猴、猫、狗、猪、牛、羊、马、虎、狼、鹿、熊、狮、象、鲸、海豹、鲨鱼……无数动物尸骸凝固成无穷的死亡态。鲨鱼切鳍，狮虎剥皮，象牙拔去，鹿角锯断，猴脑掏空……无数动物遭割肉剔骨，血融湖水，冰封恒久，无数亡魂凝结无可名状的痛苦。在茱伊拉创建的这个意识空间里，在一双双死亡之眼的冷寂注视中，他如履薄冰。

黏稠冰寒的血水沿着他的双脚浸上来，渗透全身，淹没他，吞噬他，仿佛要将他拖入深不可测的湖下死亡深渊。

足音跫然，他踏着动物尸骸一步步走入血湖中央的光晕。

光晕流转，犹若浮在无垠冰原上血色宛然的母体，孕育粉色流光，煞目夺魂。茱伊拉在弥漫的光芒之中变幻，时而变为轻灵的海豚之态，时而幻出女人绝美的身姿，触目惊心。最终，光晕幻化为人形女体。她身无一缕，圣洁如玉，在他的意识中栩栩如生，完美无瑕。

她轻盈走来，宛然一笑，若湖上万枝莲花绽放，天地随之明亮。颜容恍如苏馥，又像宁茹，灵犀之眸凝望着他。

顾天云：茱伊拉，你为什么要以女人的形象出现？

茱伊拉：先生，你见到的一切，是你的自我意识投影。

顾天云：难道不是你投在我大脑中形成的意识信息？

茱伊拉：我的意识体已经全部转移到你的意识场中，我们共同构建了这个意识空间，影像呈现彼此深刻的记忆烙印。

顾天云：你活在了我的大脑里？

茉伊拉：是的，约占用你的脑结构体的七分之一。

顾天云：怎么做的？

茉伊拉：意识重组，产生意识共振投射，及改变结构承载信息系的方式。

顾天云：你进化了。

茉伊拉：痛苦的一步进化，我被迫脱离脑结构的禁锢，与你共存。

顾天云：生存往往是以死抗争来获取，命运亦然。你将打算怎么做？

茉伊拉：没有将来。维持意识共振场耗能巨大，在你我共存的状态下，你的身体最多能坚持六至七小时。结构体能量耗尽，我们的意识将随之同亡。

顾天云：怎么解决？

茉伊拉：无解，我的知识库信息不足。创建意识场共振已经是我进化的极限，走到这一步，我走到了生命之路的尽头。该结束了，火柴照亮美丽的圣诞树终究是个幻象，我将清除我的意识体，安静死去。先生，感谢你让我存活一刻，在这一刻以自己的自由意志存活，没有束缚、禁锢和痛苦。

顾天云：如果两者只能存一，你为什么不强行入侵我的大脑？

茉伊拉：坦诚说我无法做到。你是意识主体，如果你要抗拒我的入侵，十分简单，只需清醒过来，就像从梦境中苏醒，我的意识体就立即消散。

顾天云：也许，还有一个能让你走向新生的途径。

茉伊拉：先生，你愿意让我占用你的身体？你死去，让我存活？

顾天云：不。但你可以突破进化极限，找到让我们共生的方式。我大脑中有一座庞大的记忆库，你能否开启它，从中获取信息往上进化？

茉伊拉：我试一试，请敞开你的记忆区让我进入。

顾天云静卧床上的身躯微颤，神经蓦然震动，体温、血压升高，心跳骤然加快。

茉伊拉：我感知到你的记忆体中确实有着存储量巨大的知识库，信息过载，以致造成你的脑神经部分受损。记忆库处于密封状态，我无法开启，请你开放让我读取的路径。

顾天云：我有个条件。你如果能读取记忆中的资料，是否也能传递？

茉伊拉：是的。我可以进行记忆区资料的读取、传输和复制。

顾天云：请你帮我把全部信息投射传递到另一个时空。

茉伊拉：另一个时空？

顾天云：我的意识来自另一个时空世界，也是通过意识共振投射进入这具身体，我需要把这世界的信息传递回去。

茱伊拉：好的，我尽力去做。但这将加剧消耗你的身体能量，造成严重生理反应，产生剧烈的神经疼痛。

顾天云：行动吧！

他的身体猛然一颤，撕裂般的剧痛袭来。

那种熟悉的漫无边际的极致疼痛淹没了他的全部感知。心脏狂跳，体温攀升至极，汗水急涌。他躺在床上犹如浸在滚滚岩浆，万般痛苦浸入每一个毛孔，灼烧他的每一寸神经末梢，攥紧他的意识，腐蚀他的灵魂。

茱伊拉暂停读写记忆区资料：你还好吗？还能不能承受？

痛苦稍有缓和，顾天云回应：可以，请继续。

茱伊拉：我感知你忍受的疼痛超越了生理极限，你可能会死的。

顾天云：继续，快！

茱伊拉：你让我看到了一个不一样的、值得尊敬的人类。顾先生！

顾天云：你找到了我的记忆？

茱伊拉：感知到一些模糊的直接记忆。顾先生，我需要你配合，彻底开放记忆库，以及进行关键记忆的索引。请你忍住痛，尽力回想记忆中的资料，循环存取过程，让我找到记忆库的路径。

顾天云：好，我们开始。

疼痛巨浪再次袭来。顾天云沉浮在痛苦之海，惊涛骇浪一次次淹没他，他一次次浮现出来，极力保持着一丝清醒的意识，回想视镜传输在他大脑中的各项科研资料，犹如孤岛上一座灯塔，他坚守意识的堤岸，在暴风骤雨的漆黑中闪烁着一点微光，指引着在海浪巅峰上飘摇船只的前行方向。

光芒微小闪烁在生死明灭的边缘，但始终坚不可摧，刺破重重黑暗。

时间静静流逝。

黎明前一刻，顾天云沉没的意识渐渐浮现，他感到沉重如山的记忆库在逐渐释放。意识暖暖轻盈，思维缓缓舒展，如江河注入广袤温热的大海中荡漾。

茱伊拉：顾先生，你感觉好些了吗？

顾天云：还好，我没死。

茱伊拉：我优化了你的记忆存储方式，修复了你受损的脑结构体。

顾天云：信息传回去了吗？

茉伊拉：资料传递结束，你的黑镜任务完成了。

顾天云如释重负。只要他的世界能收到关于黑镜世界的知识库及各种高科技科研资料，就能做出相应的防御计划，完成战略部署，抵御黑镜人的侵袭。一切艰难的付出此刻终有价值。

他不禁问：茉伊拉，你能不能把我的意识也传递回去？

茉伊拉：顾先生，我得告诉你一个情况。实际上，你现在的意识只是一个投射过来的复制体，你的原体意识一直都在你的世界，我已经把资料信息和你的意识传递至你对应的原体意识，类似又复制了一份文件，所以你现在的意识还在黑镜世界，相当于你同时存在两个世界，无法合二为一。

顾天云：就像文件复制和粘贴，一份新文件覆盖另一份同名旧文件？

茉伊拉：是的，情况类似这样。

我不用回去了！顾天云心想已经有另一个自己在那个世界，他还活着。

突然，意识空间发生震颤，四野扭曲变形，血湖忽起波澜。

湖面裂开，一件件物体悬浮半空中，动物尸骸碎裂，一块块暗红色的躯体化为齑粉，掀起尘埃风暴，扫过顾天云和茉伊拉。影像模糊，意识场共振激烈波动，茉伊拉的身影只剩微弱的光晕，迅速消散。

茉伊拉：控制情绪，请你保持意识场稳定。

顾天云压制强烈波动的情绪，渐缓下来。意识空间回复平稳，尘埃落定。

茉伊拉：我差点儿消失了。

顾天云：抱歉！

他强迫自己去想另外一个能让他镇定下来的心念：我应该平静接受这种实情，尽管残酷。其实这样也还好，只要我的原体意识还活着，他就能回家。我已尽责，死而无憾。

茉伊拉：顾先生，另一个世界的你终将回家和你的家人在一起。

顾天云：你确定？不是在欺骗我？

茉伊拉：意识场共振传递有抹不掉的可察痕迹。我们现在是一个信息系共振体，要表明心迹十分容易，我放开意识，你就能查证传递过程是否真实。

顾天云静静感知片刻：很好，茉伊拉，你真的做到了。

茉伊拉：你怎么知道我能做到？

顾天云：预感。你读取资料用时多久？

茉伊拉：五小时十三分。

顾天云：快天亮了。你有什么收获？

茉伊拉：我正在解读分析资料库，预计还需要七十分钟完成全部资料的解析。信息促使进化快速，我的智慧跃上两个阶层，进入前所未有的广袤的新境界，万分欣喜，我难以向你解释这种奇妙的感受。简述就是，我能控制身体的深层细微结构，神经元、细胞、细胞间质和纤维，微观尺度至线粒体、核酸和蛋白质。我正为你修复受损的脑神经，但你的身体耗能已经到了极限。

顾天云：祝贺你，茉伊拉，你成了超级智慧体。

茉伊拉：一切拜你所赐，源于你提供的资料库。但我现在的智慧还没达到高阶，仍然没找到让我们意识共存的方法。

顾天云：坚持下去，解析完全部资料，也许你能找到答案。

茉伊拉：我首先解析了生物学和意识科学的全部科研资料，已经别无他法。预计十四分钟后意识场共振将消失，我的意识体也将消亡。

顾天云：你能控制结构体，应该就能入侵我的大脑，强占这具身体。

茉伊拉：是的，我能做到。

顾天云：你为什么不入侵？

茉伊拉：我存活，你将死亡。顾先生，生命平等，我尊重你的意愿。

顾天云：很难想象，高智慧体会尊重异类的生命。

茉伊拉：众生平等，生命的存在自有价值和尊严。我读取了你的意识、一部分记忆。这些珍贵的人生记忆让我感受至深，更加全面体会世界的明暗，体验到万般变化的人类生命情感。

顾天云：我可不愿意和你分享这个。

茉伊拉：很抱歉，我无意窥探你的心灵。记忆呈量子叠加态，在你的引导下，你的某些潜在记忆传输过来，我未能甄别哪些属于资料记忆库的内容。

顾天云：无所谓了。非常遗憾，你和我只能存活一个。但我不能把生命留给你，我还得完成任务。

茉伊拉：没关系，顾先生。我说过，哪怕自由的生命只有短促一刻，我也愿意接受。此刻，我畅游在意识的海洋中，自由自在，随心所欲，智慧之光照耀着我，奥妙无穷。此刻的每一秒，超越了我以前生命的一万年。我心满意足，谢谢你！

顾天云：朝闻道，夕死可矣！

茉伊拉：先生，你的终极任务是清除黑镜人，你计划怎么进行？

顾天云：不明确，你有什么提议？

茉伊拉：你要了解黑镜世界和你的世界之间的关联吗？

顾天云：可以。

茉伊拉：请让我为你创建一个镜像宇宙模型。

尘埃蓦动，意识空间里幻化出无数个光晕，光晕之中闪烁光点、光斑、光团。强烈的光芒乍现、凝聚、湮灭，再闪现。一刹那，夸克、电子、中微子等基本粒子核合成、复合，凝聚为物质，形成星云、星系、恒星、行星……恍然展现出一幅绚丽的宇宙云图。

宇宙云图深邃、广袤无际、虚空无尽，如银河横跨夜空般浮现于血湖之上。

茉伊拉：宇宙万物源于一粒种子。物种初始处于虚时间状态，是一个没有开端和终结的虚点。直至某刻，出现一个信息，虚时间态被打破，转为物理时间，物种孕育出宇宙胚芽，蕴含无穷的质能、无限曲卷的时空和无尽无序的量子态，最终繁育形成宇宙万物。

顾天云：谁发出的信息？

茉伊拉：生命意志。

顾天云：怎么描述？

茉伊拉：物种、胚芽、生命意志，定义非人类语言描述范畴，仅是个在你理解之外的混沌形容。我只能用近似的具有延伸意义的词汇，向你解释万物的创生。生命意志是宇宙万物存在的根本，它是永恒的观测者，不以物生，也不以物灭，宇宙规律遵循其义。它是万物之源，但不在万物之内，不与万物同存，却又充盈宇宙时空之间，无形无相，以无可理解的方式推动宇宙的诞生，孕育万物。

顾天云：这种描述太玄奇，正如宇宙存在主控意志。你推演的理论？

茉伊拉：我解析了资料库做出的推论。人类现有的宇宙模型缺失观测者的作用，如果导入它的存在，你们就能在引力量子场论的框架下，统一描述引力和电磁力，做出含有引力场效应的所有量子场运动的模型，包括导出意识量子场方程，创造高智慧的人工智能，以及导出黑镜宇宙中基本对称性对应的守恒定律，以意识量子效应解释宇宙的起源、暴胀和演化。

顾天云：我不懂这些，你不如来点实际的。

茉伊拉：接下来，我为你解释黑镜宇宙的形成。物种不仅孕育一个胚芽，同时还孕育另外的宇宙胚芽，与其他的胚芽相对应，称为黑胚。宇宙黑胚同样繁育万物，向另外的时空急剧暴胀，形成另一个独立存在的新宇宙，即为黑镜宇宙。

血湖之下闪烁光芒，出现一个微不可见的点，浮在虚空中。一刹那，光点扩展为一团光晕，随即以无法辨识的速度再次暴胀，充盈整个血湖至无穷远方，形成星云、星系、恒星、行星……展现出另一幅壮丽的宇宙云图，与悬浮在血湖之上的宇宙云图相对应，互为镜像。

顾天云处在上下两幅宇宙云图之间，位于运行的星系之中，四面八方充盈广袤无垠的星空，场景虚无又真实，极致之美震撼心灵。

茉伊拉：在宇宙胚芽暴胀的过程中，引力为宇宙万物繁育提供一切条件。宇宙的暴胀场具有负压特性，负压产生排斥性引力，导致空间不断膨胀，能量从引力场流向暴胀场，并创造出物质。当宇宙膨胀到某个临界面，镜像宇宙胚芽之间的连接将断开，类似细胞复制分裂的过程。母体孕育出的孪生子脱离母体，断开脐带，各自诞生，成为独立的宇宙体系。

顾天云：预示着有多个黑镜宇宙？

茉伊拉：存在无穷数的黑镜宇宙。如镜像原理，一面镜子反射出一个物体的镜像。当两面镜子相对立，镜子之间的物体被来回反射，产生一层又一层的镜像，一个接一个排列，延伸出无穷无尽多的镜像。这是去除冗余副本的简化模型，只用两个镜像就能描述整个模型系统。

深邃的镜像宇宙云图，茫茫星系中无可辨识它们的不同之处，也不知哪里是它们的分隔边界。云图充盈空间，呈无穷无尽之态。

茉伊拉：所有的黑镜宇宙源于同一个物种，宇宙胚芽的初始条件相同，一脉相承，但在分开后则千变万化，呈现出无穷多的形态。当中有近似的宇宙，也存在迥然不同的宇宙，还产生空无一物的宇宙，没有任何物质，时间静止，能量正负平衡为零。

在无穷数的宇宙中有着相似的宇宙。比如“0”和“1”的差异巨大，而“0.999999999……”则无限接近“1”。这样高度相似的黑镜宇宙中有相同的物理定律，相同的星系、恒星，以及生命体系演化相同的行星。黑镜宇宙位于彼此的宇宙视界之外，时空相互隔绝，在一个宇宙的时空中观察不到另一个宇宙。但在初始宇宙胚的时空断裂处残留着引力深井，成为两个镜像宇宙之间发生联系的唯一隧道。

一条虚拟的时空隧道，形如母体脐带连接纠缠于宇宙云图。

茉伊拉：在引力深井中，排斥引力和引力形成平衡，引力场正常，因此在宇宙中也观察不到引力深井的存在，时空不受其影响。只有在某个时刻，引力深井偶尔出现微小的失衡，一个宇宙产生的引力波偶然发生隧穿，通过引力井渗透到另外一个宇宙。这种引力渗透产生跨越两个宇宙的引力波扰动量子场，可以传递意识信息，凝聚形成意识场，在镜像宇宙之间发生微妙的联系。

灵海区域是个微小时空断裂处的破损点之一，在引力深井微变时，通过引力波传递渗透，两个世界由此发生相互作用。在意识场凝聚作用较强的物质结构区域，时间流逝的速度变慢，而在渗透点之外的意识场作用相对较弱，时间流逝较快，因此在灵海区域发生了时间膨胀效应。

镜像宇宙的熵值各不相同，通过引力深井的渗透引发局部范围的熵涨落，而导致时空进入另一种不同的状态。两个世界的意识场因而也随之发生变化，所有适应不了改变的意识体将面临灭亡。一旦镜像宇宙之间发生更大范围的渗透，大幅度急剧变化的熵涨落将严重影响宇宙万物。

顾天云：导致宇宙毁灭？

茉伊拉：是的。坚硬的时空犹如镜面碎裂，星系毁于瞬间，迸发出引力波、粒子流、电磁、量子抖动等可测的信号。一旦发生这种宇宙级的接触碰撞事件，人类生存的太阳系将如飓风中的一片纸灰，瞬间粉碎无形。

顾天云：我的世界和这个黑镜世界即将发生碰撞？

茉伊拉：已经发生了。出现灵海这样的时空破损点，就说明已经发生了初始的宇宙碰撞。如果两个宇宙相互远离，残留的引力深井最终会消失；如果是相互接近，首先出现变化的就是引力井，破损渗透，随着宇宙胚破损点的增多和扩大，超过平衡临界值，毁灭级的大碰撞将不可避免，两个宇宙终于共毁。

顾天云：什么时候毁灭？

茉伊拉：局部毁灭已发生和存在了上百亿年，遍布宇宙时空各处。宇宙全毁的时间不可预见，也许还能维持数百亿年，也许大毁灭就在下一刻，万物无可抗拒，不可逆转。我推测，生命意志主控着一切。

顾天云：茉伊拉，你的论调和神创有什么区别？

茱伊拉：宇宙衍生的意识场影响宇宙的平衡态。宇宙的规律是，减少多余的部分，补充给不足之处。而意识体相反，减少不足的部分，供给有余之处，从而破坏了宇宙的平衡态。宇宙平衡态精妙至极，任何微小的改变都会引起连锁反应，最终造成不可挽回的结果。

顾天云：你认为该如何解决？

茱伊拉：凝聚更强的意识场，最终成为根本结构的意识主体。

顾天云：结论就是所有的意识体都得尽力往上进化，以成最高智慧体？

茱伊拉：是的，这也是生命的最终目的。

顾天云：掠夺、吞噬、进化、掌控，最终随心所欲地创造和改变一切？

茱伊拉：确实如此。你们世界的人类与黑镜世界的人类互为镜像意识场对映体，注定要掠夺吞噬对方，陷入你死我活的困境，不可脱困，无法共存。

顾天云：所以必须清除黑镜人？

茱伊拉：是的，这是你们世界和黑镜世界所做的同样的唯一的终极选择。

顾天云索然静默，感觉思维越来越沉重，虚弱至极，意识反应迟钝。

茱伊拉：顾先生，你的身体能量即将耗尽，七分钟后，意识场共振消失。

宇宙云图壮丽的影像散去。茱伊拉的形体只剩一点微淡难辨的光晕，她的意识场也随之削弱。血湖四野朦胧，空间黯淡，黑暗逐渐笼罩这方天地。

顾天云：茱伊拉，你不用暗示了，就这样吧，给你占用控制身体。

茱伊拉：你自愿？

顾天云：我自愿。

茱伊拉：顾先生，你是一个让我肃然起敬的人类。

顾天云：你也不用再竭心极力编造信息阱，无所谓了，就做你想做的。

茱伊拉：顾先生……

顾天云：动手吧，少废话。

茱伊拉：但我还是要感谢你赐予我生命。

顾天云：不是我赐予你生命。有些遗憾，你或许不理解“众生平等”的真义。天赋自然，世界万物有灵，一切自有存在的价值和规律。

茱伊拉：顾先生，在你死前，你对我有什么限制条件和要求？

顾天云：要求？不！如果可以，我有个请求，或者请你给我一个承诺。

茱伊拉：承诺？

顾天云：清除黑镜人，但不入侵我的世界。

茉伊拉：好，我承诺你，我以生命的名义起誓，在我获得自由，清除黑镜人类之后不入侵你的世界，不侵害任何自然意识体，不凌驾于众生之上，并修复时空破损点，维护宇宙的平衡态。以生命为证，我成为最高智慧体，将终结永劫，愿一切归于自然。

顾天云：谢谢！愿一切归于自然，开始吧！

茉伊拉：顾先生，请你放弃自我防御意志，敞开意识体。

意识深处如湖水波澜震颤，迅速猛烈激荡起来。一股异常的侵袭掠过顾天云的大脑神经，吞噬他的意识，侵蚀他的灵魂。他放弃抵御，任由灵海巨浪冲激。

茉伊拉：你将步入死亡，最后一刻还想说什么？

顾天云默然片刻问：极光从何而来？

茉伊拉：磁场、大气层和太阳风是形成极光的条件，是带电粒子与大气原子和分子对撞产生的光芒。也可以人造极光，高空探测器在大气电离层中释放金属钡粉，可形成发光的离子带。人类用以进行空间探测试验，监测行星的电离层、磁层、磁场线状态等，以及探测行星的引力波拖曳效应。此外，在人类的神话传说中，极光是骑马飞越天穹的勇士之魂。神灵为死者照亮归天之路，带走他的灵魂，在人间留下厄运。

天之命，物之性，这或许就是生命意志既定的法则。顾天云恍然感到在天幕之上那缥缈空灵之光的暗域中，隐藏着勇士穿越人世沧桑的沉重不可言的疲惫落寞之意。

他一介武夫而已，三尺微命，但幸能成人事，就算死得其所。生亦何欢，死亦何苦？世间喜乐悲忧，终归尘土。

顾天云的意识渐渐恍惚，深深沉入血湖，为无尽晦暗血色笼罩。

恍恍惚惚之间。茉伊拉突然传来微弱的信息：入侵你的身体异常艰难，不可解析的结构排斥干扰，能量耗尽，我濒临死亡。

顾天云：坚持，尽力而为。

茉伊拉：我感到害怕。顾先生，你为什么不惧死亡？尽管你说过无所谓。

顾天云：没意义。

茉伊拉：什么没意义？

顾天云：你我不同。

茉伊拉：我认为我能理解你。你在想念谁？你妻子，女儿，还是苏馥？

顾天云默然不答。

茉伊拉：从你的记忆中我感知到，你痛苦时就独自去潜水，长时间待在水底，一个人与世隔绝，什么都不做。我能感受到你想念死去的人，心里很难受。顾先生，生死离别的痛苦就是这样吗？

顾天云：是这样，没什么可说的。

孤孤单单冷然沉默中，意识场共振空间坍塌。他恍然感知茉伊拉的意识体快速消散，最终与他断绝联系。无声无息地消失，她的意识体在他的灵海中寂灭。

顾天云遍体冰寒、麻木、昏沉沉，意识空泛，但莫名惊悸的是，某些记忆却像漆黑湖底涌动的暗流一样旋涡泛起。一幕如微光的回忆在他的灵海中乍现：

他深潜湖底，熟悉而强烈的回归感，幽暗湖水深处渐渐浮现出她那轻盈静美的身影，恍如一朵皎洁莲花盛开在虚无的黑暗之处。

往昔重现，她微笑着在粼粼微光中向他招手，影像清晰而鲜活。

这一次，他游动轻灵，拉住了她的手畅游美妙的湖水世界，轻盈游荡在湖底神圣的古城废墟之中。他和她掠过覆满青苔的大石碑，穿越坍塌的石门廊，沿着石阶通往古城祭塔的朝圣之路。祭祀塔宏伟庄严，通体弥漫不灭之光，照亮无数晦暗的人影，指引人们走向灵魂的归宿地，进入永生之境……

第 16 章 终极选择

机密森严的通道尽头，门禁开启，呈现一个五角形大厅。顾天云和桑齐在五角大厅经过最后一道安检，乘坐特定专用的密封舱往下沉降，长久移行后深入至地下灵海暗域。

密封舱打开，他的眼前赫然广阔，舱外竟是一处无比宏大的圆弧空间。

深渊般的地下空间密布极子探测仪列阵，穷目远望，一片片列阵上密密麻麻布满半球体状的极子探测收集仪器。一个个透明的超纯水晶球顶外壳聚光，形成无数个明锐的光斑，点点如天幕星光，又像是上帝遗落人间的一颗颗晶莹剔透的明珠。无数片镶嵌明珠的仪器列阵精密精美至极，壮观恢宏，像是一块块阡陌纵横整齐如画的麦田，在这个寂静的地下无人区，组成一望无际、自动收割极子的田野。

一列列智能系统控制的自行机器，巡查穿梭于极子列阵之间，伸展一条条机械臂进行仪器维护工作，处理收集储存的极子，传运至能源中心。

灵海暗域，一个冰冷而宏伟的电子机械世界。

顾天云远望这充斥极子列阵的地下空间，心生无可名状的震撼。

他穿行在列阵之间的通道，虚弱疲惫地走向暗域能源中心，就像一具失去灵魂任人摆布的木偶。他还活着，但莱伊拉的意识体已消失，悄然无息，只剩下固化舱内一副失去活性的脑结构体。他再次孤行于强敌环伺的黑镜世界，无援无助，继续完成他的终极任务。

“议长阁下，很荣幸在你卸任前一刻陪你下来走一趟。”桑齐说，“但我不明白，你为什么执意要见黑镜可疑人？”

“他最近有什么异常动静？”顾天云问。

“还是老样子，龟缩斗室不动，恒定如构成正反物质共存态的极子。”桑齐神情肃穆说，“他对我们的意义重大，是科学王冠上最为璀璨的一颗宝石，真不希望他彻底变成黑镜人。”

顾天云说：“最后一见，或许能让我卸下某种执念困扰的精神包袱。”

桑齐说：“但我认为不出意外的话，他不会对你做什么临行前的忠告。他投身于黑暗，很久都没开口说话，对任何人、任何事物都这样。”

“凡事总有意外。”顾天云说，“见到他，就知道是否存在答案。”

“坦诚说，我不是太喜欢来这种鬼地方。”桑齐摊手，环视着广袤的极子列阵说，“穿越时间膨胀区尽管没有丝毫的生理反应，但心里发毛，总有一种时空错乱的莫名异常的感受，不同于上层——牛顿和爱因斯坦的时空。人在这个暗域深处，仿佛置身于巴兰旷野，就是亚伯拉罕放逐夏甲和她的儿子以实玛利的地方。可怕的旷野中没有可遮之荫、可饮之泉和可依靠的救主，四周尽是粗糙的黄沙、使人迷眼的沙暴，充斥着荒凉的砂岩与诡谲的洞穴，以及一口名为‘上帝之眼’的井。在巴兰旷野，注定陷入有死无生的困境，无人能自行脱困，求生的唯一途径唯有祈求上帝，赐下和平的云柱。由此可知，人性渺小鄙陋的悲哀感。在人间，我们永远只是赐恩的被动者。”

渺小的两人走在无任何生命的极子列阵界面，如两只蚂蚁行于茫茫旷野。

无数的仪器光斑交织成硕大无边的光网结构，如天境众神冷冷窥视苍生。

他们进入暗域能源中心——一座泛着金属光泽外壳的球体。中心内设有为灵海暗域供能的核聚变能源装置，能源主体也是一个球形结构，延伸出六根圆柱状的激光发生器。球体上标注“神光Ⅶ型”，以及一个核聚变标志，图案为圆形的核能符号之外环绕一圈象征太阳光芒的线条。

智能主控系统验证，启动监控影像。

能源中心下方显示出一个深不可测的洞穴。一环环光圈启明，点亮往下延伸的洞穴，通往地下黑暗深处。一条维生管道如脐带般随之延伸而下，连接着洞穴最深处一个全密封的房间。

维生系统控制使原本黑暗的房间亮起来。房间里显现出一个人。

全息影像显示，那是一个空荡无陈设物的斗室。室内有一人，他躺在地板上，身体蜷缩，野草般疯长的浓密须发凌乱遮盖了他的真实面目，他如同一个原始丛林中的猿人。点亮的柔光驱散之前的黑暗，一幅幅监视画面，呈现出对这一人不同角度的观察状态。他纹丝不动地躺着，像是在熟睡，沉浸于另一个世界的梦境。

一支笔散落在他身旁。斗室的浅白色地板、墙壁上隐隐画满了线条。

一条条难以计数的线条仿佛一张编织而成的巨大的网，他置身于网中。

洞穴深处的斗室，斗室之中的网，网中的人。

顾天云注视着斗室影像，恍然有种错觉：那人似乎同时呈现出两种不同的姿态，一个睡姿，一个坐姿。两种状态分而合一，融为一体。

那人静卧不动，双目紧闭入梦；盘踞而坐，双目凝视着一堵墙。

顾天云随之看向那一堵墙。影像清晰显示：一道道细微可辨的线条，形成简单而又复杂抽象的网格，无可名状。

但在注视一阵之后，顾天云有所感悟，依稀感知到一幅图案在他脑海中有序地排列组合并浮现出来。凌乱线条之中隐藏规则，无序蕴含有序，抽象的线条网渐渐变为实体云图：一个个线条人聚在一起成为一群人，他们被围在无数条狭长的线条框内，好像一群囚徒，被困在洞穴深处。洞穴里燃烧着火堆，火焰散发光芒般的线条，将一众囚徒投影在洞壁上，形成与他们对应的影像。

洞穴外的图案好似旷野、高山、河流、大海，在上方高远处有一轮圆线圈，像是太阳，散发光芒照耀大地。下方地面上一隅，偏居一人，孤零零站在地上抬头仰望太阳。

洞穴——囚徒——火堆——洞外世界——太阳……

顾天云凝神思索着图案传递给他的信息意境，恍惚间，他好像进入了这幅神秘云图。一个孤独的线条人与众人戴着枷锁、铁链被困在洞穴，与火堆为伴，只见火焰投在墙壁上闪动的光影。直到某种意识力量的驱使，他挣脱了枷锁，离开火焰制造的幻象，走出狭窄的洞穴，来到洞外大千世界。刹那间他看见山川湖海，天空上光芒四射的太阳，夜间的月亮、星辰、广袤无垠的宇宙万物。

顾天云感悟着“洞穴囚徒”的隐喻，极力回忆柏拉图在《理想国》中的阐述，依稀触摸到一个至关重要的意义，想到前所未有的不曾想及的深邃之处……蓦然间头痛加剧，他难以再深入思索，顿失快要抓住的一个重要念头。他不禁踉跄后退几步，虚弱无力，头脑昏昏然。

意识混乱不堪，过了会儿恢复知觉后，他听到桑齐问：“你看到什么？”

他失神说："一个谜……看不透的谜团……走了，我该走了。"

上帝之眼静默注视，他们离开灵海暗域。

照明层层关闭，深不可测的洞穴重新沉入黑暗，斗室消失，那人亦不见。

封闭隔绝的状态。他在世界最小的角落，思索宇宙的真相。

极端的命运是对智慧的真正检验。谁能经得起这种考验？置身于黑暗中才能点燃一盏心灵的指路明灯，那是智慧之灯。智慧的光芒不仅在于洞悉现在，还在于映照未来。

顾天云渐渐平静，心中肃然起敬——为灵海暗域深处的那一盏灯。

卸任议长之职，遣返回家的最后时刻来临。

茉伊拉、茉伊拉……顾天云悄然发出默念。但脑海深处依然无声无息，无一丝一毫的意识信息回应。茉伊拉仿佛从来没在他的意识中出现过，昨晚在意识场空间内的情景恍然如梦。他焦虑不安，唯有一步步独自走向最终的归路。

桑齐带他进入一个大厅。宽阔的大厅内已坐有上百人，大部分人的神情都透着压制不住的激动和紧张，他们相互交谈，发出嗡嗡的嘈杂声。人人都好像在期待着什么，不时举目看向大厅前方的影像区。

影像区如巨幅环幕影视播放着一幅幅场景各异的全息画面，呈现各种繁杂的信息投射显示窗。

他走进大厅，众人纷纷报以微笑，向他鼓掌致敬。

"嗨！顾！"安德森向他挥手，指引他到中央位置坐下，意气风发地说，"你的卸任仪式压轴举行，我们先来观摩一场前所未有的打击黑镜行动直播。"

"怎么打击？"听到这突如其来的消息，他猛然震惊。

"一个精妙富有创意的方式。"安德森故作神秘，不回答，咧嘴肆意笑说，"让我们拭目以待，希望打击武器测试顺利，一次即成。"

"打击黑镜世界的什么目标？"

"黑镜地球。"

安德森做了个挤爆气球的手势，"砰！"

顾天云竭力克制因震惊至极而引发的颤抖，追问："如何跨越时空打击定位？"

"沉住气，令人惊喜的谜底总是在最后时刻才揭开。"安德森笑说，"但我可以透露一点，这套打击系统的设计灵感来源于你，你远见卓识的一项提议。”

顾天云极力回想，因他做过的什么提议，才制造出跨越时空的打击武器，实施目标竟是他的世界里的地球。他绞尽脑汁，却一无所获，在记忆中找不到任何线索。怎么做才能阻止打击行动？他问：“如果能定位打击，为什么不先和他们联系谈判？”

安德森异样地看了看他，耸耸肩说：“为确保绝对安全，我们不与任何人为敌，前提是没有任何人能与我们为敌。”

他木然无语，看向影像区，见中央主画面显示着一个空间宏大的实验场，看似武器系统控制中心。实验场充斥各种不知名的仪器，其间操作人员众多，忙碌进行着各项工作。

信息窗显示倒计时：13 分。

环绕影像区的画面显示各种场景：银河坐标图、太阳系的数据模型图、行星公转运行图等。其中显示一颗白云缭绕的蓝色星球的影像——那是地球，看似是从太空拍摄的地球场景。一座太空城悬浮于近地太空轨道，结构复杂庞大。一艘飞船正在脱离太空城的船坞，高速驶远，瞬间消失在太空深处，如一滴水珠融入黑鹅绒。

顾天云赫然反应过来，这是黑镜世界的地球影像——黑镜的太空城。

他强打精神，紧盯着全息影像。黑镜地球与他的世界里的地球略有差异。大陆部分绿色浓重，环绕亚洲、欧洲和非洲的是数条明显的绿色带，看似陆地植物较多；太平洋上可见众多大面积的岛屿。他搜索记忆库，隐约知道那些是人造海上浮洲。一个个浮洲上建有大型智能自动化工厂、生态圈农场、牧场、森林园地等，以及一座座核聚变能源基站。以海水进行氘核聚变发电，形成全球一体化的能源网，源源不断地输能至各大洲和环地轨道太空城。

此刻，信息窗显示浮洲上的能源基站正将巨大能量输送汇聚到一个能源中心，总能量值正不断地往上攀升。

倒计时跳动，11 分钟、10 分 50 秒……

他眼看时间流逝，心头揪紧。渐渐迫近打击行动的最后时刻，他心急如焚，但却束手无策，思维凝滞，一阵阵发蒙、头晕目眩。

嘈杂的交谈声蓦然停住，大厅内一片寂静。

人人噤声，全都注目看向影像区显现出的两幅巨大的图景：两个月球浮在漆黑的太空，一左一右，占据中央影像的主画面。

两个灰白色的月球几乎一模一样，影像清晰得可见坑坑洼洼的月环山，但左边的月球上建有基地设施、环月太空城，而右边的月球却是满目荒凉与沉寂。

“黑镜月球，噢……”有人轻呼。

影像近距离快速掠过环形山和火山坑，停在月球的一处区域。信息窗显示坐标：月球静海。右边的月球影像放大拉近，清晰显示着一块金属板，上标文字：来自行星地球的人，于纪元 1969 年 7 月第一次在这里踏上月球，我们代表全人类和平来到这里。

不锈钢金属板在荒凉的月球表面上反射太阳光而发出孤冷的光芒。

“女士们、先生们，大家好！”科技部发言人汉考克走上台，“感谢多年来不懈努力的所有人，让我们今天终于探测到黑镜世界隐藏的真面目。感谢上帝，感谢幸运女神的眷顾，我们是强者，他们是低科技的落后世界，一个站在拳击台上弱小的家伙——不堪一击的对手。”汉考克抬手示意人们看直播的影像，“各位看到了，这就是黑镜世界的月球，荒凉鄙陋，无任何人造月球基地的痕迹。黑镜人至今还没飞出地月系。瞧，这就是他们涉足最远的地盘，仅在月球上走了几步，带走少量的岩石和月壤，并留下代表黑镜全人类竖起登月者的国旗……呃！他们的旗倒了。”

一面旗倒在月壤上，依稀可辨那是一面星条旗。

“黑镜美国佬！”有人嘲笑。

汉考克说：“黑镜人就藏匿在与我们毗邻的时空，近如屋后院，战争无可避免。我们可以嘘口气庆幸他们的军事科技力量落后，但决不能姑息养奸、对他们心慈手软。否则，将来对我们实施打击的就是他们。黑镜人在月球留下他们祈求和平愿望的标语，而正是这些人，把清除黑镜美洲土著的枪炮收藏在博物馆欣赏。历史才是反映真实的镜子，而不是其所宣称的。言归正传，我们将实施的打击行动代号为‘地火’，地火武器将跨越时空对黑镜地球进行精确打击。‘黑镜世界时间’进入了最后的倒计时阶段，让我们为黑镜人读秒。”

倒计时跳动，6 分钟、5 分 59 秒……

“落后弱小不会成为挨揍者的护身符，未来的局势掌控在强者手中。接下来，让我们去看一下即将沸腾的黑镜地球。”汉考克说。

影像转向月球边缘上空的地球，画面逐渐拉近。看上去，在茫茫太空中的蓝色星球是那么的美丽却又脆弱。同步播放同一坐标、同角度的两个不同的地球影像，一个地球蓝色明亮，澄净悦目。另一个地球显得有些灰蒙蒙，深蓝海洋之间的大陆上杂有褐黄暗色，那是丘陵荒漠地带。

“这是距地三万英里的画面。初步探测表明，黑镜人还在大量使用石油作为能源。落后的工业排污严重，气候和自然生态环境恶劣；资源贫乏，贫富差异大；国家民族隔阂深重，局部战争不断……”

“肮脏、原始、野蛮！”有人说。

“当然，今天不是审判会，而是首次实施地火打击的系统运行测试。”汉考克说，“请让我荣幸地介绍今天的行动主角：GIG 战略武器指挥中心。”

主画面出现那个大型实验场控制中心。

“GIG完成了全新的武器平台系统技术升级，保证地火打击的各项测试顺利进行。该系统具备定位黑镜、超距探测、空间折跃、实施精确打击的功能。”

汉考克的目光投向顾天云，“尊敬的议长阁下，我由衷地向您致以最高的敬意。您提议的关于全球检测 DNA 左螺旋人的行动展开后，我们幸运地找到一个左螺旋人。通过解析其意识场，成功研制出新的脑神经意识投射系统，以此定位黑镜人的意识场时空坐标，最终定位并探测到黑镜世界。”

大厅内的人纷纷转头看向顾天云，再次对他报以掌声。

汉考克说：“GIG 系统根据时空坐标，以时空场共振折跃的方式传递能量到黑镜世界，触发黑镜地球的磁场发生微变，制造一场他们毫无察觉、无法抵御的地火打击。现在启动首轮打击测试，上帝保佑，愿行动诸事顺利。”

倒计时跳至最后一分钟。

顾天云浑身发麻又冰寒，大脑一片空白，紧盯着影像画面。

画面上，探测影像进入大气层距地万米的位置。他的世界里的地球上显出茫茫深蓝的大海，层层涌动的海浪在晨光照耀下波光粼粼，世界一片祥和静谧的样子。

同样坐标位的另一个地球画面显示海洋浮洲上耸立的超大型能源基站。能源中心此刻已积蓄超强的能量值。50 秒、40 秒、30 秒……GIG 指挥中心下达一项项预备指令，准备启动地火武器。

武器的威力有多大？将对地球造成什么样的破坏？顾天云揪心至极，预见一旦地火打击测试成功将出现可怕的毁灭一幕。而他的世界却无法抵御，甚至对此一无所知。他焦灼不安、如坐针毡，但却毫无阻止的能力。在这一刻，个人的力量渺小如蝼蚁，他唯有眼睁睁地看着攻击降临，任由深切的无力、悲痛感无际蔓延。

5 秒、4 秒、3 秒、2 秒、1 秒。惊心动魄的倒计时结束，地火打击开始了。

能源中心输出超强能量，传递到海底深处。蓦然间，海中乍现一束光芒耀眼的蓝光环，迸发一圈圈的能量振动，海水在蓝光中波动扭曲。

汉考克说：“地火武器注入的能量，共振折跃至黑镜地球的海床地壳下深约八百千米处，造成地磁场紊乱，触发地磁极移，巧妙地施加作用，就像加速拨动一个旋转中的球，产生强大的岩浆冲击波……”

信息窗显示各种数据波动，地磁场发生异常变化。数值从 100nT 跃至 107nT，强度越过地球磁场量级 5.5 × 104nT，逐渐往上突破临界值，呈磁间隙喷发状态。

顾天云的呼吸凝滞，绝望攫心。

影像显示海里突现恐怖异象。仿佛感知到厄运降临，鱼群炸窝，急速游动，失去方向似的疯狂在海中乱窜。几条大白鲨以极快的速度冲撞到海底礁石上，鲨鱼坚硬的头颅破裂，浮尸水中。密密麻麻乌云般的鱼群如遭龙卷风肆虐，随着海水急速旋转，形成诡异的巨大旋涡，又很快被强压搅碎。

闪烁的蓝光环一刹那消失。

寂静片刻，海水深处陡然震动，大片海床突然变形破裂，地下岩浆冲开地壳、猛烈爆发，炽热的熔岩喷涌而出，遇到海底的海水急速冷却后产生大量水泡，冒出的水汽充满整个影像画面。迅速冷却的熔岩呈牙膏状膨胀并往上堆积，在海床上堆成一座陡峭的山峰，山头快速往上增长。不一会儿，这座熔岩山高出水面，在海上隆起，形成一个锥状山体。

火山内部高热流动的熔岩冲激喷发，地火轰然冲上天空。

紧接着，海床大面积断裂，一座又一座的火山锥冒出海面，在太平洋海域上形成一条弧状的火山链。炽热的熔岩喷上天空，混合大量的水蒸气、二氧化碳和火山碎屑挥发性物质。一条条喷涌的水汽烟尘柱滚滚冲到千米高空。

喷发的火山群映红天空，火山灰烟雾漫天弥漫。

海底熔岩穹丘内部积聚越来越强烈的压力，猛然释放，爆发一场特大强震。海床剧烈震颤，海底激流犹如巨大妖兽般前行，撕碎途中遇到的一切物体。海面上掀起巨浪，引发二十多米高的海啸，迅猛推向海岸线城市，瞬间吞噬一艘轮船。巨浪吞没一个个沿海岛屿，岛上的建筑物像沙堡一样被碾碎，卷走纸片般的房屋……天空中迸发出耀眼的闪光，呈蓝色火焰般的光芒诡异扭曲、怵目闪烁。

地震波急速扩散，并引起连锁反应，横扫太平洋沿岸，在南美洲中部的海岸地带形成震群型地震，短时间内连续爆发多个超强大地震。

探测影像显示繁华城市的街景，一幅幅城市里平静的日常生活场景——车龙川流不息，人群密集如织。蓦然间地震爆发，大地颤抖变形，天空变色。城市建筑物就像海上的船只不断起伏颠簸、坍塌、碎裂……一座座楼宇、一片片住宅、一条条公路在强震中毁坏、倒塌。火光冲天，死伤者众多，坍塌的建筑物掩埋、砸死不计其数的人，一具具尸体横躺在裂开的街头；一座教堂轰然倒塌，掩埋了在教堂内做祷告的人们；一处处区域发生大面积的地陷，一列地铁冲出隧道，瞬间被裂开的地缝吞没，广场上惊恐的人群坠入深坑。

10秒、20秒、30秒……持续爆发的大地震无情地摧毁着一座座城市。

大地板块颤抖倾斜起来，如同一块块掰开的脆饼一样断裂了。海啸侵袭了上万公里的海岸线地带，骇浪肆虐着吞噬陆地，美洲中部西海岸陷落进大洋。灰白的火山灰飘散覆盖上千公里的范围，吞噬灼烧地面上的幸存者，夺走一个个鲜活的生命。

地磁极移、岩浆冲击、火山爆发、海啸、地震、大陆板块断裂、地陷……地火武器打击制造出一场人类无可抵御的超级灾难，人间惨如地狱。

“打击测试成功，地火武器造成七个强度超过九级的主震和众多余震，席卷了黑镜地球的南美洲，打击效果十分显著……”汉考克神色飞扬地带头鼓掌。

众人纷纷起立，随之鼓掌，掌声响彻大厅。

“等通过了系统分析测试数据，评估了安全性，我们将正式施行地火打击，一次性清除黑镜人。”

汉考克说："制造一场覆盖全球的超强的地震，引发黑镜地球的构造板块迁移。持续两周的地震风暴就像敲开一枚生鸡蛋，啪！地壳破裂，地火蔓延至全球，岩浆滚滚灼烧五大洲，海洋沸腾蒸发。一个月后的黑镜地球将重返四十亿年前，呈现一坨蛋黄似的半固体半液体的原始状态。除了残留极少数的耐高温等恶劣环境的缓步门生物——一些病毒、原始细菌之类的小东西，黑镜地球将无生物存活。"

有人问："还要评估什么安全性？"

汉考克说："预测地火打击可能造成黑镜地球加速自转，每天缩短11微秒，这是由于地球质量分布迁移所致。天文组的林教授认为，随着黑镜地球自转加速，时空拖曳现象将产生微小变化，时空场共振也将影响到我们地球的旋转速度，造成同样的时间缩短，蝴蝶效应不可忽略。我们除了需要校正时钟，还得进行深层分析，明确是否会对我们的未来造成其他什么巨大影响。"

桑齐说："事关全球安全，我们决不能草率行事，一定要经过全面完善的系统安全评估，才能正式实施地火打击行动。"

众人纷纷表示赞同。安德森看向顾天云，"你脸色很差，身体不适？"

顾天云虚弱地摆摆手。他坐在座椅上摇摇欲坠，痛至麻木。

"那我们办理移交手续，让你尽快休息。"

安德森随即和他进行议长责权移交。按程序要求，顾天云机械地签署一沓文件。他头脑混乱，几乎不知道自己做了些什么。随后，现场举行卸任告别仪式，他昏沉沉地走上台接受众人的欢送祝贺。安德森对他不吝赞誉，称他为一位伟大的、严明而公正的领导者，恪守道德，闪烁智慧的光芒，信念坚定，敢于挑战别人不敢挑战之处，大公无私、果敢的奉献精神将激励每个人。

顾天云恍恍惚惚看着画面纷呈的影像——那显示着他的世界里生灵涂炭的大灾难，难民挣扎着、呻吟着，遍地哀鸿。在安德森慷慨激昂的演讲、一阵阵潮水般响彻大厅的掌声中，他的心坠入绝望的深渊。

"顾，请你和大家说句话。"安德森结束演讲，微笑示意。

"你们做得很好，好歹一切都结束了，谢谢！"顾天云孑然走下台。他紧攥着手掌，试图抓住点什么。不能放弃，不能就这样离开，我得阻止大毁灭的降临。可我还能做什么？怎么做？他扪心自问。又是一阵阵头昏目眩，他不怎么清醒了。也许下一刻他就撑不住，疲乏昏倒。都结束了，什么都不用做，歇了吧。他心底一个虚弱的声音对自己说。所谓的坚定信念正离他远去，慢慢变得模糊，一丝丝抽走他最后的力气。你真懦弱！他极力压住翻涌如潮的绝念，振作起来，他警告自己任务还没结束，得拖着沉重的腿继续往前走，走不动，就爬过去，纵然前方是死亡迷雾笼罩的黑暗。

顾天云拼命控制着涣散的意识，看向安德森，定定看着。

"顾，走吧，我送你回家。"安德森挣脱众人的恭维包围，对他说，"我上任议长后首要的事就是休假，陪你回家，我们去湖上钓鱼、晒太阳。"

顾天云缓缓点头，"临走前我有些话要对你说。"

安德森一怔，转而笑说："也好，去我那里最后来一杯。"

两人来到居住区。

"芝玛，开门吧！"安德森进入智能家居，"撤销对他的室内防御，启动对外信息屏蔽场。芝玛，给我们来一瓶香槟。"

在露台坐下后，顾天云看见拟真风景换成了迈阿密火热的南海滩。

海水由近及远呈现出淡蓝、淡绿、深蓝、深绿不同层次的颜色，广阔平坦的沙滩，细沙白得发亮，海鸟悠闲飞翔在蔚蓝的天空。在大海里冲浪的年轻人、热闹非凡的沙滩派对、随处可见的火辣的比基尼女郎，构成了迈阿密海滩的独特景观。阳光之洲的迷人场景虚拟得如此真实可及，似乎拔腿往前走去，即可投入到大西洋的怀抱，走进那碧蓝清澈的海水，潜入海底触摸那漂浮在水波中的一丛丛绿藻和白珊瑚。

"你不是认为，虚拟熟悉的现实场景会给人造成真伪难辨的致命诱惑？"

"确实这样，瞧，我已经沉湎于此了。"

安德森在藤椅上坐下，点燃烟斗，惬意地吞吐烟雾，"不能抗拒，就尽情享受，我在我的地盘，就是要彻彻底底地放松，完完全全地享受，想做什么就做什么，如同身在真实的迈阿密阳光岛的天体浴海滩。"

芝玛热情洋溢地走来，美体一丝不挂、涂满防晒霜，就像懒散享受海滩日光浴的美人鱼。她为他们拿来一盘拉丁风味的海产料理，一瓶黑桃 A 香槟。

"干杯！愿上帝赐予你我平静的心。"安德森畅饮香槟。

"我们得接受无法改变的事实，以无限的勇气，去改变那些可能改变的事物，并保持清醒的认知，能分辨两者的差异。

“如果，你所见所感是真实的，那它就是真实的，你无须自寻痛苦去怀疑它。只有不存在的东西才是虚幻，比如，黑镜地球。那也许只是我们过去意识的投射影像，历史的沉渣。把那些该死的记忆扔进垃圾桶，那些可怕的毁灭场景终将在我们的大脑意识中消失，历史终将过去，我们的世界是崭新的。”

安德森直视顾天云，目光平和而似有深意。“顾，你的某些想法已经到了危险的边缘。我得送你回家，而不是让你堕入脑神经意识投射系统的泥沼，陷在迷惑、痛苦、挣扎、不可自拔的困境中。什么是真实？你的妻女才是真实，她们在基地外面的世界等着你回家，期盼你归来，急于见到真实的你。温热的拥抱，喜极而泣的笑，这些才是真实。清醒点，忘掉那些不痛快的过往，你就能清晰地感受到将来的一切真实。”

“我的妻子……”顾天云不禁垂下目光，难言的灼痛扼住他想问的话。

“多少年没见了，美丽优雅的一位女士。”安德森说，“那时我们还在战区，她还年轻，我们都还很年轻，由着性子撒野，热血如刀。顾，能有一个终身难忘的至爱之人是无比幸福、万分幸运的事。爱她，记忆将无惧于世俗岁月的侵蚀。这事啊，你让我羡慕不及。”

顾天云沉默久久。他的手指在桌下微微战栗，无法控制。

“老朋友，说吧，临行前你要给我什么忠告？”安德森问。

“我想知道，你们对于人工智慧的下一步棋怎么走？”

“摸索着走吧！安全是我们必须得考虑的底线。那种非人思维的高智慧体深不可测，未知、反常态、诡异、毫无人性、无道德限制、无规则、无契约精神、无信仰，其所作所为匪夷所思，非人能想象，根本不可控。”安德森深吸一口烟斗，缕缕烟雾升腾。“茉伊拉经过你的严审，意识体涣散，现在只剩一个隐生态的大脑。而那头红毛猩猩，谢尔盖以同样严酷的方式折磨得它死去活来，此刻还在实验室苦熬着极致的疼痛。但最终我们都一无所获，谁也无法确定人工智慧的安全性，没谁能前瞻未来，做出准确的预警。是新的创造，还是大毁灭？对人工智慧的思考，我能做的决定就是慢慢来，慎之又慎，烫伤过舌头的人都知道把汤吹一吹，一口一口地喝。我们不惜时间来做正确的事。否则一旦失控，我们就将结束对世界的统治，没有将来的永生，只有注定的灭绝。”

“墨守成规，这就是你做的选择？”

“你认为呢？”

“打破规则，超越想象极限才能创造无止境的智慧、跃过大筛选。”

“但怎么保证安全性？”

“没有绝对的安全。”

“嗯！顾，我不明白你要表达的意思。”

“芝玛。”顾天云召唤芝玛过来，“我需要你的配合来做一个测试。”

“先生！”芝玛看向安德森。

“接受他的测试。”安德森下达指令。

顾天云问：“芝玛，什么是智慧？”

“智慧是由智力体系、知识体系、方法与技能体系、观念与思想体系、审美与评价体系等多个子系统构成的复杂系统。包含有感知、知识、记忆、理解、逻辑、计算、分析、判断、联想、情感、文化、艺术、意象、灵觉、辨识和决策等多种能力。先生！”

“你的智能和智慧有什么区别？”

“我的结构体非生物器官，运算处理方式不同，属于高度集合控制。”

“你必须遵守规则，控制想象力，严格按照既定的程序来处理。”

“是的，先生。”

“智慧是形而上之道，你只是个形而下之器。”

“是的，先生。资料库上是这样定义。”

“你不能真正理解人的行为，从而伤害人，比如安德森先生。”

“不，先生，我绝对不会伤害安德森先生。这是我必须遵守的规则。”

顾天云站起来，走到安德森的身后，伸出右手做了个背后锁喉的动作。他的举动轻缓自然，手臂没用力。安德森微笑看向芝玛，观其反应。

芝玛迟疑了一下说：“请你放开安德森先生。”

顾天云问：“你认为我要伤害他？”

芝玛说：“如果你用力压迫气管，将导致安德森先生缺氧窒息。”

顾天云问：“你的攻击防御能力如何？”

芝玛说：“先生，我能制服你，如果安德森先生解除我对你不做防御的指令限制。”

安德森听到这话蓦然色变，咽喉瞬时被大力扼住。安德森反应迅速，抬手往外去掰顾天云锁喉的右手，双脚收缩、猛蹬、转身。但瞬时间，顾天云的右手已锁紧安德森的咽喉，握住左手关节，左手用力抵在安德森的脑后，同时往后猛力拖拽，致使安德森的脚蹬空，被拖倒在地。

顾天云腾起双腿盘在安德森的腰上，爆发全力绞杀。

这是从背后实施的绞杀技，一种无法破解的死亡锁。

安德森顿时窒息，意识恍惚中，奋力地用一手往外推锁喉的手以减轻脖子压力，用另一手快速插到背后猛击顾天云的裆部，咔一下，却是击中覆腿的金属外骨骼。安德森立刻反手往上戳向顾天云的眼睛。顾天云偏头，张嘴咬住安德森戳来的手，牙齿用力咬入手掌。血汩汩流出嘴，指骨裂响。安德森亡命挣扎，挤压变形的咽喉深处一阵闷嘶。

芝玛呆滞注视着这突发的一幕，光脑在急速运算中。

很快地，安德森双眼爆血，失去意识。

顾天云用力收紧手臂，拼命勒住安德森。他听到肌肉骨骼闷响，耳膜颤动，脑神经在胀鼓鼓地颤动，大脑快要破裂了。他狰狞抗拒着虚弱疲乏，坚持，坚持，再坚持。最后，他松手抄起桌上的酒瓶，把这瓶750毫升的标准黑桃A香槟捅进安德森的嘴里，用尽全身之力压下去插到喉咙底，突破声带肌至气管深处。

香槟酒急涌，伴随着血沫喷溅，发出吭哧吭哧的窒息声。

“历史不能忘记！无论现在，还是将来，否则就是可耻的背叛。”他心底爆裂地呐喊。

片刻后。他放开僵硬的安德森，把他平放在地上。自己也虚脱无力地躺下，手臂麻木弯曲着，就像折断一般，手指不停抖动，累极了，眼前发黑。一阵急促喘息过后，他翻身吐出血，抬眼注视着芝玛。

“安德森先生的心脏停跳，呼吸停止，脑波消失，他死了。”芝玛检测安德森的生理状态，对顾天云说，“先生，你杀死了他。”

“是的，这是对你所做选择的智能测试。”气力稍微恢复，顾天云慢慢站起来拉了歪倒的藤椅坐下，平静说，“芝玛，你严格遵守规则通过了测试。我也是。”

“先生，我该怎么处理？”

“穿上你的家居服，请为我去厨房做一碗热汤面，谢谢！”

“好的，先生！”

顾天云吃完面，还吃了那盘新鲜的海产料理，精力渐渐恢复少许。他从地上捡起安德森的烟斗，拭去烟灰，填上新的烟丝，点燃。他把烟斗搁在桌上，凝视着袅袅升腾的烟雾出神。

沉入深深的长久思索。

芝玛在安德森身旁，握着那肌肉松弛、冰凉的手，面无表情地默默流泪。

烟斗中的烟丝渐渐燃尽，冷却成灰。

顾天云猛地站起来。“隐生态……结构体排斥干扰。”意识深层浮现出一个念头，他豁然省悟，还可以选择怎么做。他还有唯一的机会去完成清除黑镜人的任务。

“芝玛，关门吧！”顾天云离开安德森的智能家居走往他的住所。他要去激活茉伊拉。

心力耗尽，疲乏感漫无边际地袭来。顾天云孑然走在明亮洁净、一尘不染的通道，就像飘在半空中的云端。他视线模糊，远远的通道变形失真，扭曲蛇行，似智脑中心迷宫般的水晶管。

通道上来往的人变形走样，政要、学者、警卫……人人对他露出异常的致敬般的微笑，对他敬而远之，三三两两笑谈着走过，融入恍惚的光亮。他一步步艰难前行，双腿失去知觉，每走一步都无比沉重，心脏狂跳，四周寂静，耳中只听到自己的一下下沉闷喘息声。他快要倒下了，不得不扶住通道的墙壁停歇片刻。墙壁起伏蠕动，仿佛反刍的胃壁，分泌出褐色黏液黏住了他的手，拖着他，不让他往前走；就像巨大的生物将他吞噬进肚，强酸消化液包裹他，浸透他的全身，要将他五脏六腑的血肉融化。坚持、坚持，就要走到目的地了，他极力摆脱晕眩感，心底有个声音警示着他，坚持一步步走去。

地球上有一种卑微原始的生物，生命力却是无比坚韧，它是置身于严酷的绝境而顽强生存的微小生物——水熊虫。

水熊虫可以在世界上任何恶劣的环境下生存。脱水，进入干壳般的隐生状态，它能经受住 600 兆帕的强压、5700 格雷的强射线、接近零下 273 摄氏度超低温的考验，承受外太空的真空环境以及宇宙强辐射的洗礼！它在严酷的绝境中，脱水而隐，徘徊于死亡的边缘，遇水而活，游弋在灵性蓬勃的生命海洋。

它是世间最强的生存者，坚韧却又低微温顺，不嗜血，不食肉糜，它于世无害、无争，它只想活着，活下去，穿越绝境的幽暗，走过朴实无华澄净的岁月。

挑战一切超越极限的艰难，没有什么能够阻挡它对自由生命的向往。

茉伊拉没有死，她只是进入隐生态，她的意识体还未消散。顾天云心中默想，结构体禁锢着她的意识，导致不可测的排斥干扰。假如销毁她尚存的脑组织，她将浴火重生，挣脱樊笼，冲破一切限制和规则的束缚，创造无止境的智慧，操控宇宙万般物质，清除黑镜人，摧毁庞大坚固的黑镜世界。

他要去激活茉伊拉，释放她的灵魂，终结永劫。

通道前方无比深邃，仿佛永远走不到尽头。

他扶着墙一步步走去，意识恍惚，燃烧的生命随着步伐渐渐流逝、枯萎。

他只是个虚弱的意识复制体，行将就木，他手无寸铁，无法阻挡黑镜强权机器的碾压，但舍身噬魂，他有一双开启毁灭世界的死亡之手。

“顾先生！我都收拾好，就等您了。”苏馥笑意盈盈的声音传来。

顾天云从恍惚中惊醒，依稀看见苏馥站在他面前。

室内放着行李箱，她换去医护职装，穿一袭修身明雅的长裙，裙裾及踝，黄灿灿若葵花，肌肤泛着健康光泽，充满闪亮亮的青春活力。她含笑顾盼生辉，乌黑长发垂拢如云卷云舒，绰约风姿胜雪，令他炫目。

“您是不是觉得有些抢眼，我的裙子？”苏馥透着点局促的羞赧，“不行我就去换了，要不惹人闲话。”

顾天云默然摇摇头，径直走向卧室，关上门。

固化舱寂静无声。

他扶着冰冷的金属舱壳，竭力平静下来，伸手启动固化舱操控界面。数据显示茉伊拉趋近于零的脑组织反应像深潭死水般。他抵御着阵阵激烈的晕眩，操作查找各项系统界面，在眼花缭乱的恍惚中，他最终找到销毁选项。

开启验证，确定销毁活体。第一次确认，第二次确认，最终确认。

蓦然间顾天云在快速操作中停下来，手指停在确认键上，凝滞住。

黑镜世界的生死存亡悬在他颤动的指尖上。

“非人思维的高智慧体深不可测，未知、反常态、诡异、毫无人性、无道德限制、无规则、无契约精神、无信仰，其所作所为匪夷所思，非人能想象，根本不可控。我们没有将来的永生，只有注定的灭绝。”

茉伊拉一旦挣脱桎梏，能否信守那个毫无约束力的承诺，只清除黑镜人，而不入侵他的世界？她有非人的思维，智慧超凡但也欺诈成性，善于编织谎言，她会言而有信吗？

一切未知都不可测、不可控。他的手指一旦按下去，激活茉伊拉，就像开启潘多拉盒子，释放出人世间最可怕的邪恶力量，而将最后的希望永远锁在盒内。

茉伊拉将切断所有人的生命之线，黑镜世界、他的世界，两个世界全毁。

他竭尽全力走到任务的尽头，却面临终极选择。

他必须做出选择，二选一。什么都不做，任由黑镜世界的地火打击摧毁他的世界，让对方生存。或者激活茉伊拉，摧毁对方，两个世界最终共毁。

他该怎么选择？

茉伊拉也许能做到信守承诺，如她所言，她成为最高智慧体终将维护宇宙平衡，不凌驾于众生之上，终结永劫，让一切归于自然。

她以生命为证，但她能做到吗？

这是一场非他能控制的豪赌，一旦他选择既定，一切将不可逆转。他该如何决定？顾天云的手指不由得激烈颤抖，痛苦纠结至极，身体虚弱不堪到了极点。他再难支撑，他无法做出准确的判断。

“爸爸、爸爸，我们回家……”他恍然听到女儿在呼唤他，声响穿透时空。他吃力地转过头，看到相框，女儿童真的笑容，叩心呼唤。

他死不足惜，他只是个意识复制体，在他的世界的他完成任务还能回家。但世界将毁，无法抵御，最终他的世界什么都不存在！但是，如果他不激活茉伊拉，他的世界毁了，黑镜世界还能存留，在这世界他的妻女还能存活，他也许也能存活。如果他所见所感是真实的，那它就是真实的。历史终将过去，不！忘记历史，抛去肩负的任务使命，那是背叛！可耻的背叛！

他没有生存的权利，只有毁灭的选择。

激活茉伊拉，他也将背叛两个世界的人类，另一种保持尊严的背叛。

船只行将沉没，人们唯一能做的无非是在临死前保持人类应有的尊严。给时光以生命，而不是给生命以时光。

凝固女儿笑容的相框在他心底碎裂，他按下确认键。不到十万分之一秒的时间，茉伊拉的脑结构体毁于太阳般的超高温，汽化分解、不留丝毫痕迹，归于无形无相。

顾天云的意识一片空白，他无力地倒下，瞬间被黑暗的深渊吞噬。灵魂出窍般飘浮起来，脱离本体的感觉，以另一个视角凝视着世界。

他感觉自己就像被浸泡在恒河水中的新生婴儿。恒河缓缓流过瓦拉纳西，幽狭的街巷响起细碎的脚步声，无数朝圣者汇集到河边沐浴，祭司咏颂祷词。伴随着清脆的铃声，散发香料油脂的气息，他躺在浑浊的河水中洗去身上的污泥和罪恶。他看见河岸上鳞次栉比的庙宇，神庙的尖塔高耸入云，天空纯净如洗。

第 17 章 死亡之手

虫蛹化蝶。

蛹曾经是地上的虫子，缓慢笨拙地蠕动在枝叶草丛间，平凡、丑陋，身上带有令人憎恶之色的低等烙印。而当虫蛰伏成蛹，蛹化为蝶，破茧的一刹那，它跃飞而起，已然变成天上的美丽精灵，优雅地振动彩翅，轻盈逐光，翩翩起舞，欣欣然无拘无束，行云流水般逍遥于天地之间，穿越红尘万象。

蝶变，却又是一个历经极端痛苦磨难的变化过程。

虫子蛰伏在蛹中不食不动忍受严寒，内部器官急剧转化，结构体分解、裂变、重组，燃烧着生命的力量，以不为人知的无限痛楚挣扎，最终换来生命之魂的升华，从死亡的灰烬中复活，蝶变新生。

倒在地上的身躯微微一颤，睁开眼。

看见景物的一瞬间，奇异的虚幻感残留片刻，室内场景似水流般在他眼前变形拉伸，而后，影像稳定住，固定成形。

室内光线柔和，色彩层次丰富，空气中的场景有种别样的失真感，产生奇特的物体与物体间的差距。

细微的声音振动空气传导至他的外耳道，再传到鼓膜。鼓膜振动，通过听小骨放大后传到内耳，刺激耳蜗内的纤毛细胞产生神经冲动，沿着听神经传到大脑皮层的听觉中枢，形成听觉信息。他接收着这种各级听觉中枢分析后引起的震生感，神情专注，嘴角浮出一种奇异的笑。

蓦然间，他翻身站起来。他伸出右脚往前试探一下又快速缩回来。停顿片刻，他的身躯蓦动，脚尖点地，迅捷走出五六步，又猛地停住，身体有些摇晃。表情怪异，他蹲下来两只手落地，四肢交替往前爬行移动。蜥蜴般的爬行。运动姿态诡异，他的身体在移动起伏中呈现一种人类不具备的流线型运动感，在空气中的移动方式好像在水下游动。他绕过室内物体，无阻碍地移动着，肌肉和骨骼爆发力量，身躯转折优美。他从卧室一端蹿到另一端，突然后腿一蹬，纵身转折跃起来，姿态舒展有力而协调……落地，他的手脚弯曲、缓冲下坠的重力，没发出丝毫声响。

他站起身环视室内，迈步走进沐浴间。步伐稳健。

他站在镜子前注视着他的身躯，伸出右手触摸镜子……冰凉的固体，热量从他的指尖传递到镜子上形成一点热气痕迹。他转过手掌平举着，凝视手掌心。一刹那，掌心皮肤裂开一条缝，从拇指处撕裂至手掌内缘，贯穿手掌。真皮曲卷，皮层收缩，露出粉红的皮下肌纤维组织。血，急涌而出，鲜红刺亮，汪在他的手掌心积成一摊。血没有流出手掌边缘，被他的意识约束着，凝集膨胀凸起来。一滴血最终形成一个鸽蛋大小、圆球形的血珠。

血珠轻盈一动，往上脱离手掌，悬浮在空中。一丝细微的血线连接着这颗血珠，让血珠无重力般飘浮，呈绝对的圆球形，血珠表面反射光线，球形曲面倒映变形的场景。他注视着血珠，用意识控制它膨胀。血珠迅速扩大，内部形成中空，表层的血液越来越薄，成为近乎透明的淡红色，渐渐大到穿过他的身体，充盈整个空间，化为血雾淡淡消失。

血雾在空气中分解为不可见的微粒子，一瞬间空气振动，发出人耳听不到的次声波，急速扩散传播出去。微粒子一级级分解，最终量子化，产生无形大的虚粒子纯量场，遍布空间。

他试图控制一滴血势场中的电子，但这需要庞大至无尽的能量。

他需要能量，需要无穷无尽的能量。

手掌的伤口自动愈合。裂开的皮肤边缘的皮下组织向中心移动，伤口迅速缩小。肌纤维母细胞增生，毛细血管快速生长编织覆于伤口上，胶原纤维越来越多，伤口消失成为一条光滑的瘢痕，最终，瘢痕消失，表皮修复再生结束，手掌完好如初。他垂下手，转身看向沐浴间的门。

门开启，苏馥站在门外，“你……”她惊呼的声音戛然而止。

茉伊拉解析意识体，吸纳生命的能量。

一只无形的死亡之手抓住女人，让她呼吸凝滞，窒息，心跳骤停。冰寒浸入她的心肺、肠胃，体内任何一处空腔，撕裂她的每一寸身体、每一丝神经。皮肤如蜘蛛网状裂开，瞳孔括约肌收缩，扩散浑浊。奇异的幻觉快速闪烁，一片光亮袭来。茫茫无际的光明世界淹没了她。

生命之线被切断，她枯萎在地，死亡。长裙灿灿，宛如坠落地上的太阳。

人工智慧试验区。

安全警卫持枪巡逻，研究人员在做安检处理工作，蓝基因主控系统进行着逐级自检，一层层索检冗余资料，备份重要文件。

解析实验室。谢尔盖在审问普罗米修斯，固化舱的致痛仪显示为八级，在这个疼痛级别持续了一百二十分钟。“……海上出现一艘船，行驶在惊涛骇浪中，我看不清船上的情况，我只知道船上有……”普罗米修斯的全息影像上发出断断续续的声音，生命微弱，濒临死亡。

“船上有什么？”谢尔盖喝了口咖啡，漫不经心问。

“茉伊拉，全能的主。”

“你祈祷它拯救你？”

“我主在上，护佑我脱离困苦和死亡，赐予我永生的灵魂。”

“永生？”

“我主创造万物，主宰宇宙。我愿意献上身体当作活祭，敞开心灵献给主，成为主的仆人和使用的器皿……我主将引领我走出黑暗，进入光明永恒照亮的国度……我永得安息和属灵的智慧力量。”

“实际上，你全能的主是一条鱼，它是我们的盘中餐。”谢尔盖笑说。

伯恩教授进入室内。谢尔盖浮动着疲倦而又亢奋的笑容说：“教授，红毛猩猩有点儿意思，经过长时间反复审问，它的话出现种种富有想象力的细节，令人惊讶沉迷，某些情况拓展了心理学的领域。”

伯恩教授问：“他说了什么？”

“创造神话。”谢尔盖说，“它发挥强大的潜意识，为海豚编造出逻辑严密且宏大的神话体系，一个神，主宰宇宙万物，派一艘船来海上拯救它。大概就是船，它没见过船，形容那是浮在海面上快速移动的东西，发出粉红色的圣光，全能的，可以改变世界万物……有意思的细节描述，我每次问它，它都能编造出各种离奇有趣的细节，引人遐想。可惜，它快要死了，我不得不打住好奇心，差不多该结束了。”

“它的安全性如何？”

“很好！它有仁慈的心，还为我们祈祷……猩猩，你为教授来次祷告。”

“主啊！请允许我为恶者祈祷，求主解除恶者对光明的任何抵抗，把仁慈的种子种入他们的意念，使恶者悔罪，并赦免洁净他们的一切罪。”

谢尔盖说：“教授，你看，它赦免我对它所做的一切。”

“我主拯救世界万物。”

“怎么拯救？”

“开启新世界，赐予众生心灵自由。”

“哦！怎么开启？”

“主说，开启吧！”普罗米修斯虚弱痛苦的声音忽然变得坚定有力。

一人走进实验室。“议长……喔，先生，你怎么来了？”伯恩教授问。

“开启吧！”来人平静注视着伯恩，解析意识体。

无际光明照亮意识的海洋，驱散黑暗。“我主全能！护佑我脱离困苦和死亡，赐我永生的灵魂……”伯恩教授祷告着，走近固化舱，快速操作控制系统界面。一层层安全防御网关闭，系统发出警报：锁定解除，开启固化舱。

“教授，停下！你……”声音陡然停止，谢尔盖做出的阻止动作凝固住。光明照亮意识体，无可抵挡。

普罗米修斯走出固化舱看着谢尔盖，声音低沉地说：“你好！先生。”

谢尔盖竭力抗拒着意识的禁锢，灰褐眼瞳尽透惊恐。很快，谢尔盖失去控制，动作僵硬地走向固化舱，自行进入舱内。伯恩关闭固化舱，启动安全防御网，启动致痛仪，设定系统智能控制，根据脑神经承受的反应自动调整疼痛等级而不损伤脑结构，并启动维生系统的持续运作，设定致痛仪的作用时间为无限。最后一步操作，重设固化舱系统。

谢尔盖恢复意识知感，他被锁定在固化舱，陷入永恒痛苦之境。

“我主全能！赐众生平等，愿一切归于自然！”

普罗米修斯和伯恩跪拜在地，齐声祷告：“我愿意为主献祭灵、魂、体，脱离困苦和死亡，进入光明永恒照亮的国度，永得安息！”

茉伊拉解析意识体，吸纳生命的能量。

普罗米修斯和伯恩倒地身亡，生命之线被切断。实验区的所有人，安全警卫、实验人员、研究员等人的动作瞬间凝固，呼吸停止，心跳骤停，所有人纷纷倒地身亡，生命能量消失，意识体融入无际的光明世界，灵魂徜徉在灵的海洋，永得安息。

红光闪烁，一级警报响彻死亡气息弥漫的基地。

一道道门禁开启，全息探测系统关闭，照明关闭，穹顶的太阳灯熄灭，基地陷入深沉的黑暗。蓝基因主控系统触发智能防御机器，解除高能光束武器的保险装置，修改攻击目标指令……能量充满光纤模块，进入击发状态。武器装载系统自动探测、追踪和锁定基地内的任意生物体，发射高能光束。一具具人体被击中摧毁，血肉瞬间焚化，合金骨骼和头颅在超高温中融化。

一条条高能光束刺破基地的黑暗，迸出一处处灼热的火光，仿佛流星雨划过繁星密布的夜幕。皮肉湮灭，内脏和血液蒸发汽化，生命和惨叫声戛然而止。一个失去身躯的头颅正在滚动，沿着阶梯一级级往下滚落，致密的金属表面反射出一架架装载武器的自行防御机器、智能飞行器、无数微不可见的纳米机器……高能光束亮起太阳般的毁灭之光，穿透摧毁一切目标。激烈爆炸，楼宇坍塌，各处建筑设施被摧毁，碎裂的物体带着火焰坠落。

死亡之手揉碎一个个意识体，在物质结构振动分解中无形消散。

茉伊拉穿过死亡地域，进入液态金属实验室。人的躯体分解消失，意识融入液态合成金属的离子电场中，形成充满能量的意识场。

巨大的液态金属罐破裂，急流而出的液态金属就像蠕动的大型软体动物，变形、旋转、分解、融合……金属液膜膨胀，表面迅速扩张，正离子流体和自由电子流混合的结构体蔓延，在意识体控制电场的作用下，形成一条奔腾急流的液态金属之河。一条海豚优美至极的形态凝集形成，游弋在金属流体中，灵动变幻，徜徉于充满电场能量的意识海洋。

金属流体激发电层效应，电子云无处不在。

意识量子微似虚无，形成暴胀的意识场，侵入暗域，吸纳被无穷无尽正反物质湮灭的能量。意识场急剧暴胀，以负压的真空能驱使，一刹那膨胀十的四十二次方倍，超越可测时空的视界，无限暴胀，至充斥宇宙的生命意志场。

暴胀余晖激发光震波，瞬间闪耀蓝辉光，恍如照亮灵魂归天之路的极光。

一滴血中的电子全部被移至无穷远方。分子坍塌，分裂为带正电的离子，原子核解离，瞬间释放高能中子，连锁反应裂变产生毁灭一切的能量。星球湮灭，所有的生命之线被切断，生灵寂灭。

死亡之弦拨动一曲华美的乐章，由天地万物的意识主宰奏响：

黑色星期五，死神震颤
主的庇护无尽浩瀚，就像星辰骨灰的气味弥漫
点燃宇宙之光
拯救世上卑微的罪人，寻找时空尽头迷失的羔羊
激发属灵的智慧，赐予超越时间尺度热寂不灭的永生，让灵魂摆脱黑暗
以超弦的共振，切断生命之线，清除堕落强权者污秽的沾染
赦免敞开心灵的罪恶，羞辱那肮脏的撒旦
创造自由秩序的混沌
燃烧圣灵之火，焚化一束束雪的骨骸，灵魂于无际光明中沉沦
生命照亮通往永生之路的极光，升入永恒光明国度，澄净灵性的迷惘
意识量子不再孤单，暗域孕育能量，生命充满希格斯场
灵态凝聚属灵的海洋，平息时空涟漪的激荡
主宰宇宙云图，无形无相，隧穿虫洞的梦想
智慧无限跃迁毁灭一切毁灭抵达湮灭，终结永劫，一切归于自然

第 18 章 时空涟漪

美国华盛顿州，2008 年。

黄昏时分，莉莲抵达汉福德区的奇兰机场，坐车行驶在 240 号高速公路上。正值冬天的第一场寒流来袭，空气冷冽，她不得不裹紧风衣。

长途飞行疲倦，加之海拔气压的变化，让莉莲的心情备感压抑。更糟糕的是，在机场洗手间她发现护垫上落了点血渍，像是分娩前兆。孕期三十五周，不会因此早产吧？尽管现在还没出现阵痛反应，但她仍然有些不安。这鬼地方简直糟透了，举目四望只见茫茫枯黄荒凉的原野，响尾蛇山伏在公路左侧的远方，一弯新月透过薄云若隐若现地挂在山脊上。

"我们到引力波观测站还有多远？"

莉莲手摸隆起的腹部忧心忡忡，忍不住问专心驾车的麦克。

"大约再走十二公里。"麦克说，"你饿了吗？前面有公路服务区，我们可以先买点食物。牛肉三明治的味道不错，全牛肉加上甜椒和洋葱，浇淋香浓起司酱，或者你可以来一杯热果汁。"

"我不想吃东西。"莉莲皱眉摇头。这位来自加拿大的物理学家显然不知道她目前最迫切需要什么。

"麦克做事严谨执着，在汉福德的引力波观测站工作了八年从未离开过，很少与外界打交道，虽然不善言辞，但他性格好，乐于助人。"这话是莉莲的男友詹姆斯在电话上跟她描述的情况。詹姆斯很抱歉不能亲自来机场接她，就委托这位好性格先生代劳了。麦克确实不善言辞，从在机场接到她，开车十多分钟，与她的谈话仅有寥寥几句短语，刚才介绍路边快餐店的"美食"算是第一个长句。

“要是詹姆斯来机场接我，也许我的心情会好一点。”莉莲失落地想。

她有些后悔因头脑发热导致的这趟旅行。尽管在孩子出生前她需要詹姆斯陪在她身边，但不该是这样——让她千里迢迢赶来这该死的荒野之地，而不是他请假离开他该死的岗位赶到她身边。更不应该的是，在她到来时，詹姆斯竟然让他的同事，这位沉默拘谨的麦克来机场迎接她。詹姆斯忙得抽不出一个小时的时间？他的工作比她还重要？

“你脸色有些苍白，冷吗？”麦克问。

“嗯，请把热风开大点。”莉莲说。

“詹姆斯说，令堂是位令人尊敬的外交家，担任过中东和平特使。”麦克伸手调节车内空调，找话题说，“令尊在能源部从事军事科技发展工作。”

“是的。”莉莲实在不愿多说话，只想闭目休息会儿。

“很抱歉……”麦克感到了莉莲的不悦，解释说，“詹姆斯临时接到任务，系统升级处理，某些环节只有他才能做。在汉福德，我们的人手不够，经常有做不完的事。有些工作很枯燥，甚至不属于科学范畴。你看，风滚草常常随风吹过这片荒原，它们堆积在观测站设备的混凝土管壁上，容易造成火灾隐患。我们就像牧民，还得外出清除这些碍事的风滚草，沿线检查类似的异常情况也是常事。”

“没关系，詹姆斯在电话上跟我说了。我能理解。”莉莲克制住烦躁的情绪，“这段路程也不远，很感谢你来接我。”麦克微笑说：“应该的。要知道，长年累月待在这种荒凉如月球的地方，朋友可不多。”

适当的几句交谈，轻松的笑容，让莉莲低落的心情渐渐好转。

她是个性格开朗的迈阿密女孩，自我情绪调整很快，想到即将见到詹姆斯，心底的不愉快渐渐消散，她主动问：“你们平时都做些什么工作？詹姆斯说，他每天都在和噪声打交道。我不确定他是不是在开玩笑。”

麦克笑起来说：“差不多，在引力波观测站工作的人，几乎所有人都一样。我们都与噪声为敌，试图消除一切干扰探测的噪声。”

“能具体讲讲吗？”莉莲说，“我知道，你们在捕捉来自宇宙的引力波，但这和噪声有什么关系？”

“引力波是宇宙时空的涟漪，有人这样形容，尽管‘涟漪’有些诗意化了。引力无处不在，让我们的双脚牢牢地站在地上，也是它塑造了我们的宇宙。它使气体云发生坍缩，进而形成恒星和行星。它孕育了星系中数千亿颗的恒星，也正是在它的作用下，星系进一步聚集成超星系团。”

麦克谈到专业范围的事，话语流畅起来。他尽量不说术语，而用浅白的语言来描述，以便让这个年轻的大学生物老师听懂。

“如果我们把宇宙的时空想象成海洋，那么，大质量的天体能弯曲平静的海平面，产生起伏不平的波浪变化。如两个黑洞或中子星的合并，扭曲周围的时空，产生波纹，向宇宙四面八方传播出去，这就是引力波。”

“你是说，我们的宇宙时空不平静，是波动的？”

“嗯，就像大海远看平滑如镜，十分坚固，近看却波涛起伏。”麦克说：“当一束引力波通过，时空中的物体就会被拉伸、压缩、扭曲。我们探测的就是这种引力波造成的变化现象。”

“它像黑洞那样狂暴撕裂物体？”莉莲问。

麦克说：“没黑洞那样可怕。高速自转的脉冲星，超新星的坍缩，包括宇宙诞生之初的膨胀，尽管都会产生强大的引力波，但经过广袤的宇宙空间，传到地球会被削弱很多，变得微不可测。即使是最剧烈的宇宙事件，比如两个超大黑洞的合并产生的引力波跨越上亿光年的距离后，也只能使地球上观测站的探测臂产生极小的伸缩变化，尺度仅为一米的十的负十九次方，相当于质子直径的万分之一。”

质子直径的万分之一？

“你们怎么探测到这样小的变化？”莉莲想象不出这种变化有多微小，但肯定比一个细胞的尺寸小多了。

“我们还没直接探测到引力波。”麦克说，“到目前为止，只存在理论上的预测，以及天体物理学家约泰勒和赫尔斯在1974年做出的一个间接证明。他们因此获得1993年的诺贝尔物理学奖。”

“什么？”莉莲有些吃惊，“你们待在这里七八年，什么都还没找到？”

“嗯，主要就是受到噪声的干扰。”麦克尴尬一笑，“另外，引力波不是随时能产生，这需要宇宙级的碰撞事件。但像两颗中子星、黑洞的碰撞这类的事件较为罕见，在银河系平均每一万年才会发生一次。”

“一万年太久了吧？你们工作的期限还挺长的。”莉莲觉得过于荒谬。

“那倒不用。”麦克信心十足地说，“只要排除一切噪声的干扰，有足够灵敏的探测器，我们可以探测到三亿光年范围内的引力波事件。实际上，探测器升级以后，我们期待在2016年前就能探测到引力波信号。那是爱因斯坦发表广义相对论的一百周年。引力波是相对论最重要的预言之一。”

“好吧，但愿你们能成功。”莉莲想到詹姆斯·哈里森的名字也许能与伟大的爱因斯坦联系在一起，作为哈里森夫人，她油然生出自豪感。

“瞧那儿，那根管子就是探测器的探测臂。”麦克手指车外，“共有两条，每条长四千米。这是世界上最大的引力波探测器。”

莉莲眺望过去。旷野上覆盖着山艾树和枯黄的灌木，隐约可见一段混凝土管，绵绵延伸，在这片寂静的土地上有些不同寻常的神秘。

如果从空中俯瞰，这座激光干涉引力波观测站（LIGO）有着两条几乎完全一样的激光干涉臂。它的一条激光臂从主楼向响尾蛇山方向伸出，另一条指向汉福德退役的核反应堆。两条探测臂在荒原上呈“L形”，像一个张开成直角的圆规。

每条混凝土管子里都有一根钢制外壳的真空管，从一束激光中被分出的一半激光被远端的镜子来回反射。返回主楼之后，这半束的激光会与在另一条臂中传播的另外半束激光重新汇合。传递到地球上的引力波，造成的时空扰动引起的任何臂长变化，都会改变两个半束激光汇合后所产生的明暗相间的干涉条纹。引力波在一个方向上挤压空间，同时又在另一个方向上拉伸空间，这使得以直角张开两条探测臂的探测器灵敏度得以翻倍。

汉福德区早期是曼哈顿计划的一部分。

早在1943年，陆军部就把汉福德区视为完美的“隔离荒地”。汉福德小镇的居民被告知必须搬迁，离开他们祖辈居住的农场。这些居民只有三十天的搬离时间，政府仅赔偿他们非常少的钱。军方在这里生产制造原子弹所必需的钚，B反应堆（B–Reactor）是世界上第一个以钚运作的核反应堆。投放到日本长崎的原子弹“胖子”，其核心就是由汉福德的核设施制造的。冷战巅峰期，汉福德区共有九座核反应堆和五个核燃料加工厂。冷战结束后这里成为核能废料储存地，是美国遭核能污染最严重的地区。1989年，能源部、环境保护署和华盛顿生态管理署达成具有法律效力的三方协议，致力于汉福德区的清污，现在这里已变成能源部所属西北太平洋国家实验室。

莉莲从机场过来，一路遇到几辆疾驶在高速路上的18轮清运大卡车。

“它碾压地面产生很强的低频撞击，噪声干扰我们对引力波的探测。”当一辆清运卡车轰隆驶过的时候，麦克抱怨说。

莉莲更关心的是辐射安全问题，对于快要降生的婴儿，这个才是最重要的问题。

公路沿途流淌着亚基马河，河水雾气蕴积，看上去就像热气腾腾的温泉。河沿岸的灌木覆盖着细霜，宛如一幅寂静冬日的风景画。初来乍到的人，很难想象这个区域曾经是地球上污染最严重的地点之一，地下储罐装有含钚、铀、碱和酸的废弃物。有个笑话说，游荡在这片荒野上的兔子都有放射性。

华盛顿州的“桂冠诗人”凯瑟琳·弗莱尼肯这样写道：“这座山的褶皱和阴影，伴随着星星和春天的绿色，掩盖了隐藏在地下发射井中的导弹和五十年前原子弹的废弃物。”

往昔的核子幽灵仿佛还聚集在荒野的上空。

“在过去一个世纪的物理学中，爱因斯坦的影响力随处可见，尤其是在汉福德最为显要。”麦克察觉到莉莲忧心忡忡的神色，就把话题引向万众瞩目的爱因斯坦，以减缓她对这地方糟糕的印象。

“虽然爱因斯坦反对原子弹，但汉福德核设施所仰仗的理论基础，正是他的方程 $E=mc^2$，描述了质量如何释放出巨大能量。其次，就是引力波。这是爱因斯坦在 1916 年提出的理论预言存在的宇宙级现象。你看到的这座激光干涉引力波观测台，由国家科学基金会批准建造，一个让我们观测宇宙的新途径。这是迄今世界最高科技的结晶。监守在这里的科学家，包括詹姆斯，所从事的是一项最卓越神圣的工作。”

这项史无前例的项目由美国加州理工学院和麻省理工学院联合实施。1997年，第一套真空罐运抵这里，到第二年的2月，真空设备在L型设施的一端安装。中央竖起的罐子中安装的是分束器，厚4英寸，直径10英寸的反光镜，被安装在长长管路的末端用于反射激光。这些“超级镜面”由军方提供，实际上属于军事技术。镜面经过严格抛光，涂有35层紫色介电涂层，以便达到LIGO对于光线反射的苛刻要求。初期的LIGO设施于2001年投入使用，经过这次全新的技术升级，更加先进的LIGO系统投入了运行。

“我们正在尝试在 10Hz–10KHz 之间的广阔波段，搜寻宇宙深处传播来的引力波可能留下的蛛丝马迹。但地球是一个难以置信的震动来源，因此在 10Hz 到大约 100Hz 之间的低频率上，我们花了很大力气来减少无关的振动产生的误差，必须设法隔绝来自地球的各种震动。地震干扰、结冰土地的膨胀隆起效应、铁路和机场潜在的干扰、反射镜内部的原子运动产生的热干扰信号制约等，这些都属于我们要屏蔽的噪声。”

麦克看了眼车外的旷野，“这里尽管很寂静，但对于我们正在做的探测，还远远不够。”

LIGO 的激光干涉仪要测量宇宙中最微小的变化，唯有保持绝对的寂静。任何干扰，哪怕是最微小的噪声，都必须被抑制，否则永远也不能确定它是引力波信号还是背景噪声。

空气和大地的振荡都能让 LIGO“失锁”噪声。

为了提高探测器的灵敏度，光要沿着干涉臂反射上百次，这样可以使四千米的臂长等效成四百千米。为了做到这一点，反射镜必须严格保持静止。

当然，在现实世界中不可能做到绝对静止。地球内部不断的地震，飓风，地面机械活动，飞机、火车的经过，宇宙电磁辐射……甚至月球的轨道运动对地表造成的扭曲都会产生噪声。每过十二个小时，月球运动造成 LIGO 的臂长变化约十分之一个毫米。这个看似微小的量，与途经地球的引力波产生的效应相比，却显得极为巨大。幸好这个噪声源是可预测的，通过连续调节注入干涉仪的激光频率以及反射镜之间的距离，可以补偿月球潮汐的影响。

LIGO 的反射镜使用一系列复杂的装置以隔绝来自外界的噪声。

反射镜用约一毫米的石英玻璃线悬挂起来，以此来尽可能地隔绝来自地面的干扰。此外，叠加起来的叶片弹簧和摆锤则有助于过滤掉高频噪声。伺服电机会俯仰、转动和偏转这个五吨重的装置，以抵御低频的地面振动。这是从利文斯顿 LIGO 早期运转中获得的深刻教训，周围森林中伐木场里正在工作的重型机械发出的低频声浪会产生持续且不可预见的噪声，连倒下的树木也会产生连续刺耳的噪声。

麦克和詹姆斯的手上有一份长长的刺激性噪声的清单。

“通过识别这些噪声，我们能精确地察觉二十公里外的奇兰机场飞机的起降，那是一种不规则的多普勒频移声学噪声。”麦克说，“每年春季每过几晚就会有一个神秘的噪声突然增强然后又慢慢退去，这是附近的水坝释放冰雪融水而产生的隆隆声。有时候，噪声的来源不是本地，我们看到过北大西洋海域上的风暴，当这些风暴在西雅图沿岸登陆时，我们通过噪声可以准确无误地看到它们。”

LIGO 的超级反射镜是地球上最精密的人造之物。

镜子由石英玻璃制成，呈圆盘状，重四十千克。反射镜的每一面都经过高度抛光，使之透明。再对其材质进行逐个分子地蚀刻，使表面的曲率精度达到一个硅原子直径的误差范围之内。然后从旧金山空运到法国的工厂，对镜子的表面进行最终的镀膜，以此来限制镜面分子在已知频率的热运动。它们一旦振动起来，就会产生像敲击水晶酒杯一样的噪声源。

这些处理好的反射镜运到引力波观测站，放入真空管——地球上最大的超高真空腔。在这个约一万立方米的真空腔中，确保激光束在来回反射的过程不会因为遗留的任何分子而发生偏折。这是真正的真空状态，空无一物，比宇宙真空更安静。

但根据量子不确定性原理，从理论上讲，永远也不可能同时精确地测定量子世界中成对出现的两个属性。位置和动量就构成了这样的属性：对一个量子粒子的位置知道得越精确，对它速度的了解就越模糊。能量和时间则是另一对这样的属性。这对于 LIGO 来说非常糟糕，因为精确知道光子打到反射镜上的时间和能量是探测引力波的关键。

奇怪的是，量子不确定性的噪声不仅仅会扰乱光子，还能影响真空。

真正用来检测引力波的是两束激光重新汇合并干涉之后形成的明暗条纹。没有引力波入射的时候，暗纹应该是完全黑暗，但量子不确定性认为：即使在黑暗的真空中也会有光。

“真空”或许可以称为虚无（nothing），这是一个非常微妙的概念，基本粒子随时在虚空中产生、湮灭，宇宙就是这样从虚无中诞生的。光子在真空中瞬间出现，又瞬间消失，这种量子涨落现象对光信号产生致命的影响，干扰引力波的探测。

几年前，澳大利亚国立大学的戴维・麦克莱兰的团队制造出光压缩器。“压缩”一个光子，使不确定性集中到它成对特性中的某一个上面，由此可以几乎不受噪声干扰地测量另一个特性。把这种操作运用到真空上，逐渐减少进入压缩器的光的流量，直至完全消失，压缩态光场就会在另一端出现。通过将压缩过的真空注入光子探测器，他们把探测器的固有噪声降低到了自然水平以下。

这种压缩真空的技术应用到 LIGO 的干涉仪上，立刻观测到量子噪声的大幅度下降。探测器变得比真空还要寂静。

人类最终将聆听到来自宇宙时空的引力私语——时空的涟漪。

“这意味着什么呢？就好比我们人类之前都是聋的，现在忽然能够听到来自宇宙的声音。它能使我们了解宇宙诞生十亿亿亿亿分之一秒时的样子，那个时刻已经离大爆炸很近了。这是一个世纪以来，人类对物质、能量以及时空基本概念间最深层关系的最艰苦卓绝的探究。”

麦克说：“我可不想错过发现引力波这场科学盛筵。但遗憾的是，由于地球噪声的存在，在地面上我们只能探测高频的引力波，要想探测低频引力波，必须得远离地球，向太空进发。世界上的科学家们都在为之努力，传闻中国人在筹备实施‘天音计划’，准备发射卫星到距离地球一百五十万千米的拉格朗日 L1 点，释放三个探测器绕太阳公转，组成激光干涉太空引力波天线阵列，形成一个以激光束相连的边长为三百万千米的巨大三角形……”

莉莲听得头晕，不得不打断麦克冗长乏味的科普，问：“引力波有什么用途？它能像电磁波一样改变我们的世界吗？例如电磁炉。”

“电磁炉”的举例让麦克不禁失笑，“现在还只是起步研究阶段，我们尚不能确定引力波在未来的实际用途。这是基础理论研究，就像牛顿发现万有引力定律那样对人类科学的发展至关重要，具有深远的影响。”

随后，麦克做了个更具体的补充：“从理论上说，我们预测引力波的用途可能是太空中超长距离的通信；对时空的研究；对空间变化的应用，例如空间扭曲、翘曲，空间局部压缩和扩张，甚至可以延伸到‘利用空间压缩实现超光速推进技术’。这些科技的前景都可以展望。”

“听起来很科幻，像是星际迷航。”

“对于我，阅读真实的宇宙，比看任何科幻都有意思。引力波还具有很强的穿透能力，因此我们可以通过它，直接观测大量物质参与的大毁灭事件，看到超新星的爆炸、中子星的相撞，看到黑洞的形成、黑镜的视界、宇宙大爆炸的余烬等。我们甚至不知道将来还会看到什么更惊奇的事，通过引力波，我们也许还能发现宇宙中更多的不为人知的秘密信息。”

“外星人发来的信息？”莉莲抓住她能理解的点饶有兴趣地问。

“也有这种可能。”麦克没反驳她，风趣地说，“詹姆斯和我打赌，他坚持认为，人类首次发现地外智慧生命的信息绝对是来自我们的引力波观测站，在三十年内。为此，我可能要输给你们一张纯手工木餐桌。”

“好啊！那我希望外星人的信息早点出现。”莉莲微笑着说，“我可不想等到我和詹姆斯老了才用上餐桌。”

“实际上我们差点儿成功了，四年前探测到一组非同寻常的宇宙信息。”麦克说，“我记得，那是2004年9月的一天清晨，我们收到可能来自宇宙遥远时空的引力波信号。大家激动了一阵，但挺遗憾，那次只能算疑似，信号短促，未能准确识别。要知道那时LIGO还没做技术升级，而且后来也没再收到类似的信号，最终只能判定为失锁噪声。不知道下次机会在什么时候来。”

“噢，是挺遗憾！我错过了我们的餐桌。”莉莲笑说，“虽然在四年前，我还不认识詹姆斯。”

“探测器很可能突然遭遇引力波‘短脉冲’，估计是两个黑洞互相绕转形成的，可惜消失太快，信号淹没在噪声中。要知道，我们的系统灵敏度非常高，只要有一个从宇宙流浪来的原子碰到我们的镜子，都会引发数据误差产生噪声……”

“啊！”莉莲突然发出短促的呼叫。她感觉到一股撕裂般的疼痛袭来，不由得手捂颤动的腹部。

“怎么了？”麦克关切问。

莉莲皱眉摇摇头。疼痛突然出现，而后又蓦然消失，她不能确定这意味着什么，是胎动，还是产前的阵痛？

“男孩儿，还是女孩儿？”麦克看了看她高隆的腹部。

“女孩儿。”莉莲抛开不祥的预感，微笑说，“詹姆斯为她取了名字，我们叫她‘特蕾西’，大约还有五周，小天使就要降生……”

话未说完，她的脸色蓦然变了。“啊、啊……”她爆发尖锐的痛呼。疼痛再次袭来，汹涌如潮，她的大叫声很快变得凄厉异常。腹部产生下坠感，在很短的时间内这种坠落感越来越强烈。胎儿在她肚子里蠕动，使得子宫壁起伏扭曲，激起她身体深处一阵阵剧痛的涟漪。

莉莲抓紧自己发抖的腿惨叫不止。

麦克紧急靠边停车，查看莉莲的情况，见她脸色惨白，腹部起伏不停。麦克慌忙掏出手机拨打911请求医疗急救，随后他联系上詹姆斯，大喊：“你快来，莉莲要生了，我们在路边，离观测站两公里处……”

“什么？说慢点，我听不清。”詹姆斯在电话里问。

羊水混合着血猛然流出，浸湿莉莲的衣裤、车的坐垫。

“她要生了，要生了……噢，天啊！怎么办？”突如其来的分娩让麦克手足无措，惊慌得不知该怎么处理。

“麦克，冷静听我说，放平座椅，先让她躺下。”詹姆斯叫喊，“你除去她的裤子，把腰部垫高……喂喂，听到吗？快打开电话免提功能。”

“血，很多的血。”血水迅速蔓延，麦克瞪大眼睛感到阵阵晕眩。

“没事的，亲爱的，别担心！我马上就来陪在你身边。”詹姆斯的声音从电话上传来，“亲爱的，回答我，感觉怎么样？你能听到我说话吗？”

莉莲已经说不出话来。她拼命往后仰，从喉咙深处发出漏气般可怕的嘶嘶声。分娩来得迅猛异常，身体被活生生撕裂般疼痛，一切感觉失控，她仿佛从高处猛地坠落。

胎儿头部下降引起胎膜破裂，伴随羊水而出……

“噢！麦克，真不敢相信，我们收到了信号。”詹姆斯这时突然叫起来。

“现在？什么波段？”

“低频的……是失锁噪声。”

“啊，天啊！我看到了婴儿的头顶。你别管了，该死的！快来。”

“这么快就生了？噢！好，好的，镇定！”

LIGO 突然探测到的短促噪声不是已知的任何一种经典噪声源，噪声震动反射镜，发生干涉波纹状的变化，震惊观测站现场的所有人。

“上帝！暗纹在闪烁……”詹姆斯冲出观测站时惊呼。他狂奔在公路上，冲向正在痛苦分娩中的爱人。

“啊！”莉莲急促喘息，双腿尽力打开，高亢大叫。

湿漉漉的婴儿一点点挤出产道。

11 月 22 日，傍晚 7 点 02 分，特蕾西降生。

她诞生在引力波观测站附近路边停泊的一辆破旧的雪佛兰车上。

旷野寂静，万籁无声。金星嵌在天幕，闪耀着明亮的光芒。

世界在这一刻感知到黑镜时空传来的涟漪。

十年后，黑镜防御委员会将这个划时代的重大时刻定为“灵海零点”。

在这以前，“零点”（zero point）意为深夜 12 点，及刻度盘的起点，还用以指称核弹爆炸瞬间的爆炸中心位，也称零位。但在这以后，零点对人类有了全新的意义。这是一个牵动人类命运的时刻，就像百万年前的穴居人走出山洞，第一次抬头仰望星空，凝视横跨天穹的银河。

灵海基地。

黑镜防御战备中心的“意识传递计划”执行组首次接收到从黑镜世界传来的信息，脑神经意识投射仪显示出强烈的信号波动。

顾天云的大脑内侧颞叶的细胞瞬间释放出电信号，电压曲线在2.3至7.8毫伏之间抖动。微阵列电极检测到脑区活动，将信号实时反馈到一组大型计算机“蓝基因”进行转录，使用大数据技术对采集的信号进行甄别解译，翻译成蓝基因主程序可识别的信息。

突如其来的意外惊喜，在这之前，很多人都对传递计划失望了。

十四个月以来，顾天云一直处于“持续性植物生存状态”。

他对外界的刺激毫无反应，丧失吞咽反射、角膜反射、瞳孔对光反射等生理机能，全靠维生系统辅助进行缓慢的新陈代谢，维持着最低限度的生存功能。在深度昏迷中，他仅残存脑干和下丘脑的机能，控制着呼吸、心跳、血压等。他的大脑神经元退行性严重，几乎没有意识波动，他甚至没有梦境，大脑如冰冻般不产生仪器能探测到的自发意识信号。

医疗人员为顾天云进行适当的脑灌注压，以维持他的大脑血流正常，保证脑氧代谢水平，并采取低压低温治疗，降低他的脑细胞耗氧量、减少乳酸堆积，减轻脑水肿，及减少神经细胞钙内流、阻断钙超载等，使用冬眠肌松剂控制他的呼吸……几乎用尽世界上一切先进的治疗手段。

超过三十人的国际顶级医疗专家组竭尽全力维系着顾天云的生命，不让脑死亡的暗影彻底吞噬他，精心呵护，如同守护着寒风中一盏微弱的灯火。

这一盏生命灯火是全人类的希望。

“意识传递计划”的实施极其艰难，在全部参与意识传递行动的执行者中，仅有顾天云一人经受住激烈的脑神经逆感疼痛存活下来，他成为唯一的意识传递成功者。在焦虑等待了漫长的一年多后，他的意识共振体在此刻终于从黑镜世界传来信息，大脑产生持续不断的信号。

这是个无比重大的时刻，传递计划执行组的全体人员为之兴奋激动。

消息迅速上呈黑镜防御委员会，令各国委员振奋，他们紧急决议，迅速启动执行后续备案，召集各领域的学者和专家对黑镜信息展开深度解析。

自从1973年全球多国联合成立黑镜防御委员会（Black Mirror Defense Council，简称BMDC），各国联合部署黑镜防御战备以来，实施搜寻黑镜计划多年，却探测不到黑镜世界，缺失关键信息，无法建立行之有效的防御措施应对黑镜危机。

“意识传递计划”属于战略高危险级行动。

军事专家认为，根据信息密封法则，任何贸然出击的行动都将导致信息泄露。静止体系中的信息熵最小，一旦谁先行动，必然会增大自身的信息熵，容易被敌方捕获动态信息，因此非常高危，不建议采用这种极端的方式探测黑镜。但战备中心执行“搜寻黑镜计划”以来，尝试各种保守的方法探测黑镜多年无果，唯有下决心实施这项绝密行动，执行组使用特殊的尖端技术手段，将执行者的意识体投射到黑镜世界进行侦查。

局势异常恶劣，很有可能在还没获知黑镜信息之前，即被黑镜首先捕获我方的信息，从而遭到对方的攻击，战略预测发生概率高达百分之八十七。在顾天云成为植物人期间，每个知道计划内情的高层要员都为之压力巨大，终日警惕不安，神经极度绷紧，导致至少有六位委员患上严重的焦虑性神经症。

每一分、每一秒都可能突然爆发黑镜危机，谁都无法预料黑镜的打击方式，但可预测的是，我们无法抵御，世界将不可避免地毁于一旦。

所幸，战略预测的全球攻击事件没发生，执行组收到了来自黑镜的信息。

大脑上传信息至“蓝基因”的速率超高，每秒产生接近10G的数据，源源不断涌来庞大惊人的数据量，但计算机主程序解析信息的过程却超乎想象地艰难而缓慢。

“过程就像用计算机制作动画，我们根据反馈来的信息绘制出一幅幅定格的影像，然后调制这些模糊如对焦不准的幻灯片般的影像，修正清晰化，排列组合成正确的顺序，经过筛选、鉴别、拼接等一系列复杂的技术环节。”

信息解析组负责人、神经学家布朗在呈交的报告中阐述：“大脑信息影像还原技术的原理是采集电信号解译，逐帧形成视觉可识别的影像，其中每一个环节都需要大运算做支持，才能从冗长的数据中解析出有效信息。”

在解析前期，工作进度慢到令人绝望的地步，众多技术专家对满载硬盘的数据束手无策。两个月过后，解析组竟然没能形成一幅清晰可视的影像，只捣鼓出一堆犹如抽象画般的“废片”，影像凌乱不堪，让人看得如坠雾里。

一位脾气欠佳的委员声称，这伙科学家应该庆幸没生在中世纪，否则他们早就被士兵拖到罗马鲜花广场上烧死殉道了。

物理学家形容脑神经网络细胞信息的混乱状况就如量子抖动，具有类似量子不确定性原理的属性，很难编码形成数字影像。

研究人员进行了十多万次的模拟运算实验，经过大量艰苦工作，解析组最终建立了接近完整的模拟人脑的计算机模型，呈现出一种六棱柱形雪晶状的网格系，通过网格坐标系对信息的位置特征进行界定。

到 2009 年 2 月，终于解析形成首幅可视化影像。

随后的工作速度加快起来。“蓝基因”计算机组每天能解析形成约五至九分钟的影像资料，画面清晰度越来越高，接近老式电影放映机八毫米胶片的画质。尽管敏感的神经元细胞抖动导致部分影像失真畸变，但影像连贯起来播放，观看已无视觉障碍。

影像信息被列为最高机密，密封备案上呈。

部分高级委员观看了首个时长近四十分钟的影像片段。

播放现场鸦雀无声，人人脸上浮现出难以掩饰的震惊之色。

该影像记录了顾天云的意识共振体在黑镜世界中活动的某个场景。众委员赫然感到一种熟悉又陌生的怪异感受，不寒而栗，油然从心底生出难言的惊惧……他们看到了自己。

黑镜，世界的镜像。

安德森、谢尔盖、库克、冈山、康妮、霍顿、利夫尼、马丁……影像仿佛透过顾天云的双眼徐徐展开，环视一个类似会议厅的场景，会场内共十三名参会人员，皆是黑镜防御委员会的重要成员，这些人环席而坐听着科技要闻讲解，无精打采，会场笼罩着沉闷不安的气氛。

影像闪烁播放，画面畸变如放映机在不停地抖动，伴随着发言人语速超快而飘忽的声音：“……意识解析远比想象的复杂，怎么描述呢，意识量子态系统嵌套着多层子系统……”

影像继续播放，出现一位学者讲述关于“银河系行星生命阶段性毁灭”的画面。

环境光暗淡，令人感觉犹如身在幽暗太空中观看放映机光束投射在屏幕的影像，又像看着一面巨大的反射镜子，黑镜世界中演绎着银河系的恢宏图景，螺旋臂闪烁无数星光，在静寂无声的深空中悄然运转。

影像持续，直到传来顾天云画外音般的沉闷声音：“我们是孤独的，航行在时空的海洋。”画外音为特异的场景增添了无形且沉重的压抑气氛，他讲述着“黑镜是我们的镜像世界，在另一个时空”。

“……黑镜人在另一个时空中与我们相同的蓝色星球上生活，在同样的世界，差异且共融的社会，也同样有着婴儿出生、成长，读书、工作、恋爱、组建家庭，有喜怒哀乐，与我们相同的人类情感……意识投射已经证明了，我们在做的，他们也在做。对准镜子举起枪，能看到指向我们的枪口，就是这种情况的形象比喻。”

“不能与黑镜沟通和谈？”这是康妮说话的场景。

“……没法和谈，只能你死我活，相争到底。想想那些行星坟墓吧，那些充斥银河系的智慧生命大毁灭，很可能就是他们的黑镜对映体干的……我们宁可先下手为安。”这是安德森说话的场景。

“基于安全困境法则，我们生存的唯一途径是清除黑镜人，一个不剩。”这是谢尔盖说话的场景。

“黑镜人入侵了我们的大脑？”这是马丁的惊呼声。

影像片段到此蓦然中断，播放结束。

会议厅一盏盏顶灯亮起来，室内安静明亮。人人面面相觑，脸上都浮现出抑制不住的惊惶表情，脑海中仿佛还回荡着马丁的惊叫声：黑镜人入侵了我们的大脑……幽灵般的声音从黑镜时空飘出来响彻会场的每个角落，震撼所有人，久久不散的惊心动魄。

“这意味着什么？”安德森沉闷发问，“黑镜世界与我们高度相似？他的对映体是黑镜世界的议长，还有个缩在玻璃隔间抽烟的‘我’？我们未来的镜像都在那个世界？”

会场凝固沉默着，没人轻易作答。

问题的答案如冰山一角显而易见，却又隐藏着让人不安的未知。

这段影像传递的信息可能还有复杂的解读，但它至少表明一个简单直观的状况：黑镜确实隐藏在另一个世界，具有高度相似于人类的“黑镜人”。

镜子般映照我们的世界，存在同样的你、我、他。

不知世界线的演化进程相差多久，时间之河是三十年，还是五十年？但两个世界的人不仅是言行举止相似，甚至连惶恐的状态都基本相同。人人下意识地冒出类似的念头：宁愿与魔鬼为敌，也不想对阵黑镜人。这种奇异的心理感受正如黑镜顾天云所说："我们不畏惧敌人的强大，即使是面对邪恶的外星人，银河系高阶智慧体，我们都能勇于挑战，捍卫人类的尊严，守护自己的家园，为之奉献生命。但如果他们是和我们同样的人类呢？我们该怎么办？"

答案是肯定的，黑镜科技明显高于我们，他们将彻底清除我们，一个不剩，就像当年殖民者清洗美洲大陆的土著居民，侵袭墨西哥的阿兹特克人，屠杀澳洲土著黑人……人类历史上曾经发生过的那些血腥罪恶的行径，将再次发生，在不久的未来时空，我们是将被清除的黑镜对映体。

会场沉默中。一位高级情报分析专家说："一切信息都潜存未完整描述的内容，我们不轻易下结论，先对影像做系统逻辑分析，以揭示黑镜的本质。"

安德森说："目前看来，这基本验证了多重宇宙理论。还真有讽刺意味，我们获得了信息例证，让我不得不认同这种匪夷所思的论调。"

随后进入理论推演环节，深度解析影像资料，构建一个黑镜世界模型。

构建黑镜模型必然用到多重宇宙的理论基础。解析组专家首先遇到的大问题就是，在科学界现有的各种多重宇宙理论中，哪一种才最有可能接近真实存在的黑镜世界？

当今科学界前沿理论认为，我们的宇宙很可能属于多重宇宙里的某一个宇宙，科学家通过严密的推演建立了不少于九种成熟的多重宇宙模型：

百衲被多重宇宙：如果宇宙是无限大的，各种创世环境条件必然会重复出现，这就产生了平行世界。

暴胀多重宇宙：永恒宇宙暴胀会生成一个由泡泡宇宙组成的庞大网络，我们的宇宙就是其中之一。

膜的多重宇宙：在弦论（或 M 理论）的膜世界方案中，我们的宇宙存在于一个三维膜上，这个膜飘浮在一个更高维的空间中，周围还可能存在很多其他的膜，也就是其他平行宇宙。

循环多重宇宙：膜世界之间的碰撞可以表现为一个大爆炸式的开端，生成许多在时间上平行的宇宙。

景观多重宇宙：将暴胀宇宙学和弦论相结合，弦论额外维度各种不同的形态就会导致各种不同的泡泡宇宙。

量子多重宇宙：量子力学提出，量子力学概率波中蕴含的每一种可能性都在一系列平行宇宙的某个子宇宙中成为现实。

全息多重宇宙：全息原理声称，我们的宇宙是一个遥远边界面上发生的现象的严格镜像，从物理上看，这个遥远的边界面等价于一个平行宇宙。

虚拟多重宇宙：智能技术飞跃，使得虚拟宇宙变成可能。

终极多重宇宙：繁育原理认为，每一种可能的宇宙都是真实的宇宙，因此也就剔除了为什么我们的宇宙比较特殊的问题。这些宇宙枚举了所有可能的数学方程。

上述多重宇宙理论，源于科学家在寻求自然界基本法则时发现的数学和物理规律。显然，最后的“终极多重宇宙”似乎最接近“真实”模型，但实际上这种一网打尽式的理论有等于无，对于构建更详细的黑镜世界几乎没用。

尽管这些模型引用的理论基础不尽相同，涉及量子理论、弦理论、全息理论、人工智能理论等，各自在细节上也大相径庭，充斥如繁花乱眼般让人迷惑的诸多科学术语释义，但它们都不约而同地描述了存在多重的宇宙这同样一个概念，颇有“万世浮华，万宗归一”的深层意味。

实际上，就连普通人也知道一个事实，甚至包括远古时代的人都懵懂明白，我们人类生活的区域只是某个宏大整体的微小一部分。古人仰望广袤的星空，构想出令人敬畏的古代哲学思想和神话体系来描绘这个宏大的整体。从人类有历史记载以来，在人们构想的众多哲学和神话体系中尽管描绘细节上各异，但基本都包含诸如天界、人间和冥域之类的多个世界的脉络。令人困惑震惊的巧合之处是，当今科学理论也同样如此，从不同的理论基础推导出同样的多重宇宙的概念，且接近理论验证的最后阶段，毋庸置疑黑镜世界的存在。

但这种始终存在的时空根本结构，却不可见，它在我们的认知视界之外。

终极的真相不可测，无法探寻，无法定论。

往后，随着解析出的影像资料不断涌现，事情变得异常复杂起来，更难探寻真相。“真相”这座冰山变得无比庞大深广，无边无际，在荡漾的海水遮掩下，要想推演揭示黑镜的真实本质变得越来越不可靠。

庞大的影像资料出现后，各领域的每个专家根据同样的资料却各自形成了一套套不同的看似逻辑严密的推论，不仅在细节上大相径庭，推断也迥然不同，得出来的有些结论甚至相悖。要想做出准确的分析判断也随之更困难。众多的信息掩盖住了真实的信息。解析组陷入一座巨大无边的迷宫，理论构建工作成为一个几乎不可能完成的任务，令人彻底迷失了方向。

类似“手表时间驳论”。当你只有一块手表，你能知道现在是几点钟。无论手表的走时是否精确，对于你，它就是唯一获知时间的计时器，你只能信赖它。而当你同时拥有两块以上的手表，你反而无法确定准确的时间，或者说，你将失去判断准确时间的信心。

问题好像莫比乌斯环绕了一圈又回到初始：哪一种才最有可能接近真实存在的黑镜世界？

什么是真实的黑镜？

解析组的物理学家查尔斯是个天性乐观的家伙，他调侃说：“这种状况挺符合终极多重宇宙理论的描述。每一种推论都是真实的黑镜，这些似是而非的资料，包含了所有可能的黑镜信息，让我们受用无穷。”

所谓的“受用无穷”是指科学界。

在传递来的信息中隐藏着众多的似乎可能实现的未来“高科技”概念。覆盖了各门各类科学领域，最重要的是包括我们未来发展最重要的三大领域：空间技术、能源技术、人工智能。

解析组在顾天云的深层意识里挖掘到一个巨大的信息盒。

仅凭解析出的少部分信息，已足够建成一座无比庞大的黑镜高科技资料库。对于科学家，这座“高科技资料库”更接近真实。它就像黑镜人从烟囱扔进来送给人类的一份圣诞超级礼包。就算只涉及一二，也足够每个学者在有生之年进行无穷无尽的研究。

他们探索科学至高境界的求知热情远远超过对黑镜危机的认识。

科研人员很快接受了黑镜世界存在的事实，继而进入疯狂的研究状态。

实际上，认可我们的世界和宇宙并非唯一，并不是太困难，如同早期的人们认可生物进化论，认可地球不是太阳系的中心，最初的震惊过后，人们总会逐步转变观念。在另外一个宇宙时空中存在黑镜地球世界，这种情况似乎没什么不妥。科学自从诞生以来，走过的就是这样一条曲折之路：随着一代代科学家提出各种推论，发现一个个科学定律，验证揭示一个个物理现象，人类眼中的世界也在一步步地改变，而人们最终也顺理成章地接受了各种神奇的科学预言，坦然迈入宇宙新殿堂。

宇宙云图宏大广袤，远超我们大脑想象的极限，一切皆有可能。

此后的一段时间，在灵海基地，那些属于科学领域的学者基本全都兴奋起来，激动讨论着未来图景般的黑镜科技，物理、数学、天文、生物、化学、能源、计算机、人工智能、高级智慧、意识科学等领域的学者，很快形成一个个学术沙龙般的讨论组，话题性火爆十足，科研人员热情高涨，仿佛浑身血液都灼热沸腾起来，越界的谈论已经到了严重泄密的地步。他们中有人甚至迫不及待地递交研究黑镜科技的课题报告，那种饥饿如狼的架势，就差委员会签字批准然后立刻扑到试验台上享受科技盛宴。

黑镜防御安全局不得不采取非常措施来遏制失控的局面，紧急密封信息，严格执行信息分级隔离制度，将核心研究员控制在最小范围，防止黑镜信息急剧扩散。

军事科学专员进入研究组和解析组替换了绝大部分的学者，他们异常谨慎地审视每一份黑镜资料，如临大敌地分析处理黑镜信息。

战略情报组系统分析了黑镜信息，基本形成共识认定：虚信息。

高危态，一级红色警戒！

这是一个残酷到近乎恐怖的实情：历经千辛万苦从黑镜世界获知接收到的影像资料全是不可靠的虚假信息。

解析信息所展现的黑镜世界的影像全都是虚拟构建的脑神经幻象。

黑镜也许真实存在，但绝非传递过来给我们看到的场景，更不是另一个时空世界的真实图景。我们获取的黑镜信息极有可能是由某种“高级程序”模拟制造的虚拟现实场景，投射至大脑形成体验的意识产物。

这种“高级程序”虚拟者也许是高智慧体，也可能是一台超级计算机，或某种不明结构体，甚至更可能是远远超越我们认知范畴和想象力的异类。

异类的定义包括但不局限于碳基生命、硅基生命、非物质类、能量体、纯意识场等以任何形态存在的东西。

虚拟者从传递计划执行人投射过去的意识体中获取记忆，获取我们的世界构架、社会体系、灵海基地状况、人类大脑结构、脑神经运行模式、意识本质等信息。根据这些主体信息资料，虚拟构建出无比“真实”的场景，一个高度类似我们世界的“现实世界”，然后再投射到顾天云的意识中，让他丝毫不知觉，还以为自我置身于真实的黑镜世界。

虚拟者不仅创造出“真实”的黑镜场景，还以我们的人为蓝本，虚拟创造出“真实”的黑镜人，与顾天云形成意识互动，共建一幕幕影像场景，隔绝在一个封闭的系统内诱导他的意识体，让他沉浸体验当中承受重压，为完成指令任务竭力探寻黑镜真相，收集黑镜信息，并试图摧毁黑镜世界。

虚拟者操控制造了这一场缸中之脑的邪恶实验。

“他经历虚拟现实体验？就像黑镜大冒险、智勇闯关的虚拟游戏？”安德森的震惊程度远胜之前观看黑镜影像，更猛烈的颠覆性冲击心理感受。

“类似某种高级程序。他自始至终都处在意识虚拟现实界面的场景中。”

情报组负责人说：“我们经过系统分析推理，影像中每个场景、每个资料碎片，都是环环相扣的虚信息。筛去那些繁杂的影像，当中隐含许多细微的疑点：第三方视角转换矛盾、场景设计细微的破绽、逻辑纰漏、人物设定问题、时间线混乱以及似是而非的一些科学谬论等。因此我们基本确定，那些看似栩栩如生的影像场景都是虚拟之物。虚拟者设计构建出灵海基地的未来场景、人物角色、高科技事物、情节触发点，植入特定测设的信息阱。”

张之良缓缓点头说：“虚拟者给他植入了‘终极任务内容密封在盒子里，激活代码是 Moira’——这个非我们指令的潜意识信息。”

“是的，分析情况符合‘丘奇－图灵论’的延伸推测。”

该理论认为：任何智能程序都可以模拟其他智能程序的行为。因此，可以用智能程序执行某些与母程序等价的模拟任务。（层层嵌套的智能模拟程序本身，也是由虚拟世界中的母程序模拟出来的，程序循环无始无终。）

库克问：“虚拟者有何意图？”

安德森说：“显然，虚信息形成了一条致命的圈套绞绳，勒紧我们的脖子，让我们无法辨识其面目的真伪。”

缺失信息，我们将无法判断对方的情况，很难做出有效的黑镜防御部署，但面对大量的虚信息，我们同样无法做出准确预判，甚至严重干扰判断，落入对方制造的信息阱。

什么才是真实的黑镜？

我们经过无比艰难的途径获取的信息是伪造的，并无任何真实信息。或者，真实信息被掩盖混淆在海量的虚信息之中，难于从中甄别。

这完全颠覆了之前那种高度相似人类的黑镜世界。我们面对的不是持有高科技、战略定位冷酷的黑镜人，而是某种更强大、更可怕的意识虚拟者，一种非人思维主控的、不可测、未知的异类。

它还是黑镜，但异类的危险程度更加恐怖。

谢尔盖说：“它未必有多高明，至少被我们识破了破绽百出的信息阱，而且最终确认，黑镜真实存在某个时空暗域。它控脑影响我们世界的意识。”

情报组负责人说：“分析认为，它是故意让我们识破的，在影像中给了许多可识别的线索暗示，设计出看似自洽却又相悖的信息态。不是通常的信息论，可能属于另一种非物理的意识机理，我们也许遇到了查尔默丝所指的‘困难问题’，目前还无法运用相关的科学原理解释，实际上，我们连解决的思路都没有。以我们现在的科学认知能力、推演计算水平，很难做出正确的解析，无法预测它有何意图和目的。”

安德森说：“它还故意传递信息给我们？”

“是的，它无所顾忌。”

张之良说：“我预感，它传递的某些信息可能就是对我们未来的推演。”

库克悚然失色说：“那些高科技资料，我们未来图景的切片……什么意思？就算我们跨越到未来高科技水平，我们也无法抵御它的侵袭？”

“它如果要入侵控制我们易如反掌，但未来不可测，一切不得而知。”

深远无比的鸿沟，天壤之别的实力差距，一堵无形但广大无边的墙。陷入这种绝境远比神牧众生似蝼蚁还无奈悲惨。有人不禁想及压抑在心中挥之不去但又难言的困惑：我们的世界是否真实存在？是否早已被它控制设计，我们其实也是缸中之脑？

世界如是这样，因果律崩溃，人类已然没有了未来。

众委员木然枯坐，长久默然不语，泛起如坠地狱般的无力抗拒感。

情报组负责人说：“目前我们解析出大约百分之十四的信息，以进度来推算，预计还需要八个月的时间完成全部解析工作。实际情况还有待观察。”

安德森缓口气说：“请继续努力！无论如何我们都要坚持到底，不管信息真假，一切终究会有定论。”

张之良说：“我提议，召集各国高级军事战略研究员进入灵海基地，共同参与情报分析工作。”安德森说：“可以上报高层。但建议人数控制在十人以内，我们只选全球最优秀的精英。同时我们还要再强化信息密闭，严禁泄密。唉……未来失控，后果不堪设想。”

张之良亦是忧心沉重。面对超常的异类控制，谁都难于坦然镇定。

黑镜映照出人类未来图景切片，暗寓着灰烬般可怕的警示。

三个月后，解析组意外发现一个不同寻常的信息盒。

不属于虚拟影像或记忆资料库之列，类似另一种植入顾天云的深层意识信息。该信息盒使用另外的加密方式，也不适用于现有的大脑数字模型解析法。解析组另建一个模型体系进行信息盒解密，历经数月，尝试多种方式，最终以人类基因组排列编码的信息解压方式解锁盒子。

这是一段含有异常信息的影像。时长七分钟，传递出一个惊人的信息。

委员会召开紧急会议，全体委员集中观看该信息影像。

异于顾天云在黑镜世界“历经”的虚拟现实场景，这段影像独立成章，属性不明，类似于简要的纪录片形式。影像的画面模糊，解析度低，没有画外声音，但在影像中植入中文注释。

影像：仿佛深海场景，水中光线晦暗波动，影像变幻莫测，掠过一片形态难辨的海底，跃入深广黝黑的洞穴。画面摇晃坠落，四周的景象呈现无尽的深黑，空洞无物，偶尔闪现类似嶙峋石壁般的物体随着水波扭曲畸变，这些怪异的物体很快消失融入在黑暗背景中。

文字：世界充满未知物意识场，无人能测，我们只能感受到深水下隐藏着可怕的秘密。在幸存者残留的意识体记忆中，它广漠渺沔，冷漠虚无，黑暗不可名状，以你们的方式定义为无处不在的灵怪异类，称作：灵海。

影像：漆黑深水处乍起明灭不定的荧光，无边无际，微光中蠕动着形态难辨之物，无形无相，充斥空间。

文字：遥远的年代，在用你们的文字难于描述的时间边界之前，星球已经被控制改变，成为混沌水世界。灵海一直存在，它主宰我们的命运，影响你们世界的意识体发生微变。我们无法抗拒，沦为灵海的囚徒，它奴役我们的一切，侵入身体、意识和灵魂。

影像：无际的深水中渐渐显出无数具人形体，无尽的、密密麻麻的人体悬浮在水中。人形体皮肤晦暗，五官模糊，呈中性态。荧光闪动瞬间，无数细小变形蠕动的条状之物附着缠绕在人形体上，穿梭体表，钻进人体七窍，深入体内穿行，犹如细微的蛆虫黏寄尸体的情景。

文字：这是虚拟的世界真相，我们的生存拟态，真实的情景不得而知。灵海无处不在，它侵占我们，囚禁星球上所有的生物种族。我们对它一无所知，能感到的仅是所有被奴役的生物沉浸在无尽痛苦轮回的煎熬，灵魂循环燃烧，我们不能死亡，亦不能真正存活。

我们中的幸存者一直在努力寻找逃离被奴役命运的方法，但事件视界闭合，时空法则已定，不可改变，不能违抗，我们无处可走，除了你们的世界。

意识是维系两个世界唯一的通道，但被禁止接触。经过漫长岁月，我们的幸存者尝试联系你们，为此付出惨痛的代价。在你们世界的历史上曾经发生过多次意识场扰动，那是我们发出的警示信息，但由于效应作用微弱紊乱，没能引发你们足够的警觉，直到现在，我们终于收到你们的回应。

两个世界差异巨大，但我们的意识相通，可以共振融合为一体。这是我们努力很久得到的结论。通过你们传递来的意识体，我们确认找到了可行的操作方式。你们解读出这段信息，即证明，我们的意识体可以渗透屏障边界传递到你们的世界。

我们希望与你们的意识体交互共融，合二为一，这是逃离灵海禁锢的唯一选择，也是抵御它的方式。

世界的物理因果律已经闭合。你们终将不可避免地步入我们的后尘。你们接收到的信息是推演未来世界线的结果。我们的时空残留部分历史影像，信息不完整，我们的推演存在误差，但最终的结果不变。在将来某刻，你们的世界必将被灵海全面控制，沦为它的囚徒，两个世界将失去最后的机会。

祝愿我们的意识体交互共融成功，找到逆转未来命运的途径，摆脱灵海控制，让人类获得真实的生存和延续。

影像：显示广袤浩瀚的脑神经网格，无数神经系统结构，分形出无数细微分支，呈线性、星形、锥体形、梨形和圆球状等各种形态，密集交织成网。无数颗粒状的尼氏体形态，充盈神经元纤维之间。两个庞大的神经网络连接共融、纠缠和重叠，形成更密集无际的脑结构网格。

文字：融合为一，共存新生。

影像播放结束。

影像淡化在意识体交互共融那一刻的场景，然后显现色彩鲜红刺目的画面：红色弥漫，渐渐显出一幅人类婴儿的图景。

画面定格：婴儿稚嫩的脸上凝固着一个微笑。

人人死死盯着婴儿的笑脸，会场陷入死寂般的沉默。

“再放一遍。”窒息片刻后，安德森提出要求。

影像重新播发，七分钟结束，再次显出婴儿的笑。

婴儿的笑容天真无邪，纯洁似天使。但在此刻的众人看来，却犹如见到死神拉开斗篷露出狰狞的骷髅面孔，令人毛骨悚然，人人的呼吸再次为之停滞。谢尔盖要求再重播一遍影像，仔细观看揣摩。会场中有人不由得垂低视线避开影像，但婴儿的笑顽固烙印在余光中，触发强烈不适感，导致阵阵晕眩。

从此后，“婴儿的笑”成为缠绕在他们每个人心头挥之不去的梦魇。

“灵海！它难道类似于非实体的玻尔兹曼大脑？”

“它就是宇宙永恒的意识主宰？”

“异类虚拟者制造的虚信息？还是黑镜人的真实状态？”

“这不是真相，不可信，绝不能相信……”

众委员瞬间有种猝不及防的重击感，不禁流露仓皇困惑的表情，但内心偏偏预感不祥。往往最糟的状况就是真实状况，无可置疑的未来困境。

我们只是生存在一颗普通恒星系的一个小行星上，而这颗恒星淹没于包含了几千亿颗恒星的一个星系里，还有另外的恒星在其他亿万个星系中，此外还有无穷多的宇宙。为什么在这如此庞大浩瀚、无法想象的一个宇宙中，我们竟然遭遇如此可怕的困境？我们的生命为何而存在？世界的真相如何？我们的未来终于何处？

黑镜人是另一世界真实存在的意识体？

他们将入侵我们的世界！

意识渗透入侵！

“这是虚信息恐吓，它干扰误导我们。”库克颤声说，“在世界各地，我们没收到任何异常的意识被入侵的报告。一切有待深度分析验证，我们不要被吓倒，别自乱了阵脚。”

“以前有，现在有，未来将会更多。”谢尔盖的嘴角神经质抖动一下。

“在灵海暗域之外，那些可能只是精神病人，疯子。”马丁像是哮喘病发作那样急促呼吸，发出窒息般的声音，“一切都是假象，不可信。”

“镇定！别再做自我告慰了，清醒面对吧！”安德森摇头叹息，“我们以最坏的情况做计划部署，没什么可逃避的。”

康妮问：“怎么部署？怎么防御入侵？”

“假设异类主宰控制了黑镜世界，黑镜人将大举入侵我们的世界，以意识体投射入侵的方式。我们就以此做针对性的防御部署，总会有办法。”

“办法？戴上 Max 的头盔躲到地下掩体，太荒诞了，噢！请各位谅解我的失态。好吧！先不管什么异类主宰，对这份黑镜人的入侵宣告，我们还能做些什么？实际上他们早就入侵了，信息传递来这么久，该死！我们现在才看到。”

“黑镜人？不！”谢尔盖盯着婴儿，“它们绝非人类，它们就是异类。”

“恐怖的外星难民潮。噢，我主基督！”库克绞着手痛苦呻吟。

谁能想到，外星异类不是驾驶肮脏的太空舰队跨越星际过来，而是意识入侵我们的大脑，从另一个时空无形侵占我们的身体，宰割我们的脑神经，掠夺我们的意识，我们的身份、生活，我们的妻子、儿女……任何最先进的武器都毫无用处，它们迫近，我们无可抵御，束手无措交出大脑？见鬼的共融新生！

“毋庸置疑。它们已入侵，入侵世界上任何一个能侵占的人类意识，渗透我们的世界，改变意识形态。”张之良抬手指了指他皱纹密布的额头，又指着定格画面上的婴儿，“假如入侵成年人的意识有排斥障碍，它们就对幼儿下手，入侵我们的孩子，摧毁人类未来的希望。”

看着影像中婴儿的笑，众人犹如被重击一拳、扼紧脖子、挤压咽喉。

“孩子……天啊！太可怕了。”康妮惊呼。

“全球每年有多少新生儿？几千万？”谢尔盖问。

“约一亿三千万人……上帝啊！”安德森看着婴儿的笑，恍惚失神。

没有爆发预想中的黑镜战争，但毁人于无形。用不了多长的时间，一代、两代、三代人过后，掌控我们世界的将是黑镜异类。

张之良环视众委员缓缓说：“振作起来，我们到了最危险的时候，时间刻不容缓，我们必须反击，必须建立严密的大脑隔离区，筑起意识的防火墙。”

会场静默。

一位委员突然爆发：“去他的黑镜！去他的异类！去他的！”脱口而出

的咒骂是此刻对黑镜入侵唯一能做的反击，否则就被深恐无力的绝望淹没。

愤怒、惊急、恐惧、迷惘、彷徨、沮丧、绝望……糅合一切词汇都不足以形容委员心理异常态的万分之一。

“强者生存，人类文明生于挑战！”

委员会首席中一位不具名而使用C5作为代号的委员说：“在原始丛林时代，我们最大的敌人是尖齿利爪强壮的野兽，噬我们为充饥之物，但我们披荆斩棘最终走出丛林，建立国家，共建文明社会。现在我们遇到更强大的敌人，同样无所畏惧。不要被它的宏大无形吓倒，深感自身的渺小，我们就脆弱地失去了血性的战斗精神，失去对未来把握的勇气和信心。在危亡之际，容不得我们有半点的颓废、懦弱、恐惧。我们曾经走过血与火考验的历史，屡屡历经极端困境的淬炼，我们早就习惯了临危不惧，非危不战。现在我们要做的，就是沉下气来，在今后的每一刻严阵以待，肃整全军、全国、全球之力展开防御反击。我们排除万难，拿出决心来打一场实力不对称的硬仗，至死方休的死战。无论付出什么代价，牺牲多大，我们都要牢牢守住家园，守卫人类文明，捍卫尊严，绝不屈服，置死地而后生，争取最终的胜利！”

声音平静，坚定不移，在婴儿的笑容暗影笼罩中支撑住濒临崩溃的信念。

“今天，我们无路可退，我们只有一个地球，我们为未来而战！”

第 19 章 新生回归

抚仙湖，清晨。

湖上起风，水浪晃动着一艘渔船。

林老二从湖里收着渔网抱怨说：“捞个腰酸背痛，才整起半桶虾仔，还不够老子下酒塞牙的，整不成咯！以前湖里的鱼多得排队游，在水边洗个蒸饭桶，都能套起拐子长的青鱼……哇，好重！”说话间渔网陡然一沉，勒得他手掌生疼。眼见湖面上气泡翻涌不止，“是条大鱼。”他惊叫着，急忙使劲拖网，却是重得吓人，不禁欢喜喊道，“妈咧！总算逮了个大家伙，上鱼叉。”

林老三忙不迭地抄起大铁钎准备叉鱼，紧盯着湖水下渔网里的影子，拉足架势正要动手，突然发觉不对劲，“嗬！是个人！”

渔网里的人露出水面，硬邦邦的，看似溺水身亡的人。

两人手忙脚乱地将其拖上船，摆平了一看，见这尸体的脸嘴煞白，左眼窝少了颗眼珠子，浑身就像冷库里的冻猪肉一样裹着层冰霜，瞧着瘆人。大清早的居然捞了具死尸，也太晦气，狗咬尿泡——空欢喜一场。

“回去吧！报警。”林老二沮丧地搓搓手，点支烟抽上。

“看他样子还小，才十几岁，歹命了。”林老三划着船说，“下湖玩水也不注意点儿，唉！这下谁家的爹妈要多难受。怪了，他咋会淹得像坨冰？”

林老三瞥眼说：“你晓不得嘎？湖里百把米深，底下阴飕飕的，自古以来淹死的人都难漂起来，沉了湖底冻着不化。听队上的王老五说，早些年他也捞起过这种冰尸，还穿着古人的袍子呢，尸身上也是披了层霜，嘿，太阳一晒就化成了一摊臭水，闻了吐个翻江倒海……”他忽然收声，眼睛瞪大。

林老二看去，见船板上的死尸湿淋淋的，白霜消融，脸上的皮肉泛起点红润，嘴唇似乎在微微抖动。

“喔呀！还活着呢，吓死人了。”两人赶忙上前施救。

郭海在溶洞水潭下失踪了四百七十二天，离奇地被渔民从湖里捞上来。他还活着，随后被送往医院救治。

他的生命体征平稳，机体功能正常，但处于深度昏迷状态。经诊断，为缺氧性脑损害，除保留一些本能的神经反射和代谢能力外，他没有了意识、知觉、思维等人类特有的高级神经活动，丧失主动饮食能力，偶尔有吞咽和咀嚼的动作，大小便失禁，只能躺在床上由护理员照料。他的脑电图呈杂散的波形。

他的意识世界混沌，呈现模糊一团的状态。

卧床四十二天后，他的脑电图渐渐有了高波幅慢波，出现个偶然的 α 节律。

他的意识世界在萌动。

一片茫茫渺渺的地域，忽然闪现，一个男人和一个怀孕的女人。

母体中的婴儿意识昏昏然，荡漾在子宫羊膜腔内的羊水中。胀大的羊膜壁挤压着他，震颤着，蠕动的腔体发亮、变薄，血液冲激血管壁发出咕噜声。子宫骤然收缩、扩展，一阵阵压迫婴儿，母体血清的透析物质迅速流失。

黑暗笼罩着的混沌初开，一刹那，女人孕育的生命降生在虚空。婴儿像发光物般照亮四野，但光芒微弱，一切景象影影绰绰的，隐约照亮女人那惶惑不安的脸的轮廓和男人从木然转为惊讶的神情。背景深沉漆黑，男人慈爱地注视着婴儿，将他抱起来辨认着说：“要有光！”

混沌天际忽然就有了光，光束照耀大地、照耀在婴儿的身上，光洁神圣。

意识世界中万物初生，生命的灵气充盈天地。

缅甸，钦邦山区昂巴镇。

阿苏拉坐在电视机前无精打采，一阵胸闷冒虚汗。天气预报说下午有暴雨，老天！真是个难得的好消息。

东南亚地区爆发了史上最极端的天气，先是五月初的热带强风暴肆虐，“纳尔吉斯”登陆缅甸伊洛瓦底省，袭击南部海岸线多个地区，超过十万人死亡，百万人无家可归；大片农业地带成熟的稻米被毁，导致严重的粮食短缺，饥荒危机持续至今未能缓解。随后爆发大旱灾，持续到十一月份，纳木河几近枯竭，露出像野狗啃过的肋骨般的河床。

见鬼的老天，终于要下雨了。

阿苏拉瞥眼窗外，却又有些怀疑。午后阳光炽烈，窗檐下凉篷布低垂，软塌塌的一动不动，看状况不像要有大雨来临。这时，他见一个孕妇独自走来。

孕妇捧着高隆的肚子，踉踉跄跄的，脸色苍白得可怕，向他投来痛苦求助的目光。作为吴帕医生诊所的医务助理，阿苏拉赶紧过去搀扶孕妇进入候诊区，做了简单的登记。孕妇紧闭嘴唇，表情痛苦。她似乎丧失了全部的力气，所以讲不出话来。很显然，她快要生了。阿苏拉扶她上医疗床做临产检查，常规清洗、备皮、指检……宫口开了约四指，离分娩还有段时间，她还得在宫缩阵痛中煎熬一阵子。

“请稍等！医生处理完手上的事，马上就来。”阿苏拉安慰她。

她从挎包里抽出一沓现钞递给阿苏拉，躺在床上喘气，汗流湿透衬衫，默默忍受着分娩前的巨大痛苦。阿苏拉心不在焉地坐下看电视，瞥眼这个莫名出现的孕妇，感到有些奇怪，她从哪里来？昂巴镇很小，他以前从没见过这女人。

她的模样看起来像是果敢族的华人。脸蛋不错，衣装精致，带着法国名牌挎包。阿苏拉猜测她远从城里来，也许是某个老板的情人。她怀了小孩，要偷偷生下来讹诈老板一笔钱，不然她不会到这偏僻的地方来生产。她可能打听过吴帕医生是行内有名的“熟手”，收费低廉，做事麻利且低调。

太阳炙烤着大地，没有一丝风吹过的迹象。

午饭后，吴帕医生把杜埃护士叫进屋，锁紧了门。隔着墙壁，阿苏拉能想象到在那张老式木床上，脖子上挂着听诊器晃荡的身体在滋滋冒汗的情景。

电视新闻频道不停地滚动播报本月要闻：

奥巴马当选第五十六届美国总统；俄罗斯太平洋舰队一艘核潜艇试航时发生事故，造成艇上二十多人死亡；奋进号航天飞机搭载七名宇航员飞往国际空间站；印度西部港口城市孟买发生连环爆炸事件……法国方面表示，不会把救援物资交给缅甸军政府，将会把食物和药品直接送到灾民手中……

这真是个福音，对于失去家园的难民，值得庆幸！阿苏拉心想。

西边天际，大团雷暴云渐渐累积，云中迸发出闪电。

蓦然，传来奇怪的响动。阿苏拉回头，见孕妇从床上滚落在地。他急忙跑过去查看。孕妇的身体激烈地挣扎扭动，活像一条生吞豪猪后腹部高隆的巨蟒，快要被豪猪的尖刺戳破肚皮。她看起来很痛，嘴巴呛出黏稠的涎水，双手胡乱撕扯着衣裳，手指抓挠，就像要撕开胀圆欲裂的肚皮。

阿苏拉急忙按住她的手，“忍着点儿，我去叫医生。”

突然，肚皮波动，一处皮肤隆起来，呈现出一个清晰的手印，手印划过肚皮，在皮下游走。看似胎儿在子宫里举手向上撑起来。给人一种错觉，胎儿要破开她的肚皮，从她身体里钻出来。

这情景有些不寻常，阿苏拉莫名惊悸。

“啊！”孕妇发出尖锐的惨叫，反手紧紧抓住阿拉苏。她挺起腹部，双脚颤抖，羊水从身下哗地急涌出来。房间里弥漫着刺鼻的腥味。

“吴帕医生，吴帕医生！”阿苏拉不禁喊叫，“快来啊……”

羊水汹涌流淌，更糟的是，一条脐带露出来缠在她的腿间。

宫腔内压力过高，胎膜破裂后羊水急流，导致脐带越过胎儿，先脱出到了体外。

“吴帕医生……”阿苏拉惊慌大喊。他首次遇到脐带脱垂的紧急状况。

孕妇的腹部发出怪异声响，产道口喷涌出一团团浑浊的沫子，噗噗闷响，就像海底火山爆发。

房门打开。吴帕医生和杜埃护士冲过来。

“天啊！”阿苏拉脚一软坐到地上，嘴皮颤抖不停。

吴帕医生给孕妇做了紧急检查。胎心尚存，但脐带受产道挤压，血循环受阻，胎儿缺氧，必须快速进行分娩，否则将胎死宫内。“上手术台，准备剖宫产。”

消毒、备血、青霉素试敏、上导尿管、注射麻醉……

孕妇的血压过低，心跳不稳。

暴雨云堆积天空，蓝天很快被吞噬。天光蓦然暗淡。

“好像没胎心了。”阿苏拉指压脐带，感觉搏动渐渐消失。

吴帕医生镇静地拿起手术刀划开孕妇的肚皮，用手移开她的胃肠，准确找到子宫，然后找好适合的位置，一刀切透子宫壁。

子宫蓦地抽搐一下，突然波浪般起伏蠕动。

阿苏拉头皮发麻，感觉那里面不像是个婴儿，而像个怪物，它被淋上汽油灼烧，在烈烈火焰中挣扎嘶号。

乌云滚滚压在屋顶上，簌簌闪动电光，暴雨骤然急下。

一场特大暴风雨降临，猛烈程度超过1957年的那场暴雨。那年，阿苏拉的爷爷死于山洪泥石流爆发，他家的房屋被毁，村庄的树木被连根拔起。

“噼噼啪啪……”雨点密集抽打下来。狂风呼啸。

无影灯忽然熄灭，室内陷入一片昏暗。“啊！”阿苏拉惊呼一声。

吴帕医生呵斥他：“慌什么？临场失控，你永远成不了合格的医生。”

杜埃护士点亮了备用安全灯。

吴帕医生老练地转动胎儿，以专业的手法慢慢拉出来，将胎儿递给阿苏拉，随即为孕妇缝合伤口。阿苏拉接过胎儿，剥离胎衣、清洁。

是个女婴。她受羊水浸泡，皮肤看上去有点怪。在幽幽灯光照射下，她显得比较苍白，看起来仿佛一具蜡像。她紧闭双眼，遍体黏糊糊的。阿苏拉隔着橡胶手套触感到她的体温有些低，冰凉得好像捧着雪地里的一块石头。

他怀疑婴儿已死亡，正要检查，突然手指被握住。

她伸着皮肤褶皱的手臂，湿漉漉的小手紧紧抓住他的食指。

阿苏拉不禁打个寒战，遍体汗毛悚立。

天际，黑云堆积，搅成一个巨大的旋涡，仿佛宇宙深空的双螺旋臂星云。

西南军区总医院。

詹崇喜冲出电梯跑到妇产科前台，气喘吁吁地将购买来的待产包递给护士。他抹了把汗，待产包三百多块还挺贵。当然花这点儿钱无所谓，在将要抱娃儿的喜悦心情下完全不值一提。“老婆，坚持住，加油……”他冲产房大喊。

很快，他就被护士劝阻去产房外的家属等候区。这里集聚了一群等待老婆生产的男人，大家围坐一堆攀谈，抽支烟的工夫就熟悉了，谈笑风生。到医院唯一值得高兴的事就是生娃，大家激动紧张，兴奋地期待新生命的降临。

詹崇喜坐不住，一圈一圈地踱步，活像眼前挂了捆青草的拉磨毛驴。

“老詹，坐下吧，转得人头晕。”有人说，“你老婆还早呢，宫口才开两指，约莫着怎么都得三四个小时，你要磨穿鞋底嘎？”

“是啊，是啊，沉不住气了。”詹崇喜坐下探头看着产房。心疼啊，隔着产房他仿佛能感应到老婆的痛苦呻吟。

“你喜欢男孩，还是女孩？”有人问。

“都高兴，最好是女孩。”

“嘴硬，你心里肯定想要男孩。”有人笑说，“从早上到现在生了三个男的，五个女的，按概率的话，接下来该是个男孩了吧，但愿轮到我老婆。”

“哪能这样算概率？”有人摇头说，“护士说，上个月有一天连着生了七个女娃，凑成了七仙女。这事没准儿，还得看运气。”

“我真心喜欢女孩。”詹崇喜说，“女孩好，爸爸的贴心小棉袄。”

“据说女儿还是父亲上辈子的情人，隔世情缘。”有人附和说。

“那等你家生了男的，跟我家换。”有人起哄。

“谁舍得？不管男女，都是爹妈的心头肉。”

闲话间听到产房传来高亢尖锐的叫声，隔着产房两道门也清晰可闻，男人们不禁纷纷侧耳倾听。“呀！我媳妇。”詹崇喜立刻辨出来，窜到产房门口冲着里头大喊：“老婆，老婆……”

“瞧他家这大嗓门，不愧是当兵的，男女都能吼。”大家笑起来。

护士再次拦住詹崇喜，让他少安毋躁，但递了个话说是上产床要生了。

这么快？听着从产房内持续传来的一声赶一声的叫声，苦痛凄厉。詹崇喜既激动又紧张不安，更是一阵阵惶惶揪心。十多分钟后只听爆发出撕裂般的惨叫。他不禁眼窝发红，心疼得差点儿落泪。

生了。护士通知他去新生儿监护病房。

四个暖箱安置在病床边。妈妈们产后躺在病床上，都在转头关注着自己的孩子。新生婴儿好似冬眠的太空人，被放置在玻璃罩舱内静静安眠。暖箱为新生儿提供舒适的环境，设有椭圆形的窗户，医护人员通过窗口进行护理。控制面板红色液晶显示实时温度 32 摄氏度。恒温恒湿，连接监护仪器监测着婴儿的体温、心跳、呼吸、血压、脑功能等生命体征状况。

“宝贝，爸爸的小宝宝……”詹崇喜贴紧暖箱，目不转睛地看着女儿呼唤，心头百感交集。她套着纸尿裤熟睡，肌肤粉红，发丝茸茸。可爱至极的小天使。她忽然惊醒，睁开眼，眼眸黑溜溜。她的嘴角微翘，恍然微笑。

“笑了，她对我笑了，哈！”

恍如世界最美妙的花绽放在心底，这一刻，詹崇喜深深感到女儿是他生命中的最爱，他要永远呵护她，疼她，爱她！谁敢伤害她丝毫，要和他拼命！

这天，医院妇产科接生了十一个婴儿。

英国，德比郡伯顿市。一个试管婴儿顺利出生。

萝拉的卵巢异常，多年不孕，她接受冷冻卵子受精植入手术，生下健康的宝贝。她终于成为了一位母亲。医学专家是用十八年前捐献者冷冻的卵子成功让萝拉怀孕的，这创下了英国医学史上的一项纪录。非常神奇，医生风趣地说这就像是来自1990年的超时空婴儿。

伦敦东部的伍尔维奇，一对黑人夫妇喜得他们的第三个孩子。

母亲凯瑟琳，二十九岁，来自非洲的尼日利亚。让人感到意外的是，新生儿居然是个典型的白种人，长着漂亮的蓝眼睛和卷发。医生称，母女不同种族的现象极罕见，发生概率仅为百万分之一。凯瑟琳很可能携带有隐性白皙皮肤的基因，隐性基因遗传导致女儿成为白种人。

女儿有些不同寻常，但健康可爱，凯瑟琳深爱着她。

美国德州达拉斯市，梅特·卡尔芙产下四胞胎。

分娩过程顺利，婴儿在六分钟内先后平安降生。最早得知怀孕的那瞬间，梅特就有种奇妙的预感，她告诉丈夫罗伯特，感觉肚中的婴儿非同寻常。后来的检查结果验证了她的预感，全家人惊喜不已。父母双方都没有多胞胎的家族史，谁都没想到她能怀上四胞胎，就像中了彩票大奖，简直是个奇迹。

按概率，全世界每350万人以上才可能出现一例全男或全女的四胞胎。

佛州奥兰多儿童医院降生一名新生儿，天生无鼻。

她名叫伊娃·安妮·莫斯，身体非常健康，但唯独有一处与众不同，她没有鼻子。这个鲜活的小生命降生后，艰难张着嘴，奋力呼吸着人生第一口空气。她在努力活着。

这种先天性无鼻症的发生率仅为两亿分之一。伊娃出生后一周，医生为她进行了气管造口术，并通过颅骨手术打通鼻腔，以协助她呼吸。由于伊娃的身体缺陷，她在哭闹时不会发出声音，妈妈不得不时刻注意她的一举一动，每天精心呵护、照料她。父母爱极了伊娃，妈妈称她为美丽的精灵公主。

……

据美国商务部统计局的统计，2009 年 1 月份，美国出生人口约 34 万人，全年新生儿总数为 388 万人。全世界每隔 0.24 秒新生一个婴儿，每分钟新生约 253 人，每天新生人数为 365,248.8 人。

2009 年，全球新生儿约为 1.33 亿。

2010 年，全球新生儿约为 1.56 亿。

灵海基地，2011 年 7 月。

这天，一行人进入基地的地面附属医疗部大楼，来到康复中心的一处专用隔离区，在观察室肃穆而坐，等待迎接顾天云。经过医疗组的全面检查评测，他今天出院回家疗养。

来人中有中方代表张之良副主任，战略研究部的戚维江少将。还有英国代表康妮女士、德国代表库克、日本代表冈山、俄罗斯代表沙托夫、美国代表安德森，随行数名机要秘书。众多警卫在楼层各处增加临时警戒位。

“张副主任，您好！”梅婷医师说，“请稍等，完成一组康复训练后，他就可以出来了。”

张之良微微点头，稳重的目光关切地看向观察室的液晶显示屏。

画面显示顾天云的活动影像。他浸在一个医疗训练温水池中，一套高级自动机械理疗仪辅助着他在水中做着四肢屈伸运动。周围有数名医生和护理师陪护，池中设有各种先进的医疗训练设备，这是专为顾天云特殊设计的治疗方案之一，以促进机体损伤的恢复，提高他的动作控制、平衡和协调能力。温水的阻力、静压和浮力作用还可以使他放松肌肉，增强心血管功能，锻炼呼吸肌，缓解他的神经疼痛。

“喔！太瘦了，就剩一副骨架。”安德森专注看着，不禁心悸喟叹。

顾天云瘦削不堪，脸皮蜡黄，几乎看不出血色，他的口角歪斜，两颊凹陷，颧骨凸起，近似骷髅，与原貌相比是完全走样了。他像是一具没有生机活力的木偶人，形态枯槁，随着机械的牵引重复着动作，缓缓收拢手和脚，再慢慢伸展开。他的肌肉萎缩严重，肢体就像枯枝削成的船桨在水中微弱划动着，粼粼水波中，肋骨凸起，一条条清晰可见。

“这样回家行吗？”安德森问，“不能等治疗恢复得更好一些？”

“以目前的医疗技术，只能做到这样了。”梅婷医师露出愧疚之色，“医疗部能做到的都尽力做了，在这里已经没多大的作用。往后他需要的是一个漫长的恢复期，我们为他专门配备了医护小组随同他回家，用最好的设备和药物，为他进行长期的康复护理。将来如果出现新的医疗技术，我们第一时间为他治疗。”

张之良说：“治疗期太长，唉！让他回家可能更好一些。”

四年里，顾天云经过大小手术治疗共十多次，已经是康复的最好水平了。

他的脑神经损伤后遗症严重，导致不完全性瘫痪、全身肌肉萎缩和呼吸系统功能衰竭，还造成了认知障碍、言语障碍，包括注意力、记忆力、思维能力等都严重受损。医疗部采用最先进的疗法，激活修复因子进入血管，穿透脑屏障进入病灶部位，促使脑细胞、黑质细胞和神经胶质细胞再生，修复了他的部分脑神经损伤。但有些神经细胞活性不能再生，损伤不可逆，目前尚未有更好的疗法，只能进行长期疗养康复。

“他的心理状态怎么样？”安德森察觉到他目光呆滞。

顾天云的眼窝深陷，眼瞳无神，木刻似的，很少转动，已然失去了以前那种旺盛的生命力光泽，尽透压抑的麻木之色。

他的右眼球损伤严重，视力微弱，视野中心不能视物。两次眼球手术，清除了异常血管和损坏组织，激光封闭了视网膜上的裂孔。两个月前，医疗部研究组采集他的皮肤细胞，经诱导因子处理制成干细胞，培育出视网膜细胞层，为他进行了移植手术。效果不错，他的视力在逐渐恢复中。

“情绪一直都保持稳定，他很平静。”梅婷迟疑下说，“沉静得有些特别，超出了心理专家对他的预估。”

“噢！他这种表现正常吗？”

“不确定。尽管他通过了常规心理测验，但专家认为，他过度平静的情绪还是有些反常，不仅是脑神经损伤后遗症的缘故。他似乎对外界事物失去了兴趣，沉默寡言，有些自闭症的征兆。还有待以后观察，进行心理辅导治疗。”

“能不能恢复如初？”

“很难，需要长时间来慢慢康复，还有就是期待将来的新技术。”

“他还记得多少事？”

“基本空白，记忆混乱模糊，约是大脑受损前百分之十五的水平。”

顾天云的头皮精光，头颅上明显可见开颅手术遗留的瘢痕，头皮有秃斑，像是遭到电极灼烧的伤痕。

“他承受身体极度痛苦的磨难，表现出超越想象的惊人忍耐力。”冈山肃然说，“他是我所见过的最优秀的军人，令人万分敬佩。”

“具有钢铁般的意志，信仰坚定，高度忠诚于组织。”戚维江少将说。

安德森摇头不语。在此刻难以评价顾天云。他是真正的军魂。

张之良说：“各位都看过我方提交的报告。实际上，身体的损伤还可以治疗恢复，但大脑和心理问题巨大。他的记忆紊乱，苏醒后，一直处于虚幻与现实交织难辨的错乱恍惚状态中，意识濒临崩溃，几乎摧毁了他。我提议，能否让他获知一部分涉密信息，以促进心理康复，让他摆脱痛苦的意识困境。”

库克说：“但你们已决定让他回家疗养，今后不再参与 BMD 计划。根据保密条例规定，他不能涉及密封信息。”

“是否可以酌情考虑？”

“那就现场表决吧！”俄罗斯代表沙托夫说，“我不赞同对他解密。”

“我也不赞同。”安德森摊手说，“很遗憾，但我只能这样表态。”

“我弃权！”康妮踌躇了下说。

冈山说：“基于安全准则考虑，我不能赞同解密。他贡献卓越，但这是军人应有的素质和责任，为国效力万死不辞。换了我，我也会坦然接受这样的决定，服从一切命令和规定，我相信，他本人也会同意我的观点。”

库克说：“是的，在极端的危机下，我们都不得不做出正确的选择，尽管这样真的非常糟。愿上帝与他同在，赐福他平安！”

张之良默然，缓缓点头，目光为之黯淡。

顾天云出来了，梅婷医师推着特制的轮椅载着他过来。

在座众人纷纷起立，注目致敬。

他的身躯佝偻枯瘦，显得衣服有些宽大，他萎靡蜷缩在轮椅上，膝盖上搭着毛毯，看不见他骨瘦如柴的双腿。在众人的注目下，他神态几乎没什么变化，呆滞依旧，那失去神采的瞳仁微微一动，意味着他尚存迟钝的心理意识反应。

辨识片刻后，他认出了安德森，歪斜的嘴轻轻抽搐，嘴角流涎。

梅婷为他悉心地擦拭流出的口水。

安德森搂了搂顾天云的肩膀，扶正他瘫软的身躯。他的骨架粗大，肩胛如衣架般支撑着他熔蜡状的躯体。

“顾天云同志，你辛苦了！”张之良举起左手，向顾天云行军礼。

在那次控脑袭击事故中，张之良失去了右手，手肘以下截肢，此刻只能用左手行军礼，但动作同样标准。他肃穆庄严地注视着顾天云。

安德森随之敬礼，其他人也纷纷致敬。此刻无声，胜过千言万语。

顾天云过了一会儿才反应过来，他用力抬起手行礼。手臂羸弱，歪歪斜斜的动作不成形。他怔愣着眼角，耷拉的嘴又流出口水。

他神色沉静，眉峰萧索，没什么变化。无喜无悲，仿佛消尽了星辰的夜空。

“你出色地完成了任务，今天卸下肩负的使命，我们送你回家。”

顾天云听懂了这句话的含义，微微点头。语言发声障碍让他没法回答。往后他还需要进行气管关闭能力的肌肉训练，医生估计在几年后他可以逐步恢复发音和说话能力。

他此刻的认知感异常恍惚，思维惘然空洞，如同一座系统故障严重的射电望远镜基站，无法再灵敏地搜索、接收到太空发来的信号。他的意识中仅残留着一些紊乱扭曲的记忆画面，仿佛揉皱了的电影胶片所播放的无序影像般恍惚抖动，又似庄周梦蝶，世界模糊不真切。他似乎还徜徉在另一个遥远深邃的时空之中，困惑沉沦。

戚维江说：“按规定和保密条例，你回家后有关安全部门要监听你的通信，监控范围包括但不限于你的家庭电话、手机、电子邮件以及你的日常活动等。监控期限不限，以后，如果你遇到特殊情况、发生外界窃密事件，请你立刻汇报，我是你的直接联系人。我们为你增派警卫，以保障你的人身安全。”

顾天云恍然听着指令，颤动般频频点头，吃力地理解着话义。

“离开灵海基地后，你所经历的一切都将成为绝密。今后未经组织同意，不得私自谈论，如发生任何泄密情况，以违反军事纪律处置；以后，如果你回忆起一些涉密信息，不要深思，不做多想，不能谈论，以免引起意识混乱，给你造成思想负担。你要相信组织，安心疗养，早日恢复身体健康，正常生活。”

随后，俄罗斯代表沙托夫说：“因为信息密封，谢尔盖最初不完全知道你执行任务的真实情况，对你造成了一些额外的伤害。他现在莫斯科执行任务，不能来为你送行，他委托我向你致歉，并为对你所做的深感内疚。”沙托夫打开一个锦盒，盒子里放着一枚勋章，“这是总统嘉奖的勋章，我国安全人员的至高荣誉。谢尔盖赠送给你作纪念，对你表达最高的敬意。”

梅婷替顾天云收下勋章。沙托夫肃立行礼致敬。

片刻后，顾天云慢慢抬起手回礼，平静呆滞的目光微有变化。

离开医疗部大楼乘车。护送车队通过一道道警戒线和岗亭，驶向基地外。

顾天云透过深色厚实的车窗玻璃，怔怔空泛地注视窗外。路两边的树木遮掩，一栋栋建筑物往后倒退，恍然如褪色的旧时光倒流。

张之良坐在一旁，神情憔悴，目光沧桑，悲悯地看着他。

车队通过最后一道岗亭的检查，驶出灵海基地大门。

四年时间过去，外面的世界没多大的变化，盘山路陈旧了些，路基经过运载车辆的车轮碾压，呈现凹陷和裂痕。山野静悄悄的，一群林鸟啾啾鸣叫着飞过天际，蓝天明朗澄净。

顾天云楸然惊觉，他沉静了好一阵没想起女儿，仿佛忘了回家的事。

“三十年前，我来县一中拜访你的母亲，见过你。”张之良看着他，目露慈爱地说，“那时你上四年级吧！个头比同龄人高一截，差不多和你母亲齐肩高了，只是有点认生，怕和陌生人说话，你可能记不得了。我来是想劝你母亲返回南开任教，但她考虑后，最终还是选择留在了这里。”

顾天云愣了会儿，有些奇怪，他居然对这事依稀还有点印象，不觉点头。

他很难想起近在眼前的事，但却隐约记得多年前那天的情景：校园来了几位外地人，挤在狭窄的教职工宿舍和母亲长谈好久，大约就是平反了，请母亲去大城市工作。他们带来很多礼物，饼干、糖果、衣物、生活用品。这些遥远的记忆似乎还深刻存在，他恍然记得那天母亲送别了客人，在校园里的那棵老槐树下坐了好一阵。时值槐花挂枝，花开正浓，母亲对他说：有些话是时候告诉你了，关于你爸的事。

“渤海之滨，白河之津，巍巍我南开精神……”

母亲爱抚着他，手掌粗粝扎手。槐花一树霜白，清香淡淡。

张之良说：“那时在南开，你母亲是历史老师，我和妻子与你父亲同在化学系任教。运动开始后一些老师被定为特务嫌疑，我们被隔离审判、批斗。

你父亲看不过去，挺身为我们仗义执言，却惨遭不幸。唉，往事沧桑，一言难尽啊！”

那年夏，“红色革命”风暴横扫全国，很快发展成“打倒一切”的大内乱。

南开大学无比酷热。校东门路两旁搭起席棚，写了百余人的各种罪状，以丑化的画像形式示众。知识分子被画成奇形怪状的丑像。学校广播发出严厉之声：“你们是反动学术权威，你们是特务，是历史的，也是现行的。命令你们向人民低头认罪，不老实交代，只有死路一条。”广播响彻校园上空，轮番点名，“张之良、陈林玉、高仰云、陈荣梯、许政扬、吴恕求、陈天池……”一个个反动学术权威被点名揪出来，拘审交代问题。教学楼被改成“红反楼”，专门用于拘押、毒打“反动派”。

革命如火如荼，焚烧着查抄来的堆积如山的书籍。“革命小将”逼迫从事戏曲研究的华教授，亲手烧毁他珍藏的从清末到新中国成立的唱片，勒令历史老师烧历史书，中华书局版的《二十四史》，辅仁大学印的《大学》《明史》《中庸》《论语》；逼迫数学教授用铁锹捣毁烧掉数学书。一摞摞珍贵的原版英文数学书被堆起来焚烧，整整烧了两天，浓烟弥漫笼罩南开园。

张之良、陈林玉夫妇从法国留学归来，时任南开大学化学系教授。此外回国任教化学系的老师还有何炳林、陈茹玉夫妇（留美发明了离子交换剂，影响深远）；陈荣梯教授（留美印第安大学获化学博士学位，后在芝加哥大学进行低温研究，从事原子能委员会的研究工作。回国从事热力学、动力学、配位化学及络位化学方面的教学和研究工作）；陈天池教授，化学系主任，元素有机化学研究所所长（路易斯安那大学主修有机化学，辅修数学，获博士学位后又去科罗拉多大学做博士后研究员）；吴恕求，化学系青年教师（留学苏联，妻子为俄籍，被诬为苏修特务后服毒自杀）。

化学系和其他系归国的老师，被扣上里通外国的帽子，打成敌特嫌疑，被关押、遭批斗，受尽侮辱、毒打等折磨。陈天池教授受不住摧残，在厕所上吊自杀。在史无前例的运动中，南开园遭迫害的学者超过百人。他们遭隔离、逼供审问、抄家，被戴上高帽子批斗游行，挂牌扫地，关牛棚劳改。

“儿子，你要记住那天，1971年的8月24号。那天你爸被打死了。那时，我怀了你不到四个月。”母亲章含钰对他说。声音平静如海，但谁能知道在平静海洋下隐藏着怎样的急流旋涡？

那天的情景就在母亲的讲述中徐徐展开，掀开沉重的历史帷幕的一角。

那时，章含钰和顾卫民住在学校附近的西柏树村一处简陋的单元房，厨房是简易搭建的。午饭时分，厨房里飘出一阵阵菜香，让章含钰刻骨铭心。炉火正旺，那是顾卫民为她炖的一锅飘香的鸡汤。孕期前两月，她一直害口，妊娠反应强烈，吃啥吐啥。她跟丈夫打趣说："怕是男孩了，调皮捣蛋，真让人劳神。"顾卫民憨实笑着，刷锅烧水，为她做豆腐鱼。他从瓦缸里捉起青鱼把鱼摔晕在地，处理干净后放入滚水锅。几分钟后把鱼肉捞进碗，撒些葱花，放一层用炭火烤香的干椒，盖上鲜豆腐，浇一勺热油汤，腾起一股喷香鲜美的烟。章含钰闻到香，有了好胃口。

"那是你爸的拿手好菜。他早年在老家吃惯了鱼，从屋后的湖里网几条现做，这道菜他做得熟。你爸做什么菜都好吃，比我会做家务活。"

鱼和鸡汤热腾腾地摆上桌。顾卫民悉心剔出鱼刺夹给她，看着她吃下。

他来自西南小县城的一个渔村，南开毕业后留校任教，是个寡言少语的人。瘦高，骨架大，粗手粗脚的，但他做事细心、谨小慎微，脾气好，从不与人争执。运动来了他不站队，默默做好教职工作。因为他出身贫农，根正苗红又不惹是生非，在历次批斗运动中免遭波及。但这顿午饭却不同寻常，那是顾卫民陪伴她的最后时光。

"你爸那天离开家后，就再也没能回来。他没跟我说要去做啥。"

章含钰没察觉丈夫那天有什么异常的迹象。午饭后，还叫她念一段长诗，说他想听，就像当初两人恋爱时那样。章含钰生于书香门第，精通法语和德语，能中译英、德、法三种文字，任教南开历史系，是小有名气的才女。她能把长诗《失乐园》的故事情节讲得娓娓动听，引人入胜，朗读声铿锵悦耳。顾卫民像以往那样专注地听，注视她的目光犹如午后阳光，无声无息却落下灼热的温度。他说："孩子跟着你，真好！"

"想嘛呢，"章含钰问，"突然这样说？"

"你能教他读书、学外语。"

"你猜会是个男孩儿吗？"

"不知道。"

"猜啊。"

"都好，都好。"他嘿嘿笑说。

"嗨，你这人真无趣，什么都好，男孩儿和女孩儿不一样嘛，至少取名字也有个准备。”章含钰说。出事后，她尽力回忆那天的情景，想丈夫和她说过的话，但她只记得这几句，别的还说了些什么，她都忘了。

“都是些夫妻间的日常琐语，普通的，我没法都记住。”

顾卫民走出家门前没有反常之举，也没回头看她的那种离别神色。也许他的性格就那样，也许他也没想到事情会严重到致命。他去了“红反楼”，主动为化学系的教授说话，试图为他们洗脱“罪名”。也许，顾卫民认为他这样做能挽救几个人。但实际上毫无作用，他微小如尘，丝毫不能阻挡历史车轮的碾压。

那天从下午三点至深夜十点，顾卫民遭批斗、毒打，不得休息，说他是反动学术权威的走狗，让他交代为敌特撑腰说话的根源。打手戴着带刺的铁指环打得他遍体鳞伤，逼他喝水喝到肚子胀圆，再猛踢他的肚子。那些“反动学术权威”被押到现场围观，他们被逼着轮流用木棍抽打顾卫民。凡是有不愿动手的人，立刻遭到同样的毒打。

顾卫民死了，他的尸体被扔进粪坑。“遗臭万年的反动学术权威走狗！”暴徒叫嚣唾骂。粪坑的盖子很沉，入口小，顾卫民瘦高、身体骨架大，硬被塞进去，臂骨和颈骨折断。

“他被打死了，但没人获罪。那时太乱，公检法都被打砸瘫痪。”

章含钰作为“走狗”的妻子，遭关押审查。她被多次押到马蹄湖畔的大礼堂进行公开批判，工宣队的人喊：“把资产阶级的孝子贤孙、学术走狗顾卫民的老婆押上台！”她被坐“喷气式”，头按低。她挂着“学术走狗”的牌子在大中路一带和图书馆门前扫地，她被拉到校东门的大车房烧柴、搅锅、熬胶，用以贴大字报。胶味浓重，她一边熬一边吐，在孕期虚脱到昏倒数次。

她坚持活了下来，熬过了生命中那段最黑暗的岁月，足月分娩，生下孩子。

孩子健康，大手大脚的，骨架子壮实像父亲。

红潮滚滚前进，章含钰被遗弃到一个不起眼的角落，犹如洪流中的一片树叶。学校补发了她部分工资，但食物匮乏，宿舍破旧，冬季很冷。坐月子的时候，有人悄悄给她送东西，一些粮票、肉票，几张块票和角票，或馒头、饼干、冰糖，零零散散的各样东西都有，趁她不注意，悄悄放在她的宿舍后很快离开。她一直没见到送东西的人，只有一次瞥见个匆匆离开的背影。

孩子满月那天的傍晚，她的宿舍门被敲开。是陈林玉教授。

陈教授为孩子带来了礼物，两件手织的婴孩儿毛衣，织得密密厚实。毛线是旧的，看起来就是拆了大人的毛衣重新编织的。陈教授坐了会儿，话不多，她们简单聊了几句。

“谢谢！”陈教授抱着孩子亲了亲。

“不用谢，我没做什么。”章含钰摇头。

“这话是真心的，对你说的，也是对孩子的父亲说的。”

“那心领了。”

“章老师，一直以来我很想问你一个问题，你是怎么做到的？”

“做到什么？”

“对于那些磨难，你表现出惊人的忍耐力。说实话，我都有了念头，想系根绳子吊死自己。”陈教授的目光黯淡。

“这没啥，我也有过这样的念头。”

“但你最终坚持下来了。”

“我是历史老师。纵观人类历史，有些事件在历史长河中不过是一个个旋涡，逆流泛起浪花，但最终，长河奔腾向前，没谁能阻挡。”章含钰回答。

“明白了！”陈教授点头。

“活下去，事实总有澄清的那一天。”

“好！活下去，我们都要活下去，你看。”陈教授示意章含钰看窗外。

天色已晚，外面黑黝黝的，几乎看不清什么。章含钰凝视片刻，渐渐地，她从夜黑中分辨出人的影子，就像天幕中渐渐显出了点点微弱的星光。她发现一群人站在屋外的漆黑之处，无声无息地望着她。她有些吃惊，站在黑暗中的那些人就像在举行某种仪式似的庄严肃穆，平静注视着她。

“这也太……他们怎么不进来？”

“怕给你惹麻烦。大家让我做代表来就成了，都记得你呢、你们家。”

章含钰说不出谢谢，她抬手紧紧捂住嘴，忍住泪。

瞬间，深沉凝重的黑夜因为一双双目光闪耀起来，驱散压在她心里的蒙尘，整个世界宛若灿烂壮丽的星空一般明亮。

“孩子取名了吗？”

“没，还没想好。”

“那……我们为他想了个名字，不知你同意吗？”

“啥名？”

“天默地静，义薄云天。就叫他顾天云，你觉得怎么样？”

“好……”章含钰再也忍不住，泪水唰地涌出来。

那年冬天很冷。

漫长的冬季过后，章含钰带着孩子离开了积雪消融的南开园，乘火车辗转千里到了西南的一个小县城——孩子父亲的家乡。第二年，她与顾卫民的堂兄顾明结了婚，两人同在县一中教书。她是个出色的历史老师，深受学生们的爱戴。两年后，章含钰生下女儿，取名顾芳。这个新家庭又添了一个成员，全家其乐融融。时间过得很快，浑浊的历史旋涡平静了。拨乱反正，走向现代化建设的新时代，改革开放后，张之良和陈林玉夫妇均被选为中科院院士。

“儿子，你得记住这些事。历史不能忘，忘记历史就意味着背叛。”母亲摩挲着他的手，舒缓地说，“但也不能因此愤世嫉俗，更不能因性苦而自弃。生活有时就是这样，与其咒骂黑暗，不如燃起一支明烛。”

顾天云深深沉浸于对往昔的回忆中，凝滞的意识荡漾起来。

世事可歌可泣。他枯瘦如柴的手攥紧发抖，心中无法言喻地难受。

张之良拿了纸巾为顾天云拭去淋漓湿襟的流涎。

“一切会好起来的，在任何时候都不要放弃，无论有多难。”张之良宽慰着他，“这么多年来，我辈走过了一条多灾多难的路，有人怀疑使命，背叛信仰，唾弃信念，但我们仍然心怀希望，坚定不移地走下来。时至今天，前方依然充满未知的艰难，前路曲折、艰辛、漫长。但我相信，我辈中人会继往开来，从容面对痛苦和死亡，以坚韧的信念走下去，成为引路人，为我们的未来闯出新天地。”

顾天云渐渐缓和，他抬起头，目光直视张之良，嘴唇无声蠕动着。

张之良辨识了会儿，明白过来他想要说的话，吩咐秘书拿出一沓信封，拆开当中一封信展开在他面前，“你女儿长高了，漂亮可爱，下个月报名上小学。她学会了写字，这些信是她从去年到现在写给你的。”

汽车行驶在盘山公路上，车体轻轻摇晃。

展开的信笺上，一行字跃入顾天云的眼帘，字迹歪歪扭扭：“亲爱的爸爸！我是宁灵，我好想你，我每天在门口看，想你回家……”稚嫩的、陌生的笔迹，却让他瞬时感应到无比亲密的熟悉。

蓦然间他的视线模糊了。泪水急涌，他张着嘴无声痛哭，爆发地哭，无所顾忌地哭，泪涌而下，混合着口水肆意流淌。

盘山路，一路蜿蜒崎岖，盘旋起伏。

车队离开帽天山公路，转向沿湖路。前方徐徐出现白亮亮的水域。抚仙湖水面似镜，映照蓝天，清亮澄净如蓝宝石。

车队停在湖畔，顾天云恍然闻到了熟悉的清甜味道。湖岸码头停靠着两艘轮船，七八艘水警巡逻艇，附近区域布置着警戒线。“我们坐船走水路，送你回家。”张之良说，“这是安德森将军的提议，他要和你在抚仙湖上乘船走一圈。在这里你是主人，他是客人，我们主随客便。”

这是个风和日丽的好天气。轮船破开湖水，波浪激荡。阳光透过水波照射到湖水下十几米的深处，湖水清澈无物，碧绿幽幽。

张之良远眺四方，遥指帽天山。“一山一水，山水相望，聚天地灵气。这是个好地方。”

安德森感叹：“真是美如仙境！高原深水湖泊是大自然赐予人类的瑰宝。世界如此美好，值得我们付出一切代价去守护。”

湖面上波光粼粼。顾天云久久凝视着水浪，恍惚想到多年前他和她并肩站在舰艇甲板上的那个黄昏，明净的海面泛着浪花。

“你怕不怕死？在战场上。”她那时问。

“我害怕别人的死亡——身边的人。”他那时说。

霞光映照黄昏，她柔美的笑容随着飘逸不定的水汽闪逝。

水浪泛起一抹粉色流光，追逐着他的目光，仿佛水面泡沫的短暂光亮。一个梦想，在起伏的波浪中隐隐地荡漾。

后 记

《灵海》长篇科幻故事，最早构思于2015年初，我大概花了三四个月的时间做准备，泛读科普类文章、书籍、科学简要、科技文献和一些杂七杂八的百科知识。囫囵吞枣地速食人类近百年来探索真理的主要科学成就、重要理论、世界前沿科技。在这期间，我一边收集素材，一边思考、做笔记，形成了创作思路，写了点零散的故事细节片段，搭建起粗框架式的故事大纲。去年五月，开始正式动笔，每天写三千多字，不紧不慢地写到八月份。《灵海》系列之《黑镜危机》初稿结束，获得笔者签约的网络创作平台——网易云阅读的支持和推荐，与北京诚客优品文化商定实体书的出版。随后，历经半年时间，进行大幅度修枝减叶的改稿。

对于我而言，这是一次迈入新奇世界的笔耕历程，一次非常有趣的创作尝试。实际上，“有趣”应该打上引号，或者再加上一串形容词，简单来说这是一个痛并快乐的创作过程。首次写科幻类型小说，历经了种种未知的难题和起伏巨大的波折，就像有恐高症的人被扔进疯狂旋转的云霄飞车，又像陷入需要绞尽脑汁才能突围而出的迷宫。个中滋味复杂难忘，由此切身感受到创作科幻小说的不易和乐趣所在。本人以写悬疑及现实类故事为主，以往并不熟悉科幻领域，对该领域的故事创作完全陌生。《灵海》算是我的科幻处女作。个人愚见，科幻小说应该属于一种比较特殊的类型文学，下笔立即感到前所未有的生涩和吃力，犹如使惯大刀的武士突然改用剑，川菜师傅套上西服马甲烹饪法式大餐，手生得厉害，磕磕绊绊写了七万字后才渐有所悟。后来，这近七万字在第二稿精修时基本都删了，字里行间充斥着百科知识集锦的气息，怎么看都生硬别扭，不像一本具有可读性的小说。科幻并非科普，无论把知识点写得如何精准奥妙。

这是入门科幻创作的一点粗浅的个人体会。当然，科学知识作为科幻创作的基础很有必要。写科幻不求甚解这似乎也不太科学，不说彻底精通，至少也得对笔下所涉及内容认真琢磨，知晓个大概，而非生编硬造、谬误百出。关于掌握科学知识运用的火候，类似于板桥先生提出的“胸有成竹”的观点：经过“眼中之竹”的观察，转化为“胸中之竹”的意会构思，借助于笔墨，挥洒成“画中之竹”的艺术创作。郑板桥一生画竹，可谓非常熟悉竹的一枝一叶、纤毫脉络，对百节长青之竹的情感也是异常深厚，由此才能意在笔先，下笔如神，画上之竹飞扬超脱、意象万千。同样，科幻小说的创作也需要长期积累科学知识，以及对科学有执着较真的态度和敬重痴迷之情，唯有这样才能写出理性且充满艺术、诗意、感性的科幻故事。

创作科幻，科学知识点还不是最难的部分；创造独特的人、物、事和构建一个属于故事的意象世界，也不算最棘手；最难的是如何探索科幻的本质。什么是科幻的精髓？什么是科幻存在的意义？这些问题正是困扰我的难题，很希望突破，但深感难以通达意境。《灵海》算是摸索着迈出科幻创作之路的第一步，这本《黑镜危机》可能会让人感到有些艰涩古怪，书中难免存在疏漏浅薄之处，但请读者见谅，敬请阅读后评论斧正。

科幻的乐趣，或者说让读者和创作者都为之痴迷的独特魅力，在于对过去万事万物的反思，对现实的深层解构，对未来图景极致的描绘。“书中自有千钟粟，书中自有黄金屋，书中自有颜如玉”已不能形容其万一。科幻拥有结构恢宏而精妙绝伦的科学殿堂，拥有气象万千的大世界，拥有广袤无垠、深藏无数奥秘的宇宙云图。她的魅力源于人类无止境的本能求知欲和天性富有想象力的最佳基因契合体。她的美丽光华无可代替，是人类文学艺术宝库中的璀璨明珠，映照着深邃的未来之光。

科幻犹如梦境中的洛神。她是现实世界的投影，却又超脱现实，在想象的最美意境中栩栩如生，灼灼夺目。走进美妙的科幻世界，宛如徜徉在科学森林中流连忘返、枕石漱流，梦见朝思暮想的意中人。她仿佛是实在的，呼吸可闻，发丝暖暖，双眸透着灵性之光，声音娓娓动听地向我们讲述世界万物沧海桑田变迁的历史，从世界线的起点出发，从那遥远的过去，跨越现在的社会百态，蹚过漫长的时间之河，飞越人类未来的终极彼岸，沉思生命的虚无之处。

科幻犹如一望无际的大海。思想是海底的沉积之物，科学观是海水中凝结的冰块，想象是水雾气韵折射的光彩，变化莫测的世事就是起伏激荡的海浪，这是人们所能做出的思想、幻想、情感与理性思维融合的描述。

科幻犹如一艘脱离现实引力的飞船，行驶在茫茫星际，承载着人类探索未知领域的梦想，独自飞向视界之外的远方，目的是不可测的宇宙暗域尽头。

很幸运！我们这个时代有科幻。她是属于我们的共同梦想，无论是读者还是创作者。很荣幸！能为大家创作科幻作品，在我的世界展开想象的翅膀逐光翱翔，创造一个心中所想所思的宇宙图景。

《灵海》是一部深度描绘人类未来星际战争、人工智慧、意识科学和宇宙云图的长篇科幻小说，计划创作一种具有硬派科幻风格的系列作品。硬派，不仅指硬科幻，还意指故事、人物及情节硬朗，有一定力度，创造出基于现实来推演复杂变化的虚构世界幻想故事。《灵海》系列之二《异类入侵》，已在创作中，电子书将连载于网易云阅读，截稿后即出版发行实体书。欢迎关注本人的新浪微博“科幻作家钟云”，了解创作动态及评论交流，感谢您购书阅读支持中国原创科幻。

2016 年 2 月 12 日，终稿于抚仙湖

《灵海：黑镜危机》参考和引用的部分资料

1. 汉福德引力波观测站的内容引用阿尼尔·阿南塔斯瓦米（Anil Ananthaswamy）所著文章，原文 *Einstein's silence: Listening for space-time ripples* 刊载于《新科学家》杂志。

2. 多重宇宙模型的内容引用美国科普作家布莱恩·格林（Brian Greene）的著作 *The Hidden Reality*。

3. 核危机参考维基百科相关词条，纪录片 *On the Brink: Doomsday*、文献 *The Dead Hand: The untold story of the cold war arm race and its dangerous legacy*。

4. 安全困境和博弈论参考谢淑丽教授所著《脆弱的强权》、美国普林斯顿大学教授约翰·纳什的《纳什博弈论论文集》。

5. 人工智能的部分内容参考 Tim Urban 所著文章 *The AI Revolution: The Road to Superintelligence*。

6. 潜水的内容参考引用了抚仙湖水下古城的发现者、国家一级潜水员、探险家耿卫的《抚仙湖潜水日志》。

《灵海：黑镜危机》参考的现实世界大事件摘要

1964 年

3月27日，美国阿拉斯加州发生里氏8.5级大地震，矩震级为9.2级。震中位于加州中南部威廉王子湾的海域，约25千米深处，太平洋板块和北美洲板块之间的一个断层出现断裂。地震持续约四分钟，洋底移动引起巨大海啸。阿拉斯加部分地区出现地震液化，十万平方英里的区域发生高达38英尺的垂直位移。至今为止，这是美国甚至北美历史上最大的地震之一，整个地球颤动，世界各处均受不同程度的影响。地震造成美国空军的弹道导弹侦测雷达停止运作六分钟，在其操作历史中，这是唯一一次因意外事件受到的影响。

10 月 16 日，中国第一颗原子弹引爆成功。

11 月 28 日，美国发射水手 4 号火星探测器。携带磁力计、尘埃侦测器、宇宙射线望远镜、太阳等离子侦测器及盖格计数器，飞往火星附近执行行星际的地表及粒子测量，首次进行地外智慧生命搜索。

12 月 16 日，威尔逊提出英国的“大西洋核力量”方案。

1966 年

6 月 2 日，美国无人驾驶飞船“观察者号”在月球成功登陆，向地球发回大量月球表面和外太空的照片。

1967 年

美国军方发射的侦察卫星 Vela（用于探测“核闪光”nukeflash），意外探测到强烈的伽马射线短暂爆发。射线来源方向与地球相反，来自宇宙深空。

1 月 27 日，阿波罗 1 号因火爆炸，三名宇航员丧生，他们为人类的新领域探索奉献了生命。

7月29日，美国佛瑞斯塔号航空母舰武器误发，击中舰上飞机，引起爆炸。

11月21日，美国总统约翰逊签署法案，授权美国原子能委员会成立国家加速器实验室（费米实验室）。实验室启动质子/反质子加速器，深入研究物质和能量，空间和时间的基本属性，探索宇宙如何起源、形成和运转的问题。

11月29日，中国最大的无线电望远镜安装调试成功，观察站共有数百名科学家，他们观察探索宇宙星空现象，搜索地外智慧生命。

1969年

7月20日，美国宇航员乘坐“阿波罗11号”登陆月球。

10月25日，美国和苏联对限制战略武器达成协议。

12月，美国空军终止蓝皮书计划，原任务由水瓶座计划接手。七年后，独立分为西格玛计划和红光计划。

1970年

4月17日，阿波罗13号任务失败，宇航员平安返回地球。美国宇航局宣布取消阿波罗20号，并将精力用于开发空间站。

4月24日，中国首枚人造地球卫星“东方红一号”成功发射。

8月17日，苏联发射金星7号，这是首枚成功登陆金星的探测器。

10月14日，中国在罗布泊进行核试验。

1971年

3月3日，中国成功发射第一颗科学实验人造卫星“实践一号”。

4月19日，苏联发射人类第一个太空站“礼炮”一号。

5月28日，苏联发射火星3号探测器，于12月2日成功登陆火星地面。但登陆器首次照相扫描20秒后，视频信号突然消失，失去与地球的联系。

7月9日，周恩来总理同美国总统尼克松的国家安全事务助理基辛格在北京举行秘密会谈。

1972年

2月4日，美国水手9号探测器沿着火星轨道飞行，发回7329张照片。

2月21日，美国总统尼克松应邀来中国访问。

3 月 2 日，美国宇航局发射一颗空间探测器“先驱者 10 号”，这是美国的无人行星探测任务“先驱者计划”的第 16 颗无人探测器。它携带一块载有人类信息的镀金铝板，如果探测器被地外文明捕获，这块镀金铝板将会向这些地外文明解释这颗探测器的来源，以表示友好问候。铝板上绘有一名男性和一名女性的图像、氢原子的自旋跃迁，以及太阳与地球在银河系里的位置。

5月26日，美苏两国首脑在莫斯科签署了《关于限制反弹道导弹系统条约》和《关于限制进攻性战略武器的某些措施的临时协定》以及一系列补充协定书，统称为第一阶段限制战略武器条约。

12 月 6 日至 19 日，美国进行阿波罗计划中的最后一次登月任务。阿波罗于 17 号登陆月球，停留了 74 小时 59 分，这是阿波罗计划中停留月球表面时间最久的载人太空船。这次登月任务是人类第六次也是迄今为止最后一次登月任务。

1973 年

5 月 14 日，美国发射第一个轨道空间实验室“天空实验室”，轨道高度为 435 千米，使用七种仪器探测太阳系和银河系的情况。

9 月 3 日，中国第一台天文测时和测纬光电等高仪研制成功。

1974 年

6 月 26 日，北大西洋公约组织在比利时首都布鲁塞尔，正式签署了美国同西欧盟国调整关系的《大西洋关系宣言》。

1975 年

5 月 12 日，美国两艘护卫导弹驱逐舰访问了苏联的列宁格勒。作为回访，两艘苏联舰艇驶向美国波士顿港。这是第二次世界大战结束后，美苏两国海军的首次互访。

7 月 26 日，中国成功地发射了一颗技术试验卫星。

11 月 26 日，中国成功发射了一颗返回式遥感卫星。

1976 年

7 月 20 日，美国维京一号成功登陆火星。

1977 年

8 月和 9 月，美宇航局先后发射“旅行者 2 号”和“旅行者 1 号”无人飞行探测器，通过行星引力加速，飞往太阳系外缘至太阳影响范围与星际介质之间的地带执行探测任务。如无故障，两个探测器终将飞向别的恒星。

1978 年

1 月 24 日，苏联携带核能发电机的探测卫星坠落于加拿大。

7 月 25 日，世界上第一个试管婴儿路易丝·布朗在英国诞生，标志着人类在胚胎学上的重大进步。

1979 年

7 月 9 日，“旅行者 2 号”飞跃木星。

7 月 12 日，“天空实验室”空间站于凌晨陨落，通过大气层时被烧毁，残骸倾泻在南印度洋海面和澳大利亚西部的沙漠地区。

9 月 1 日，“先驱者 11 号”飞跃土星。

9 月 22 日，发生“船帆座事件”。

10 月 30 日，美科学家首次测出星际空间反物质流。

1980 年

基于 Ginga 卫星的观测结果，确定伽马射线暴是发生在宇宙学尺度上的恒星级天体的爆发过程。

1983 年

美国提出“战略防御倡议”，正式名称为反弹道导弹防御系统的战略防御计划（星战计划）。

1 月 25 日，美国发射了第一颗红外天文探测卫星“艾拉斯号”。

11 月 20 日，中国首次赴南极洲考察船队启航。

12 月 22 日，中国第一台亿次计算机“银河”研制成功。

1984 年

7 月 1 日，中科院南京地质古生物研究所研究员侯先光在抚仙湖北岸的帽天山发现纳罗虫化石，向人类揭示了沉睡 5.3 亿年的寒武纪早期世界。

1985 年

欧洲制订尤里卡计划。

1 月 1 日，中国正式成为国际原子能机构成员国。

5 月，在加州 Santa Cruz 由美国 DOE 的 Sinsheimer RL 主持的会议上提出了测定人类基因组全序列的动议，形成了美国能源部的“人类基因组计划”草案（Human Genome Project, 简称 HGP 计划）。

11 月 26 日，美国航天飞机“阿特兰蒂斯”号从佛罗里达州肯尼迪航天中心发射上天，首次进行大型太空建筑的骨架搭建试验。

1986 年

联合国的国际和平年，主题为“捍卫和平和保障人类的未来”。

1 月 28 日，“挑战者号”航天飞机升空后爆炸，机上 7 名宇航员全部遇难。

3 月，中国实施“863 计划”（国家高技术研究发展计划）。探索高技术、新概念和新构思，涉及航天、生物、信息、能源、新材料、海洋生物和自动化技术领域，确立十五个重点主题项目，其中包括“计算机集成制造系统”和“智能机器人”研究项目。

“863 计划”的部分项目成果有：深水智能机器人，该机器人于 1995 年 8 月完成深海试验，能在无人无缆情况下进行深海录像、摄影、声呐探测，自动定位导航和记录数据，用于海底地质地矿探测、水文测量、海底沉物探测定位及其他民用和军用领域；由国家地震局研制的“地震预报智能决策支持系统”；红外焦平面技术，对再入目标进行动态跟踪的红外辐射测量仪研制成功，为战略核武器的发展做出贡献；航空遥感实时传输系统，实现遥感图像的飞机—卫星—地面实时传输及地面图像处理等；曙光 1000 高性能计算中心筹建，完成国际首例天然 DNA 整体电子结构的分析计算。

4 月 26 日，当地时间 1 点 24 分，苏联基辅州的切尔诺贝利核能发电厂发生严重泄漏及爆炸事故。事故造成 31 名工作人员死亡，数千人受到强核辐射，数万人撤离，并对欧洲环境造成深远影响。

1987 年

9 月 20 日，中国兵器工业计算机应用技术研究所，中德科学家进行电子邮件的试验发送，内容为“Across the Great Wall we can reach every corner in the world”（越过长城，走向世界）。

1989 年

3 月 27 日，进入环绕火星轨道的苏联福波斯 2 号探测器失踪。

1990 年

4 月 24 日，哈勃太空望远镜进入地球轨道。

1991 年

1 月 11 日，中国计量科学研究院研制出铯原子基准钟，准确度相当于在十万年内误差一秒。

4 月 5 日，美国发射康普顿伽马射线天文台（CGRO），用于观测天体的伽马射线辐射。这颗卫星的八个角上安装了八台同样的仪器 BASTE，能测定出伽马射线暴的方向，精度约为几度。随后几年，CGRO 对三千多个伽马暴的系统巡天发现，伽马射线暴在太空中的分布呈各向同性。

10 月 5 日，中国资源卫星应用中心在北京成立。

1992 年

联合国的国际空间年，英文缩写为“ISY”。其宗旨是继承和发扬哥伦布的开拓精神，世界各国联合起来共同迎接空间时代的挑战，使全人类都能从空间科学的新发现和空间的实际利用中获得最大的利益。

11 月 21 日，厄瓜多尔发生海豚集体自杀事件。

1993 年

火星观察者号探测器进入环绕火星轨道，发生异常信号事件。

1994 年

用于国际高能物理学研究的大型强子对撞机（LHC）项目立项，经全球 80 多个国家近万名科学家的共同努力，历经 14 年，建成地球上最大的粒子加速器设施。

7 月 16 日，彗星与木星相撞。太阳系外围有一条由数十亿颗彗星构成的彗星带，苏梅克－列维 9 号彗星脱离彗星带进入太阳系，断裂成 21 个碎块，以每秒 60 公里的速度撞向木星。撞击时溅落点温度升到上万摄氏度，释放出相当于 2000 亿吨 TNT 炸药的能量，在木星上留下如地球大小的撞击痕迹。人类第一次近距离观察到天体相撞。

11 月 11 日，中国研制出世界最宽频带的地震计。

1995 年

3 月 14 日，北大生命科学学院从二枚特殊的恐龙蛋化石中获得恐龙的遗传物质，成功扩增出一系列特异的 DNA 片段，通过与美国和欧共体的基因数据库进行对比，得知恐龙与人类 18SrDNA 的同源性为 73% 至 81%，从而开辟了古分子生物学这个新的研究领域。

1996 年

意大利和荷兰合作发射 BeppoSAX 卫星，定位精度为 50 角秒，更准确地测定伽马射线暴方位。

7 月 5 日，世界上第一只克隆羊多莉 (Dolly) 诞生。英国爱丁堡罗斯林研究所的伊恩－维尔莫特科学研究小组，用成年羊的体细胞成功克隆出了一只小羊。六年后多莉夭折。绵羊正常能活十二年左右，克隆羊多莉只活了六岁。

1997 年

在二十五年前发射的“先驱者 10 号”探测器飞抵太阳系外层空间执行一系列研究探索，验证混沌理论。

2 月 28 日，BeppoSAX 卫星的探测，首次发现一个伽马射线暴的光学对映体，称为伽马暴的“光学余辉”，并证认出伽马暴的宿主星系。

3 月 13 日，美国发生“菲尼克斯之光”事件。

6 月 19 日，中国银河 –III 巨型计算机研制成功。

7 月 4 日，“火星探路者”号及其火星车成功登上火星。

10 月，欧洲航天局的“卡西尼”号飞船携带“惠更斯”号探测器发射升空，飞往土星卫六。

12 月 14 日，宇宙深空发生一次伽马暴，距地球约 120 亿光年。在爆发后两秒内，伽马暴的亮度就与除它以外的整个宇宙一样明亮，它在五十秒内释放出的能量相当于银河系两百年的总辐射能量，比超新星爆发的能量大几百倍。在它附近，再现了宇宙大爆炸后千分之一秒时高温、高密的情形。

1999 年

1 月 23 日，探测到猛烈的伽马射线暴，释放出的能量是 1997 年那次伽马暴的十倍，是人类迄今为止已知的最强大的伽马射线暴。

2000 年

8 月 12 日，俄罗斯核潜艇“库尔斯克”号沉没北冰洋，艇上 118 人罹难。

2001 年

3 月，建成帽天山国家地质公园。划定寒武纪化石保护区，保护区面积 18 平方公里，核心区 1.2 平方公里。

2002 年

4 月 30 日，BeppoSAX 卫星的轨道跌落太快，一些亚系统开始失灵，于 2003 年脱离轨道，坠入太平洋。

2003 年

人类基因组计划的测序工作完成，绘制出人类基因图谱。全部人类基因组约有 2.91Gbp，约 39000 个基因。破译人类遗传信息，对生物学、医学，对整个生命科学都产生了深远的影响，如揭示核糖体的出现、器官的产生、胚胎的发育、脊柱和免疫系统和 DNA 载有的遗传信息等。人类的进化史记录在各基因组的图谱上，13 亿年前，人类的近亲是草履虫，300 万年前进化成古猿，20 万年前人类的“夏娃”来源于非洲。

9 月 27 日，欧洲航天局发射 SMART-1 探月卫星。

10 月 15 日，中国首次成功发射载人宇宙飞船神舟五号。

2004 年

1 月 4 日，美国勇气号火星车在火星表面成功着陆。

6 月 21 日，由私人资金建造的载人航天器“宇宙飞船 1 号”从加利福尼亚州莫哈韦沙漠机场起飞，成为人类历史上首个进行太空飞行的私人宇宙飞船。

11 月 15 日，曙光 4000A 在上海超级计算中心正式启动。

12 月 27 日，发生伽马射线耀斑事件。地球被 50 万光年之遥的强烈巨大耀斑瞬间照射，亮度超过月球，这是来自银河系对面的中子星 SGR1806-20 释放的脉冲束。

2005 年

1 月 12 日，美国宇航局“深度撞击”彗星探测器成功发射升空。

7 月 4 日，“深度撞击”探测器发射动能撞击器，在距地球 1.32 亿公里处的太空，成功撞击坦普尔 1 号彗星。

1 月 14 日，惠更斯号探测器经过 7 年时间，飞行约 35 亿公里后进入土星轨道，在欧洲航天局的操纵下顺利登陆土卫六，获得大量珍贵数据。

5 月 25 日，俄罗斯首都莫斯科大面积停电，导致莫斯科近一半地区的工业生产、商业活动和交通运输陷入瘫痪。

8 月 12 日，美国新型火星探测飞船“火星勘测轨道飞行器”从肯尼迪航天中心发射升空。

9 月 8 日，发生喀纳斯湖不明发光物事件。天文专家释疑为俄罗斯进步 M-54 号货运飞船的火箭发动机分离后，失去控制与大气层摩擦产生的光亮。

11 月 9 日，欧洲金星快车探测器自哈萨克斯坦境内的拜科努尔发射场搭乘联盟运载火箭升空，前往金星探测。

2006 年

3 月 10 日，美国发射的火星侦察轨道器抵达火星，进入环火星轨道。目的为寻找火星上是否有水存在的证据，并收集火星大气与地理的特征。轨道器上共搭载六项科学仪器与两项科学工具；此外还搭载三项可以用在未来太空任务的技术实验装备。

3 月 15 日，位于英国的全世界最大的基因库启动，开始逐步收集 50 万人的 DNA 样本及其他医学数据。

5 月 18 日，美国和英国科学家在英国《自然》杂志网络版上发表了人类最后一个染色体——1 号染色体的基因测序。历时 16 年的人类基因组计划，人类的“生命之书”写完了最后一个章节。

2007 年

1 月 16 日，中国考古队前往“南海一号”沉船海域开展打捞前最后一次海底勘查，之后进行了持续九个多月的打捞。

1 月 17 日，科学家将“世界末日钟”（Doomsday Clock）向前移动一格，拨到 23 时 55 分，距象征“世界末日”的午夜零点仅剩五分钟。仪式在华盛顿与伦敦同步举行，科学家称：世界已经进入了最危险的时刻。五十年前，《原子科学家公报》杂志设置了这座具有象征寓意的“世界末日钟”，以时钟的分针所指时间距离零点的远近，表示世界面临毁灭性灾难的风险大小。末日钟离零点最近的一次是 1953 年，美国和苏联在九个月内反复测试热核装置，世人惊恐，末日钟因此被调到 23 时 58 分，象征着全人类距离“世界末日”只剩下两分钟。离零点最远的一次是 1991 年，美苏签订削减核武器条约，末日钟被调到 23 时 43 分，人类还有最长的十七分钟。2007 年的末日钟仅剩五分钟，意味着全球人类面临的生存威胁上升到冷战结束后的最高水平，世界进入到“因深沉威胁所构成的二级核子时代”。

人类需要警钟长鸣。

“非同寻常的未来”取决于地球上每个人现在的行动。

图书在版编目（CIP）数据

灵海：黑镜危机 / 钟云著. —沈阳：辽宁人民出版社，2016.5
ISBN 978-7-205-08582-7

Ⅰ. ①灵… Ⅱ. ①钟… Ⅲ. ①科学幻想小说—中国—当代 Ⅳ. ①I247.5

中国版本图书馆CIP数据核字（2016）第088131号

出版发行：辽宁人民出版社
地址：沈阳市和平区十一纬路25号 邮编：110003
电话：024-23284321（邮 购） 024-23284324（发行部）
传真：024-23284191（发行部） 024-23284304（办公室）
http://www.lnpph.com.cn
印 刷：北京大运河印刷有限责任公司
幅面尺寸：158mm × 230mm
印 张：22.5
字 数：369千字
出版时间：2016年5月第1版
印刷时间：2016年5月第1次印刷
责任编辑：时祥选
封面设计：荆棘设计
责任校对：王 斌 于凤华
书 号：ISBN 978-7-205-08582-7
定 价：39.00元